1. 고고씽 네팔 카트만두

떠나기 전날은 늘 긴장 반 설렘 반으로 잠을 설친다. 데미지가 커 이번엔 수면제 도움을 받기로 한다. 4시에 기상. 잠을 좀 잤다. 이른 새벽이라도 아침 요기는 해야지. 그래야 하루가 제대로 열리니까. 요플레와 계란프라이 2개, 충분하다. 각종 비타민과 공진단도 알뜰히 챙겨 먹는다. 집을 구석구석 살피면서 단속하고는 침대맡에 앉아있는 라라[1]에게 진심 어린 작별 인사를 한다. 잘 다녀올게! 남편이 김해공항까지 동행해서 배웅한다. 이번에는 국제선 환승 전용 항공편을 이용하게 되어 걱정을 많이 덜었다. 15kg이 넘는 캐리어는 언제나 애물 덩어리다.

---

1 손재주 좋은 지인이 선물한 뜨개실로 짠 인형 이름이다. 17살 때 단체관람으로 본 영화 「닥터 지바고」의 여주인공. 지바고의 연인 이름이 라라였다. 그때 나는 라라처럼 뜨겁게 살고 싶었다.

소설

방기환 저

태종 이방원

4
冬天鳳鳴
(동천봉명)

문지사

소설 태종 이방원(太宗 李芳遠)

제4부 冬天鳳鳴

차 례

소설·태종 이방원(太宗 李芳遠)·총목록

26. 怪文書

연왕의 격문을 전달한 사나이는 얼마 후에 방원의 집에서 나왔다.

그는 싱글벙글 웃음을 피우고 있었다. 그가 목적한대로 두둑한 상급이라도 얻어걸린 것일까.

방원의 거처는 한양으로 환도하기 이전에 그가 살던 구제(舊第), 즉 훗날의 경덕궁(敬德宮) 자리였다.

거기서 동쪽으로 한참 거슬러 올라간 사나이는 선죽교를 건너서 이성계의 옛집이었던 목청전(穆淸殿)을 지나서 외동대문(外東大門) 안 한 저택 앞에 이르렀다.

지금은 어쩐지 문전이 쓸쓸해 보이지만, 그 규모로 미루어 보아 한때는 제법 떵떵거리며 살던 사람의 집 같았다.

아직 날이 저물려면 한참이나 더 있어야 할 텐데, 벌써부터 그 집 대문은 굳게 닫혀 있었다.

사나이는 조심조심 대문을 두드렸다. 늙은 하인 하나가 대문을 열고 고개를 내밀더니, 급히 그 사나이를 끌어들이고 도로 문을 닫아 걸었다. 하인이 먼저 별당으로 달려가서 몇마디 전갈을 하자, 방문이 열리며 그 문틈으로 내미는 얼굴이 있었다.

박포(朴苞)였다.

그 집은 바로 박포의 사제였으며 정변 직후 죽주(竹州)로 유배되었던 그는, 그 후 풀려나와 이렇게 자기 집에 돌아와 있었던 것이다.

박포는 턱짓으로 사나이를 불러들였다.

사나이가 방안에 들어서서 방문을 닫은 다음에야 입을 열었다.

"어찌 됐나? 잘 전했나?"

소리를 죽이고 물었다.

"여부가 있겠습니까요."

사나이는 한쪽 어깨를 으쓱 올려보였다.

"물론 정안군에게 직접 전했겠지?"

"예, 직접 전하다 뿐이겠습니까. 정안군 당자가 봉을 뜯고 그 글발을 읽는 것까지 다 보고 돌아왔습지요."

"그래?"

박포는 칼날 같은 웃음을 눈가에 새겼다.

"그러니 대감, 심부름 삯을 주셔야지요."

사나이는 넉살좋게 손을 내밀었다.

"심부름 삯이라?"

박포는 또 싸늘한 웃음을 피웠다.

"그 글발 받아봤으면 정안군도 적지 않은 상을 주었을 성 싶은데?"

"그야 맨손으로 돌려보내진 않았습죠만, 정안군은 정안군이고 나리는 나리가 아닙니까. 그 봉투만 전해 주고 돌아오면 두둑히 보답을 하겠다고 언약하시지 않았습니까요."

"그랬던가."

박포는 실눈을 하고 사나이를 바라보다가,

"약속이 그렇다면 약속은 지켜야지."

보료 밑에서 무엇인가 꺼내어 소매 속에 넣었다. 그리고는 사나이에게로 바싹 다가앉으며,

"자네, 이걸 좀 들여다보게나."

하면서 소매자락을 그의 코끝에 바싹 들이댔다. 그 속에 굉장한 상품이라도 들어있는 걸로 안 것일까 사나이가 코를 들이밀자, 그 때까지 다른쪽 소매 속에 넣고 있던 박포의 오른손이 날쌔게 움직였다.

"윽!"

비명을 지르며 사나이는 상반신을 꺾었다. 박포의 손에는 서슬이 푸른 장도가 쥐어져 있었다.

박포는 늙은 하인을 불러 사나이의 시체를 치우도록 지시하더니 집을 나섰다. 서쪽으로 얼마쯤 가다가 목청전 못미쳐 한 궁가(宮家)를 찾아들었다. 방간의 집이었다.

그 때 방간은 사랑채에서 처의 양부(養父) 강인부(姜仁富)와 처조카 이내(李來)를 앞에 앉혀놓고 술을 들고 있었다.

"어서 오게. 박공은 언제나 발이 길단 말야. 마침 우리 사위가 장인이 왔다고 모처럼 익은 삼해주(三亥酒) 첫국을 떠다 마시는 참인데, 이렇게 맞춰 찾았으니 말야."

환영을 하는 것인지 비꼬는 것인지 모를 소리를 던지며 잔을 내밀었다. 삼해주라면 후세에 와선 소주의 밑술쯤으로 대수롭지 않게 여기는 경향이 없지 않지만, 고방(古方)에 의하면 상당히 까다롭게 만들어지는 명주였다.

정월 상해일(上亥日)에 참쌀 한 말을 잘 씻어서 가루를 만든 다음 죽을 쑤어 식힌다. 거기에다 누룩가루와 밀가루 각 한 되씩을 섞어서 독에 넣는다. 다음 해일, 즉 열이틀이 지난 다음에 참쌀과 멥쌀 각 한 말씩을 잘 씻은 것을 가루를 내어 술떡을 만들어서 푹 끓이고 식혀서 첫째 해일에 담근 것과 섞어 독에 넣는다.

세째 해일엔 백미 닷말을 잘 씻어서 찐 떡을 식혀가지고 숙수(菽水 : 콩과 물) 세 양푼에 풀어서 첫째 해일, 둘째 해일에 담근 것에 얹는다. 그리고는 석달 동안을 익힌 다음에야 퍼내는 것인데, 이렇게 정월달의 세째 해일에 담근 술이라 해서 삼해주라고 부르는 것이다.

박포는 그 술잔을 사뭇 태를 부리며 받아 마신 다음, 반쯤 내리깐 눈으로 강인부와 이내를 둘러보고는 말했다.

"시생은 회안군 나리께 감히 여쭐 말씀이 있어서 왔습니다만……."

"아따 박공두 거창하게 나오는구료."

강인부가 즉각 마주받아 넉살을 떨었다.

"설마 역적모의라도 하겠다는건 아닐게구, 그러니 날더러 자리를 비워 달라는 말도 아닐테구……."

그리고는 책상다리를 다시 꼬고 아주 늘어붙어 버린다. 그러나 이내는 달랐다. 금방 안색이 일변하더니 자리에서 일어섰다.

"저는 이만 물러가겠습니다, 이부(姨夫)님."

그는 방간을 향해 넙죽이 큰 절을 했다. 처조카라고는 하지만 방간과 엇비슷한 연배였다.

하지만 방간은 빳빳이 앉아서 턱을 치켜들고 절을 받은 다음,

"그렇게 하게나. 손윗사람들과 한자리에 앉아 있으면 자네도 거북할 게야."

거드름을 피웠다.

"저 사람 어찌나 빡빡한지 한 자리에 앉아 있자니 숨통이 막힐 지경이거든."

강인부는 노닥거리며 한번 크게 기지개를 켰다.

"내게 긴히 하겠다는 말이 뭔가, 박공. 어서 말해보게나."

방간이 종용하자 박포는 한번 헛기침을 하고는,

"다름이 아니라 시생 해괴한 소식을 들었습네다."

한마디 한마디 섭어 발리듯이 뇌까렸다.

"명나라 연왕이 밀서를 보냈다는 거올시다."

박포는 문득 어세를 바꾸어 거두절미하고 말했다.

"무슨 애기지?"

방간으로선 그렇게 되물을 수밖에 없었을 것이다.

"명나라 태조가 조락(殂落 : 제왕의 죽음)하고부터 연왕이 반기를 들 것이라는 풍문은 자자했습니다만, 마침내 그 연왕이 거병을 하겠다는 내용의 격서를 보냈다는 거올시다."

"누구에게 말인가?"

"누구는 누구겠습니까. 나리의 아우님되는 정안군입지요."

"방원에게? 연왕이?"

방간의 안색이 당장 얼어붙는다.

"에헴!"

강인부가 헛기침을 하고 수염도 없는 턱을 쓸어내리며 끼어들었다.

"자고로 웅심(雄心) 있는 자, 궐기하여 거병을 하자면 격문이라는 것을 돌리고 만천하에 명분을 과시하는 것이 상례이겠지만, 그렇다고 멀리 북경땅에서 기병(起兵)을 한 연왕이 하필이면 동방의 소국 우리 조선 나라의 일개 왕자에게 그 격문을 보낸 이유는 무엇일까?"

그리고 또 헛기침을 하고 다시 한번 뺀질뺀질한 턱을 쓸어내렸다.

"얼핏 생각하기엔 등이 닿지 않는 행동인 것 같죠만, 깊이 따지고 보면 그럴만한 사유가 없는 것도 아닐 거올시다."

박포도 깐죽깐죽 마주 받아 응수했다.

"그럴만한 이유라니?"

방간이 눈을 희번덕거리며 되물었다.

"잘들 생각해 보십시오. 정안군과 연왕은 보통 사이가 아니올시다. 연전에 정안군이 명나라로 사행(使行)하였을 때만 해도 그렇습니다. 북경성에 들러서 연왕과 밀회를 하였다는 사실을 아는 사람은 다 알고 있습니다. 그 때나 지금이나 정안군의 처지와 연왕의 처지가 비슷한 점이 많지 않습니까."

박포의 구기는 듣는 사람에게 쾌감을 주는 그런 성질의 것은 아니었다. 그러나 그 말에 귀를 기울이게 하는 묘한 힘은 있었다. 방간도 강인부도 다음 말을 기다리는 눈치였다.

"명나라의 연왕 그 사람으로 말할 것 같으면, 명 태조가 조락하기 이전부터 은근히 제위 계승자를 자부하던 야심가올시다. 그 점은 정안군도 마찬가지입지요. 명 태조는 조(殂 : 죽음)하였습죠만, 천자 자리는 연왕

에게 떨어지질 않고 겨우 열한 살난 어린 조카에게로 돌아가지 않았습니
까. 지난번 무인정사(戊寅靖社) 이후 태상전하께선 대위를 내놓으셨지
만, 그 자리가 엉뚱하게 금방 전하에게로 돌아간거나 매한가지란 얘기올
시다. 초록은 동색이라고나 할까요, 과부 설움 과부가 안다고나 할까요.
연왕의 심정은 곧 정안군의 마음일 거올시다. 그러니 연왕이 거병을 결심
하자 누구보다도 정안군에게 그 사실을 알리고 싶었을 거올시다."

"이유는 그것뿐일까?"

방간은 캐물었다.

"글쎄올시다. 따지고 들자면 보다 더 구체적인 사유가 있기는 있겠습
죠만 입밖에 낼 수야 있겠습니까요. 일전엔 해야 할 말을 했는데도 귀양
살이를 한 시생이 아닙니까. 말조심해야죠, 죽고 싶지 않으면 말입니다."

박포는 말꼬리를 흐리고 배시시 웃었다.

그 격문이 방원에겐 꺼림하기만 했다.

──과연 연왕이 그것을 보냈다면 까닭은 무엇일까. 동방의 소국 한
구석에 박혀 있는 나더러 원병을 요청하는 것도 아닐 게다. 또 지금의
내가 그럴만한 처지에 있지 않다는 것도 짐작하고 있을 터인데 말이다.

도대체가 그 격문이라는 것의 진부부터가 의심스럽기만 했다.

그렇게 석연치 않은 나날을 보내고 있는데, 명나라로부터 하륜(河崙)
이 돌아왔다. 6월 27일이었다.

그 해 정월 2일, 명나라의 새 천자가 등극한 것을 축하하는 하등국사
(賀登國使) 김사형(金士衡)과 더불어 하륜은 진위사(陳慰使)가 되어
명나라로 떠났던 것이다.

진위사는 중국 황실에 상고(喪故)가 있을 경우 파견하던 사신이었다.

방원은 그 격문을 가지고 하륜의 집을 찾아갔다. 격문을 한번 훑어보더
니 하륜은 고개를 꼬았다.

"장차 연왕이 난을 일으키지 않을까 해서 명나라 조야가 뒤숭숭한

것만은 사실입니다마는, 아직 정식으로 거병을 했다는 얘기는 듣지 못했습니다. 이번 격서가 예까지 날아오다니 아무래도 모를 일입니다."

나중에 판명되는 일이지만, 연왕이 정식으로 거병하는 것은 하륜이 귀국한 다음 달인 7월이다. 그러니까 그 괴상한 사나이가 격서를 전해 준 거병 날짜는 3개월 이전이 되는 것이다.

"누가 장난질을 한 것이 아닌가 싶습니다그려."

하륜의 추리는 날카로웠다.

듣고 보니 그런 의심이 갈만도 했다. 하지만 누가 무엇 때문에 그러한 농간을 부렸는지 그 점에 대해선 좀처럼 짐작이 가지 않았다.

"그 괴문서를 전달한 자를 어찌하셨습니까?"

하륜이 다시 물었다.

"다소 금품을 주어 일단 돌려보냈다가 아무래도 뒤가 꺼림해서 행방을 수소문해 보았더니, 어디로 잠적해 버렸는지 도무지 알길이 없소이다그려."

"어쨌든 조심하셔야겠습니다. 하찮은 그 종이 조각 한 장이 엉뚱한 물의를 일으키는지도 알 수 없으니까요."

하륜의 표정은 어두웠다. 그리고 그와 같은 우려는 며칠이 안 가서 사실로 나타났다.

7월 초하루. 그 날은 신왕 방과의 탄일이었다.

왕은 수창궁에서 문무백관의 조하(朝賀)를 받고 죄수들에게 특사령을 내렸다.

그리고는 종친들과 중신들에게 진연을 베풀었는데, 그 축하연이 파하자 국왕 방과는 익안군 방의, 회안군 방간, 정안군 방원, 이렇게 세 아우를 별실로 불러들여 따로 술잔을 나누었다.

몇잔의 술이 돌고 나자, 국왕은 그 잔을 방원에게 건네며 넌지시 한마디 했다.

"자네 집에 괴상한 문서가 날아들었다면서?"

그 말이 무엇을 의미하는지 방원은 즉각 알아들을 수 있었지만, 그래도 신중을 기하며 되물었다.

"무슨 말씀인지 좀더 자세히 일러주십시오."

그러자 국왕 방과는 소리없이 웃었다.

늘 그렇지만 그의 웃음은 무엇을 비웃는 것 같기도 하고 멋적은 기분을 얼버무리는 것 같기도 하며, 마음 약한 사람이 아부하는 것 같기도 한 그런 헤식고 착잡한 것이었다.

그런 웃음을 흘리면서도 그는 잘라 말했다.

"명나라 연왕이 보낸 글이라면서?"

그렇게 깨놓고 나오는 이상 분명한 답변을 안할 수 없게 되었다.

"얼마 전에 그런 글발이 날아들긴 했습니다만, 누가 전하께 그 말씀을 사뢰었는지요."

방원은 우선 그 점이 궁금했다.

그 사실은 방원 자신과 민무구 형제들과 그리고 하륜만이 알고 있을 뿐이었다. 그러한 기밀이 어떻게 국왕의 귀에까지 전하여진 것일까.

"바로 나야. 내가 주상께 여쭈었단 말야. 왜 잘못됐나?"

방간이 나섰다.

"내가 그와 같은 사실을 알게 된 것은 석달이나 전이었지만, 정안군 자네 입으로 주상께 여쭙기를 기다리느라고 입을 다물고 있었던 게야. 하지만 끝끝내 정안군이 그 일을 묻어두고 시치미만 떼니, 주상과 국가를 위한다면 어찌 발설하지 않을 수 있겠는가."

거창하게 나왔다. 방원으로선 굵직한 몽둥이로 덜미를 얻어맞는 느낌이었다.

"이왕 말이 나왔으니 내 사실을 다 얘기하지."

방간은 말을 이었다.

"날짜도 잊지 않고 있네. 지난 사월 초하루였어. 그 날은 태상전하께서 평주 온천으로 행행하시던 날이었단 말야. 아버님을 전송하고 집엘 들어갔더니 괴상한 사나이가 찾아오질 않았겠나. 명나라 연왕의 밀서를 가지고 왔다는 게야. 나는 펄쩍 뛰었지. 그런 것이라면 관계 관헌을 통해서 상감께 사뢴 연후에야 받으면 받았지 그대로 받을 수는 없다고 했더니, 그 자는 허겁지겁 도망을 치더구먼. 하도 수상해서 사람을 시켜 뒤를 밟게 했더니 정안군 자네 집으로 들어가더라는 게야."

방간의 혀끝은 사뭇 미끄러웠다. 몇번이고 되풀이해서 읽고 왼 대사를 그대로 옮기는 것 같은 어투였다. 그러나 얼핏 반박할 구석을 찾기 어렵게 빈틈없이 짜여져 있었다.

"어째서 그 당시에 그와 같은 사실을 밝히지 않았느냐고 되묻고 싶겠지? 그렇지, 정안군?"

방간은 숨쉴 틈도 주지 않고 부르고 썼다.

"만일 내가 그 때 경솔히 발설을 했더라면 정안군 자네는 어찌 되었겠나. 그런 엄청난 비밀을 숨기고 있으니 여러 모로 지탄을 받았을 게 아닌가. 나는 그것이 가슴 아팠던 게야. 자네는 내 친동생이고 나는 자네 친형이거든. 어떻게 형의 입으로 동생을 그런 궁지에 몰아넣을 수 있겠느냐 말이야."

그리고는 제법 무거운 한숨을 몰아쉬다가 또 말했다.

"아까도 말했네만, 나는 그래도 자네 정안군이 그 사실을 주상께 여쭐 것이라고 믿고 기대했던 게야. 그래서 차일피일 지내 왔네만 자네는 끝끝내 입을 열지 않았고, 그 일을 영영 덮어두자니 국가를 위해서 큰 화를 초래하지 않을까 애가 타서 생각다 못해서 바로 어제 저녁에야 주상께 넌지시 사뢰었던 게야."

"국가에 화를 초래한다구요?"

방원은 겨우 한마디 했다.

"암, 초래하구말구. 연왕 그 사람이 난을 일으켜서 천하를 평정하고 제위(帝位)에 오르기까지 된다면 또 모를 일이로되, 일이 실패로 돌아간다면 어찌 되겠는가. 그리고 우리 조선국의 왕자가 그 사람과 비밀히

연락을 취했다는 사실이 탄로된다면 어찌 되겠는가. 그러지 않아도 사사
건건 트집만 잡아온 명나라측에서 얼마나 극성스런 말썽을 부리겠는가
말일세."

　방간의 논봉은 갈수록 맵고 날카로웠다. 그러나 방원은 대수롭지 않게
웃었다. 겨우 마음의 자세를 고쳐잡을 여유를 갖게 된 것이다.

　"긁어 부스럼이란 말이 있습니다. 형님께선 그 쪽지 한 장을 대단하게
여기시는 모양 같습니다마는, 저는 하찮은 물건으로 생각했기에 구태어
주상께 품하지 않았던 거올시다."

　"하찮은 물건이라구?"

　방간은 올빼미 눈을 하며 대들었다.

　"잘 생각해 보십시오, 형님. 그 글발이 틀림없이 연왕이 보낸 것이라는
아무런 증거도 없습니다. 만일 어떤 음흉한 자가 있어서 저를 모해하고자
그런 장난질을 쳤다면 어쩌겠습니까."

　어떤 확신이 있어서 한 말은 아니었다. 그저 그렇게 넘겨짚어본 데에
불과했지만, 방간의 안색이 이내 달라졌다.

　"한낱 장난질에 불과한 종이쪽지를 받았다고 해서 상감께 아뢰고 조정
을 떠들석하게 한다면, 평지에 풍파를 일으키는 어리석은 소행이 아니고
무엇이겠습니까."

　"누가 그런 장난질을 했다는 건가? 내가 했다는 건가?"

　호흡이 짧은 방간은 제발이 저렸던지 동동거렸다.

　"형님이 하셨다고 말하진 않았습니다. 또 저는 그렇게 생각하고 있지
도 않습니다. 형님이나 저에게 앙심을 품고 있는 어떤 흉물이 우리를
모해하고자 꾸민 흉계가 아닌가 생각해 볼 수도 있지 않겠습니까."

　방원은 슬며시 둘러댔고, 방간은 더 할 말이 없었던지 양 어깨만 씨근
덕거리고 있었다.

　"이제 알았으니 그만들 두게."

　결국 그 자리를 수습한 것은 국왕 방과였다.

"얘기를 듣고 보니 정안군의 말마따나 대수롭지 않은 일이로구먼. 공연히 떠들어서 세상을 시끄럽게 할 것이 아니라 더 왈가왈부하지 않도록 하게."

그리고는 손수 술잔을 들어 방원에게 권했다.

"내가 공연한 얘기를 꺼내서 술맛을 떨어지게 했어."

입으로는 웃으면서 잔을 채웠지만, 그의 눈은 웃지 않고 있었다. 싸늘하게 가라앉아 있었다. 방원의 마음 역시 싸늘하게 식어가기만 했다.

오늘 이 자리에서는 그럭저럭 방간의 공격을 봉쇄한 셈이었고 국왕의 수습으로 어물어물 넘기기는 했지만, 불쾌한 꼬리가 깨끗이 가시지는 않았다.

어쨌든 형 방간은 정면으로 자기에게 칼날을 들이댔다. 그 칼날을 호락호락하게 칼집에 꽂지는 않을 것 같은 불안이 가슴을 후볐다.

몇잔 술을 거푸 마셨지만 도무지 취하지를 않았다.

"도대체 상감은 어느 편을 드시는건지 분간할 수가 없구료."

방간의 처남 민공생(閔公生)의 집 사랑방이었다.

"무슨 말씀이신지요, 박 지사."

민공생은 남달리 길쭉한 주걱턱을 만지작거리며 흐릿한 얼굴을 한다. 정말 박포의 말뜻을 몰라서 하는 소린지 어쩐지 그의 표정만으로는 쉽게 꼬집어내기 어려웠다.

"큰 아우님 편을 드시느냐 작은 아우님 편을 드시느냐, 그게 아리송하다 그런 얘기외다."

박포도 지지 않겠다고 연막을 치는 것이었지만, 그래도 그의 말은 솔직한 편이었다. 그제서야 민공생은 알아듣겠다는 투로 노닥거렸다.

"그야 일국의 군주되시는 분이니 매사에 공평무사하시어야 할 것이 아니겠습니까. 어느 편에게 후하고 어느 편에게 박할 수는 없으실 것입니다."

그 말에 박포는 그만 울화가 치미는 것일까.

"누가 공평한 처사를 그르다는 게요? 죄인에겐 마땅히 벌을 내려야 한다 그런 말이외다. 민공도 잘 아시다시피 정안군 그 사람으로 말할 것 같으면 상국(上國) 천자께 반기를 든 역도들과 내통을 했다는 혐의를 받고 있는 위인이 아니오?"

연왕이 보냈다는 괴문서 사건을 두고 하는 말이었다.

그달[정종 원년 7월] 들어 정식으로 거병한 연왕은 첫싸움에선 정부군의 기습을 봉쇄하는데 성공하였지만 정세는 유동적이었다. 따라서 그 시점에서 본다면 연왕은 아직 반란군의 맹주(盟主)에 불과한 위치에 있었다.

"우리 조선국의 처지는 국초부터 대국 명나라를 상국으로 섬겨온 터이니, 명나라 황실에 반기를 드는 자는 우리측에서도 곧 역도로 간주해야 할 것이 아니겠소. 그 역도와 내통했다는 사실이 고발되었거늘 정안군 그 사람을 불문에 붙이시다니, 내 생각으로는 아무래도 회안군 나리 그 분보다도 정안군을 한층 두둔하려는 것이 상감의 진의가 아닌가 싶소이다그려."

박포의 구기엔 민공생의 비위를 슬슬 긁어서 불을 붙여보려는 그런 저의가 널름거리고 있었다.

"그래요? 박 지사는 그렇게 생각하시나요?"

민공생은 또 주걱턱을 주물럭거리며 말끝을 흐리고 있는데, 방문 밖에서 요란하게 개들이 짖는 소리가 들려왔다.

그는 방문을 열었다. 댓돌 아래 뜰에서 두 마리의 개가 으르렁거리며 싸우고 있었다.

한 마리는 몸집도 크고 성깔도 사나워 보이는 검정개였고, 다른 한 마리는 아직 잔뼈가 제대로 굵지 못한 바둑강아지였다.

"저놈들의 싸움을 말리자면 박 지사는 어떻게 하겠습니까."

민공생은 불쑥 이런 질문을 던졌다.

"글쎄 말이외다."

엉뚱한 질문에 얼핏 대답이 나가지 않는 모양이었다.

"내가 말려볼테니, 잘 보십쇼."

민공생은 뜨락으로 내려갔다.

먼저 크고 사나운 검정개에게 주먹질을 하며 호통을 쳤다. 그러나 검정개는 더욱더 기승을 부릴 뿐이었다. 이번엔 바둑강아지를 향해 그렇게 해보았다. 바둑강아지는 깽깽 비명을 지르며 도망쳤다.

"이제 아시겠습니까."

민공생은 능글능글 웃으며 박포를 주시했다.

"박 지사도 보신 바와 같이 아무리 내 집에서 기르는 개라도, 힘이 세고 강한 놈은 주인의 주먹도 두려워하지 않을 수 있단 말입니다. 내가 굳이 그 검정개를 쫓으려고 했더라면, 아마 잔뜩 독이 오른 그놈 내 발등이라도 깨물었을 겁니다."

민공생은 말을 이었다.

"그러니까 상감은 정안군이 두려워서 벌하지 못하셨다 그런 뜻이오?"

되물으면서 박포의 안색이 독기를 피운다.

"박 지사의 해석에 맡기겠습니다만, 어쨌든 지금의 형편으로는 이 눈치 저 눈치 살피실 수밖에 없을 겝니다. 하지만 두고 보십쇼. 오래지 않아 상감께서도 소신껏 왕권(王權)을 행사하실 날이 오게 될 겁니다. 그 때가 되면 과연 상감께서 어느 편을 두둔하고 어느 편을 역겨워하시는가 분명해지겠지요."

묘한 자신감을 보이며 민공생은 말끝을 맺었다.

그 말은 오래지 않아 사실로 나타났다.

상의중추원사(商議中樞院事) 벼슬을 지내는 장사정(張思靖)이란 관원이 있었다. 무인정사(戊寅靖社)에 공이 있었다 해서 공신 이등에 책록된 인물이었다.

지난 5월 19일, 그 장사정이 술에 취하여 행패를 부린 사건이 있었

다. 전에 판사(判事)까지 지낸 남궁서(南宮恕)란 고관의 처(妻)의 귀를
칼로 째고 마침내 격살하는 만행을 저질렀다. 그뿐 아니라 그 이웃마을
남녀 오륙명에게 매질을 가하고, 그 중 아이 밴 부인 하나를 죽음에 이르
게까지 했다.

장사정의 품계는 종2품이었으며 살해된 부인의 남편 남궁서는 3품관
(三品官)이었다. 그러니까 장사정은 거의 비슷비슷한 계급의 관료의
부인을 타살한 것이었다.

물론(物論)이 비등하였고, 문하부(門下府)에서는 장사정을 극형에
처해야 한다고 진언했다. 국왕은 사헌부에 명하여 그를 문초하라고 지시
했다.

장사정 사건을 담당한 것이 바로 민공생이었다. 그는 사헌부의 잡단
(雜端 : 훗날의 持平)이란 직책을 맡고 있었던 것이다.

장사정과 개인적인 친분이 두터웠던 민공생은 차일피일하면서 문초를
미루다가, 결국은 직첩(職牒)을 거두고 함주(咸州)로 추방하는 정도의
가벼운 형을 내리도록 공작했다.

함주로 말할 것 같으면 창업주 이성계의 출신지인 동시에 장사정의
본관(本貫)이었던만큼, 유배지라고는 할 수 없었다. 유배라기보다도 한낱
귀향 조치나 다름없는 특혜를 베풀어준 셈이었다.

그래서 탄핵의 화살은 그와 같은 미적지근한 술책을 논한 민공생에게
로 집중되었다. 정실에 끌려 직권을 남용하였다는 죄목이었다. 당연한
탄핵이었으며 당연한 공격이었다.

국왕 방과도 하는 수 없이 민공생에게 휴직을 명했다.

그렇게 되자 민공생은 그의 자부(姉夫) 방간에게 호소하였고, 방간은
국왕에게 작용을 해서 민공생은 즉시 복직되었다. 그러나 대간의 탄핵을
받고 휴직된 관원을 복직시키자면 대간원의 심의를 거쳐야 하는 법규가
있었다. 그런데도 궁왕은 그 법을 무시하는 처사를 취한 셈이었다. 그러
니 대간들이 그냥 있을 리 없었다.

"대간이나 헌관(憲官 : 사헌부의 관료)이 법을 어기고 탄핵 당했을 경우 그를 복직시키지 않는 것은 엄연한 국법이오며, 국법은 곧 천하와 국가를 다스리는 대본(大本)이오매, 선왕(先王)께오서도 개국과 더불어 법 제정에 부심하시었던 터입니다."

이와 같은 격렬한 어투로 문하부에서는 상소했다.

"창시지군(創始之君)이 입법창제(立法創制)한 법은 계세지군(繼世之君)도 엄히 준수하고 경경히 개정하지 않는 것이 예로부터 전하여 오는 규범입니다."

창업주 이성계가 정한 법을 방과가 무시하려 드는 것을 은근히 힐난한 말이었다.

"일찍이 태상왕께서 창업하시던 당초 여러 관료들의 직분을 분류하시되 간관에겐 간쟁(諫諍)을 맡기시어 군심(君心)을 바로잡게 하셨으며, 헌관(憲官)에겐 시정(時政)의 논집(論執), 백관의 규찰(糾察), 기강의 진장(振張), 풍속의 숙정(肅正), 원억(冤抑)의 신설(伸雪) 등을 맡기시어 국풍(國風)을 선도(善導)케 하셨으며, 무릇 간관이나 헌관된 자 누구보다 먼저 법을 준수한 연후에야 맡은 바 직책을 다할 수 있을 것이 아니겠습니까.

그러한 관원으로서 만일 법을 지키지 않는 자가 있으면 대간은 이를 탄핵하고 징계하여야 하오며, 인주(人主) 역시 가벼이 용서하지 않음으로써 그 법을 존중하는 본보기를 보여야 할 것입니다."

여기까지는 그런대로 준법정신의 본령을 언급한 서론이었지만, 본론에 접하는 상소문은 국왕 방과에게로 곧장 논봉을 들이댔다.

"그러하옵거늘 전하께오서는 한번 직위를 해제하신 자를 다시 불러 집무케 하셨으니, 이는 곧 경솔되어 선왕의 율법을 어기신 처사가 아니고 무엇이겠습니까. 사헌부 감관 민생공은 헌관으로서 피핵된 자입니다. 마땅히 행실을 고치고 스스로 새 사람이 되기를 기하여야 할 것이옵거늘, 오히려 추호도 부끄러워할 줄 모를 뿐더러 국법의 지엄함을 생각지 않고 이권과 녹봉(祿俸)에만 연연하여 그 직위에 매달려 있는 형편입니다. 어찌 규탄하지 않을 수 있겠습니까. 원컨대 앞으로는 대간이나 헌관으로서 범법하여 탄핵 받은 자를 복직시키는 유의 분부를 내리시는 일이 없도록 하심으로써 선왕의 법을 준수하시고 불측한 신료를 징계하도록 하십시오.”

민생공을 탄핵한다기보다도 국왕의 밝지 못함을 신랄히 비판하고 대담하게 충고한 언사였다.

방과도 할 말이 없었던지 처음에는 옳은 말이라고 시인했지만, 민생공은 또 방간에게 애소하였고 방간은 다시 국왕을 쑤석거렸다.

임금이 한번 명령을 내린 이상 참새떼 같은 언관(言官)들이 왈가왈부한다고 그런 잡음에 좌우된다면, 국왕의 체통과 권위가 땅에 떨어질 것이라고 선동했다. 더더구나 상소문의 언사가 무엄하고 불손하니 오히려 언관들을 문책해야 한다고 한술 더 뜨기도 했다.

방간의 부채질은 어찌어찌하다가 어부지리를 얻어 국왕 자리에 올라앉은 방과의 약점을 아프게 찌르는 수작이기도 했다.

──나를 실권 없는 허수아비 임금으로 알고 업신여겨 보는 거냐?

이런 자격지심도 들었을 것이다. 그는 마침내 격노하여, 상소문의 기초자 탁신(卓愼)을 문초했다.

탁신은 문하부에서 장무우습유(掌務右拾遺)란 직책을 맡고 있는 관원이었다. 품계는 종6품으로 하급 관료에 지나지 않았지만, 여느 벼슬아치와는 다른 뼈대 있는 인물이었다.

일찍이 고려조 창왕 원년에 문과에 급제한 일이 있었으나, 연로한 부모를 봉양하기 위해서 벼슬자리를 물리치고 고향으로 내려갔다. 그러다가 부친이 병사한 뒤에야 극진한 효행으로 다시 천거되어, 지금의 그 벼슬을 맡게 된 것이다.

그 탁신을 향하여 국왕 방과는 호통을 쳤다.

“민공생은 이미 왕명을 받고 다시 환임(還任)하였거늘, 어찌하여 거듭 탄핵하는가?"

국왕 방과의 그런 책망을 들으면서도 탁신은 굽히지 않았다.

"대간이나 형조낭리(刑曹郎吏)로서 피핵된 자는 반드시 개하(改下)한 연후에 출사(出仕)하는 것이 고법(古法)입니다. 민공생이 비록 승명(承命)하였다고 하여 어찌 법을 버릴 수 있겠습니까."

방과는 격분했다.

"너희들의 말은 모두 옳고, 여의 처사는 모두 그르다는 거냐."

즉시 순군(巡軍)의 당직원(當職員)에게 명하여, 탁신을 그의 집으로 압송케 하는 한편 직위를 해제하여 버렸다.

탁신에 대한 국왕의 위압은 간관들을 극도로 자극했다. 그들은 언관의 권익과 자유를 외치면서 국왕에 대하여 일제히 포문을 열었다.

그 당시의 정종실록이 전하는 언관들의 발언은 맵고 날카롭고 격렬했다. 공격의 제1탄은 탁신의 동료인 좌습유(左拾遺) 김익정(金益精)이 던졌다. 그는 그 때 신병을 앓고 있었지만, 이를 무릅쓰고 예궐하여 계주했다.

"이번에 탁신을 책망하시고 압송하신 처사 심히 민망스럽습니다. 이는 언로(言路)를 봉쇄하시려는 처분이 아닌가 싶어 심히 두렵습니다. 죄가 있다면 탁신 한 사람만의 죄가 아닙니다. 신도 책하여 주십시오."

궁지에 몰린 방과는 방과대로 핏대를 올렸다. 순군의 나장(羅將)을 시켜 김익정 역시 그의 집으로 압송하여 버렸다.

국왕에 대한 문하부 간관들의 공격에, 민공생의 동료인 사헌부 헌관들까지 합세하였다.

사헌중승(司憲中丞) 이승상(李升商)은 극언하였다.

"옛사람이 말하기를 간언(諫言)을 받아들일 줄 아는 인군이라야 성군(聖君)이라 할 수 있으며, 비록 스스로 성군을 자처하더라도 충직한 말을 멀리 하고 간사한 말을 가까이 한다면 성군과는 정 반대되는 인주(人主)라는 비방을 면치 못할 것이라고 했습니다."

다른 언관들도 꼬리를 이어 논란했다.

"여론에 귀를 기울이고 옳은 간언을 받아들이는 것은 인주의 요도(要道)입니다. 인군이 간언을 받아들이지 않고 어찌 스스로의 잘못을 깨달을 수 있겠습니까. 그렇기 때문에 순(舜) 임금 같은 분도 그렇듯 크낙한 슬기를 갖추었으면서도, 신하들의 직언에 항상 귀를 기울였다고 하지 않습니까."

이와 같은 언관과 헌관들의 공세에 국왕 방과는 자기 반성보다도 반발심만 앞세웠다.

"주제넘고 무엄하고 시끄러운 참새들!"

그는 어금니를 씹다가 손을 들더니, 마치 참새떼를 쫓기라도 하는 것 같은 시늉을 했다.

마침내 국왕 방과는 시끄러운 참새떼를 멀찌감치 날려버렸다. 문하부의 낭사(郎舍), 즉 간관들을 모조리 좌천시킨 것이다.

좌산기상시(左散騎常侍) 박석명(朴錫命)을 안주목사(安州牧使)로 쫓아버렸다. 좌간의 대부 안노생(安魯生)을 철원부사(鐵原府使)로, 직문하(直門下) 권진(權軫)을 지합주사(知陜州事)로, 내사사인(內史舍人) 김분(金汾)을 지직산군사(知稷山郡事)로 몰아냈다.

그리고 탁신(卓愼)이나 김익정(金益精)보다 한 계급 위인 보궐(補闕)이란 자리에 있었던 황희(黃喜)와 허주(許稠)는 아예 파면시키고 말았다.

그 후 그러한 인사 조치가 지나쳤다고 생각이 되었던지 문제의 인물 김익정과 탁신을 복직시키려고 했지만, 그들은 부모의 신병을 평계삼아 그 벼슬을 헌신짝같이 걷어찼다.

논란의 대상자였던 민공생 혼자만이 끝내 잡단(雜端)이란 관직에 매달려 있었지만, 어쨌든 그 사건을 통해서 민공생이 박포에게 예언한 그대로 국왕이 방간 편을 훨씬 두둔하고 있다는 사실만은 노출된 셈이었다.

민공생 탄핵사건이 불씨가 된 언로파동(言路波動)에 책임을 느꼈던지

국가의 수상격인 좌정승 조준과 부수상격인 우정승 김사형이 사표를
제출하는 사태까지 빚어졌다.

곧 두 정승의 사표는 일단 반려되었지만, 시국은 몹시 뒤숭숭했다.

그와 같은 정세에 누구보다도 가슴을 썩인 사람은 방원이었다. 공정한
눈으로 비판하자면 비(非)는 어디까지나 민공생이나 방간이나 국왕에게
있었고 언관들의 반발은 당연했다. 방원 자기에게 칼날을 들이대는 방간
에 대한 적대 감정 때문에 그렇게 보는 것은 아니라고 방원은 스스로
다짐하고 있었다. 그러나 그렇다고 그 분쟁 속에 뛰어들어 언관들의 편을
들 수도 없는 일이었다.

무인정사의 맹주 방원이 그런 태도를 취한다면, 가뜩이나 자격지심에
빠져 있는 국왕 방과는 노골적으로 자기를 적대시할 것이며 방간과 더욱
결속할 것이 분명했다.

그래서 되도록 사람을 만나지 않으려고 집안에 틀어박혀 있었는데,
이번 사건에 바람을 맞고 면직 당한 황회가 찾아왔다.

그는 군소리 제쳐놓고 말했다.

"아무래도 나리께서 또 힘을 쓰셔야 하겠습니다."

그것이 무엇을 의미하는 소리인지 이내 짐작이 갔지만, 방원은 신중을
기하고 듣고만 있었다.

"그야 나리의 고충 시생도 모르는 바는 아닙니다. 섣불리 나리께서
개입하셨다가 그러지 않아도 나리를 색안경으로 백안시하는 무리들이
어떠한 곡해를 할는지 모릅니다. 그것을 기화로 파쟁의 평계를 삼아 물의
를 일으킬는지도 모릅니다. 그런 파란을 충분히 예측하면서도, 시생은
나리께 종용하고자 하는 거올시다. 이 사태를 수습하셔야 한다고 말입니
다."

그래도 역시 방원은 잠자코 있었다.

"긴 말은 하지 않겠습니다. 상감이나 정부 요인들에 대한 정당한 비판
은, 사람의 신체에 비유한다면 숨통과 같은 것입니다. 숨이 막히면 그

사람은 죽고 맙니다. 설혹 죽을 지경에 이르지는 않더라도, 피는 썩고 곪아서 만신창이가 되는 거올시다. 그래도 나리는 방관만 하고 계시겠습니까"

평소에는 항상 아래로만 쳐져 있던 눈꼬리를, 황희는 바짝 올려 세우며 말을 잇는다.

"국가나 민족을 아끼고 사랑하는 길에도 여러 갈래가 있을 거올시다."

긴 말을 하지 않겠다고 전제했으면서도 황희의 말은 자연히 길어졌다. 방원이 좀처럼 반응을 보이지 않은 때문일는지도 모른다.

"반반한 대로처럼 넓고 곧고 밝은 길을 달리기만 할 수도 있을 겝니다. 멸사봉공(滅私奉公), 공평무사(公平無私), 누가 보아도 흠잡을 데 없는 의기와 지조를 고수하고, 어떠한 관권이나 압력에도 굽히지 않고 소신을 관철하는 사람들, 그런 사람들을 흔히 충신이라 찬양하고 열사라 칭송합니다. 하지만 같은 행동을 취하더라도 그 사람이 놓여진 여건에 따라선 음흉한 야심가라고 지탄을 받을 수밖에 없는 사람도 있습니다. 나리가 바로 그런 분입니다."

방원이 하고 싶은 말을 황희는 앞질러 대변하고 있었다.

"탁신이나 김익정이나 이승상이 상주한 직언에 대해서 뜻있는 사람들은 모두 찬사를 보내고 있습니다마는, 같은 말을 나리께서 하셨다면 보는 눈은 사뭇 달라질 거올시다. 지난번 정변의 맹주로 국가의 실권을 장악하고 있는 강신(強臣)이 약한 국왕을 강박하는 소리라고 힐난할 수도 있을 겝니다. 그래도 나리는 하셔야 합니다. 아름다운 찬사가 아니라 욕된 오명을 뒤집어쓰면서도, 진정으로 국가의 백년대계를 위해서 진력하는 그런 분을 시생은 참된 충렬지사(忠烈之士)라고 보고 싶습니다."

그 말을 남겨놓고 황희는 표표히 사라졌다.

그날밤을 방원은 뜬눈으로 밝히며 번민했다. 황희가 남기고 간 말 한마디 한마디는 그의 아픈 데를 가차없이 찌르고 쑤셔놓았다.

——분쟁을 일으키지 말자.

──모처럼 이룩한 정국의 안정을 다시 흔들어서는 아니된다.

그러한 미명(美名)의 너울을 쓰고 방원 자기는 어떠한 계산을 하고 있었던 것일까.

이제는 그 이상 남들의 지탄과 비난을 받고 싶지 않다는 이기적인 속셈이 작용하고 있지는 않았는가.

발 없는 말은 자유롭고 분망한 것 같으면서도 어이없이 약한 허점을 내포하고 있다. 특히 국가의 녹을 먹고 있는 언관들의 경우는 더욱 그렇다.

한번 덜미를 때렸다가 손바닥을 뒤집어 배때기를 문질러주면, 지난날의 기세는 온데간데 없어지고 무릎을 꿇고 꼬리를 칠 것이다. 결국 위정자는 귀가 있어도 듣질 못하고 눈이 있어도 보지 못하게 된다.

──그렇게 버려둘 수는 없다. 나의 형님을, 내 나라의 나라님을, 그런 분으로 만들 수는 없다.

그리고 방원은 또 다짐했다.

──내 몸 하나 버려서 될 일이라면 이런들 어떻고 저런들 어떻겠느냐. 만수산 드렁칡이 아닌 시궁창에 뛰어들어 얽히고 범벅이 된들 그 어떠랴.

'하여가(何如歌)' 아닌 자기 희생의 넋두리를 곱씹다가 자리를 차고 밖으로 나갔다.

먼저 하륜을 찾아가서 오랫동안 이야기를 하고는, 좌정승 조준과 우정승 김사형의 집을 차례로 찾아다녔다. 그리고 마지막으로 수창궁에 입궐하여 국왕 방과를 만났다.

그 날(10월 9일) 국왕 방과는 한 통의 상소문을 들고 심각한 얼굴을 하고 있었다.

첨서중추원사(簽書中樞院事) 권근(權近)이 올린 시정(時政)을 진술한 글이었다.

"요즈음 천재지변이 자주 일어나기에 내 심히 면구스러워서 대소 신료

들로 하여금 정형(政刑)의 득실과 민간(民間)의 이해(利害)에 관해서
소신을 진술하라 일렀더니 이런 글이 들어왔구먼."
하면서 그 상소문을 방원에게 내밀었다.

"자네가 좀 읽어주겠나?"

언제나 그러하듯 속을 알 수 없는 흐릿한 표정과 어투였다. 방원은
꺼림한 기분이었지만 읽으라고 하니 읽을 수밖에 없었다.

"심술(心術)을 마땅히 바로잡으셔야 합니다."

상소문의 첫마디가 그것이었다.

심술이란 용어를 철학적으로 해석하자면, 동기나 목적 관념을 도덕적
으로 결정하는 지속적인 의지 방향(意志方向)을 뜻하는 것이라던가.
그리고 우리네가 흔히 사용할 때엔 온당하지 못하고 고집스러운 마음을
의미하기도 한다.

어쨌든 일국의 군주에게 그런 용어까지 사용하면서 충고하는 그 상소
문은 허두부터가 신랄하고 대담했다.

방원은 긴장하며 다음 대목을 읽어 내려갔다.

"인주(人主)의 마음 하나가 곧 치민(治民)의 본원이오며 감천(感天)
의 추기(樞機)이온 바 바르지 않을 수 없는 것입니다. 전하의 마음 가지
심의 여하에 따라서 하늘은 즉각 그에 대한 반응을 보이게 마련입니다.
일전에 전하께서 서교(西郊)로 순행하시자 바로 그 이튿날 혹심한 뇌우
가 있었고 그 다음날 밤엔 괴이한 성변(星變)이 있었으며, 환궁하신 이튿
날엔 다시 뇌성벽력이 천지를 진동하지 않았습니까."

그 날 초사흘날, 왕은 종친들을 거느리고 강음현(江陰縣 : 황해도 금
천) 원중포(原中浦)로 사냥을 갔으며, 노상에서 노루를 쏘아 잡은 일이
있었다.

그 사실을 두고 하는 말인데, 공교롭게도 기회가 좋지 못했다. 개경에
서 멀지 않은 옹진땅에 왜구가 침공했다 해서 뒤숭숭하던 때였다.

"그 날 전하께서 활을 쏘시며 짐승을 잡으실 적에 필시 흥겨워하시는

마음이 계셨을 줄로 압니다. 유흥을 즐기는 그런 마음이란 한번 싹이
트면 걷잡을 수 없는 것인고로, 하늘이 이변을 나타내 경고한 것인 줄로
압니다. 그러하온즉 천재지변을 없이 하자면 전하께서 그만한 지성을
보이셔야 할 것입니다. 옛적 주(周)나라 성왕(成王)이 한번 깨닫자 하늘
이 감동하여 모진 바람을 거두었다고 하지 않습니까. 하늘과 사람 사이의
감응은 이토록 바른 것입니다. 하오니 전하께서는 하늘을 두려워하시고
수성(修省)하셔야 합니다. 허심탄회, 백관의 간언을 받아들여야 할 것입
니다."

방원이 첫 조목을 읽고나자, 방과는 그 흐릿한 눈을 들어 건너다보았
다.

"임금 노릇이라는 건 과연 힘이 드는구먼. 오래도록 이질을 앓느라고
운신을 못했던고로, 하도 답답하기에 사냥이라도 하면 울적한 마음이
풀릴까 해서 그랬던 것인데 이렇듯 책을 하는구먼."

그의 어투는 사뭇 마음 약한 푸념 같았지만, 그 속엔 불쾌한 응어리가
맺혀 있었다.

"어떤가, 정안군. 자네가 만일 임금이라면 어떻게 생각하겠나."

방원의 두 눈을 깊이 들여다보며 방과는 물었다.

자네가 만일 임금이라면 하는 말이 신경에 거슬렸지만, 자기가 찾아온
뜻을 밝힐 기회는 바로 지금이라고 방원은 생각했다.

"신의 요량은 이렇습니다."

일부러 힘주어 신(臣)이라 자칭하며 그는 입을 열었다.

"권근의 상소문의 진의는 일전에 전하께서 유렵(遊獵)차 순행(巡幸)
하신 그 일 자체만을 탓하려는 뜻이 아닌 줄로 압니다. 권근의 글에도
언급하고 있습니다만, 허심탄회하게 신료들의 간언을 받아들여 줍시사
하는 것이 참뜻인 줄로 압니다."

"허허, 참."

방과는 쓰겁게 웃었다.

"그야 임금이 헤아리지 못하는 바를 깨우치는 그것 자체를 누가 뭐라고 하나. 간고(諫鼓)를 올려도 좋고, 이렇게 간서(諫書)를 올려도 좋고, 자네처럼 직접 맞대놓고 간언(諫言)을 해도 좋지. 임금이 고집을 부리면 간쟁(諫諍)을 하거나 간지(諫止)를 해도 나쁠 것은 없네만, 임금이라고 그런 건의나 충고를 모조리 다 받아들일 수는 없지 않은가. 한가지 짐승을 놓고도 갑이라는 자는 말(馬)이라고 주장하고, 을이라는 자는 사슴(鹿)이라고 우겨댈 경우, 양측의 말을 다 옳다고 할 수는 없지 않은가. 말이라고 판단을 했으면 그렇게 받아들여야 할 것이며, 사슴이라고 보았을 경우엔 역시 그렇게 처결해야 할 것이 아닌가."

처음엔 덤덤하게 주워섬기던 그의 어투가 차차 열을 띠기 시작했다.

"어느 한 편이 옳고 어느 한 편이 그르다고 처결을 할 경우 옳게 판결을 받은 편은 물론 좋아라고 잠자코 있겠지만, 자기 주장이 부결된 측은 모처럼의 충간을 받아들이지 않는다고 떠들어댄다 그 말이야."

방과의 반론은 녹녹하지 않았다. 국왕의 입장으로선 그러한 고충도 없진 않을 것이라 새삼 느끼면서, 그러나 방원은 고삐를 늦추지 않았다.

"전하의 말씀 지당하십니다만, 세상에는 공론(公論)이란 것이 있습니다. 많은 사람이 옳다고 주장하는 것이 대개의 경우 정론(正論)이오며, 그르다는 지탄을 받는 측의 설은 궁색한 궤변이거나 억설일 경우가 많습니다. 그러니 공론을 따르셔야지요."

"정안군 말에도 일리는 있네만, 그건 하나만 알고 둘은 모르는 소리야."

방과로선 드물게 정면으로 반박하고 나섰다.

"잠깐 바람을 쐬겠다고 사냥만 나가도 시끄럽게 책을 듣는 내가 말일세. 왕좌(王座)란 이름의 감방에 갇힌거나 다름없는 내 처지로서 말일세. 어떻게 많은 사람을 만나보며 공론이란 것을 들을 수 있겠나."

방과로선 제법 자기 입장을 합리화해 보려고 내세워 본 논리였지만, 그것은 곧 방원이 듣고 싶어하던 말이었다.

"바로 그거올시다. 전하께서 과히 심려하시지 않더라도 중지(衆智)를 규합하시고 공론을 청취하실 수 있는 제도나 기관을 설치합시사 하는 생각에서 신이 이렇듯 예궐한 거올시다."

"그래?"

방과는 약간 당황하는 기색이면서도 되물었다.

"그런 희한한 제도라는 것이 있을 수 있을까?"

당황한 기색에 불안까지 깃들인 형 방과의 얼굴을 바라보니, 방원은 조금 민망한 생각이 들었다.

그러나 마음을 모질게 다잡았다. 오는 길에 하륜(河崙)을 만나고 조준(趙浚), 김사형(金士衡) 두 정승을 찾아본 것도 그와 같은 언로(言路)의 소통을 제도적으로 확립하려는 마음에서였다. 더 이상 주저할 수는 없다.

"앞으로 사헌부에서 정식으로 입안(立案)하여 품주(禀奏)할 거올시다만. 그 제도의 골자를 말씀드리자면 이렇습니다. 조례상정도감(條例詳定都監)이란 기관을 설치하자는 거올시다."

처음 듣는 기관의 이름이니만큼 어리둥절한 것일까, 방과는 눈만 멀뚱거리고 있었다.

"그 기관을 삼방(三房)으로 나눕니다. 옛 제도를 널리 섭렵한 학구(學究)나 요즘 세상 일에 밝은 실무가를 전속 관원에 임명합니다. 그리고 그 위에 판사(判事)를 두되 전하께서 특명하시어 정부 요직의 재신들로 충당하는 거올시다."

"삼방을 어떻게 나눈다는 거지?"

"수전(水戰)이나 육수(陸守) 등 군사(軍事)에 관한 일과 병력의 동원과 배치 등에 관한 일을 한 방에 맡깁니다."

"또 한 방에는?"

"용역(用役)이나 부세(賦稅)나 전폐(錢幣) 등 국가 재정에 관한 일과 수륙 전운(水陸轉運) 등 교통에 관한 일을 맡깁니다."

"나머지 한 방은?"

"제도(制度), 금령(禁令) 등 국가의 강기(綱紀)에 관한 제도적인 장치를 맡아야 하겠습지요."

"그 기관의 운영은?"

"대소 신료들로부터 제출되는 건의 사항이 있을 경우, 먼저 삼방의 전속 관원들이 회의를 열고 결정한 다음 판사들에게 상신(上申)합니다. 판사들은 삼방 회의에서 결의한 사항의 가부를 결정합니다마는, 판사들로서도 소상히 알 수 없는 안건에 대해서는 각계 각층의 의견을 청취하여 참고합니다. 큰 일이면 직접 사람을 그 방면 전문가에게 파견하여 자문케 하고, 작은 일이면 각 도에 이첩하여 참고 자료를 제공하도록 합니다. 그리하여 현실에 적합하고 고례(古例)에 어긋남이 없으며, 백성들에게 이롭고 담당 관리들이 사무를 보기에 편리하도록 한 연후에, 전하께 상담하여 최후의 재결을 내리시도록 하자는 겁니다."

가장 민주적이고 가장 효율적이고 가장 현실적인 입안이었다. 방과로서도 그 안을 반대할 아무런 이유도 찾을 수 없는 모양이었다. 그러나 그의 표정은 결코 쾌진 않았다.

그 눈치를 충분히 짐작하면서도 방원은 마지막 못을 박았다.

"그와 같은 기관을 설치하신다면 일전에 민공생 등이 직권을 남용한 사건 따위도 미연에 방지할 수 있을 것이며, 그에 대한 처분을 전하께서 잘못 내리시어 물의를 일으켰던 언로 파동과 같은 불상사도 다시는 없을 거올시다."

"그렇게만 된다면 오죽이나 좋겠는가."

꼭 우는 것 같은 웃음을 피우며 방과는 중얼거렸다.

"하도 골치 아픈 참새들의 시끄러운 잡음 듣지 않고, 마음 편히 사냥이나 다닐 수 있을 테니 말일세."

27. 王弟 芳毅

마침내 조례상정도감(條例詳定都監)이 발족되었으며, 그 기관의 요원들도 임명되었다.

삼방(三房)의 판사(判事)로는 정안군 방원, 좌정승 조준, 우정승 김사형, 참찬문하부사 이무, 이거이(李居易), 대사헌 전백영(全伯英), 중추원부사 유관(柳觀)을 임명하였고, 실무 담당의 속관(屬官)으로는 우산기(右散騎) 윤사수(尹思修) 등 아홉 명을 배속하였다.

이 기관은 국가의 최고 심의기관인 동시에 의결기관의 성격도 띠고 있었지만, 세 왕자 중에선 유독 방원만이 참획하게 된 셈이었다. 그러니 거기서 제외된 방간의 속이 편할 리 없었다.

"정안군 그 사람, 마침내 노골적으로 어금니를 드러냈소이다그려."

방간의 편치 않은 속마음을 박포는 쑤셔댔다.

"중지를 규합합네, 공론을 청취합네, 그럴싸한 명분을 내세우고 있긴 합니다만, 조례상정도감이란 그게 뭡니까? 상감의 권한을 극도로 제한하고 자기네들 손으로 군국의 대사를 전단하려는 조직일 뿐이올시다. 판사라는 자들의 면면을 살펴보십시오, 예외없이 방원의 당료들이 아닙니까."

방간은 우거지상을 하고 입맛만 다시고 있었다.

"이젠 다 틀려먹었습네다. 명실 공히 정안군의 세상이 돼버린 거죠. 상감은 허울좋은 허수아비가 되셨구, 회안군 나리는 닭쫓던 뭐처럼 침만 삼키게 되셨습니다그려."

박포는 계속 방간의 비위만 긁어댔다.

"참말로 우리는 아주 망했을까?"

한참만에 방간이 쥐어짜듯 말했다.

"아직도 왕세자 자리만은 공석으로 남았거든?"

그 말이 떨어지자 박포는 호들갑을 쳤다.

"그걸 미처 생각 못했습니다그려. 조례상정도감이란게 어떻건, 삼방의 판사들이란 자들의 권한이 어떠하건, 만일 회안군 나리께서 세자 자리만 따신다면 그 자들은 다 헛물만 켜게 되겠습지요."

앞에서도 언급했지만, 신왕 방과에겐 적자(嫡子)가 없었다. 숱한 서자들은 있었지만 등극하자마자 불문(佛門) 깊이 들어박혀 버렸고, 그래서 세자 책립을 이때까지 미적미적 미루어오고 있는 형편이다.

벌써 만 일년 동안이나 세자 자리는 비어 있는 셈이었다. 그러나 그렇게 박포가 설치는 것을 보더니, 방간은 되려 씁쓰름한 얼굴이 된다.

"따면 되다니, 어디 세자 자리가 그렇게 호락호락한 자린가? 손을 뻗자니 나보다 손이 긴 익안군 형도 있고, 비록 손아래라고는 하지만 극성스런 방원도 으르렁거리고 있지 않나."

서열로 따지자면 익안군 방의의 차례가 자기보다 먼저이고, 실권으로는 방원이 우세하다는 뜻이었다.

"말하자면 나는 이것도 저것도 아닌 중간에 뜬 신세란 말일세."

"그럴수록 나리께선 서열을 주장하셔야지요. 지난 날 정안군이 방석형제를 몰아내던 당시의 명분도 바로 그것이 아니었습니까."

박포는 물고 늘어졌다.

"익안군 형은 어떻게 하구."

방간은 역시 자신이 없는 구기였다.

"익안군 그 분이라면 과히 염려하실 것은 없지 않습니까. 원래 욕심이 없을 뿐더러 까다롭고 힘든 일은 딱 질색이니, 세자 자리를 안겨준다해도 오히려 꽁무니를 뺄 거올시다. 그렇게 되면 말씀입니다, 그 다음은 누구 차례가 되겠습니까?"

김칫국부터 마시며 박포는 입맛을 다셨다.

"하지만 상감께서 굳이 익안군 형님을 책립하신다면?"

방간이 거듭 염려하는 말에,

"미리 손을 써야 합지요. 익안군 그 분의 입을 통해서 자기는 왕세자가 될 생각이 추호도 없다는 뜻을 밝히게 하는 거올시다."

그리고는 소리를 죽이고 한참 동안 쏙닥거렸다.

그 날 날이 저물기를 기다려서 방간은 술 한 병을 들고 바로 윗형인 방의의 집을 찾아갔다. 방의도 몇해 전에 주독(酒毒)으로 죽은 맏형 방우 (芳雨) 못지않은 애주가였다.

훗날의 얘기지만 방의가 병이 들어 오랫동안 눕게 되었다. 그 때 이미 국왕자리를 차지하고 있던 방원이 그 집을 찾아갔다.

방의는 병든 몸이면서도 달려나와 무릎을 꿇고 감격의 눈물을 흘렸다. 방원도 울면서 몇잔 술을 나눈 다음,

"형님께서 병환으로 괴로워하시는데, 오래 앉아 있으면 오히려 폐가 되겠습니다."

그리고는 자리를 뜨려고 했다. 그러자 방의가 말렸다.

"상감께서 이렇듯 신의 집에 임행(臨幸)하시기란 쉬운 일이 아닙니 다. 신 또한 앓는 몸이라 예궐할 수도 없는 터이오니, 오늘은 좀더 머무르 시어 신이 취하여 쓰러지도록 곁에 계셔 주십시오."

방원도 그 우애(友愛)를 저버릴 수 없어 몇잔 술을 더 나누었다. 취흥 이 도도해진 방의는 동생의 소매를 잡고 비틀비틀 일어서더니 덩실덩실 춤을 추었다는 것이다. 그러다가 정말 곯아 떨어져 잠이 든 후에야 방원 은 그 집을 물러나왔다고 전한다.

그렇게 술을 좋아하는 방의의 환심을 사려고, 방간은 비장의 술 한 병을 들고 간 것이다.

"제가 오늘은 형님께 술 한잔 대접하고자 왔습니다."

방간은 이런 식으로 말을 꺼내며 그 술병을 내밀었다.

"무슨 술인데?"

벌써부터 군침이 도는 얼굴을 하며 방의는 그 술병을 흔들어보았다.

"천축주(天竺酒)라고도 하고 야자주(椰子酒)라고도 한다던가요. 저 남만(南蠻) 지역에서 나는 야자란 열매로 만든 술이라고 들었습니다마는, 연전에 유구국에서 사신을 보내왔을 때 바친 명주를 아버님께서 저에게 하사하신 거올시다."

산남왕 온사도가 망명해 오기 이전이었다.

그러니까 태조 6년 8월 6일 유구국의 실권자 중산왕 찰도(中山王察度)가 사신을 파견하여 방물(方物)을 헌상하는 한편, 그 때 유구 연안에 표착한 조선 사람 아홉 명을 송환한 일이 있었던 것이다.

그 술병을 방간이 따서 한 잔 따르자, 잔보다 먼저 입을 갖다 대며 방의는 단숨에 들이켰다.

그리고는 송글송글 웃으며 한마디했다.

"어쩌서 아버님께선 자네에겐 주시구 내게는 주시지 않았을까."

"그야 형님을 더 아끼신 때문이었겠지요. 과음하실까 염려가 되셔서요."

방간은 얼레발을 치다가,

"그보다도 형님께 반가운 소식을 전하러 왔습니다."

슬며시 떠보며 눈치를 살폈다.

"반가운 소식이라니, 이와 같은 명주를 바리로 실어다 주겠다는 건가."

방의는 흐물거렸다.

"아따, 술이 문제이겠습니까. 형님께서 대위(代位)를 계승하시는 날이면 유구국(琉球國)은 말할 것도 없고 섬라곡국(暹羅斛國 : 지금의 태국), 서양 쇄리국(西洋瑣里國 : '馬八兒'라고도 하며 인도 동해안 지방에 있던 나라) 등 남만의 여러 나라에서 별의별 진주(珍酒)를 헌상할 것이 아니겠습니까."

고려말부터 이미 그와 같은 나라들과의 교류가 있었던 것이다.

어쨌든 그 말이 귀에 거슬린 것일까.

"지금 무슨 말을 했지?"

방의는 똑바로 방간을 쏘아보았다.

"상감께서 익안군 형님을 세자에 책립하실 의향이 계신 것 같다는 얘기를 들어서요."

방간은 넉살좋게 노닥거렸다. 그 얼굴을 계속 주시하다가 방의는 너털웃음을 쳤다.

"왜 웃으십니까. 충분히 있을 수 있는 얘기가 아닙니까."

방간은 물고 늘어졌다.

"연전에 방석이 제거되고 영안군(永安君) 형님이 등극하신 이래, 한 해가 넘도록 동궁(東宮)은 그대로 비어 있지 않습니까. 누군가를 시급히 세자에 책립해야 할 형편이며, 그럴 경우 상감의 바로 다음 아우님이신 의안군 형님을 모시는 것이 순서이자 법도가 아니겠습니까."

"이것봐요, 회안군."

방의는 정색을 했다.

"세자 책립이란 그렇게 경솔히 입밖에 낼 문제가 아니야. 첫째로 상감의 의향이 정하여지시고, 둘째로 여러 대신들과 백성들이 지지를 해야만 되는 국가의 대사야. 미리부터 입방아를 찧어서 공연한 잡음을 불러일으켰다간 또 언제 골육상잔의 피바람이 불는지 모를 일이 아닌가."

"그러니까 정식으로 결정이 내린다면 형님께선 수락하실 의향이 있으시다 그런 말씀이시군요."

넘겨짚으면서 방간의 눈꼬리가 샐쭉하게 밀려 올라갔다.

"못쓰네, 회안군."

방의가 드물게 언성을 높였다.

"남의 말꼬리를 옭아잡고 제멋대로 반죽을 하는 그런 버릇은 고쳐야

해. 내가 미처 입밖에도 내지 않은 말을 어떻게 그토록 앞질러 말하는
건가? 자네, 내 뱃속에라도 들어갔다 나왔나?"

뜻하지 않은 핀잔을 맞고 방간은 멀쑥하게 식어빠진 콧마루만 쓸어내
리고 있었다.

"기왕에 말이 나왔으니 말이네만, 세자 자리라는 것은 그 자리를 누릴
만한 사람이 차지해야 하는 게야. 연전에 방석이 쫓겨난 까닭도 바로
그 때문이 아니었나."

"그래서 말씀드리는 거올시다."

방간은 겨우 자세를 고쳐잡고 반론했다.

"지난번에 저질렀던 큰 실수를 되풀이하지 않기 위해서도, 형님이
그 자리를 맡으셔야 할 것이 아니겠습니까. 무엇보다도 서열을 지키는
전통을 확립해야 합지요."

"서열이 문제가 아니야."

방의는 강하게 잘라 말했다.

"이 나라의 왕위 계승자가 되고 이 나라의 국왕이 되자면, 이 나라의
주인이 될 공을 쌓은 사람이라야 하지 않겠나. 우리 조선왕조를 창업하는
과정에서 신명을 던지고 앞장서 온 사람이라야 하지 않겠나? 죽을 쑤었
건 밥을 지었건 그 일을 한 사람이 그것을 먹어야 할 것이 아닌가."

이 말에 방간은 미처 대답할 말을 찾지 못했다.

"죽을 쑤었건 밥을 지었건 말일세."

방의는 거듭 강조했다. 잔뜩 말아올린 눈꼬리를 방간은 바르르 떨면서
쓰디쓰게 입만 다시고 있었다.

"나야말로 입이 쓰구먼."

입맛을 다시는 방간의 망발을 가로채며 방의는 노닥거렸다.

"그런 소리 듣고 보니 모처럼 자네가 갖다준 남만의 명주도 맛이 떨어
지는 것 같단 말야."

그러면서도 그는 손수 술을 따라 연거푸 몇잔을 들이켰다. 하다가,

"자네도 한 잔 들어보게나."

그 잔을 내밀었다. 그러나 모처럼 침을 삼키며 쫓아다니던 쥐를 놓친 고양이 같은·얼굴을 하고, 방간은 쌔근거리다가 잔도 받지 않고 훌쩍 일어섰다.

"저, 그만 가보겠습니다."

표독한 바람을 피우며 나가버렸다.

"옹졸한 사람."

방의는 떫디떫은 웃음을 씹었다.

"그렇게 소갈머리가 좁아가지구 무슨 일을 하겠다구 욕심은 부리는겐구."

혼잣소리를 흘리더니 방바닥에 벌렁 나자빠졌다. 그리고는 드렁드렁 코를 골며 깊이 잠이 드는 듯했다.

하지만 그 이튿날 이른 새벽, 날이 밝기도 전부터 방의는 일어나서 서둘러댔다.

"내 일찌감치 예궐할 일이 있으니, 채비를 하도록 해라."

하인들을 불러 볶아쳤다. 모두들 어안이 벙벙한 얼굴을 하고 수군거렸다.

"오늘은 해가 서쪽에서 뜨려는 게 아닌가?"

"한낮이 다 되기 전엔 기침하시는 일이 없던 나리께서, 오늘 따라 웬일이시지?"

그렇듯 매사에 게으른 방의였다. 그러니만큼 오늘의 행동은 누구의 눈에나 기이하게 비쳤다.

여느 때엔 자리에 들 때나 일어나 있을 때나 그 모양 그 꼴로 머리는 까치집처럼 헝클어져 있었고 옷은 수세미처럼 구겨져도 개의치 않던 방의가, 오늘 따라 손수 머리를 빗고 상투를 틀어올리고 거창한 조복(朝服)차림을 하기 시작했다.

관은 오량금관(五梁金冠), 왕자대군이니 영(纓)도 황금이다. 복(服)

은 적초의상(赤綃衣裳), 대(帶)는 서대(犀帶)에 운학금한수(雲鶴金閑綬)를 늘어뜨렸다. 금고리 두 개가 유난히 눈부시다.

허리에 찬 패옥(佩玉)은 물론 번청옥(燔靑玉), 돌가루를 구워서 옥과 같이 만든 것이다. 그리고는 상아홀(象牙笏)을 점잖게 들고 나서니 이건 전혀 딴 사람 같다. 집안 사람들은 그저 어리벙벙한 눈으로 바라볼 뿐이었다.

이윽고 사인교에 높이 앉아 궁궐로 향했다.

수창궁에 당도하니 수문장도 자못 놀라는 얼굴이 된다. 방의, 그가 입궐하는 것은 어쩔 수 없는 공식 회합이 있을 경우뿐인데, 그럴 때에도 덥수룩한 옷을 되는대로 걸치고 나타나기 일쑤였다. 때로는 예도에 어긋나는 행색이라 해서 빈축을 사는 일도 있었지만, 그의 성격이 원래 그렇거니 여기고, 선왕 이성계도 현왕 방과도 너그럽게 묵과해 오던 터였다.

그런데 오늘 따라 금관조복을 갖추어 입고 거창하게 입궐했으니 놀라지 않을 수 없는 일이었다.

"익안군이 입궐했다구?"

국왕 방과는 흐릿한 두 눈을 껌뻑거렸다. 그는 아직 침실에서 일어나지도 않고 있었다.

"이렇듯 이른 새벽에 무슨 일일까? 그 게으른 사람이."

그는 고개를 꼬다가 그래도 우물우물 외관만 갖추고 편전(便殿)으로 나가 방의를 인견했다.

"오늘 해도 분명히 동쪽에서 뜨는 모양이거늘, 자네가 웬일이지? 이렇듯 부지런을 떠니 말일세."

마침 동쪽 방문을 비추기 시작한 햇살에 눈길을 주었다가, 방의를 바로 보며 국왕 방과는 흐물거렸다.

"신이 큰 죄를 졌사옵기에 주상 전하의 처벌을 받고자 예궐하였습니다."

이렇게 말하면서 방의는 머리를 조아렸다.

"지금 무슨 소리를 하는 건가?"

방과는 더욱더 어리둥절해지는 기색이었다.

"남에게 큰 은혜를 입거나 남의 귀한 물건을 얻어 쓰고 갚지 않는 자가 있다면, 그 자는 용서할 수 없는 죄인이 아니겠습니까."

아닌 밤중에 홍두깨 같은 소리를 방의는 불쑥 내밀었다.

"신이 바로 그런 죄인이올시다."

얘기가 너무 거창하게 나오니 방과에겐 오히려 심각하게 들리지 않는 모양이었다.

"익안군이 그런 말을 하는 걸 보니, 남의 집 술이라도 꿔다 마시고 갚지 못한 모양이로구먼."

하찮은 농담쯤으로 알고 흘려버리려고 했다.

"그런 얘기가 아니올시다, 상감."

방의는 어디까지나 진지했다. 그리곤 소매 속에서 비단 보자기에 싼 자그마한 상자 같은 것을 끄집어냈다.

"이거올시다, 주상전하."

그것을 두 손으로 받들어 방과에게 바쳤다. 방과는 여전히 의아스런 얼굴이었지만, 그 보를 풀러보았다. 속에는 백지로 다시 몇겹을 쌌는데, 그것을 헤쳐보니 자그마한 나무상자가 나타났다.

상자 뚜껑을 열어본 방과는 또 흐릿한 눈을 껌뻑껌뻑했다. 옥으로 만든 관자(貫子)가 하나 그 상자 속엔 들어 있었던 것이다.

관자란 망건(網巾)의 당줄에 꿰는 자그마한 구슬인데, 그 당시로선 신분을 표시하는 휘장 역할도 했다. 정3품의 관원은 금관자를 사용했으며, 종3품 이하 종9품까지 그리고 일반 사대부는 각(角)관자를, 여느 백성은 골(骨)관자를 쓰도록 엄격히 규제되어 있었던 것이다.

옥관자는 국왕이나 왕족이나 정2품 이상의 고관들만이 사용할 수 있는 최고의 계급장이었다.

"주상전하께서 잠저(潛邸)에 계시던 시절이었습지요."

방의는 또 종잡을 수 없는 방향으로 말머리를 돌렸다.

"생신을 축하하고자 신도 전하 댁을 예방했습니다마는, 아침부터 술에 곤드레가 된 신은 도중에서 관자를 잃어버리지 않았겠습니까. 그래서 전하께 앙청해서 옥관자 하나를 얻어 꿰고 겨우 망신은 모면했습니다마는, 오늘까지 그것을 돌려드리지 못하고 있었으니 어찌 그 죄 크다고 아니하겠습니까."

듣고 보니 싱겁기 짝이 없는 소리 같았지만, 그 말의 깊은 구석에서 어떤 심상치 않은 저의를 발견한 것일까.

흐릿하던 방과의 눈이 번뜩했다.

"무슨 소리를 하려는가, 익안군?"

강한 시선을 쏘아붙이며 방과는 캐물었다.

"설마 옥관자(玉貫子) 하나를 빌려 썼다가 돌려 주는 시일이 천연했다고 해서, 새삼스럽게 이렇듯 수선을 떠는 것은 아니겠지."

방의도 국왕의 시선을 강하게 마주 받으며 잘라 말했다.

"그 물건이 크건 작건 빌려 쓴 물건이라면 돌려 주어야 한다는 원리를 말씀드리고 싶었던 거올시다."

방과는 심각하게 굳어진 입술로 한동안 말이 없다가, 일그러진 얼굴이 되며 씹어뱉었다.

"자네 말을 듣고 생각해보니 내가 앉아 있는 이 왕좌란 것도 사실인즉 임시로 빌린 것이나 다름이 없는데, 이것을 돌려주라 그런 얘기지?"

"황공합니다, 주상전하."

방의는 또 이마를 비벼댔다.

"어찌 신하된 자가 감히 지존하신 나라님께 그와 같은 무엄한 말씀을 사뢸 수 있겠습니까."

"그렇다면 뭔가? 자네가 하고자 하는 진의는 도대체 어떠한 건가?"

드물게 신경질스러운 떨리는 소리를 방과는 던졌다.

"한 마디로 말씀드리자면 응당 그 자리를 차지할만한 공로와 자격과

여건을 갖춘 사람을 세자에 책립하시어야 한다는 뜻이 올시다. 전하께서
대위를 계승하신 이후 벌써 한 해가 넘도록 동궁(東宮)은 비어 있는
형편이 아닙니까. 그 때문에 항간에는 갖가지 억측이 유포되고 있으며,
우리 종친들 사이에도 의혹과 시기와 야욕의 눈을 번득이는 자가 없지
않습니다."

"세자에 관한·문제라면……"

잔뜩 굳어 있던 방과의 표정이 조금 누그러졌다.

"세자 책립에 대해선 나도 여러 모로 생각 아니한건 아니네만, 자네도
알다시피 내 소생이라고는 서출(庶出)들 뿐이 아닌가. 누구이건 그 애들
중에서 세자를 택했다간 방석 형제의 전철을 밟게 될 것이 너무나 뻔한
노릇이고, 그래서 그놈들의 머리를 일찌감치 깎아 불문(佛門) 깊숙이
몰아넣었던 것이 아닌가."

"그렇다고 세자 자리를 영영 비워둘 수는 없는 일이올시다."

"그야 그렇지. 문제는 어떻게 누구를 간선(揀選)하느냐 그 점인데,
그것이 골칫거리란 말야."

"지나치게 어렵게 생각하실 것은 없을 줄로 압니다. 옛 제도를 따르고
오늘의 현실을 충분히 참작하시면 될 것이 아니겠습니까."

"말이 쉽지만, 그것이 어렵다는 게요."

"원칙은 간단합니다. 상감과 가장 혈연(血緣)이 가깝고 우리 왕조
창업에 공이 크고 장차 상감의 후계자가 될 자질을 충분히 갖춘 사람을
택하시면 될 거올시다."

방과는 비꼬인 웃음을 잔뜩 담은 눈으로 방의를 주시하면서,

"그렇지, 익안군. 자네를 첫손가락에 꼽아야 하겠구먼? 내 바로 아랫동
생이니 핏줄로 따지자면 누구보다도 가깝고 서열 또한 그렇고. 뿐만 아니
라 자네가 그렇게 금관조복을 갖추어 입은 것을 보니 지금 당장 용상에
올려앉힌다 해도 추호의 손색도 없겠구먼."

마치 덜미를 잡아 흔들기라도 하듯이 단숨에 몰아쳤다.

28. 冬天鳳鳴

봄이 무르익으면 왕성한 여름을 맞게 되며, 동으로부터 솟은 해가 중천
에 이르면 만물을 지배한다.

세자 자리는 곧 이 나라의 지존한 나라님의 보위(寶位)를 확고히 약속
받는 보좌였다. 방의(芳毅), 그 사람이라고 무턱대고 싫거나 역겨울 턱은
없다. 그러나 그는 흐물흐물 받아넘겼다.

"중이 제 머리 깎는 것을 보셨습니까, 전하. 섣불리 제 머리를 깎는답
시고 설치다간 공연한 상처만 입을 것이 아니겠습니까."

세자 책립 문제를 꺼내긴 했지만, 자기 자신이 세자가 되고 싶어서가
아니라는 소리였다.

"그렇다면 누구의 머리를 깎아 주겠다고 이러는 건가."

방과는 거듭 캐고 들었다.

"자네에게 그런 욕심이 없다면 회안군(芳幹)의 차례가 될 것이 아닌
가. 회안군 그 사람도 나이 사십을 바라보니 어지간히 머리털이 자랐을
걸세."

방과가 넘겨짚는 소리를 방의는 재빠르게 낚아챘다.

"바로 그 방간이 문제올시다. 실은 그 사람이 신을 찾아와서 세자가
되라는 둥 어쩌라는 둥 얼토당토 않은 소리를 지껄이질 않겠습니까. 방금
상감께서도 말씀이 계셨습니다만, 신이 그런 욕심이 없다고 사양하는
말을 할 경우, 세자 자리는 자기 차례가 될 것이라는 얄팍한 속셈이 빤히
들여다보이는 구기였습니다."

"그게 왜 나쁜가? 응당 돌아갈 차례를 기다린다는 것은 당연한 노릇이 아닌가."

방과는 심술궂을만큼 방의가 하려는 말에 앞질러 재만 쳤다.

"차례도 차례 나름이 올시다. 한두해 먼저 나고 나중 났다는 그 나이차가, 반드시 국가의 대권을 계승하는 순서는 될 수 없을 거올시다."

방과의 얼굴이 또 불쾌하게 일그러졌다. 방의가 한 말은 그에게도 아프게 찔리는 소리였던 것이다.

"익안군, 자네는 욕심이 없다구 꽁무니를 빼구 회안군 그 사람도 시킬수 없다구 나무란다면, 결국은 정안군을 세자로 세우자는 얘기가 되겠네 그려."

방과는 노골적으로 나왔다.

"바로 그렇습니다, 전하."

방의도 부질 없는 연막을 걷어치우고 노골적으로 응수했다.

"본시 우리 조선왕조가 누구의 손으로 세워졌습니까. 아버님은 물론이시거니와 그 다음으로는 정안군의 힘이 가장 지대하지 않았습니까. 더구나 지난번 무인정사(戊寅靖社) 때는 더 말할 나위도 없었습니다. 정안군의 힘이 아니었다면, 우리 형제들은 정도전 일파의 칼날 아래 목숨조차도 부지하지 못했을 거올시다. 말하자면 정안군은 이 나라를 세우고 이 나라의 위기를 극복한 공로자일 뿐만 아니라, 우리네 형제들을 살려준 생명의 은인이기도 합니다. 세자를 세운다면 그 사람을 제쳐놓고 또 누가 있겠습니까."

역설하는 방의의 말을 방과는 듣는 지 마는 지 흐릿한 눈길을 허공에 띄우고 있다가 한숨처럼 내뱉었다.

"내 처음부터 허수아비와 같은 임금 노릇을 해왔네만, 이젠 아주 속을 깡그리 빼서 빈 강정이 되라는 거로군."

"이왕 그렇게 말씀하시니 말씀드리겠습니다마는, 그리고 어제 저녁 방간에게도 분명히 말했었습니다마는, 무슨 일이건 그 일을 만들어 놓은

사람에게 책임과 권한을 물려 주는 것이 도리인 줄로 압니다. 그렇게
해야만 시끄러운 분쟁을 막을 수 있을 거올시다."

"분쟁을 막을 수 있다?"

방의의 말꼬리를 방과는 슬며시 쥐고 틀었다.

"세자 자리는 하나뿐이지 둘은 아니야. 만일 그것을 정안군에게 준다
면 회안군이 그냥 있겠나? 그 사람이 잔뜩 침을 삼키며 차례를 기다리고
있다는 자네 말이 사실이라면 말일세."

그래도 더 항의하려는 방의의 말문을 방과는 무겁게 틀어막았다.

"내 마지막으로 한마디 하겠네만, 아직은 내가 이 나라의 임금이야.
세자는 곧 나의 후계자이니 누가 뭐라고 하더라도 그 문제에 관한 권한은
나에게 있을 게 아닌가. 좀더 깊이 생각해서 결정할 터이니 오늘은 이만
물러가도록 하게."

그러고는 먼저 자리를 차고 밖으로 나가버렸다.

방의 역시 혼자 버티고 앉아 있을 수만은 없었다. 개운치 않은 눈길을
남기며 편전에서 나가자, 전각 뒤 기둥에 찰싹 붙어있던 한 관원이 황급
히 몸을 숨겼다.

"저 내시는?"

방의는 잠깐 고개를 꼬다가 이맛살을 지푸렸다.

그 환관은 바로 방간의 처의 양부라고 하는 강인부(姜仁富)였던 것이
다. 그 길로 강인부는 방간의 집을 찾아가서 한참 동안 귀엣말로 속삭인
다음,

"그러니 말일세, 서랑. 익안군까지 저렇게 정안군 편을 들고 나서는
판국이니, 자칫 잘못하다간 외톨배기가 될 게야."

"병신이 육갑을 한다더니 그 멍청한 형이 별안간 밥알이 곤두섰나,
왜 그 야단인구."

방간은 어금니를 씹었다.

"저 먹기 싫은 밥 개 주기도 아까우니 그러는 거지 뭔가, 서랑."

방의의 진의와는 거리가 먼 등이 닿지 않는 소리만 강인부는 지껄여대고 있었고, 방간은 방간대로 자기 좋을대로 사태를 해석하고 있었다.

"익안군 형이 아무리 재를 치려고 해도 아직 밥그릇은 상감의 손에 쥐어져 있는 거야. 상감이 나를 두둔하고 계신 이상 호락호락 빼앗기진 않을 걸."

그 해 11월 16일은 동짓날이었다.

일년 중에 가장 해가 짧은 날이라는 것은 누구나 다 아는 사실이지만, 또 삼지(三至)니 지일(至日)이니 하는 별칭도 있다.

이 날이 지나면 해가 노루 꼬리만큼 길어진다던가. 어쨌든 겨울의 고갯마루라고도 할 수 있는 이 날, 개경을 위시한 조선 각지의 날씨는 예년에 없이 괴이했다.

이른 새벽부터 백설이 아닌 호우(豪雨)가 줄기차게 쏟아져서 홍수를 이룬 것이다. 철 아닌 비가 어찌나 많이 왔던지, 그 날짜 실록엔 조하(朝賀)를 면하도록 하였다는 기록이 보인다.

동짓날이면 정초와 마찬가지로 문무백관이 예궐하여 임금에게 치하의 말을 올리는 의식이 거행되었어야 하는 것이다.

그 날 조하도 없고 한 때문이겠지만, 방간의 집 사랑방엔 객들이 몰려 앉아서 노름판을 벌이고 있었다.

민공생(閔公生), 민도생(閔道生), 민원공(閔原功) 등 방간의 처족들과 오용권(吳用權), 최용소(崔龍蘇), 박만(朴曼), 이성기(李成奇) 등 항상 방간의 주위에서 감도는 무변들이었다.

방간도 점잖지 못하게 그 자리에 끼어서 시시덕거리고 있는데, 박포가 뛰어들었다. 그는 못마땅한 눈총을 노름판에 쏘아대다가 방간의 소매를 끌고 별실로 들어갔다.

"나리께선 오늘의 날씨를 어떻게 보십니까."

박포는 소리를 죽이고 물었다. 어떤 중대한 얘기라도 꺼내려는 것 같은 어투였다.

"글쎄, 하필이면 동짓날 비가 내리다니."

방간은 그저 대수롭지 않게 받아 말했다.

"옛글에 이런 대목이 있습니다."

박포는 한번 큰 기침을 하더니 유식을 떨었다.

"동우(冬雨)가 길을 상하면 병화(兵火)가 거리를 휩쓸 조짐이니라."

"박 중추의 천기 보는 눈 범상치 않음은 내 모르는 바 아니지만, 요즘 같은 세상에 난리라니 있을 수 없는 얘기가 아닌가. 더구나 시가전(市街戰)이라?"

방간은 좀처럼 곧이들으려고 하지 않았다.

"왜구가 준동한다는 소식도 요즘은 듣지 못했구, 그렇다구 정도전 일파의 망령이라두 되살아나서 난동을 부릴 것두 아니구 말일세."

"세상 일이란 순리대로만 돌아가는 것이 아니오이다. 오늘 날씨만 해도 그렇지 않습니까."

박포는 강조했다.

"이제 두고 보십시오. 시생이 한 말 사모치게 깨달으실 날이 반드시 올 거올시다."

거드름을 피우며 장담을 하다가 사랑방쪽에 불쾌한 눈길을 보내며 한마디 더했다.

"이럴 때일수록 나리께선 거동을 삼가셔야 합니다. 대낮부터 노름판을 벌이시다니요."

그리고는 입맛을 쩍쩍 다시며 비가 쏟아지는 거리로 뛰쳐나갔다. 그 뒷모습을 바라보며 방간의 표정이 심각해졌다.

"듣고 보니 꺼림한 걸."

혼잣소리를 씹었다.

"한겨울에 홍수가 나다니, 세상이 뒤집히지 않고서야 보기 드문 날씨지."

괴이한 밤 하늘이었다.

그 해도 바뀌어 정종 2년 정월 하순 23일, 수창궁 서북쪽 오공산(蜈蚣山) 산마루에 난데없는 붉은 광망(光芒)이 너울거리고 있었다.

선지빛처럼 탁하고 진한 빛이 두 줄기 하늘로부터 산마루를 향하여 내리지르더니, 그것이 꿈틀꿈틀 춤을 추다가 그 산의 이름 그대로 두 마리 지네의 형상이 된다. 하다가 서로 잡아먹을 듯한 노기를 발하며 한데 엉키어 일대 난투극을 벌이기 시작했다.

개경 시민들은 겁에 질린 눈으로 괴상한 그 불기운을 지켜보고 있었다.

그 때 방원의 집에서도 집안 사람들이 거의 다 앞마당에 나와 서서 수런거리고 있었다.

"옳거니, 알겠습니다."

그 날도 초저녁부터 찾아와서 노닥거리고 있던 민무구가 무릎을 쳤다.

"공(功)은 천하에 드높건만 저위(儲位 : 태자위) 다르거늘, 황황태백(煌煌太白)이 대낮에 나타나니 이 어찌 기이한 징조가 아니리오."

노래도 아닌 혼잣소리를 흥얼거렸다.

그것은 당 태종 이세민(李世民)의 불우하던 시절을 두고 한 소리였다. 당 고조 이연(李淵)이 진양(晋陽)에서 기병하여 천하를 장악하게 된 것은 둘째아들 세민의 모책(謀策)과 보필에 힘입은 바 컸다.

따라서 세민의 공명(功名)이 날로 드높아지자, 이연의 맏아들 건성(建成)은 태자위(太子位)에 올라 있으면서도 그를 두려워한 나머지 다른 아우 원길(元吉)과 더불어 모해하려고 했다.

그 기미를 알아챈 고조 이연은 장안(長安)에서 850리 동쪽에 있던 낙양(洛陽)으로 세민을 피신시켰다.

그 때 태백성이 백주에 나타나자, 태사령 전혁(太史令 傳奕)이 고조에게 은밀히 상주하였다. 태백이 진(秦) 나라 하늘에 보이니, 진왕(秦王

: 李世民)이 천하를 차지할 것이라는 내용이었다.

민무구는 지금 그 고사를 인용해서 한바탕 노닥거려 본 것이었지만, 그는 다시 노래 아닌 노래에 꼬리를 달았다.

"종사(宗社)에 공이 크시되 세자위 비어 있거늘, 적침(赤侵)이 밤에 비치니 어찌 하늘의 뜻이 아니리요."

국가를 위해서 방원의 공이 지대하건만 텅 빈 세자 자리 하나 차지하지 못한 방원의 불운을 하늘도 가긍히 여겨 그런 천기(天氣)를 보인 것일 거라는 민무구다운 자기 본위의 해석이었다.

"쓸데없는 소리."

방원은 상을 찡그리고 씹어뱉었지만, 그 쓸데없는 소리가 장차 엄청난 피바람을 불러일으킬 것이라고는 방원은 물론 그 말을 입밖에 낸 민무구도 그 때는 상상조차 못했다.

바로 그 때 그 집 담장 너머에선 한 괴한이 몸을 붙이고 엿듣고 있었다. 그는 아직도 스러지지 않은 서북 하늘의 붉은 기운을 쏘아보더니, 회심의 회소를 씹으며 그 자리를 떴다.

박포였다.

"내 뭔가 얻어걸릴 듯 해서 그 집을 엿보았더니, 과연 큼직한 고기가 걸려들었단 말야."

그는 흐물거리다가 무슨 점이라도 치려는 것일까, 혹은 어떤 계산이라도 하는 것일까. 다섯 손가락을 분주히 놀리며 꼽고 있었다.

그 이튿날 이른 새벽부터 방간의 집을 찾아든 박포는 수선을 피웠다.

"어젯밤 하늘에 나타난 요기(妖氣)를 나리께서도 보셨겠습지요."

"글쎄, 이상한 빛이 보이더라고 하인배들이 떠들어대더군."

방간은 대수롭지 않게 여기는 모양이었다.

"이상할 정도가 아니올시다. 보는 사람에 따라서는 큰 변괴가 일어날 조짐이라고 풀이하더군요."

박포는 쑤석거렸다.

"그래?"

방간은 역시 흘려듣고만 있었다.

"옛적 당 태종 이세민이 낙양으로 쫓겨갔을 때, 대낮에 태백성이 나타났다는 고사가 있지 않습니까. 그리고 결국은 태자 건성(建成)이 물러나고 이세민이 제위를 쟁취하지 않았습니까."

"그래서?"

방간의 얼굴엔 겨우 관심이 피어올랐다.

"지금 우리 왕실의 경우도 비슷하다는 거올시다. 한 해가 넘도록 세자 자리는 비어 있지만 앞으로 엉뚱한 사람이 차지할 것이며, 나아가서는 보위(寶位)까지도 그 사람의 것이 될 조짐이라고 떠들어대는 자가 있다 그 말씀입니다."

"그 사람이란 누구를 두고 하는 말이지?"

방간은 비로소 긴장한다.

"당 태종은 고조의 둘째아들이 아닙니까."

박포는 말하고 히죽이 웃었다.

"그렇지, 바로 둘째아들이었것다."

방간도 받아 말하며 너털웃음을 치더니 군침을 꿀꺽 삼켰다.

지금 생존하여 있는 이성계의 아들들 중에서 왕위에 오른 방과를 제외하면 방간 자기가 바로 방의 다음 가는 서열에 처해 있으니, 세자 후보자로는 둘째번에 해당되는 것이다.

"그런데 시생이 엿들은 얘기는 조금 다르질 않겠습니까. 우리 왕조의 경우, 여러 왕자들 중에서 서열이 가장 처지는 다섯째 왕자가 그 자리를 차지할 것이라나요?"

박포는 깐죽거렸다.

"다섯째라면 방원을 두고 하는 소리가 아닌가?"

방간의 언성이 절로 높아졌다.

박포는 유난스럽게 손을 꼽아보다가,

"따지고 보니 그렇게 되겠습니다그려."
하며 능청을 떨었다.

"도대체 어느 놈이 그 따위 가당치도 않은 소리를 지껄이더란 말인가."
이젠 노골적으로 노기를 피우며 방간은 캐고 물었다.

"그야 다른 사람이 아닙지요. 정안군의 처남이 되는 민무구란 작자의 말이올시다."
그리고는 박포 자신이 엿들은 경위를 자세히 옮겼다.

"그 말을 듣고 정안군은 뭐라고 하던가."
한동안 입술을 깨물고 씨근거리기만 하다가 방간은 겨우 물었다.

"하늘의 뜻이 그러하다면 굳이 사양하지는 않겠다고 뻔뻔스럽게 이죽거릴 않겠습니까."
그 말만은 엉뚱하게 윤색해서 옮겼다.

"굳이 사양하진 않겠다?"
방간의 관자놀이에 굵은 핏줄이 곤두섰다.

"말하자면 정안군 그 사람과 그의 일당들이 세자 자리를 쟁취할 배짱을 단단히 굳히고 있다고 보아야 하겠습지요. 그러니 나리께서도 몸을 사리시고 조심하셔야 합네다."
목소리까지 잔뜩 죽이며 박포는 소곤댔다.

"내가 몸을 사려야 한다?"
방간은 쓰겁게 씹어뱉었다.

"깊이 생각해 보십시오, 나리. 정안군 그 사람 세자 자리를 욕심내고 그 자리를 차고 앉을 배짱을 굳혔다면, 나리를 보는 눈이 어떠하겠습니까. 익안군 그 분은 아예 그런 욕심이 없다는 것을 밝힌 바 있으니, 경쟁자는 오직 나리 한 분이 아니겠습니까. 어떻게 해서라도 나리를 헐뜯고 모함하고 제거하려 들거올시다."
그 말만은 부정할 수 없었던 것일까, 방간도 고개를 끄덕이며 물었다.

"그렇다면 나도 대책을 세워야 할 텐데, 어떻게 하는 것이 좋을까."

"정안군의 눈에 거슬리는 일은 일체 삼가셔야 하겠습지요."

"허허, 참."

울화가 치밀어 견딜 수가 없었던지 방간은 가래침을 칵 뱉었지만, 박포는 상관 않고 긁어댔다.

"우선 병권(兵權)에서 깨끗이 손을 떼셔야 합니다. 일전에 정부에선 풍해도(豊海道 : 황해도) 서북면(西北面 : 평안도 지방) 방면의 병력을 나리 휘하에 맡긴 바 있습니다마는, 그것부터 내놓으셔야 하겠습지요."

지난 해 10월, 조례상정도감(條例詳定都監)을 설치한 바 있는 조정에서는, 11월에 접어들자 각 지방의 병력의 지휘권을 개편하였다.

즉 왕자대군을 위주로 각 지구 군사령관을 경질하였는데, 그 때 방원에겐 강원도 동북면(東北面 : 함경도 지방)의 병권을 맡겼고, 방의에겐 경기도와 충청도, 그리고 방간에겐 풍해도 서북면 일대의 주둔군의 지휘권이 돌아왔던 것이다.

"뿐만 아니라, 나리댁에 드나드는 한량이나 무변들을 멀리 하셔야 하겠습지요. 무력한 선비처럼 의관을 정돈하시고 말 한 마디, 걸음 한 걸음에까지 조심조심 하셔야겠지요. 예컨대 전 왕조 고려 왕실의 후예들이 숨을 죽이고 기를 못펴는 것처럼 그렇게 사시는 것이 상책이올시다. 그래야만 생명을 보전하실 수 있을 거올시다."

방간은 어금니를 부득부득 갈면서 눈을 부라렸다.

"박 중추는 누구를 놀리는 건가? 아니 내가 이 나라 창업주의 네째아들이며 금상전하와는 친형제인 내가, 멸망한 고려 왕실의 씨알머리들처럼 설설 기며 눈치밥이나 먹고 구차한 목숨을 부지하란 말인가?"

"그것이 아니옵고 못마땅하시다면 차선의 방책을 취하시는 수밖에 없겠습니다."

박포는 더욱더 긁어대기만 했다.

"옛적 주(周)나라 태백(泰伯)과 중용(仲龍) 두 왕자가 막내동생인 왕계(王季)를 두려워한 나머지, 형만(荊蠻)땅으로 도망쳐서 잔명을 보존하려고 애쓰던 가련한 말로를 본받으실 수밖에 없으시겠지요."

주나라 태왕(太王)에겐 세 아들이 있었다. 태왕은 그 중 막내아들인 왕계(훗날의 문왕의 아버지)에게 왕위를 전할 뜻을 밝히자, 맏아들 태백과 둘째아들 중용은 후환을 두려워하고 멀리 형만땅으로 피신을 한 고사를 두고 한 말이었다.

형만땅은 주나라 남쪽 야만인들이 살던 미개지였다.

"그렇게 하시면 장차 정안군이 다스릴 이 나라 이 땅에서 아니꼬운 꼴 안 보시고 마음만은 편하시겠습니다만, 우리나라에서 형만에 비길 만한 지역이라면 어디쯤이 될까요? 왜구들의 소굴 대마도(對馬島)일까요, 일전에 객사한 산남왕(山南王)의 모국 유구국이 그런 땅일까요."

박포의 혀끝은 따갑기만 했다.

"닥치지 못할까?"

발을 구르며 방간은 길길이 뛰었다.

"내가 언제 방원이란 놈이 무서워서 벌벌 떨기라도 했단 말인가? 박중추에게 묻는 것은 다른 말이 아니란 말야. 그놈의 야욕을 미연에 꺾어 버리고 그놈이 탐내는 그 자리를 놓치지 않을 방도를 듣자는 것이 아닌가."

"황공합니다, 나리."

박포는 돌연 태도를 바꾸고 방바닥에 엎드려 콧등을 비벼댔다.

"시생이 잘못 알았습네. 나리께서 비록 어떠한 굴욕을 감수하시더라도 비루한 보신책을 문의하시는가 싶어 그런 말씀을 사뢰었습니다마는, 나리의 기개 그렇듯 충천하시고 나리의 각오 그렇듯 반석 같으시다면 어찌 묘책이 없겠습니까."

"잔소리 말고 그 묘책이라는 것이나 말해 보게."

방간은 다그쳤다. 박표는 방문을 열고 밖을 둘러보더니, 소리를 죽이고 말했다.

"하루 속히 정안군을 제거하는 일 외엔 딴 도리가 없겠습지요. 만일 정안군이 세자에 책립되는 날은 곧 나리나 시생이나 죽는 날이 되겠으니 말입니다."

"그러니까 날더러 난리를 일으키라는 건가?"

"가당치도 않은 말씀."

박포는 두 손을 가로저었다.

"군사면으로나 정치적인 세력으로나 솔직이 말씀드려 나리는 정안군의 적수가 아니올시다. 정면으로 대결을 했다간 아침 이슬처럼 스러지시고 말 겁니다."

냉흑하게 잘라 말하는 소리에 방간은 또 발끈하는 듯했지만, 겨우 참고 다음 말을 재촉하는 눈짓을 했다.

"그러니 비상 수단을 써야 한다 그 말씀이올시다."

박포는 겨우 결론을 내리더니, 방간의 귀에 입을 대고 한참 동안 무슨 말인가 쏙닥거렸다.

"비록 백만 대군의 호위를 받고 있는 장령(將領)이라도 그 진영 밖으로 끌어내면 무력한 한 인간에 지나지 않습니다. 그 기회를 잘 이용하시라는 겁니다."

다시 소리 높여 한마디 한 다음, 박포는 총총히 밖으로 나가버렸다.

방간은 뒷짐을 지고 밭은 기침을 연발하면서 방안을 오락가락하고 있었다. 어떤 중대한 결단을 내려야 한다는 것을 통감하고 있으면서도, 그 결단을 내리지 못하고 있는 초조감에 애를 태우고 있는 듯했다.

그리고 얼마 후, 그의 처조카 이래(李來)가 찾아왔다. 방간은 눈짓으로 그를 불러들였다.

깐깐한 이래가 방바닥에 엎드려 깍듯이 큰절을 하는 그 귀에 입을 대고 방간은 몇마디 소곤거렸다.

돌연 이래가 몸을 빳빳이 일으켰다. 그는 소리를 죽이면서 그러나 강하게 말했다.

"무서운 일입니다. 이숙주(姨叔主)께서 소인의 간사한 말을 들으시고 골육상잔의 참화를 일으키려 하시다니, 저는 그저 뼛골이 떨리고 간장이 오그라드는 것만 같아 몸둘 바를 모르겠습니다. 하물며 정안군 나리는 우리 왕실을 위해서 대훈(大勳)을 세우신 분이 아닙니까. 개국정사(開國靖社)가 누구의 힘으로 이루어졌습니까. 아니 이모부님께서 지금 누리고 계시는 이 부귀영화가 누구의 덕택입니까. 만일 군이 그와 같이 하시려 하신다면 반드시 큰 욕을 당하시게 될 것이며, 또 일도 성공하진 못할 겝니다."

방간의 눈꼬리가 표독하게 떨렸다.

"자네라면 틀림없이 나를 도와줄 줄 알고 그런 말을 했더니, 겨우 한다는 소리가 그 따위란 말인가?"

오만상을 찡그리며 방간은 투덜거렸다.

"생각해 보게나. 방원이 나를 해치고자 하거늘, 내 어찌 헛되이 죽음을 기다리겠는가."

이래는 고개를 외로 꼬고 다시는 두말도 하지 않았다.

그렇게 어색한 침묵이 흐르고 있는데,

"서랑 계신가?"

여느 때와 다름없이 수선을 피우며 강인부(姜仁富)가 나타났다. 이래가 반대하는 말에 잔뜩 기분이 상한 방간은, 강인부의 동조라도 얻고 싶었던 걸까.

"장인, 내 얘기 좀 들어보슈."

그의 귀에 입을 대고 또 소곤댔다. 그러자 강인부는 기급을 하며 방바닥에 엉덩방아를 찧었다.

"무슨 말씀을 하십니까, 나리."

언제나 서랑 서랑 하고 부르며 하게만 하던 그의 말씨까지 사뭇 달라져 있었다.

"그런 끔찍한 말씀, 입밖에도 내지 마십시오, 나리. 멀쩡한 우리네 집안 사람들이 떼죽음을 당합니다요, 나리."

　두 손을 마주 모아 싹싹 빌기까지 했다.

　전에는 방원의 애기가 나오면 한술 더 떠서 비방하고 설치던 그가, 지금 방간으로부터 무슨 말을 들었기에 그토록 허둥대는 것일까.

　방간은 눈꼬리가 째지게 강인부와 그리고 이래를 번갈아 흘겨보다가,

　"아무짝에도 쓸모 없는 사람들."

하고 씹어뱉듯 말했다.

　"평소에는 간이라도 끄집어내서 바칠 것 같이 굴다가도, 막상 어려운 고비를 당하니 꽁무니를 뺀다?"

　그는 아들 맹종(孟宗)을 불렀다.

　맹종으로 말할 것 같으면 연전에 이성계가 평주온천으로 떠날 때 특별히 수행하도록 한 일도 있었던만큼, 제법 똑똑한 젊은이였다. 방간은 그를 옆방으로 끌고 갔다. 오래도록 무슨 지시를 하고 있었다.

　강인부는 여전히 불안한 얼굴을 하고 있었고, 이래는 자리를 차고 밖으로 나가버렸다.

　"어떻게 한다?"

　방간의 집 문밖을 나서자, 이래는 괴롭게 혼잣소리를 곱씹었다.

　"사사로운 정을 따르자면 응당 이모부 편을 들어야 하겠지만, 내 양심에 충실하고 국가의 앞날을 생각한다면 그런 일은 저지할 수밖에 없단 말야."

　그는 길을 걸으면서도 골똘히 생각에 잠기더니, 주먹으로 가슴을 쳤다.

　"답답하구나."

하다가 그는 또 혼잣소리를 했다.

　"하는 수 없지. 단양백(丹陽伯) 어른이라도 찾아가 교시를 받을 수밖에."

　단양백이란 그의 은사인 우현보(禹玄寶)를 두고 하는 말이었다.

"우선생은 식견이 뛰어나신 고사(高士)일 뿐만 아니라 정안군에게도 스승이 되시는 분이니, 어떤 활로를 열어 주실 수도 있으실 게야."

젊은 날 방원은 우현보의 문생이 되어 글을 배운 적이 있었던 것이다. 그러니까 이래는 방원과 동문생(同門生)이라는 특수한 인연으로 얽혀져 있기도 했다.

그는 우현보의 집 문을 두드렸다.

주인 우현보는 마침 자그마한 사랑방에서 아들 홍부(洪富)를 상대로 장기를 두고 있었다.

"선생께서 제자 한 사람의 목숨을 살려주셔야 하겠습니다."

딴 소리 제쳐놓고 이래(李來)는 이런 말을 꺼냈다.

우현보에겐 당돌하게 들릴 소리였겠지만, 그는 장기판에만 신경을 쓰며 코대답을 했다.

"누가 자네를 잡아먹겠다고 하던가?"

"제 문제가 아니올시다. 정안군 그 분의 목숨이 심히 위태롭기에 드리는 말씀입니다."

"정안군이 어쨌다구?"

그제서야 우현보는 장기판을 한 옆으로 밀어놓으며 정색을 했다.

장기를 두고 앉았을 때엔 그저 어리숙한 호호야(好好爺) 같았지만, 이렇게 똑바로 마주보는 그의 눈길은 녹녹하지 않은 불을 담고 있었다.

"저의 이모부가 되는 회안군이 말씀입니다. 간사한 소인의 쪽닥거리는 소리를 곧이 듣고, 지레 겁을 먹은 나머지 오늘밤 정안군을 불러다가 해치겠다는 거올시다."

박포가 방간의 귀에 속삭인 계책은, 그리고 방간이 강인부와 이래에게 귀띔을 한 말의 내용은 바로 그것이었던 것이다.

"정안군이 해를 입게 된다면 그냥 있을 수는 없는 일입니다."

곁에 있던 홍부가 흥분하며 한마디 했다.

"물론입지요. 정안군 그 분으로 말할 것 같으면 우선생 부자분께서 품고 계시던 사모친 원험을 시원히 풀어준 은인이 아닙니까."

이래가 그렇게 말하는 데엔 곡절이 있었다.

우현보로 말할 것 같으면 일찍이 공민왕 4년에 문과에 급제하여 춘추관검열(春秋館檢閱), 정당문학(政黨文學), 문하찬성사(門下贊成事), 삼사좌사(三司左使) 등 요직을 역임하였으며, 이성계가 위화도에서 회군할 당시엔 경성유수(京城留守)직을 맡은 바도 있었다.

그러나 위화도 회군을 계기로 이성계가 득세하게 되자, 우현보에겐 갖가지 고난이 밀어닥쳤다. 공양왕 2년엔 이초(彛初)의 옥사에 연루되어 원배(遠配)를 당했다가 곧 석방되었으나, 이듬해엔 다시 철원(鐵原)으로 유배되었다.

그 후 풀려나와 단산부원군(丹山府院君)에 개봉된 일도 있었지만, 조선왕조가 개국되던 태조 원년 7월엔 폐서인(廢庶人)이 되어 계림(鷄林)으로 유배되었다.

죄목은 조선왕조를 전복하고 고려왕조를 회복하려고 결당모란(結黨謀亂)했다는 어마어마한 것이었지만, 그것은 전부터 그를 꺼리고 미워하던 정도전의 모함 때문이었다.

전하는 바에 의하면, 정도전의 조모는 우현보의 족인(族人) 김모의 비(婢)의 소생이었다는 것이다. 그래서 정도전이 관계에 나오자 그 사실을 아는 우현보의 자제들이 정도전을 경멸하고 모멸하였기 때문에 은근히 이를 갈아왔다는 것이다.

어쨌든 그 옥사엔 우현보뿐만 아니라 그의 아들 홍수(洪壽), 홍부(洪富), 홍강(洪康), 홍득(洪得), 홍명(洪命) 등도 걸려들어 혹독한 고생을 하였고, 이래 역시 그 옥사에 연루된 사람 중의 하나였다.

특히 우현보의 다섯 아들 중에서 홍수와 홍득과 홍명 세 아들은, 그때 혹독한 매를 맞고 장살(杖殺) 당하기까지 했던 것이다.

"그야 나도 정안군의 은혜는 잊지 않고 있어. 나를 괴롭히고 나의 아들 아이들을 죽음에 이르게 한 정가놈의 원수를 갚아 주었으니 말이야."

우현보(禹玄寶)도 크게 고개를 끄덕이다가 문득 안색을 고쳐잡으며 말을 이었다.

"하지만 그것은 어디까지나 사사로운 정분에 지나지 않는 얘기구, 내가 진심으로 우려하는 바는 정안군 그 분이 해를 입을 경우 이 나라의 앞날이 어찌 돌아갈 것인가가 바로 그 점이야."

"선생님의 뜻이 그러하시다면 공적으로나 사적으로나 정안군을 구출하셔야 할 책무가 있지 않습니까."

이래(李來)는 다그쳤다.

"그야 그렇지."

우현보는 무겁게 수긍했다.

"고맙습니다, 선생님."

이래는 그 자리에 엎드려 머리를 조아렸다.

"실은 회안군이 그와 같은 귀띔을 해주었을 때 시생도 즉각 달려가서 정안군에게 고할까도 했습니다만, 그렇게 할 경우 이모부를 배신하는 꼴이 되겠으니 생각다 못해서 선생님을 뵙게 된 거올시다."

"자네의 괴로운 입장도 모르는 바는 아니네."

우현보는 말하고 아들 홍부(洪富)를 돌아보았다.

"네가 가도록 해라. 회안군의 흉계를 전하긴 하되, 되도록이면 완곡히 얘기하는 게 좋아. 자칫 잘못하다간 골육상잔의 참극이 벌어질는지 모르니까."

우홍부는 즉시 자리에서 일어섰다.

"빨리 가도록 해라. 회안군 그 사람, 자기 아들 맹종을 정안군 댁으로 보내려는 모양이라고 하니 말이다."

우홍부는 말 한 필을 잡아타고 방원의 집을 향해 달렸다. 그러나 예기치 않은 사고가 발생했다.

어느 대가집 담모퉁이를 돌 때였다. 그 담 뒤로부터 대여섯살난 사내아이가 툭 뛰어나왔다.

말이란 원래 사소한 장애물만 나타나도 놀라길 잘한다. 우홍부가 탄 말 역시 그러했다. 비명 같은 소리를 지르며 앞발을 높이 들었고, 그 서슬에 우홍부는 그만 낙마하여 언 땅에 나동그라지고 말았다.

심한 낙상(落傷)이라도 입은 것일까, 몸을 일으키려고 해도 도무지 움직일 수가 없었다. 하지만 촌각을 다투는 지금, 말을 몰고 질주를 해도 때를 놓치지 않고 목적을 달성할까 말까 한 터인데, 이렇게 꼼짝을 못하게 되었으니 애가 탈 수밖에 없었다.

땅바닥에 주저앉은 채 절망의 눈을 두리번거리고 있는데, 저편으로부터 의원 차림의 한 사나이가 다가왔다.

"저, 평 의원이 아니오."

그는 바로 평원해(平原海)였으며, 그가 또 방원의 심복이란 사실도 우홍부는 잘 알고 있었다.

"정안군 나리가 위급한 일을 당하게 되셨다는 소식을 듣고 달려가던 참에 이 꼴을 당했구료. 그러니 평 의원이 대신 말씀을 전해 주오."

그리고는 이래로부터 들은 사실을 간추려 전달했다.

평원해는 즉시 우홍부가 낙마한 그 말을 잡아타고 달렸다.

항상 답답하고 꺼림하게 막혀 있던 가슴이 후련히 뚫리는 느낌이었다. 오랜만에 술 한잔이라도 나누고 싶으니 곧 찾아와 달라는 방간의 전갈을 방원은 접한 것이다. 그 심부름을 온 사람은 다른 하인배가 아니라 방간의 친아들 맹종이라는 그 점이 방원을 더욱 흐뭇하게 했다.

── 형만한 아우가 없다는 속담이 있거니와, 형님은 역시 형님이셔.

방원은 소박하게 감탄하고 있었다. 그 괴문서(怪文書) 사건이 있은 이후 나날이 냉각하고 약화되어 온 두 형제간의 감정을 방원도 안타까워하고 있었다. 기회를 보아 그런 감정을 풀어야 하겠다고 마음은 먹었지만, 실제로는 아무런 손도 쓰지 못했다.

그런데 방간이 선수를 써서 화해를 요청하는 것이나 다름이 없는 초대를 했으니, 방원은 부끄럽기도 했다.

그는 급히 의관을 정제하였다. 얼마 후 무서운 함정이 아가리를 벌리고 기다리고 있는 지 상상도 못하는 그였다.

심복 하인 김소근(金小斤)이 대령하는 말 한 필을 잡아타고 막 문전을 떠나려고 할 때였다. 평원해가 마주 달려왔다.

"큰 일 나실뻔 했습니다, 왕자님."

급히 말에서 뛰어내린 평원해는 허둥지둥 방원의 말고삐를 잡았다. 방원과 말머리를 나란히 하고 있는 맹종에게 잠깐 경계하는 눈길을 주다가,

"왕자님께 긴히 여쭐 말씀이 있습니다."

하고 속삭이듯 말하면서 방원이 탄 말을 끌고 담모퉁이로 돌아갔다. 물론 맹종의 이목을 피하기 위해서였다.

"지금 회안군 왕자님은 정안군 왕자님을 해치고자 모든 준비를 갖추고 기다리고 있다는 거올시다."

평원해는 우홍부로부터 들은 이야기를 소상히 옮겼다.

"형님이 설마."

모처럼 시원하게 뚫리려던 가슴이 답답하게 다시 메어지는 것을 느끼며 방원은 그 얘기가 곧이 들리지 않았다. 아니 곧이 듣고 싶지 않았다.

"이래(李來) 그 사람이 무엇을 착각하고 그런 말을 옳긴 것이 아닐까?"

"이런 엄청난 일에 착각이 있을 수 있겠습니까, 왕자님."

방원은 한동안 생각에 잠기다가,

"어쨌든 가봐야 하겠네."

잘라 말했다.

"그대가 전해 준 얘기 도저히 믿어지지 않지만, 설혹 형님께서 그런 생각을 가지고 계시더라도 나는 가봐야 하네. 이 기회에 형님의 오해를 풀고 형제간의 우애를 회복해야 할 것이 아닌가. 내가 진심을 털어놓고

호소하는데, 형님께서 설마 내 목을 베려고 하실라구."

"사람을 해치려 할 경우 반드시 칼날만 휘두르겠습니까. 은밀히 독물이라도 투입한 음식을 권할 수도 있지 않습니까."

"그런 억측이나 불신이 부질없이 적대 감정을 유발하고 뜻하지 않은 마찰을 야기하는 요인이 되는 걸세."

방원은 말고삐를 고쳐잡았다. 누가 뭐라고 말리더라도 듣지 않겠다는 단호한 결의가 그의 표정엔 굳게 새겨져 있었다.

평원해는 무거운 한숨을 몰아쉬다가,

"왕자님께서 굳이 가시겠다면 더 말리지는 않겠습니다. 그 대신 저의 소청 한 가지만 들어주십시오."

소매 속을 뒤적거리더니 자그마한 환약(丸藥) 한 알을 꺼냈다.

"이 환약은 신묘한 해독제올시다. 미리 복용해 두신다면 어떠한 독물을 자시더라도 독이 풀릴 거올시다."

이렇게 말한 평원해는 그 환약을 방원의 턱밑에 바짝 들이댔다.

"지금 먹으라는 건가?"

"그렇습지요. 회안군 댁에 가서 복용하시다간 어떠한 오해를 받을는지도 모를 일이 아닙니까."

그렇게까지 나오는 심복의 충정까지 방원은 물리칠 수 없었다. 그 환약을 받아 삼켰다.

그리고는 맹종이 기다리는 곳으로 다가가서,

"가자!"

말하며 재촉했다.

맹종은 그 동안 불안스런 얼굴을 하고 기다리고 있었지만, 방원이 그렇게 나오자 희색이 만면해졌다.

"예, 어서 가십시다. 아버님이 몹시 기다리고 계시니까요."

앞장서서 말을 몰았다.

그들의 뒷모습을 지켜보면서 평원해는 무슨 계산이라도 하는 것 같은 얼굴을 하다가, 서서히 걸음을 옮겨 방원이 사라진 쪽으로 향해 갔다.

그렇게 얼마 안 가서 맹종이 외치는 소리가 날아왔다.

"왜 그러십니까, 숙부님."

뒤이어 앓는 소리 같은 신음 소리도 들렸다. 평원해는 히죽이 웃더니 발길을 돌려 다시 방원의 집쪽으로 돌아갔다.

그리고는 문전에서 서성거리고 있는 김소근을 눈짓으로 불렀다.

"지금 왕자님께서 갑작스런 병환으로 고생하고 계신 모양이니, 어서 가서 모셔오도록 하게."

김소근은 어리둥절한 얼굴을 하다가 달려갔다. 그리고 잠시 후 김소근의 부축을 받고 방원이 돌아왔다. 맹종은 그냥 제 집으로 돌아갔는지 따라오지 않았다.

"어쩐 일이십니까, 왕자님."

평원해는 시치미 뚝 떼고 노닥거리며 방원의 맥을 짚었다.

"관격을 하신 모양입니다그려. 복통이 심하시고 숨이 몹시 가쁘셨습지요?"

그리고는 침통에서 침 한 대를 꺼냈다. 그 얼굴을 착잡한 눈길로 응시하다가 방원은 쑵쓰름히 웃었다.

"조금 전엔 병을 주더니, 이번엔 약을 줄 셈인가?"

"죄송합니다, 왕자님."

평원해는 뒤통수를 긁었다.

그러니까 그 때 평원해가 준 그 환약은 해독제가 아니라, 갑작스런 복통을 일으키게 하는 특수한 약이었던 모양이다.

"그대로선 내 목숨을 구한다고 한 일이겠지만, 아무래도 잘못한 것 같으이. 오늘 이후 형님은 더욱더 나를 괘씸하게 여기실 게야."

한숨 섞인 소리를 흘리고 방원은 눈을 감았다. 평원해가 침 몇 대를 놓아주었지만, 더 이상 쓰다 달다 말이 없이 움직이질 않았다.

그 날 있었던 일을 훗날 〈용비어천가〉는 이렇게 읊조리고 있다.

몸엣 병 없으시되

저 집에 가려 하시니

하늘이 병을 나리오시니

방원의 갑작스런 발병을 하늘의 도움이라고 표현하고 있는 것이다.

"그놈이 갑자기 발병을 했다구?"

맹종이 혼자 돌아와서 보고하는 말을 들은 방간의 눈꼬리가 표독하게 경련을 일으키며 떨렸다.

그의 좌우에는 방원을 데리러 갔던 아들 맹종을 비롯해서 민원공, 민공생, 민도생, 민교(閔校) 등 처족들과, 오용권, 이성기, 박만, 이옥 등 항상 그의 곁을 감도는 심복들이 도사리고 앉아 있었다.

"정말로 병이 나서 못오게 된건지, 아니면 무슨 냄새를 맡고 꾀병을 부리는 건지 알 수가 없습니다그려."

종발만한 눈알을 부라리며 이성기가 투덜거렸다. 그는 금위영(禁衛營)에서 기사(騎士)라는 직책을 맡고 있는 군관이었다. 생김생김이 유달리 험상궂고 성격도 사나워서 장비(張飛)라는 별명이 붙은 사나이였다.

"내가 보기엔 꾀병은 아닌 듯싶어요. 오는 도중에 갑자기 배가 아프다고 숙부님은 괴로워했으니까요."

맹종이 하는 말이었다.

"그렇다면 어떻게 한다?"

민공생이 입맛을 다셨다.

"이왕 뽑아든 칼날 도로 꽂을 수도 없는 일이 아니겠소?"

방간의 처족들 중에서 가장 과격한 민원공이 핏대를 올렸다.

"일찌감치 화근을 끊어버리지 않는다면 우리는 앉아서 떼죽음을 당하고 말거요. 요즘 세상 돌아가는 형편이 어떻소. 얼마 전엔 그 자들이 조례상정도감이라는 것을 만들어 상감의 권한을 극도로 제한하더니, 조금 후엔 정부 요직까지 정안군 그 사람의 일당이 독차지하다시피 하지 않았소."

바로 한 달 전, 그러니까 정종 원년 12월이었다.

전부터 여러 차례 사의를 표명한 바 있는 좌정승 조준(趙浚)과 우정승 김사형(金士衡)의 사표를 수리하는 한편, 방원의 지지 세력으로 지목되는 인사들이 대거 정부 요직에 참여하게 된 것이다.

좌정승에는 심덕부(沈德符)가 임명되었다. 훗날 방원의 세째아들 도(祹:世宗)의 부인이 되는 심씨(沈氏)의 조부였던만큼, 일찍부터 방원과는 긴밀한 인간적 관계를 가졌던 노신(老臣)이었다.

우정승에는 성석린(成石璘), 개국 당초 우현보와 함께 정도전의 모함을 받고 귀양살이를 한 사람이었다. 정도전을 타도한 방원에겐 깊은 은의를 느끼고 있을 것이었다.

국가의 재정을 도맡아 처리하던 삼사(三司)의 최고 장관인 영사(領事) 자리엔 의안군 이화(李和)를 앉혔다. 그는 방원의 서숙이자 항상 그를 지지하여 온 종실의 장자(長者)였다.

삼사의 판사(判事)에는 방원의 장인 민제(閔霽)가 기용되었고, 문하부 즉 내각의 실속 있는 권좌였던 참찬문하부사(參贊門下府事) 자리는 방원의 최고 참모격인 하륜에게 맡긴 것이다.

"우물쭈물할 수는 없소이다. 단번에 결판을 내야 하오."

민원공은 거듭 핏대를 올렸다.

"그야 결판을 내야 한다는 생각은 우리들 누구나 다 갖고 있소만, 적을 거꾸러뜨리자면 그만한 힘을 비축해야 할 것이 아니겠소."

민공생은 제법 신중론을 폈다.

"이제 새삼스럽게 무슨 힘을 기른단 말이오."

이성기가 짜증 섞인 소리로 투덜거리자,

"그 엄청난 힘을 우리 편으로 끌어들일 수 있는 방도가 있소이다."

노닥거리면서 그 자리에 끼여든 것은 박포였다.

"엄청난 힘이라?"

민공생이 비꼬인 웃음을 던지며 비양거렸다.

"박공은 천점(天占)에 통달한 술사이니 하늘에서 천장(天將) 천병(天兵)이라도 불러내리겠다는 거요?"

"어쩌면 그보다 더 강하고 큰 힘일는지도 모르오."

박포는 신바람을 피우며 턱수염을 쓸어내렸다.

"도대체 무슨 얘긴가? 좀더 소상히 말해보게나, 박 중추."

거드름만 피우는 박포의 태도가 답답했던지 방간이 한마디했다.

"나리의 분부, 정 그러하시다면 말씀드리겠습네다."

그는 한바탕 헛기침을 하며 또 거드름을 피우다가,

"다름이 아니오이다. 태상전하를 우리 편으로 모시는 거올시다."

모두들 입이 딱 벌어졌다.

그럴 수밖에 없는 것이 지난번 왕자의 난 때엔, 아들들이 싸우는 꼴이 괘씸하다고 왕위까지 내던진 이성계가 아닌가. 그러한 그를 이복형제 사이도 아닌 친형제끼리 으르렁거리는 분쟁 속에 끌어들이겠다고 하니 말이다.

"그야말로 하늘의 별을 따는 것보다 더 터무니 없는 얘기를 하는구료."

입빠른 민원공이 쏘아댔다.

"물론 하늘의 별보다도 높고 귀하신 분이오이다만, 딸 수 있는 여건이 마련되어 있으니 따자는 게 아니겠소."

박포는 유들유들 이죽거렸다. 그리고는 방간의 곁으로 바짝 다가앉더니,

"시생의 얘기, 자세히 들어보십시오."

한참 동안 귀엣말로 소곤거렸다.

처음에는 시답지않게 듣고 있던 방간의 얼굴이 차차 밝아졌다. 제법 술렁이는 흥분까지 피웠다.

"그야 아버님께서 지금 마음을 의지하고 계신 것은 오직 부처뿐이거늘 하륜이 그 자가 그런 소리를 지껄인다?"

사뭇 들뜬 소리로 곱씹었다.

"그러니 한시바삐 태상전하를 뵙도록 하십시오. 하륜 그 자가 하던 말을 그대로 옮기시면 족합니다."

박포는 쑤석거렸다.

"아버님께서 진노하실 게야. 하륜이 그놈의 혓바닥이라도 뽑아버리시겠다고 호통을 치실 게야."

"어디 하륜 그 자 한 놈에 대한 노여움에 그치겠습니까. 그 자를 신주처럼 끼고도는 정안군 역시 혐오하시게 될 것이 아니겠습니까."

"그리구 나는 극구 불씨(佛氏)를 두둔하고 찬양한다?"

"이를 말씀이겠습니까. 결국 태상전하께선 나리를 지극히 어여삐 여기실 것이며, 일이 그렇게 돌아간 연후에 우리가 거사를 한다면 어느 편을 드시겠습니까."

"좋거니."

방간은 손을 들어 박포의 어깨를 두드렸다.

"내가 한나라 고조(高祖)라면 자네는 영락없는 장자방(張子房)이네그려."

수선을 떨다가 아들 맹종을 향해 지시했다.

"내 당장 태상전에 예궐할 것이니, 채비를 차리도록 일러라."

맹종과 다른 사람들은 박포가 귀엣말로 속삭인 말을 제대로 파악하지 못하고 있었다.

그러나 어쨌든 창업주 이성계를 자기네 편으로 끌어들이는 계책이라는 짐작은 할 수 있었던만큼 아무도 반대하지는 않았다.

그 날도 이성계는 불상 앞에 앉아 있었다.

인간이란 실의에 빠지거나 늙어서 기력이 쇠진해지면 젊고 기력이 왕성하던 시절보다 신불을 더 찾게 된다고 하지만, 지금의 이성계가 마음을 붙일 대상은 오직 부처뿐이었다.

지난날 회천(回天)의 대망을 가슴에 품고 창업의 영도자로 군림하던 당시엔, 자기 자신의 능력을 신불(神佛)처럼 과신하고 우쭐스러워한 일도 없지는 않았다.

그러나 요즈음 몇해 사이에 인간의 힘이 얼마나 허무한가를 뼈저리게 깨닫게 된 이성계였다.

제왕을 일컬어 만승지존(萬乘之尊)이라고 한다던가.

한번 영을 내리면 만량(萬輛)의 병차(兵車)라도 능히 동원할 수 있는 힘을 두고 하는 말이라지만, 이성계 자기는 겨우 열 손가락을 넘지 못하는 아들들조차도 제대로 다스리지 못한 셈이었다.

전실 한씨 소생의 아들들에 의해서 후실 강씨 소생의 방석 형제가 무참히 죽는 꼴을 뻔히 보면서도, 아무런 구제책을 강구하지 못했던 것이다. 자기 자신의 무력함을 한탄한다기보다도 한 인간의 힘이 얼마나 미미한가를 새삼 깨닫고, 신들에게나마 의지할 수밖에 없는 그였다.

그런 저런 만 가지 감회를 곱씹으며 묵상에 잠겨 있는데 방간이 찾아들었다. 그는 불상 앞에 앉아 있는 이성계를 보자 은근히 희소를 씹더니,

"아버님의 신심(信心) 언제나 극진하십니다."

얼레발을 쳤다. 그러나 이성계는 잠깐 눈을 뜨고 건너다보는둥 마는둥 하다가 다시 눈을 내리깔았다.

방석 형제를 죽음에 이르게 한 무인(戊寅)정변의 주동자는 물론 방원이었지만, 방석 형제를 직접 죽이는데 누구보다도 설친 위인이 바로 방간이라는 풍문도 있었던만큼 그를 대하는 이성계의 마음이 쾌할 리 없었다.

"아버님께서 자주 관음굴(觀音窟)로 행차하신다는 얘기도 소자 익히 듣고 있습니다."

지난 해 3월, 단신 상왕전을 빠져나가 관음굴로 간 때문에 그토록 방원의 애를 태운 바 있었던 이성계는, 그 후에도 자주 그 곳을 찾아갔던 것이다.

바로 지난 연말에도 거기서 불공을 드리며 해를 넘기고는 정월 초하룻
날에야 겨우 돌아온 까닭에, 신년 하례차 예궐했던 국왕과 문무백관들이
크게 당황한 일도 있었다.

"세상이 어수선할수록 신불을 두려워하고 공경할 줄 알아야겠습지요.
그러지 않아도 요즘 천재이변이 자주 일어나고, 특히 지난 스무날엔 흥국
사(興國寺)의 금인(金人 : 불상)이 땀을 흘린 일까지 있어서, 조정에선
중추원사 최유경(崔有慶)을 파견하여 7일 동안 도장(道場)을 설치하고
양도(讓禱)토록 하였더니, 그 일을 트집잡아 떠들어대는 무리가 있다고
하지 않습니까?"

그 때까지 눈을 내리깔고 아무런 반응도 보이지 않던 이성계가 다시
눈을 뜨고 똑바로 방간을 쏘아보았다.

"특히 하륜 같은 자는 아무리 신불에게 빌어보았자 효험이 없을 것이
라고 하면서, 그 자의 입버릇인 배불론(排佛論)을 또 지껄여대더라는
겁니다."

"뭐라구?"

이성계가 비로소 노기찬 한 마디를 던졌다. 이성계가 강한 반응을 보이
자 방간은 좋아라고 계속 쏙닥거렸다.

"그것도 다른 사람을 상대로 한 소리가 아닙니다, 아버님. 주상께 진강
(進講)하는 경연(經筵) 자리에서 그 따위 소리를 씨부렁거렸다고 하니,
더욱 괘씸하지 않습니까."

그것은 전혀 근거 없는 얘기는 아니었다. 그 해 정월 10일과 24일
두 차례에 걸쳐 하륜은 국왕 방과에게 강경한 배불론을 피력했던 것이
다.

"그래 그 자가 뭐라고 했다는 거냐."

이성계는 구체적으로 캐고 물었다.

"불씨(佛氏)는 자비를 근본 교리로 삼고 살생을 금하고 있거니와,
유자(儒者)의 도 역시 호생오살(好生惡殺)의 이치를 주장하고 있으니

서로 비슷하지 않느냐고 주상께서 하문하시자, 하륜 그 자는 넉살좋게
주워섬기더라는 겁니다."

방간은 잠깐 말을 끊고 이성계의 눈치를 훔쳐보다가 다시 지절거렸
다.

"불교와 유교가 비슷한 것 같으면서도 그 교리가 생겨난 동기는 판이
하다는 거올시다. 서역(西域) 사람들이란 원래 야수처럼 폭려무도(暴戾
無道)한 까닭에, 석씨(釋氏)는 자비불살(慈悲不殺)이란 말로 그들을
꾀고 윤회보응설(輪廻報應說)을 꾸며대서 겁을 준 것에 불과하다는 거올
시다. 그러니 나라님께서 어찌 야수 같은 인간과 똑같은 교리를 신봉할
수 있겠느냐고 펏대를 올리더라는 거올시다."

"주제넘은 부유(腐儒)!"

이성계는 치를 떨었다.

"제놈이 알면 얼마나 알고 제놈이라고 천년 만년 살 줄 안다더냐?
그래 그놈은 장차 죽으면 어디로 간다지? 제놈이 지옥불에 떨어지지
않고 배겨날까 보냐."

"바로 그 점도 주상께서 캐물으셨다는 거올시다."

"그랬더니?"

"지옥이니 뭐니 하는 말처럼 허황한 소리도 없을 것이라고 하륜은
지껄이더라는 거올시다. 사람이란 음양오행(陰陽五行)의 기운을 받아
출생하는 것이며 죽으면 곧 음양이 흩어져서 혼백 역시 스러져버리고
마는데, 무엇이 지옥으로 떨어진다는 거냐고 둘러대더라는 거올시다.
그리고는 그와 같은 헛소리를 신봉하는 자는 성현의 글을 제대로 읽지
못한 무지막지한 우매한일 것이라고 극언하더라는 거올시다."

"무식하고 어리석은 인간이라고?"

이성계의 노기는 극에 달하였다.

불교란 곧 무지몽매한 문맹(文盲)들이나 신봉하는 미신이란 그 말은,
바로 이성계 자신을 비웃고 욕하는 소리로 들릴 수도 있는 것이었다.

"내가 만일 재위 중에 그 따위 소리를 지껄였더라면, 하륜 그놈의 모가
지를 당장에 날려보냈을 게다."

분을 참지 못하는 이성계에게 방간은 깐죽깐죽 부채질만 보냈다.

"주상께서도 불쾌하게 여기신 모양이었습니다만, 그놈의 뒤엔 정안군
이 도사리고 있지 않습니까. 우리네 형제 중에서 개국의 공이 가장 크다
고들 하며 무인정변 때 정도전 일파를 제거하고부터는 그 위세가 주상을
능가하고 있는 정안군의 둘도 없는 모신(謀臣)이고 보니, 어디 함부로
손을 댈 수 있겠습니까."

"듣기 싫다."

이성계는 발을 굴렀다. 방문을 박차고 밖으로 나가버렸다. 울화가 치밀
어 더 듣고 있을 수 없는 모양이었다. 그 뒷모습을 바라보며 방간은 고소
한 웃음을 씹고 있었다.

그 때 방문 밖에서도 이성계의 뒷모습을 바라보는 눈이 또 있었다.
칠점선과 원(元) 궁인이었다.

방간의 수작이 수상해서 엿듣고 있던 두 여인의 얼굴엔 짙은 불안이
새겨져 있었다.

"태상마마께서 저렇듯 진노하셨으니, 앞으로 무슨 일이 일어날는지
걱정이 됩니다, 옹주마마."

소리를 죽이고 원 궁인이 말하자,

"그보다도 회안군 저 이가 무엇 때문에 그런 소리를 전해서 태상마마
의 노여움을 불러일으켰나 그 점이 문제로구먼."

칠점선은 칠점선대로 다른 각도에서 우려하고 있었다.

"어쨌든 정안군을 모해하고자 하는 책동임엔 틀림없으니, 미리 연통이
라도 해서 대책을 강구하도록 해야 할 것이 아니겠어요?"

"그래야 할 텐데, 남의 이목도 있고 해서 직접 정안군 댁을 찾아갈
수도 없겠구료."

칠점선은 곱씹다가,

"그렇지. 오래간만에 그 애 집이라도 찾아가 봐야겠구면."

혼잣소리를 흘리며 자기 방으로 들어갔다.

잠시 후 칠점선은 여염집 아낙네 복장으로 갈아입더니, 남 모르게 상왕전을 빠져나갔다.

방간 역시 상왕전에서 물러갔다. 자기 집으로 돌아간 그는 그 때까지 하회를 기다리고 있던 박포를 위시한 수하들에게 수선을 떨었다.

"박 중추 말마따나 내 이제 하늘에서 천장 천병을 불러내리는 것보다 더욱더 크고 엄청난 힘을 얻어왔단 말야."

그리고는 이성계의 반응을 몇 곱절 과장해서 지껄여댔다.

"그렇다면 이젠 더 망설일 아무 필요도 없지 않습니까. 결판을 냅시다, 결판을요."

성급한 민원공이 서둘러댔다.

"태상전하께서 우리 편을 들어주시게 된다면, 정안군 그 일당인들 감히 어쩌겠습니까."

이성기도 기세를 올렸다.

"모두들 흥분만 하지 말고 침착합시다, 침착해요."

민공생이 또 조심성을 보였다.

"아무리 태상전하께서 정안군 일당을 미워하시고 따라서 우리 편에 기울어지신다 하더라도, 그것은 어디까지나 우리 일이 성공을 하고 정안군 일당을 제거한 연후에 효력을 나타낼 문제가 아니겠소. 우리가 거사를 한다고 졸병 한 명 보태주실 수 없는 것이 태상의 입장이시니만큼, 정안군 일당의 병력을 꺾을만한 힘을 어떻게 규합하느냐 그것이 우리의 당면한 과제일 게요."

"싸움의 승패는 반드시 병력의 다과로만 판가름이 나는 것이 아니외다."

박포가 거드름을 피우며 끼여들었다.

"일찍이 손자(孫子)도 말하기를, 용병의 지상책은 적의 모사(謀事)

가 이루어지기 전에 먼저 결정타를 가하여 재기불능하게 만든 다음, 적의 지지 세력을 이간시키고 고립시키는 것이라고 하지 않았습니까. 그러니 우리가 선수를 쓴다면 열 명의 약졸로서도 능히 백 명의 강병을 격파할 수 있을 것이외다."

누구나 다 아는 진부한 병법이었지만, 박포의 구기엔 제법 자신이 넘실거리고 있었다.

"내가 한 마디 하겠소이다."

곽승우(郭承祐)란 무골이 끼여들었다.

그는 얼마 전까지 별장(別將) 노릇을 하다가 그의 부친 곽충보(郭忠輔)와 함께 죄를 짓고 파면이 되어 할 일없이 방간의 휘하에 끼어든 위인이었다.

"나도 몇권의 병서쯤은 읽은 바 있으니 손자가 어떻고 오자(吳子)가 어떻고, 육도삼략(六韜三略)에 어떤 말이 적혀 있는가 쯤은 대략 짐작하고 있소이다. 그러나 그런 것은 케케묵은 책장이나 뒤적거리며 탁상공론을 일삼는 서생들이나 농할 소리지, 내가 경험한 바에 의하면 실전에는 별로 도움이 되지 않습니다."

그는 우선 이렇게 재를 뿌린 다음, 거듭 캐고 들었다.

"박 중추는 우선 선수를 써야 한다고 했는데, 그 선수라는 것은 일전에도 한 차례 써본 바 있었던 것이 아니겠소. 정안군을 유인해서 제거하자는 그 계획이 어이없이 허물어지고만 지금, 또 무슨 선수를 쓴다는 것이요."

"허허, 답답한 군이로고."

박포는 유들거렸다.

"적의 주장(主將)을 꾀어내서 제거하려던 계책이 실패로 돌아간 것만은 사실이오만, 그것은 적장이 갑자기 졸병(卒病)을 앓게 돼서 당한 낭패인즉, 말하자면 시(時)의 이(利)를 얻지 못했던 거요. 이번 내 계책은 절호의 기회를 포착해서 숨쉴 사이도 주지 않고 몰아치자 그런 얘기외

다. 적장이 아직 갑옷도 제대로 걸치지 못한 틈을 타서 숨통을 찔러보
자, 그런 작전이외다."

"그렇다면 이번엔 정안군의 사제를 급습하자는 거요?"

곽승우가 비꼬인 웃음을 피우며 넘겨짚었다.

"곽 별장은 제법 병법에 통달한 체하면서도 병서 한 권 제대로 독파하
지 못한 것 같구료."

재빠르게 되쏘아준 박포는 나오지도 않는 헛기침을 한바탕 터뜨리고는
노닥거렸다.

"공성지법(攻城之法)은 위부득이(爲不得已)라, 노(櫓 : 망루 혹은
방패)와 분온(轒輼 : 성을 공격할 때 쓰던 수레) 등 필요한 기기(器機)
를 갖추는 데에도 삼개월을 요하고, 거인(距堙 : 흙을 높이 쌓아서 성내
를 굽어볼 수 있게 만드는 것)을 설치하는 데에도 또한 삼개월은 소요된
다고 한 손자의 말을 어찌 잊었단 말이오."

"그렇게 유식만 떨지 말고 우리 쉽게 얘기합시다."

민원공이 짜증을 냈다.

"선수라는 것을 써서 정안군을 없애버릴 수 있는 구체적인 계책을
들어봅시다."

"그렇지, 나도 그 점이 궁금하이."

방간도 한마디 했다.

"말씀드리겠습니다. 이 달 그믐날을 기해서 거사를 하자 그러한 얘기
올시다."

"그믐날엔 천장(天將) 천병(天兵)이라도 내려온답디까?"

전에 대장군(大將軍) 벼슬을 지낸 바 있는 강승평(姜昇平)이 꼬아댔
다. 그 역시 곽승우와 마찬가지로 죄를 지어 불우한 나날을 보내다가
방간의 패거리에 가담한 장령이었다.

지나치게 거드름만 피우는 박포에게 불쾌한 감정을 품고 있기는 다른
패거리들과 매한가지인 듯했다.

"내 말을 끝까지 들어보시오."

좌중의 공기가 평온하지 못한 것을 느꼈던지 박포도 정색을 했다.

"이 달 그믐날엔 여러 공후(公侯 : 公은 친왕자, 侯는 종친으로 제1차 왕자이 난 때 그렇게 책봉한 바 있다.)들로 하여금 크게 사냥을 하도록 삼군부(三軍府)로부터 지시가 내리질 않았소. 둑제(纛祭)에 쓸 제물을 얻기 위해서 말이오."

둑(纛)이란 대가(大駕)의 앞이나 군중(軍中)에서 대장 앞에 세우는 기치의 일종이었으며, 둑제는 그 기치에 지내던 제사였다.

"그러니 그 날은 정안군 역시 사냥터에 나올 것이며, 우리 회안군 나리도 자연스럽게 참가하실 수 있을 터이니, 그 기회를 십이분 활용하자는 것이외다."

"좋아, 좋아."

방간이 손뼉을 쳤다.

"저편에선 단순한 사냥으로만 알고 별다른 무장을 하지 않을 터인즉, 우리측에서 단단히 무장만 한다면 승산은 손바닥을 들여다보는 것보다도 더 환하겠구먼."

한때 박포의 거동을 못마땅하게 여기고 있던 여러 패거리들도, 이내 회색이 가득해졌다.

술상이 나왔다.

그들은 질탕히 먹고 마시고 두드리고 떠들어댔다. 술들이 어지간히 돌자 강승평이 곽승우를 눈짓으로 부르며 자리에서 빠져나간다.

"어딜 가려는 건가?"

방간이 거슴츠레한 눈을 하고 물었다.

"나리댁 술맛은 언제나 희한합니다만, 없는 것이 한 가지 있어서요."

강승평이 비릿한 웃음을 피웠다.

"이 사람 아직도 바람기가 덜 가신 모양이로구먼. 그만큼 혼이 났으면 조심을 해야지."

방간이 눈을 흘겨보았다.

"죄송합니다, 나리. 영웅호걸은 호색하는 법이라고 하지 않습니까."

강승평은 느물거렸고,

"호색도 좋습니다만 나리, 요즈음 우리 두 사람 가진 것이라고는 그것 두 쪽씩 밖에 없으니, 횟박 쓴 갈보년인들 하나 거들떠 보겠습니까요."

곽승우가 노닥거리며 군침을 삼켰다.

"이 사람들, 낯가죽 한번 두둑두허이."

방간은 상을 찡그리면서도 제법 수령다운 아량을 보이려는 것일까, 아들 맹종에게 눈짓을 했다. 군자금을 대주라는 지시일 게다.

강승평과 곽승우가 맹종의 뒤를 따라 나서자, 그 뒤꼭지에 대고 방간은 한마디 못을 박았다.

"술도 좋고 계집도 좋겠지만 부디 말조심들 하게나."

그 말을 듣는둥 마는둥 두 건달배는 맹종이 넌지시 내미는 물건을 각각 하나씩 소매 속에 찌르더니, 엉덩춤을 추면서 거리로 뛰쳐나갔다.

그들이 향한 곳은 바로 설매의 집이었다. 해가 막 지고 어둠이 기어드는 시각이니만큼, 기방은 지금부터 한창 흥청거려야 할 판이었다.

하지만 설매의 집 문은 굳게 닫힌 채 조용하기만 했다.

"문 열어라, 문 열어."

강승평과 곽승우는 고래고래 소리를 지르며 문짝을 두드려댔다. 그래도 안에서는 아무런 반응도 없었다.

설매는 안채 깊숙한 밀실에서 칠점선과 마주 앉아 있었다. 상왕전을 빠져나온 칠점선이 찾아온 곳은 바로 이 집이었던 것이다.

방간이 이성계를 선동해서 격노케 한 경위를 듣고 답답한 한숨만 쉽고 있던 설매였던만큼, 문밖에서 부르는 소리를 듣고도 좀처럼 일어나고 싶지 않았던 것이다.

그러나 떠드는 소리는 더욱더 시끄러워지기만 했다.

"어느 거지발싸개 같은 놈들인지는 모르지만, 잠깐 나가서 쫓아버리고 올테니 기다리슈, 형님."

설매는 눈살을 찡그리며 대문쪽으로 나갔다.

"어느 뉘신지는 모르지만, 오늘은 술장사 안 해요. 그만들 돌아가시도록 해요."

대문 사이로 고개만 내밀고 쏘아댔지만, 그만한 소리에 물러갈 두 건달배는 아니었다.

"무슨 수작! 임진강물은 마를 수도 있겠지만, 기생집에 술이 동이 난다는 얘긴 들어보질 못했다."

두 사나이는 노닥거리면서 대문을 박차고 들어섰다. 그러니 성깔 사나운 설매가 가만히 있을 리 없었다.

"어디서 굴어먹던 불한당들이 이 따위 야료를 부리는 거지? 왕후장상 (王侯將相)도 저 싫으면 그만이라지 않아? 웬 지랄들이냐 말야."
하다가 두 사나이의 얼굴을 뜯어보더니,

"어느 화상들인가 했더니, 이건 불한당치고도 날불한당들이구먼."
하고 더욱더 독살을 부렸다.

언젠가도 그들 두 사람이 들이닥치더니 실컷 마시고 두드리고 나서도 엽전 한푼 내놓지 않고 도망친 일이 있었던 것이다.

"이러지 말아라. 쥐구멍에도 볕 들 날은 있느니라. 우리라고 날이면 날마다 외상술만 퍼먹구 다니는 줄 아냐?"

곽승우가 소매 속을 뒤적거리더니 맹종이 준 그 물건을 꺼내서 설매의 코밑에 들이댔다.

은병(銀甁)이었다.

"어떠냐, 이만하면 하룻밤 술값으론 부족하지 않을 것 같은데?"
아랫배를 툭 내밀었다.

"여기도 있지."

강승평도 은병 하나를 내밀었다. 그들의 말을 빌지 않더라도, 은병이 둘이라면 엄청난 금액이 되는 것이다.

고려 숙종 6년에 처음으로 발행한 속칭 활구(闊口)라고 하는 그 은화(銀貨)는, 근으로만 달아도 한 근은 되는 고액 화폐였다.

한반도(韓半島) 모양을 한 그 병에는 관(官)의 표인(標印)을 찍어 화폐로 유통시켰던 것인데, 교환 가치는 시대에 따라 일정치 않았지만 최하 쌀 10섬에서 최고 50 섬에 이르렀다고 하니, 그것이 두 개라면 웬만한 기방에선 몇날밤을 파묻혀서 두드려 마시고도 남을 것이었다.

그러나 설매는 거들떠보지도 않고 두 사나이를 몰아냈다.

"은병 아니라 금병을 안겨줘도 오늘밤은 술장사 안 할테니 썩 나가요."

"아니, 너 이년, 밥알이라도 곤두섰냐? 아니면 이 은병에 똥이라도 묻었단 말이냐."

곽승우가 악을 쓰자,

"바로 맞았어요. 댁같은 사람 섣불리 받아들였다간 똥물이라도 들이켜기 십상일테니까요."

설매는 그렇게 되쏘아주었고, 그럴만한 이유도 있었다.

그보다 반년 전인 정종 원년 6월에 있었던 일이었다. 곽승우는 그의 부친 곽충보와 함께 끔찍한 행패를 부린 적이 있다.

전부터 앙심을 품어오던 황문(黃文)이란 관원과 그의 처를 잡아다가 그들의 입에 똥오줌을 퍼부으며 욕을 보인 끝에 마침내 죽음에 이르게 했던 것이다. 곽승우가 별장직(別將職)에서 파면된 것도 그 때문이었다.

"왜 이리 말이 많을꼬?"

이번엔 강승평이 호통을 쳤다.

"네년이 무슨 양가집 규수라고 깨끗한 체하느냐 말이다. 돈만 안겨주면 거름통이라도 끼고 도는 잡년이 아니냐."

"내가 잡년이라면 댁은 뭐유? 과부가 된 종숙모와 상피 붙어먹은 짓은 점잖구? 그것두 아우 형제가……"

그 독설 역시 사실이었다.

전에 참찬문하부사를 지낸 바 있는 김인찬(金仁贊)이란 재신에게 이씨라는 후처가 있었는데, 이씨의 전 남편은 강승평의 종숙되는 강세손(姜世孫)이었다. 강승평은 그 종숙모와 정을 통했을 뿐만 아니라 그의 형 강대평(姜大平) 역시 이씨와 통간한 바 있었던 것이다.

한두름에 묶여서 걸쭉하게 욕바가지를 뒤집어 쓴 두 건달은, 분통이 상투 끝까지 치밀어 시근덕거리다가,

"이년, 네년이 뉘놈을 믿고 감히 그따위 주둥이를 놀리는 거지?"

"짐작컨대 정안군 그 작자가 자주 드나든다 해서 콧대가 높아진 모양이지만, 어디 두고 보란 말이다."

"이 달을 넘기지 못하고 정안군 그 작자 고래골을 찾아갈거구, 그 때가 되면 우리 두 사람 네년을 잡아다가 사지를 찢어발길 테다."

분한 김에 씨부렁거리는 엄포라고 듣기엔 심상치 않은 소리였다. 설매는 잔뜩 긴장했지만, 그것을 감추고 한마디 더 긁어댔다.

"이불 속에서 활개를 친다구 어느 누가 눈썹 하나 까딱할 줄 아나봐. 이 달 안으로 천지가 개벽한답디까, 나라님도 어려워하시는 정안군 나리가 어찌 되시게."

"정 못믿겠으면 내 똑똑히 일러줄까?"

곽승우는 설매의 머리채를 낚아잡더니, 그 귀에 구린내나는 입을 들이대고 퍼부어댔다.

"이 달 그믐날이면 말이다, 우리가 모시는 회안군 나리께서 정안군 그 작자를 없애버린다 그 말이야. 독제 때 바칠 제물을 사냥하는 사냥터에서 말이다."

그리고는 설매를 밀어붙이고 뛰쳐나갔다.

"정말이다, 이년아. 두고 보란 말이다."

강승평도 부연하고 뒤쫓아 나갔다.

설매는 급히 대문을 잠그고 칠점선이 기다리는 밀실로 달려들어갔다.

그들 두 여인은 한동안 이마를 마주대고 밀의를 하다가 밖으로 나갔다.

물론 칠점선은 상왕전으로 향했고, 설매는 방원의 집을 찾아갈 생각이었다. 그러나 이젠 아주 어두워버린 밤길을 얼마 동안 더듬어가다가 설매는 주춤했다. 곽승우와 강승평의 술 취한 소리가 되돌아오고 있는 것이다.

"아무래도 우리가 실수를 했어. 회안군 나리도 그토록 주의를 주셨는데 홧김에 지껄인 소리이긴 하지만, 그 계집에게 중대한 비밀을 누설했단 말야."

"그러게도 말이외다. 그러니 일찌감치 그 기생년을 처치해 버려야 후환이 없을 거요."

설매는 길가 고목나무에 몸을 붙이고 숨을 죽이고 있었다.

두 건달배의 발소리는 점점 가까워 온다. 그들이 눈치채지 못하고 지나치기만 바라며 설매는 조바심을 하고 있었다. 과연 놈들은 설매가 숨어 있는 고목나무 앞을 그냥 지나치는 성싶었다.

그런데,

"여보게, 곽 별장."

강승평이 부르면서 걸음을 멈추는 기색이었다.

"내 잠깐 볼일 좀 보고 가야겠네. 낮살이나 먹어서 그런지 전보다는 사뭇 하초가 부실해졌단 말야."

"나이 핑계 작작 좀 허슈. 강 장군의 하초는 지나치게 부려먹어서 거덜이 난 거예요."

곽승우가 빈정댔고, 강승평은 고목나무로 다가왔다. 그는 주섬주섬 허리춤을 내리더니 쭈그리고 앉았다. 그 당시의 복장은 남자라고 떡 버티고 서서 볼일을 보는 것이 아니라, 여자처럼 앉아 보는 편이 편리하게 되어 있었다.

어둠이 짙은 데다가 고목나무에 가리어진 때문에 강승평은 아직 설매를 발견하지 못한 모양이었지만, 설매는 애가 타서 견딜 수가 없었다.

　색(色)에 곯아서 그것이 시원치 않은 놈팡이는, 볼일을 볼 때 무던히 애를 쓰게 마련이다. 강승평은 끙끙 앓는 소리를 연발하며 꾸물대고 있었다.

　송악(松嶽)으로부터 몰아치는 밤바람이 한바탕 불고 지나갔다.

　에찔레, 재채기를 터뜨리며 곽승우가 투덜거렸다.

　"여보슈, 이러다간 길바닥에서 얼어죽겠쉬다."

　그는 강승평의 곁으로 다가오다가,

　"저건 뭐지?"

　주춤했다.

　"뉘놈이 점잖은 어른신네 볼일 보시는데 엿보고 있는 거지?"

　소리치더니 몸을 날려 설매의 덜미를 낚아챘다. 그리고는 어둠 속에서나마 설매라는 것을 알아보자 기성을 터뜨린다.

　"호박이 제물에 떨어진다더니, 바로 네년이었구나."

　강승평도 허리춤을 여밀 새도 없이 달려들었다.

　그들의 동작은 제법 빨랐다. 설매가 쓰고 있던 장옷 자락을 북 찢더니, 우선 그 입을 틀어막았고 배때끈을 풀어서 두 손을 결박했다.

　"이 년을 어떻게 한다? 여기서 아주 요절을 낼까?"

　강승평이 설치는 것을,

　"가만 계슈. 죽이기는 쉽지만 살리기는 어렵단 말이요. 언제 어떻게 써먹을 일이 생길지 모르니, 우리 일이 성사될 때까지 우리 집 곳간에라도 단단히 가두어 둡시다요."

　곽승우가 제법 신중한 구석을 보였다.

　"그도 그럴듯한 얘기야. 우리가 은병을 둘씩이나 내밀며 술을 팔라해도 마다하고 도도히 굴던 계집이니, 그냥 없애버리기는 아까운 노릇이구면."

　강승평이 비릿하게 웃으며 설매의 허벅지를 더듬거린다.

　"겉보다도 속이 더 좋아. 제법 토실토실한게 회로 먹어도 비리지는 않겠는 걸?"

두 놈팡이는 설매를 끌고 곽승우의 집으로 향했다.

"쥐도 새도 모르게 감춰둬야 할 텐데."

곽승우는 뒷담을 넘고 들어가 뒷문을 열었다. 보통 때는 좀처럼 쓰는 일이 없는 별당에 달린 헛간문을 열다가 숨을 죽인다.

어둠 속에 꿈틀거리는 무엇이 있는 것이다.

"뉘놈이냐?"

소리를 죽이고 꾸짖어 보았다. 꿈틀거리던 물체는 하나가 아니라 둘인 것 같았다. 그러나 대답이 없다.

"옳거니. 어느 종놈 종년이……"

곽승우는 헛간 속으로 뛰어들어가서 꿈틀거리던 두 물건 중의 하나를 잡아 일으키다가,

"이게 뉘시오?"

기급을 한다. 그의 부친 곽충보였다. 그리고 그 밑엔 새파란 몸종 아이가 깔려 있었다.

"아닌 밤중에 홍두깨도 유분수지, 네놈은 웬일이여?"

멋적은 소리로 투덜거리며 두리번거리던 곽충보는, 헛간 문턱에 끌려온 설매를 어렴풋이나마 발견한 것일까.

"네놈두 계집을 끌어들이려던 참이었구먼. 그렇다면 피장파장이여."

"그게 아니올시다, 아버님."

곽승우는 하는 수 없이 방간 일당의 흉계를 간추려 이야기하고, 술김에 그 비밀을 누설한 때문에 설매를 감금하려는 것이라고 설명했다.

"그런 일이 있었나?"

곽충보는 그 때까지 그 모사엔 가담하지 않고 있었던 것이다.

"이제 며칠 안으로 큼직한 감투가 굴러떨어질 판인데 말씀입니다. 저년을 놓쳤다간 만사가 수포로 돌아갈테니, 아무에게도 말씀 마셔야 합니다."

곽승우는 단단히 못을 박았고,

"자칫 잘못하다간 곽 별장 저 사람뿐만 아니라 곽 중추 어른도 역적으로 몰릴 터이니, 각별히 조심하셔야 합니다."

강승평도 침을 놓았다.

"내 아들놈에게 감투가 굴러떨어진다면 얼마나 대견한 일이여. 염려들 말게나."

시원시원 다짐을 하고는 곽충보는 몸종 아이를 끌고 어둠 속으로 사라졌다. 그러나 그 헛간에 설매를 가둔 두 놈팡이가 사랑방으로 사라지고 한참이 지나자, 곽충보는 어둠 속에서 엉금엉금 나타났다.

"아무래도 젊은 놈들 하는 짓이란 경망하단 말이여. 회안군 그 사람들의 일이 틀림없이 성사를 한다면 그것도 좋겠지만, 실패로 돌아간다면 어떻게 헌다? 아들놈이 역적이 된다면 나도 역시 역적으로 몰릴 테니 말이여."

그는 헛간쪽으로 다가갔다.

"내가 오늘날까지 이렇게 두 눈이 시퍼렇게 살아남은 것두 말이여, 고지식하게 여느 한편에 매이지 않은 때문이것다. 동풍이 강하면 동쪽에 기대 섰고 서풍이 강하면 서쪽에 기대 섰기 때문에, 비록 지체있는 집안엔 태어나지 못했지만 재신 자리에까지 기어오르게 됐다 그 말이여."

그의 독백은 지난날의 자기자신의 처신을 숨김없이 털어놓는 소리이기도 했다.

그의 과거는 변절과 배신으로 지저분하게 먹칠되어 있었다.

곽충보, 그에 대해서 정종실록(定宗實錄)에는 다음과 같이 언급한 대목이 있다.

──본시 용렬하고 비루한 위인이었지만, 무재(武才)로서 관위(官位)가 추부(樞府)에까지 이르렀다.

그가 황문(黃文) 부처를 살해하고 충청도 청주로 유배되기 이전까지 누리던 벼슬은 상의중추원사(商議中樞院事) 종 2품의 당상관(堂上官)

이었다.

그러나 그의 가문은 대단치 않았던 것 같다. 정종실록에는 또 '본시 시정지인(市井之人)'이었다는 대목도 있으니 말이다. 우왕 9년 병마사(兵馬使)로 동산현(洞山縣)에서 왜구를 격파하고 예의판서(禮儀判書)에 승진된 그는, 그 후 이성계가 위화도에서 회군하여 최영을 추격하게 되었을 때엔 전중(殿中)으로 뛰어들어 충신 최영을 잡아낸 일도 있었다.

그가 그 비열한 인간성을 가장 여실히 드러낸 것은 이른바 '김저(金佇)의 옥사' 때였다.

그 때 이성계 일당에 의해서 여흥(麗興)땅으로 유배 당한 우왕은 최영의 생질인 대호군(大護軍) 김저와 역시 최영의 족당이었던 부령(富令) 정득후(鄭得厚)에게 밀령을 내렸다.

"내 이렇게 죽을 날만 기다리자니 울화가 치밀어 견딜 수가 없다. 한 역사(力士)를 얻어 이 시중(李侍中 : 이성계)을 처치해야 하겠거니와, 내 본시 예의판서 곽충보에겐 후의를 베푼 바 있으니 너희들 그 사람을 만나서 일을 도모하도록 하라."

그리고는 이검(利劍) 한 자루를 내주며 거듭 지시했다.

"오는 팔관회(八關會)날 거사를 하되, 일이 성취된다면 영비(寧妃 : 최영의 딸)의 누이동생을 곽충보에게 주고 아울러 부귀를 누리도록 하겠다고 일러라."

김저와 정득후가 곽충보를 찾아가서 우왕의 의향을 전하자, 그는 즉각 응낙하는 체 해놓고는 뒷구멍으로 이성계에게 밀고를 했다. 결국 이성계는 팔관회에 참석하지 않았고, 김저와 정득후는 체포되어 우왕과 고려조의 멸망을 재촉하기에 이르렀던 것이다.

곽충보는 헛간문을 열고 들어섰다. 한구석에 묶여 있는 설매의 곁으로 다가갔다. 바싹 달라붙어 더듬더듬 더듬으면서 그는 군침을 삼켰다.

"고얀 놈들이로고. 한창 농익은 천도(天桃)복숭아보다도 희한한 너를 함부로 죽이려고 하다니."

물론 입이 틀어막힌 설매는 아무런 대꾸도 못하고 있었다.

"솔직히 말해서 말이여, 나는 어떤 편도 아니지. 이기는 편이 내 편이 구 지는 편은 헌신짝처럼 걷어찰 뿐이여. 나는 줄곧 그렇게 살아왔거든."

그는 한층 목소리를 낮추고 구린내 나는 입을 설매의 귓전에 들이대며 주절거렸다.

"이번 싸움에도 말이여, 정안군이 이기면 정안군 편이 될 게구 회안군이 이기면 회안군 편이 될 테니, 얼마 동안은 너를 살려두어야 하겠다 그 말이여. 정안군이 승리를 할 경우 단단히 이용을 해야지 않겠어?"

그는 설매를 끌고 헛간 밖으로 나갔다.

꼬불꼬불한 골목길을 한동안 누비고 가더니, 어느 집 뒷문 앞에 이르러 거기 서 있던 버드나무에 설매를 묶어놓고 담을 넘어 들어갔다.

그 집은 검교중추원부사(檢校中樞院副事) 이원경(李元景)의 집이었다. 그의 처 권씨는 소문난 음부(淫婦)였다.

처음에는 안전(安膜)이란 사람에게 시집을 갔다가 안소(安沼)에게 개가했다. 안소는 고려조 때 문하평리(門下評理)를 지냈고, 이성계가 위화도에서 회군하여 개경을 포위하자 정병을 거느리고 남산(南山)에서 분투한 바 있는 경골한이었다.

그 후 이성계의 미움을 받고 안변(安邊)으로 유배되었다가, 그 곳에서 참살 당한 때문에 권씨가 세번째로 얻은 남편이 이원경이었다.

그렇게 남편을 짚신 갈듯이 자주 갈아치우는 여자인데다가, 외간 남자와의 추문도 이만저만이 아니었다. 곽충보와 강승평 형제가 김인찬의 처 이씨와 밀통한 사실이 들통이 나서 문제가 되었을 때, 권씨 역시 풍기 문제로 장(杖) 90도를 맞은 바 있었다. 지경(志敬)이란 중과 상문(尙文)이란 중을 항상 끌어들여 밀통하였다는 죄목이었다.

"그 때 상문이란 중놈은 도망쳐서 아직껏 잡히지 않고 있지만 말이여, 그놈이 밤마다 이 집에 드나든다는 기미를 나만은 알고 있거든."

　곽충보는 혼잣소리를 흘리며 그 집 후원으로 들어갔다. 그 후원엔 대여섯 아름도 더 됨직한 해묵은 느티나무가 한 그루 서 있었다. 그리고 그 느티나무엔 사람 하나쯤 족히 드나들만한 구멍이 뚫려 있었다.

　발소리를 죽이며 그리로 다가간 곽충보는, 느티나무 동공(洞空) 속에 고개를 들이밀고 귀를 기울였다.

　"이런 냄새 맡기로는 귀신도 나를 못따를 거여."

　신바람을 피우며 이죽거리다가,

　"어험, 험."

　곽충보는 헛기침을 터뜨렸다. 느티나무 속에서 허둥대는 인기척이 있었다.

　"놀라지 마슈, 아주머니. 나 다른 사람두 아닌 곽충보여. 천하 오입장이로 통하는 내가 아주머니 재미보는 걸 방해하려 들지는 않을 테니 말이여."

　그 말에 그 동공 속으로부터 권씨가 기어나왔다.

　"그 속에 상문이란 중놈이 숨어 있다는 것두 잘 알고 있지만 말이여, 누구에게도 누설은 하지 않겠으니 그 대신 내 청하나 들어주슈."

　"무슨 청인데요, 곽 중추."

　권씨는 아양을 떨며 곽충보의 가슴에 볼을 비벼댔다. 짙은 동백기름 냄새, 분 냄새가 역하게 풍겨진다.

　"그러지 않아도 소문 높은 곽 중추 품에 한번 안기는 게 내 소원이었다구."

　"예끼, 여보슈."

　곽충보는 도리질을 치며 물러섰다.

　"내 아무리 색을 좋아하기로 천한 중놈이 씹다 남은 쭈구렁 바가지까지 핥지는 않을 거여. 내 얘기는 다른 게 아니라, 아주머니의 비밀을 지켜주는 대신 사람 하나 감춰 달라, 그거여."

　꼼짝없이 약점을 잡힌 권씨가 마다할 리 없었다. 헌 세간만 처넣은 광문을 열어주었다.

"앞으로 예니렛 동안만 맡아주면 될거여. 과히 상하지 않도록 음식이
나 잘 넣어 주슈."

그리고는 담밖에 묶어둔 설매를 끌어다가 그 광 속에 가두었다.

"자, 이젠 감이 떨어지나 대추가 떨어지나 입만 벌리고 기다리면 그만
이여."

이원경의 집을 나온 곽충보는 엉덩춤을 추면서 흐믈거리다가, 문득
걸음을 멈추고 고개를 꼬았다.

"가만 있자, 그 집 고목나무 속엔 상문이란 중놈이 아직도 숨어 있것
다? 나라에서 수색령이 내렸는데도 뻔뻔스럽게 문제의 그 계집 집에
숨어 있는 그 중놈, 계집이라면 오금을 못쓰는 그놈이 광 속에 혼자 갇힌
설매를 그냥 버려둘까?"

그는 걸음을 돌려 이원경의 집으로 되돌아갔다. 숨을 죽이고 광문을
열어보았다. 어두운 한밤중의 광 속은 더욱 어두웠다. 아무 것도 눈에
보이진 않았지만 야릇하게 열을 띤 인기척이 느껴졌다.

물론 광문 열리는 소리에 긴장을 했던지 부스럭거리는 소리조차 내진
않았지만, 그 대신 팽팽하게 긴장한 공기가 엄습하는 것 같았다.

곽충보는 광문을 안으로 닫았다.

소매 속에서 기름먹인 노끈 한 올을 꺼내 가지고는 부싯돌을 쳐서
불을 붙였다. 밤마다 도둑괭이처럼 남의 집 계집을 엿보는 것으로 일을
삼는 그에겐, 그것은 항상 없어서는 아니될 이기(利器)의 하나였다. 그
노끈의 불을 높이 들고 설매가 묶여 있는 위치로 여겨지는 광 구석으로
다가갔다.

아니나 다를까 번들번들한 까까중 머리가 먼저 나타났고, 다음엔 훌렁
벗겨진 엉덩판이 드러났다.

중놈은 성급하게도 아랫도리부터 벗어젖히고 설매를 덮쳐 보려다가,
곽충보가 들이닥치자 꼼짝달싹 못하고 엎드려 있는 것이다.

"죽일 놈!"

나지막이 씹어뱉은 곽충보는 한 팔로 중놈의 목줄기를 휘감았다.

"죽어야 한다, 이놈."

용을 썼다.

일찍이 희대의 용장 최영을 그 손으로 체포한 바 있고 영걸 이성계의 암살을 위임받은 바 있었던 역사(力士)였던만큼, 비록 나이는 먹었다고 하지만 곽충보의 여력(膂力)은 대단했다.

중놈은 두어번 엉덩판을 꿈틀거리더니, 이내 축 늘어지고 말았다.

그것을 발길로 걷어찬 곽충보, 아직도 한쪽 손에 밝혀 들고 있던 노끈불을 설매에게로 들이댔다. 하반신의 옷자락이 되는대로 찢긴 채 설매는 쓰러져 있었다.

"어디 상한 데라두 없나!"

노닥거리면서 곽충보는 다른 한손을 들이밀었다.

설매는 꼼짝도 하지 않았다. 다만 불빛에 비쳐진 두 눈만 표독하게 반짝이고 있었다.

"그렇게 독살을 피울건 없지 뭐여."

계속 더듬어대며 곽충보는 느물거렸다.

"원래 이 짓이란 놈팡이 혼자만 좋자구 하는 짓은 아니여. 놈두 좋고 년두 좋아야 진미가 나는 법이여. 그렇지, 임자."

그래도 설매는 얼어붙은 목석처럼 냉랭할 뿐이었다.

"허어, 이거 안 되겠는 걸."

곽충보는 입맛을 다시더니, 노끈에 밝힌 불을 비벼껐다.

"이래뵈두 말이다. 나 곽충보로 말할 것 같으면 말이여, 천하에 소문난 오입장이라. 오입장이란 뭐고 하니 싫다는 계집을 무지막지하게 겁탈하려는 날도둑놈은 아니여."

이젠 완전한 어둠에 잠겨버린 속에서 곽충보는 혼자 게거품을 씹으며 더듬거렸다.

"계집 쪽에서 몸이 달아가지구 말이여, 안달복달해싸며 매달릴 적에나 서서히 거동하시는 양반이라 그 말이여. 안그런가, 임자."

아무리 지절거려도 설매는 찬바람만 피우고 있었다.

입으로는 큰소리를 쳤지만 설매의 반응이 막무가내고 보니, 애가 타는 것은 곽충보 제놈 쪽이었다.

"말이나 혀보라니까. 쓰건 달건 뭐라구 혀야 임자 의향을 알아차릴게 아니여."

하다가 그는 뒤통수를 친다.

"내 정신 좀 보게. 설매, 임잔 말을 하고 싶어도 못할 형편이지, 입이 틀어막혔으니 말이여."

아랫도리만 터지게 주무르고 있던 손길을 더듬어 올려, 설매의 입을 막고 있는 헝겊을 풀어주었다.

"자, 이젠 말할 수 있겠지이? 너무 시끄럽게 떠들지만 않으면, 무슨 말이든 좋으니 하여보아."

"도대체 곽 중추는 나를 어쩌자는 거요."

겨우 입을 연 설매는 야멸차게 따지고 들었다.

"아따 천하의 명기 설매답지도 않은 벽창호 같은 소리를 허는구먼? 이런 한밤 중에 이렇게 으슥한 구석에서 사나이와 계집이 붙어 있게 됐으니, 할 일은 한 가지 뿐이지 뭐여?"

너덜거리면서 이젠 사뭇 일이라도 치르려는 기세로 설친다.

"곽 충주라면 워낙 근력이 좋은 분이니 앞날이 구만리 같은 줄 알았는데, 이젠 그만 사실 작정이오?"

설매가 꼬아댔다.

"거 무슨 소리."

"잘 생각해 봐요. 이 설매와 정안군 나리가 어떤 사이라는 것쯤 곽 중추도 잘 알고 있지 않소? 그런데 이런 헛간 구석에 나를 끌고 와서 겁탈을 한다? 앞으로 회안군과의 싸움에 정안군이 승리할 경우, 누가 보나 꼭 그렇게 되겠지만 말예요. 그리고 그 분이 세자에 책립되고 대위를 계승하시고 그렇게 되는 날이면, 곽 중추 당신의 모가지가 무쇠덩이라도 그냥 붙어 있을 것 같수?"

"아갸갸."

곽충보는 어금니를 씹으며 말문이 막힌다.

"곽 중추 당신이 자기 집에서 나를 빼내온 이유도 나는 잘 알고 있어요. 당신 아들이 나를 죽였다가 정안군이 득세할 경우 화를 입으면 어쩌나 싶어서 그런거죠? 그렇다면 아예 나를 풀어주는 게 어떠냐 말이에요. 내가 지금이라도 회안군 일당의 흉계를 정안군 나리께 말씀을 드리고 정안군 나리께서 응분한 대응책만 강구한다면, 회안군 일당의 오합지졸 따위는 단번에 뭉개버릴게 아니겠어요? 곽 중추도 그만한 사세 판단은 할만한 분으로 알고 있는데요?"

"그야 물론 병력으로나 인망으로나 회안군은 정안군의 적수가 아니지."

"그렇다면 일찌감치 나를 풀어주고 공을 세울 것이지 뭘 꾸물거리는 거유?"

설매는 다그쳤지만,

"그건 안될 소리."

곽충보도 녹녹히 넘어가진 않았다.

"차라리 도적놈에게 열쇠 꾸러미를 던져주라지, 너를 놔주란 말이여?"

곽충보는 펄쩍 뛰는 시늉을 했다.

"그랬다가 말이여, 나를 되잡으면 그 땐 어떻게 허여. 내 아들놈은 너를 감금했구, 나는 네게 손을 대려구 했다구 그렇게 고해 바치면, 정안군 그 댁이 나를 그냥 두겠나?"

그는 혼자 불렀다간 쓰곤 했다.

"죽일 놈이라구 이를 갈거여. 어디 그뿐인가. 회안군 일당의 비밀을 제보하는 공로도 고스란히 너 혼자 가로챌게 아니여. 나는 닭쫓던 개꼴이 아니라 게도 구럭도 다 잃어버리구 홀랑 망하는 거여."

설매는 타협안을 제시했다.

"그렇게 나를 못믿겠으면 말예요, 이렇게 하는 게 어떻겠수?"

"어떻게 말이여."

"곽 중추가 직접 정안군 나리께 말씀드리는 거예요. 회안군 일당이 이러이러한 흉계를 꾸미고 있다는 비밀만 전해드릴 수 있다면, 나는 어떻게 되건 상관 없어요."

그것은 설매의 거짓없는 충정이었다.

"내가 직접 고해 바친다?"

곽충보는 곱씹다가,

"그것두 곤란한 얘기여."

도리질을 한다.

"그렇게 했다가 만에 하나 회안군 쪽이 이기게 되는 날이면 어떻게 허여. 누가 이기고 누가 지건 내게는 이만 돌아오고 해는 돌아오지 않는 방책이라야 허는디 말이여."

그는 한동안 끙끙거리다가,

"아직 날짜는 있으니 좀더 두고 봐야 허겠어. 무슨 수가 날거여."

미적지근하게 꼬리를 흐리더니, 목이 졸려 죽은 상문의 시체를 끌고 나가버렸다.

그러나 설매는 애가 타서 견딜 수가 없었다. 하루를 지체하면 그만큼 사태는 방원에게 불리하게 기울 것이었다. 대응책을 강구하자면 무엇보다도 아쉬운 것이 시일이었다.

그 이튿날도 그 다음날도 곽충보는 나타나지 않았다.

그 동안 이 집 안주인 권씨는 아침저녁으로 먹을 것과 마실 것을 가져다주었다. 음식을 먹고 용변을 볼 수 있을 정도로 결박도 늦추어 주었지만, 그뿐이었다. 말 한마디 걸지 않았다.

곽충보가 다시 나타난 것은 방간 일당의 거사날로 내정된 정월 그믐을 하루 앞둔 29일 저녁 나절이었다.

"내 그 동안 무슨 일을 했는지 아나?"

그는 또 수다스럽게 혼자 부르고 쓴다.

"회안군 일당이 과연 얼마만한 준비를 하고 일을 저지르려는 건가 은근히 염탐을 해봤더니 말이여, 이건 형편없더구먼. 그 일당 중에서 쓸만한 사람이라고는 장담(張潭) 한 사람뿐이니 말이여."

장담은 원래 중노릇을 하다가 고려조 때 환속을 하고, 이성계의 서형(庶兄) 이원계(李元桂)의 사위가 된 사람이었다.

이씨왕조 개국 혁명 때엔 개국공신 2등에 책록된 바 있고, 무인정변 때엔 방원측에 가담하여 정사공신(定社功臣) 2등이 된 바도 있으며, 지금은 동지중추 벼슬을 하고 있다.

"나머지 패거리들은 거의 어디서 굴러먹던 놈들인지 알 수도 없는 불량배들이니, 아무리 생각해두 싹수가 노랗단 말이여."

그리고는 설매의 결박을 풀어주었다.

그 무렵 자남산(子男山) 기슭 우현보의 집을, 이래(李來)가 또 찾아들고 있었다.

"아무래도 회안군 일당이 크게 일을 저지를 것만 같습니다."

그의 표정은 심각했다.

"무슨 일이 있었나?"

우현보가 물었다.

"요즘 회안군 집에 박포를 위시한 패거리들이 자주 드나든다고 하기에 넌지시 염탐해 보질 않았겠습니까."

"그랬더니?"

"시생이 일전에 회안군의 의향에 반대 의견을 개진한 이래 모두들 시생에겐 쉬쉬 하면서 속을 주지 않습디다만, 그런대로 하인배들이랑 몇몇 족당(族黨)들이 흘린 한마디 한마디를 귀담아 들어본즉, 이 달 그믐날 무슨 일을 일으킬 움직임인 것 같습니다."

"이 달 그믐날이라?"

우현보는 한동안 생각에 잠기다가,

"그 날은 바로 여러 왕자들과 종친들로 하여금 사냥을 시켜서 둑제(纛祭)의 제물을 마련케 하기로 정한 날이 아닌가."

"선생의 말씀 듣고 보니 생각나는 말이 또 있습니다. 사냥터에서 어쩌겠다는 말을 자주 주고받는 것 같습디다."

"대강 짐작이 가네."

우현보는 아들 홍부를 불렀다.

"너 다시 한번 정안군을 찾아가서 내 말을 전하되, 요전처럼 낙마하는 추태는 부리지 말도록 해라."

그리고는 몇 마디 귀엣말을 전했다.

방원의 집으로 들어가는 길목에 으슥한 잡목림이 있었다. 그 숲속에 두 필의 말이 매어져 있었고, 두 사나이가 몸을 숨기고 있었다.

곽승우와 강승평이었다. 바야흐로 어둠이 짙어가는 저녁 하늘을 흘겨보며, 곽승우가 입맛을 다셨다.

"오늘도 허탕을 친 모양이외다, 강 장군."

"글쎄, 그 년이 어디로 꺼져버렸지? 갈만한 곳은 샅샅이 찾아봤지만 꼬리두 잡을 수 없으니 말야."

강승평도 볼멘 소리로 투덜댔다.

곽승우의 집 광 속에서 설매가 사라진 것을 뒤늦게 안 두 놈팡이는, 허겁지겁 행방을 수소문했다. 그것이 곽충보의 소행이라는 것을 까맣게 모르고 있던 그들은, 우선 설매의 집으로 달려가 보았다. 그러나 물론 설매는 돌아와 있지 않았다.

방원의 집으로 직행한 것이 아닐까 하고 그리로 달려간 그들은, 방원의 집 하인 하나를 매수해서 탐문해 보았지만 그 곳에도 아직 나타나지 않았다는 것이다.

도중에서 무슨 사고가 발생했는지 모르지만, 언젠가는 반드시 방원의 집을 찾아오리라고 결론을 내렸다. 아침부터 밤 늦게까지 여기서 진을 치고 망을 보고 있는 것이다.

"어쨌든 오늘밤 안으로 그 년을 잡든지 오늘밤 안으론 그 년이 나타나지 말든지, 그렇게 돼야 우리 비밀이 유지될게 아닌가."

강승평이 조바심을 하고 있는데,

"저게 누구죠? 강 장군."

옆구리를 찌르며 곽승우가 숨가쁘게 말했다. 어스름한 어둠을 헤치고 방원의 집으로 달려오는 설매를 발견한 것이다.

"지성이면 감천이라더니, 우리가 망을 본 보람이 있었네그려."

강승평이 히들거리며 설매가 오는 쪽을 향해 몸을 날렸고, 곽승우도 그 뒤를 따랐다.

우홍부는 말을 몰아 방원의 집을 향해 달리고 있었다. 남대문을 지나서 남쪽으로 한참을 달려가다가 그는 문득 발걸음을 멈추었다. 길 한복판에서 두 사나이가 여자 하나를 붙잡고 승강이를 하고 있는 것이다.

두 사나이는 방간의 집에 자주 드나든다는 곽승우와 강승평이었고, 여자는 방원과 정분이 옅지 않다는 설매라는 것을 알아볼 수 있었다. 갈 길은 바쁘지만 그냥 지나쳐서는 아니된다는 육감 같은 것이 번뜩했다.

"무슨 짓들을 하는 거요."

우선 소리부터 질러보았다.

두 사나이는 당황한 눈길로 우홍부를 쏘아보다가, 양옆에서 설매의 옆구리를 치켜들고 숲속으로 뛰어들었다. 미리 대기해 두었던 말 한필에 설매를 올려앉히고 곽승우가 그 뒤에 올라탔다. 그리고는 동편 길을 향하여 냅다 달렸다.

우홍부는 잠깐 망설이다가 그 뒤를 쫓기로 했다.

방간의 도당들이 방원의 총기(寵妓) 설매를 납치하여 가는 데엔, 어떤 중대한 의미가 숨겨져 있을 것이라고 직감이 된 것이다.

곽승우와 설매가 탄 말이 야다리(駱駝橋)를 건너려고 할 때였다. 마상에서 설매가 항거하는 기색을 보이다가 야다리 밑으로 몸을 날렸다.

그 곳은 지난날 고려태조 왕건이 글안왕(契丹王)이 보내온 낙타 50필을 버려두었다가 굶겨죽였다고 해서 그런 이름이 붙은 다리 밑이었다. 우홍부는 깊이 생각할 여유도 없이 말을 멈추고 다리 밑으로 뛰어 내려 갔다. 설매는 심한 낙상을 입었던지 움직이질 못하고 있었다.

"어찌된 일인가?"

우홍부가 다가가자 겁에 질려 있던 설매의 얼굴이 다소 풀렸다. 설매 역시 우홍부와는 안면이 있었으며, 또 그가 자기나 방원에게 해로운 존재가 아니라는 것도 잘 알고 있었다.

"저를 정안군 댁으로 데려다 주시어요. 정안군 나리를 해치려는 흉계를 급히 말씀드려야 해요."

설매는 애원했다. 움직이지 못하고 있는 것은 말에서 내리뛸 때 발목을 몹시 삔 때문이었다.

우홍부는 설매를 안아다가 자기가 타고온 말에 올려앉혔다. 그리고 자신도 그 뒤에 올라타려고 하는데,

"그렇게는 안될 걸, 우 부령(禹副令)."

어느 새 뒤미쳐 달려온 것일까, 강승평이 번쩍거리는 장도 한 자루를 꼬나쥐고 이죽거리고 있었다. 부령(副令)은 우홍부가 고려조 때 지내던 벼슬 이름이었다.

"고얀 건달배."

우홍부도 몸에 지니고 있던 장도를 뽑아들었다. 강승평 혼자라면 상대할 자신이 있었던 것이다.

"허허, 제법인 걸."

강승평은 느물거렸다.

"케케묵은 책장이나 뒤적이는 골샌님으로 알았더니, 간덩이 한번 굵직

하구먼. 하지만 공연한 일에 끼여들지 말구 몸조심하는 게 좋을 거야."

"그렇구말구. 섣불리 난체하다간 등마루에 바람구멍이 날 게다."

이번엔 우홍부의 등 뒤에서 이렇게 울려대는 소리가 있었다. 곽승우였다. 설매가 말에서 내려뛰자 이내 되돌아온 것일 게다. 그 역시 장도를 꼬나잡고 있었다.

앞뒤에 적을 맞은 우홍부는 진퇴유곡이었다. 비록 담력은 남에게 지지 않는다고 하지만, 문신(文臣) 출신이었다. 두 무관 출신에 비해서 무예면에서 손색이 있을 것은 당연한 노릇이었다.

그렇다고 이제 와서 후퇴할 수도 굴복할 수도 없다. 방간 일당의 흉계를 짐작하고 있다는 사실이 밝혀진 이상, 두 놈팡이는 자기를 살려두려고 하지 않을 것이었다.

이왕 죽을 바에야 떳떳이 죽겠다고 마음을 굳힌 것일까.

"어리석은 졸개들."

우홍부는 호통을 쳤다.

"나나 저 기녀를 죽인다고 네놈들의 야욕이 채워질 줄 아느냐? 네놈들의 흉계는 이미 다른 경로를 통해서 정안군에게 소상히 전달되었단 말이다."

그것은 물론 한낱 엄포에 지나지 않았지만, 그런 말이라도 해서 적의 기세를 일시나마 꺾자는 속셈일까.

"내일이면 네놈들 일당, 멸살(滅殺)을 면치 못할테니 일찌감치 살구멍이나 찾는 것이 영리할 게다"

"그래두 주둥이는 살았다구."

곽승우가 한 손으로 우홍부의 덜미를 낚아챘다. 다른 손에 꼬나잡고 있던 장도를 그의 등마루에 들이대고 힘을 주려 했다. 하다가 그는 비명을 지르며 엉덩방아를 찧었다. 장도를 잡은 그의 손등에 단검 한 자루가 꽂힌 것이다.

강승평도 기급을 한 눈으로 어둠 속을 지켜보고 있었다. 거기서 서서히 나타난 것은 평도전과 네 명의 그의 수하였다. 그들은 각각 단검 한 자루씩을 번득이며 투척할 태세를 갖추고 있었다.

"너희놈들, 죽고 싶다면 당장에 죽여주겠지만, 살고 싶다면 군이 해치지는 않겠다. 썩 꺼지도록 하라."

원래 건달배들이란 사세가 유리할 경우엔 표독하고 사납고 잔인한 법이지만, 한번 불리한 궁지에 몰리게 되면 더할 수 없이 비겁해진다.

곽승우도 강승평도 허겁지겁 말을 잡아타더니, 뒤도 돌아보지 않고 줄행랑을 쳤다.

"우홍부 공이시죠. 졸자 정안군 왕자님의 수하올시다. 저 여인은 우리가 호위하고 갈 것이니 염려 마시고 먼저 가시오."

평도전이 종용하는 말에 우홍부는 말을 몰고 방원의 집을 향했다.

뒤미쳐 평도전의 부하들이 나뭇가지와 멍석을 구해 오더니, 들것 같은 것을 만들어 설매를 태우고 역시 방원의 집으로 향했다.

방원의 집엔 마침 하윤과 이무가 찾아와 있었다. 곽승우와 강승평이 누설한 방간 일당의 흉계와 그 동안 보고 겪은 일을 설매가 요약하여 전하자 방원은 짤막하게,

"수고했다."

한 마디 건넬뿐 더 말이 없었다. 그런 방원의 태도가 설매에겐 서운했다. 물론 어떤 보답을 바라고 애를 쓴 것은 아니었지만, 방원의 태도는 지나치게 무뚝뚝한 것처럼 여겨졌다.

"저, 그만 돌아가겠어요."

눈물이 치미는 것을 억지로 참으며 설매가 말하자,

"오늘은 내 집에서 쉬어가도록 해라."

명령조로 한마디 했다.

설매는 별당에 혼자 누워 있었다. 야속한 마음 같아선 당장 돌아가고 싶었지만, 발을 몹시 다쳤으니 그렇게 할 수도 없었다.

별당에 인도되어 들어오자 얼마 동안은 비(婢)엄마 김씨가 찾아와서

말동무를 해주었고, 민씨부인도 들러서 노고를 치하해 주었다.

그러나 설매는 허전하기만 했다. 정말로 기다려지는 사람이 얼씬도 하지 않는 것이다. 그야 방간 일당의 음모에 대비하기 위한 방책을 강구하느라고 여념이 없을는지 모른다.

——하지만 따뜻한 말 한 마디쯤 건넬 수도 있는 것이 아닌가.

설매 자신은 온갖 곤욕과 오욕을 참고 견뎠다. 때로는 목숨을 버릴 각오까지 했었다. 오직 방원을 위해서였다. 그런데 그 방원으로부터 돌아온 것은 냉랭한 말 한 마디뿐이었다.

——내가 왜 이러는 거야.

설매는 문득 짜증이 났다. 자기 자신이 사뭇 초라해지고 왜소해진 것 같았다. 비록 몸은 화류가(花柳街)에 구르면서 뭇사나이들의 손에 꺾이고 짓밟히는 신세이지만, 의기만은 화중군자(花中君子)를 자처하여 온 설매였다.

상대편이 알아주건 말건 저 할 일만 다했으면 그만이 아니냐고 자위도 해보았지만, 그것은 머리끝을 겉도는 공론에 지나지 않았다.

정(情) 있는 반응이 아쉬웠다. 협기(俠妓) 설매도 까놓고 보면 약한 여자였다.

그 밤도 그렇게 허무하게 새려는 것일까, 첫닭 우는 소리가 가슴을 후빈다. 그 때 발소리도 없이 방문이 열리더니 방원이 들어섰다.

"아직도 자지 않고 있었군, 몹시 곤할 텐데."

말하면서 설매 곁에 앉는 그의 안색이 더 피로해 보였다.

설매가 급히 몸을 일으키려고 하자,

"그냥 누워 있어. 발을 몹시 다쳤다면서?"

방원은 치맛자락 밑으로 손을 넣어 설매의 한쪽 발을 감싸쥐었다. 설매는 그 발이 불덩이라도 되는 것처럼 느껴졌다. 방원의 냉정한 태도를 야속하게 여기고 있었던만큼, 그것은 한층 충격적이었다.

"어디 볼까? 어떻게 상했나."

설매의 버선까지 방원은 벗기러 든다.

"나리."

설매는 목이 메었다. 고맙다든지 황공하다든지 그런 감정에 앞서 그저 기쁘기만 했다.

"발목이 삐었을 때엔 뭐니뭐니 해도 손으로 잘 주무르는 게 제일이야. 어떤 용한 침을 놓는 것보다도 이게 약이라니까."

하면서 방원은 복사뼈 밑을 문질러대기 시작했다. 그것은 정념에 달아오른 사나이의 맹렬한 애무는 아니었다. 어쩌면 살뜰한 혈육의 따스한 손길에 비유하는 편이 가까울는지도 모른다.

그것이 지금의 설매로선 어느 무엇보다도 흐뭇했다.

살포시 눈을 감았다. 그렇게 해야만 이 순간의 행복을 영영 놓치지 않고 잡아둘 수 있을 것 같았다. 방원의 손길은 더 더워지지도 않고 차가워지지도 않았다. 그저 오래오래 그 자리를 문지르고만 있었다.

날이 밝는가, 창문 밖에선 바지런한 참새들이 시끄럽게 재잘거리기 시작했다. 그와 동시에 방원의 집 안팎이 떠들썩해졌다.

"아무래도 시끄러운 하루를 보내야 하겠어."

그 때까지 쉬지 않고 설매의 발목을 주물러 주고 있던 방원이 비로소 자리에서 일어섰다. 그리고 태연한 걸음걸이로 방을 나갔다.

어쩌면 그 발길은 죽음과 직결하게 되는 길을 걸어가게 될는지도 모른다. 하지만 조심하라는 말 한마디 설매는 입밖에 내지 않았다. 그럴 필요가 없을만큼 방원의 뒷모습은 자신에 차 있었고 늠름했다.

사랑채 방원의 거실에는 어젯밤부터 그대로 눌러앉아 있는 하륜, 이무, 우홍부 그리고 새로 기별을 받고 달려온 몇몇 당료들이 둘러앉아 있었다.

"회안군 일당이 기어이 난동을 부릴 모양이라구요?"

참찬문하부사 조영무(趙英茂)가 흥분된 어조로 물었다. 일찍이 정몽주를 제거할 당시부터 방원에게 큰 일이 있으면 누구보다 앞장서서 진력해

온 수족 같은 수하였다.

종친 중에서 언제나 방원의 입장을 지지하여 온 서숙 의안군 화도 와 있었다. 완산군 천우(完山君 天祐)도 끼여 있었다.

그 역시 방원의 서숙이 되는 이원계(李元桂)의 아들이었다. 그러니까 지금 방간 편에 서 있는 장담(張潭)과는 처남 매부간이 된다. 동지중추원 사(同知中樞院事)로 군부의 중요한 실권을 쥐고 있었다.

"그와 같은 정보를 입수한 이상, 이 편에서 앞질러 손을 쓰셔야 하지 않겠습니까?"

성미 급한 조영무가 서둘러댔다. 방원은 아무 말도 하지 않았다. 할 말이 없었다. 설매와 우홍부의 제보의 확실성을 의심하지는 않는다. 그러 나 그렇다고 자기가 먼저 손을 써서 골육상잔극의 막을 올릴 생각은 추호 도 없었다.

"그야 괴롭겠지만 말일세."

방원의 심정을 가장 이해하는 입장에 있는 의안군 화가 한마디 했다.

"곪을대로 곪은 종기는 일찌감치 째야 하는 걸세."

"이렇게 하는 게 어떻겠습니까."

매사에 신중하며 언제나 적절한 대책을 안출해내는 하륜이 제의했 다.

"일은 아무래도 사냥터에서 벌어질 것이니 나리께선 잠시 댁에서 기다 리시기로 하고, 다른 사람이 먼저 사냥터에 가서 동태를 살피도록 하는 것이 좋을 듯싶습니다. 우리 중에서 누구 한 사람이 나리의 복장을 하고 나리를 가장하고 말입니다."

"그것 좋은 계책입니다. 회안군 일당이 나리를 해칠 의향이 있다면 반드시 공격을 시도할 것이니, 그 때 가서 따로 군사를 동원하여 배후를 친다면 명분도 충분히 서고 작전상으로도 훨씬 유리할 겁니다."

하륜의 의견에 첨부하여 이무가 제의했다.

"그야 그럴 수만 있다면 가장 좋은 계책이오만."

방원 역시 찬성하면서도,

"누구에게 그런 어려운 부탁을 할 수 있겠소."

말꼬리를 흐렸다. 방원을 가장하고 사냥터로 간다는 것은 곧 방원을 대신해서 죽으러 가는 것을 의미할 수도 있기 때문이었다.

"시생이 가겠습니다."

조영무가 나섰다.

방원은 고마웠다. 자기를 따르고 지지하는 당료들은 많지만, 막상 자기를 대신해서 목숨을 던져야 할 경우 이렇게 선뜻 나서 줄 충우(忠友)가 과연 몇이나 될 것인가.

그 자리에선 아무 말도 하지 않고 고개만 끄덕였지만, 조영무에 대한 고마운 마음은 그의 심골 깊이 오래오래 새겨졌다.

훗날(태종 14년 7월28일) 조영무가 사망하게 되던 당시의 일화 한 토막이 있다.

그의 병이 위급하다는 기별을 들은 방원은, 이미 지존한 국왕으로 군림하게 된 시절이었지만 몸소 조영무의 집을 찾아가 문병하겠다고 거동할 준비를 지시했다. 시위병(侍衛兵)들이 행렬을 정돈하고 방원이 막상 대궐을 나서려 할 때, 조영무가 임종했다는 통보에 접했다.

그 죽음을 애도하여 마지않은 방원은, 사흘 동안 조회(朝會)까지 정지하고 하륜에게 물었다.

"국가의 원훈이 세상을 떠났는 데 사흘 동안만 조회를 정지한다는 것은 너무 박하지 않을까. 옛 한(漢)나라의 작광(筰光)과 당(唐)나라의 위징(魏徵)이 죽었을 때엔 닷새 동안이나 조회를 정지했다는 사실을 경은 아는가."

그러나 닷새 동안이나 조회를 정지하면 국가의 중요 안건의 처리가 지체될 염려가 있다는 말에 더 고집은 하지 않았지만, 그 대신 대언(代言), 즉 국왕의 비서관 한상덕(韓尙德)에게 명하여 치제(致祭 : 신하를 제사하는 것)케 했을 뿐만 아니라, 방원 또한 몸소 빈소를 찾아갔다는 것이다.

각설하고, 조영무는 몰이꾼을 거느리고 즉시 사냥터로 떠났다.

그런데 잠시 후 방간의 아들 맹종(孟宗)이 찾아왔다. 그는 빈틈없는 눈으로 집안 공기를 살피더니, 방원이 있는 사랑 대청 끝으로 다가섰다. 그러나 어쩐 일인지 두벌대 아래서 머뭇거리다가 변명 비슷한 소리를 던졌다.

"질자(姪子), 계부(季父)님께 여쭐 말씀이 있어서 왔습니다만, 몸이 성치 못해서 들어가질 못합니다. 여기서 여쭙는 걸 용서해 주십시오."

사랑방 문이 열리며 방원이 고개를 내밀었다.

"무슨 일이 있었느냐?"

"예, 한쪽 팔을 다쳐서요."

그는 오른쪽 팔을 축 늘어뜨리고 있었다. 그러니까 방안에 들어가면 제대로 예도를 차려야 할 것이며, 그러자면 큰절 한 번쯤은 해야 할 것인 즉, 팔을 다쳤으니 그럴 수가 없어서 아예 밖에서 말하겠다는 것일 게 다.

"팔은 왜 다쳤누."

방원의 구기는 어디까지나 부드러웠다. 그러나 그 물음에 맹종은 몹시 당황했다.

"예, 저, 그저 다쳤습지요."

그러자 방원의 곁에 있던 의안군 화가 한마디 비꼬았다.

"너 의녕군(義寧君 : 맹종의 군호)으로 말할 것 같으면, 활 잘 쏘기로 소문이 자자한데, 팔을 다쳤다니 큰 변이 아닌가."

"오늘 사냥터에선 아무 일도 못하겠구먼."

완산군 천우(天祐)도 한마디 했다.

의령군 맹종은 아직 나이는 어리지만, 종친 중에선 강궁(強弓)으로 알려진 젊은이였다.

"예, 그야 뭐……"

그는 더욱 더 당황하며 어쩔줄을 몰라 한다.

"그렇게 몸이 시원치 않으면 몸조리나 할 일이지, 이른 새벽부터 무슨 일로 찾아왔누?"

의안군이 짓궂게 캐물었다.

"다름이 아닙니다. 오늘 계부님께선 어디서 사냥을 하실 예정이신지 그것을 알아오라는 아버님의 분부가 계셔서요."

맹종은 허둥지둥 주워 섬겼다.

"그건 왜?"

완산군이 추궁했다.

"우리 아버님도 계부님과 어울려 사냥을 하시고 싶으시다구요."

얼떨결에 둘러댄 말일는지는 모르지만, 듣기에 따라서는 야릇한 충격을 느끼게 하는 소리였다.

"회안군이 정안군과 같은 사냥터에서 사냥을 하고 싶어한다?"

의안군은 심각한 눈길을 방원에게로 던졌다. 방원도 착잡한 그늘을 피우며 한동안 말이 없다가 겨우 말했다. 역시 언사는 부드러웠다.

"나는 진봉산(進鳳山) 기슭에서 할까 하는데, 형님께 그렇게 여쭈도록 해라."

그 말을 듣자 맹종은 허겁지겁 물러갔다.

"회안군의 속셈이 더욱더 분명해진 셈이지? 그렇지, 완산군?"

의안군은 물었고 완산군은 깊이 고개를 끄덕였다.

"회안군이 아들놈을 보낸 데엔 심상치 않은 곡절이 있을 게야."

이번엔 방원을 돌아보며 의안군은 말을 이었다.

"첫째는 우리측의 동정이 어떠한가 염탐하려는 것일 게고, 둘째는 그 일대에 복병이라도 숨겨놓은 연후 불시에 기습이라도 가하자는 속셈일 게야."

"아마 회안군 측에선 더욱더 일을 서두를 겝니다. 우리가 이렇게 새벽부터 모여있는 것을 보았으니, 자기네들 흉계가 탄로되지 않았나 하고 겁을 먹게 될는지도 모르지요."

완산군도 심각한 우려를 보였다.

"조 참찬은 어찌 되었는지요."

이무는 이무대로 선발대로 떠난 조영무가 염려되는 모양이었다.

"어쨌든 이 편에서도 일을 서둘러야 하겠어. 공연히 꾸물거리다간 앉은 자리에서 날벼락을 맞을 게야."

의안군은 조바심을 했다.

"이렇게 하시지요."

그 때까지 말이 없던 하륜이 입을 열었다.

"대책을 강구하자면 좀더 자세한 정보를 입수해야 합니다. 회안군 측에서 얼마만한 준비를 하고 있는가, 병력은 얼마나 되고 장비는 어떠한가, 과연 우리가 들은대로 오늘 안으로 난을 일으킬 작정인가, 확실한 정보를 모르고 떠들어댔다간 오히려 우리측이 난동하는 난신(亂臣)으로 되잡힐 염려도 없지 않으니까요."

"그런 점이라면 구태여 알아볼 것도 없소이다."

숨가쁜 소리로 말하면서 민무구가 뛰어들었다. 툭 불그러진 눈알을 부라리면서, 주먹코를 연방 벌름거리며 민무구는 떠들어댔다.

"요즈음 회안군의 동태가 하도 수상하기에 주야로 사람을 놓아 그 집을 염탐시키질 않았겠소이까. 했더니 어젯밤부터 갑주에 각종 무기로 무장한 회안군 휘하 사병들과 궁시(弓矢)를 걸머진 한량들, 안동, 김해, 평양 등지에서 불러올린 척석군(擲石軍)이며, 육모방망이를 꼬나잡은 시정의 건달배들이 문이 메워지게 모여들더라는 거올시다."

"인원은 얼마나 된다는 거요?"

하륜은 물었다.

"오늘 새벽까지 모인 자들만 해도 오륙백 명은 족히 된다고 하더이다."

민무구는 흥분한 때문인지 말투까지도 딱딱하고 야단스러웠다.

"그밖에 들은 얘기는 없소?"

하륜이 다시 묻는 말에,

"왜 없겠소이까."

민무구는 신바람을 피우며 주워섬겼다.

"우리 정안군 나리가 사냥터로 나가시면 물론 사냥터에서 해칠 작정이지만, 그렇지 않고 댁에 그냥 머물러 계실 경우엔 휘하 병력을 휘동하여 직접 댁으로 진격해 올 작전이라는 거올시다."

그 말에 좌중의 긴장은 한층 고조되었다.

"어떻게 하시겠습니까, 나리."

하륜이 방원을 돌아보았다. 언제나 그러하듯 그의 언성은 침착하고 조용했지만, 그러나 그 말 속엔 최후의 결단을 촉구하는 강한 입김이 서려 있었다.

방원은 아무 말도 하지 않고 천장 일각을 응시하고만 있다가,

"어리석은 형님."

침통한 한 마디를 흘리고는 자리에서 일어섰다. 사랑채 한구석에 달린 침실로 들어가 버렸다.

사랑방에 남은 면면들은 어안이 벙벙했다.

"도대체 정안군은 어찌할 요량인고."

의안군이 볼멘 소리로 투덜거렸다.

"너무 괴로우셔서 그러시는 것이겠지요."

하륜만은 방원의 심정이 이해가 가는지 아픈 얼굴을 하며 말했다.

"괴롭기야 어디 정안군 한 사람뿐인가. 나도 괴롭기는 마찬가지야. 회안군 그 사람, 정안군과 형제간이라면 나와는 숙질간이야. 그 편에서 미쳐서 칼날을 휘두르려하니 어쩔 수 없이 자위책을 강구하자는 것이 아닌가."

그는 침실로 뛰어 들어갔다. 완산군 천우도 따라서 들어갔다. 방원은 이불을 뒤집어쓰고 움직이질 않았다.

"이것 봐요, 정안군. 불은 이미 붙었네. 자네가 이렇게 이불 속에 파묻혀 있다고 타는 불길이 피해줄 것 같은가."

의안군은 노기까지 띠며 다그쳤다.

"그렇습지요. 불길이 번져오면 오히려 밖으로 뛰쳐나가 물을 뿌리거나 해야 잡을 수 있는 법입지요."

완산군도 강경히 역설했다. 그래도 방원은 이불을 뒤집어쓴 채 꼼짝도 하지 않았다.

"여보게, 내 말이 말 같지 않은가?"

의안군이 버럭 소리를 지르며 이불자락을 젖혔다. 하다가 그는 숨을 들이켰다. 그 속에서 나타난 방원의 두 눈이 퉁퉁 부어 있었던 것이다. 그 동안 심골을 쥐어짜는 아픈 눈물을 남몰래 흘리고 있었던 것일까.

"아저씨."

부르면서 방원은 상반신을 일으켰다.

"다름아닌 아저씨니까 말씀드리겠습니다만, 나는 내가 싫어졌습니다. 이유가 어떠하건 명분이 어떠하건 비록 이복형제라고는 하지만, 나는 이미 두 아우를 죽인거나 다름이 없는 몸입니다. 그 한 가지 오명(汚名)만 해도 평생토록, 아니 대대손손 씻을 수 없을 것인데, 이제 또 친형과 피를 뿌리며 싸우란 말입니까."

방원의 어세는 울음보다 더 처절했다.

"그야 나 한 사람의 문제라면, 나 혼자 뒤집어쓰는데 그치는 오명이라면, 경우에 따라선 달게 받겠습니다. 하지만 아버님의 심정을 생각할 때, 나는 차라리 나 자신을 박살을 내고 싶습니다. 방번과 방석이 죽은 것만으로도 아버님께 얼마나 혹독한 슬픔과 아픔을 안겨드렸습니까. 당신께서 숱한 곤욕을 겪으시며 쟁취하신 이 나라의 왕권을 던져 버리시게 할만큼 극심한 충격이 아니었습니까. 아버님은 지금 군국의 중사(重事)는 전혀 외면하시고, 주야로 방석 형제들을 위해서 불사(佛事)에만 골몰하고 계십니다. 만일 내가 또 회안군 형님을 상대로 유혈의 참극을

벌인다면 아버님께선 얼마나 진노하시겠습니까. 아니 얼마나 슬퍼하고
괴로워하시겠습니까. 못하겠습니다, 나는 죽어도 못하겠습니다."

방원은 도로 눕더니 이불을 뒤집어썼다.

"글쎄, 난들 자네 마음을 모르겠나."

의안군도 젖어드는 소리로 말했다.

"하지만 자네의 그 갸륵한 충정, 그것이 회안군에게 통해야 할 것이
아닌가. 그 사람은 지금 당장에라도 창검을 휘두르며 몰려올 기세라고
하지 않는가."

"형님에게 통하지 않는다면……"

방원은 자리를 차고 일어섰다.

"통하도록 해야 합니다. 내 당장 형님댁엘 달려가서 애소(哀訴)해보겠
습니다. 애걸해 보겠습니다. 형님의 요구라면 무엇이든지 들어드리겠습니
다. 제발 골육상잔의 추태만은 부리지 말자고 간청해 보겠습니다. 불쌍하
신 아버님으로 하여금 몇가닥 남지 않은 손가락이 잘리는 그런 아픔을
더 아파하시지 말도록 하자고 졸라보겠습니다."

그리고 그는 의관도 정제하지 않고 밖으로 뛰쳐나갈 기세를 보였다.

"고정하슈, 정안군."

완산군이 그 옷자락을 잡고 말렸다.

"정안군의 뜻이 과연 회안군에게 통할는지 어쩔는지는 의심스럽지만,
내가 대신 가서 말해보겠어요."

"완산군의 말이 옳으이."

의안군도 찬성이었다.

"회안군 그 사람, 정안군의 충정을 만분의 일이라도 알아줄 사람인
가? 지금 같은 판국에 그 집을 찾아간다는 것은, 범의 아가리 속으로
뛰어드는 거나 다름이 없는 무모한 행동이야."

방원에게도 그만한 판단력은 남아 있었던 것일까. 그러나,

"부탁하네, 완산군. 되도록 간곡히 내 말을 전해 주게."

그리고는 다시 주저앉아 버렸다.

완산군은 즉시 밖으로 나갔고, 의안군도 당료들이 기다리고 있는 사랑방으로 들어갔다.

모두들 궁금한 눈길을 보내는 당료들을 향해서 의안군은 절레절레 고개를 가로저었다.

"회안군 그 사람에겐 무슨 소리를 하건 쇠귀에 경을 읽는 것만도 못할 거구, 정안군은 정안군대로 저렇게 움직이려고 하지 않으니 어떻게 한다? 이러다간 꼼짝없이 앉아서 떼죽음을 당할 것이 아닌가."

당료들은 모두들 답답한 한숨만 몰아쉬고 있었다. 결국 활로를 제시한 것은 하륜이었다.

"정안군 나리께서 움직이지 않으시려고 하는 데엔 여러 가지 이유가 있겠습니다만, 가장 큰 이유는 이번 분란으로 태상전하의 노여움과 슬픔을 사지 않을까 그 점인 줄로 압니다. 그러나 태상전하의 신임이 가장 두터운 사람을 불러다가 설득하도록 한다면 정안군도 적이 귀를 기울이실 겁니다."

"그런 사람이 누굴꼬?"

고개를 꼬는 의안군의 곁으로 다가앉으며 하륜은 속삭이듯 말했다.

"청해군이 있지 않습니까."

청해군(靑海君)은 문하시랑찬성사 이지란(李之蘭)의 군호였다.

그의 본성(本姓)은 퉁(佟) 혹은 동(董). 본명은 쿠룬투란티무르(古倫豆蘭帖木兒), 그래서 통칭은 퉁두란(佟豆蘭). 여진의 금패천호(金牌千戶) 아라부카(阿羅不花)의 아들이었다.

부친의 직위를 세습하여 천호가 되었다가 고려 공민왕 때 수하들을 이끌고 귀화하여 북청(北靑)에 거주하면서 이씨라는 성과 청해(靑海)라는 본관을 하사받았다.

일찍부터 이성계의 휘하에 붙어 여러 차례 왜구를 무찔렀으며, 조선왕조 개국 이후에도 계속 이성계의 극진한 신애(信愛)를 받아 벼슬이 문하시랑찬성사에까지 이른 것이다.

그와 이성계와의 사이는 군신(君臣) 사이라기보다도 막역한 친구로 보는 편이 더욱 적절할 것이다.

이런 일화가 있다.

이성계의 소년 시절로 짐작이 된다. 한 촌여자가 물동이를 이고 지나가는데 이성계가 철환(鐵丸)을 던져 구멍을 뚫어놓았다. 그러자 곁에 있던 이지란이 재빠르게 진흙을 뭉쳐 던졌더니, 물이 미처 새기도 전에 그 구멍이 막혀버렸다는 것이다.

이것은 《순오지(旬五志)》가 전하는 너무나 유명한 무예담이지만, 그와 같은 일화로 미루어 이성계와 이지란의 교분은 어릴적부터 있었던 것이 아닌가 여겨진다.

말하자면 죽마고우 같은 사이였는지도 모르지만, 이지란은 항상 이성계에게 경쟁 의식을 태우며 그를 질시하고, 마침내는 표독한 적의까지 품게 된 것일까.

역시 《순오지》에 다음과 같은 얘기가 있다.

언젠가 이성계가 뒷간에 앉아 있는데, 이지란이 그를 향해 활을 쏘았다. 불세출의 명궁(名弓)이란 소문이 자자하던 이지란의 화살이었다. 그러나 번개 같은 그 화살을 이성계는 뒷간에 앉은 채 가볍게 낚아 잡았다. 이지란은 계속 두 대를 더 쏘았지만 이성계는 그것 역시 다 받아준 다음, 서서히 밖으로 나오더니 아무 말도 하지 않고 이지란에게 돌려주었다는 것이다.

이성계의 그런 놀랄만한 무력(武力)과 담력(膽力)도 그러했겠지만, 무엇보다도 그의 너그러운 도량에 탄복했던지, 그 때부터 이지란은 이성계의 심복이 되어 견마지로를 다하였다는 것이다.

이성계와 이지란이 얼마나 친밀한 사이였는가를 단적으로 알려주는 사설이 또 있다.

즉, 이지란에게는 두 부인이 있었는데, 한 부인은 함안부인 혜안택주윤

씨(咸安夫人 惠安宅主尹氏), 그리고 또 한 부인은 상산군부인 곡산강씨(象山郡夫人 谷山康氏)였다는 것이다.

강씨는 바로 신덕왕후(神德王后 : 강비)의 종녀(從女)였다고 하니, 그런 면에서도 무척 가까운 사이였다는 것을 짐작할 수 있다.

"어쨌든 청해군이 정안군을 설득하되 태상전하의 노여움은 자기가 가로맡아 풀어드릴테니, 염려 말고 행동을 하라고 권한다면 정안군도 마음을 돌리게 될거요."

의안군도 좋아라고 하륜의 말에 찬동했다. 이지란 그 사람은 이성계와 그토록 가까운 사이일 뿐만 아니라, 일찍부터 방원의 입장을 지지하고 그의 편에 서서 활약한 바 있는 당료였던 것이다. 그러기에 정도전을 제거한 무인정사(戊寅靖社) 때엔 2등 공신으로 책록된 바도 있다.

즉시 민무구가 달려가서 그를 불러왔다.

이번엔 이지란이 의안군을 따라 방원의 침실로 들어갔다. 자기가 책임을 질 테니 부왕에 대해선 염려 말라고 장담을 했지만, 방원은 역시 움직이려고 하지 않았다.

그렇게 승강이를 벌이고 있는데, 방간의 집에 갔던 완산군 천우가 돌아왔다.

"역시 헛걸음만 쳤소이다."

불쾌한 얼굴로 투덜거렸다.

"정안군의 의향을 전하고 아무리 간곡히 설득을 하려고 해도 막무가내더군요. 자기 뜻은 이미 굳게 정하여졌는데, 이제 와서 그것을 뒤엎겠느냐는 겁니다."

"그것 보라니까."

의안군이 핏대를 올리며 방원을 볶아쳤다.

"방간이 그토록 극성을 떠는 판에 이제 더 무엇을 참고 기다리겠다는 건가. 형제의 우애도 좋지만, 그렇다고 종묘사직의 대계를 외면할 생각이란 말인가."

그러자 뒤따라 들어온 이무와 조영무도 조바심을 했다.

"정안군 나리의 지극하신 심곡도 헤아리지 못하고, 고집을 피우는 회안군 의향을 돌린다는 것은 이젠 어려울 듯 싶으니 마음을 정하셔야 합니다."

이무가 결단을 촉구하자,

"그렇습니다. 골육상잔의 비극을 피하시려는 나리의 지극하신 충정마저 외면한다면 더 이상 기다릴 필요는 없다고 생각합니다. 서둘러 대비책을 강구해야 합니다."

조영무도 흥분한 때문인지 야단스럽게 말했다.

그러나 방원은 눈을 감은채 입을 열지 않았다.

불온하고 불안한 정보는 그에 그치지 않았다. 민무구의 아우 민무질이 그 알량한 속탁지상(俗濁之相)을 잔뜩 찡그리고 들어섰다.

"지금이 어느 때라고 이렇게 한가하게들 앉아 계십니까. 터졌습니다, 터졌어요. 민원공(閔原功)이란 작자와 이성기(李成奇)란 놈의 등쌀에 회안군이 마침내 수백명 패거리들을 거느리고 이 댁을 향해서 진격 중이란 말씀이에요."

그 말에 의안군은 주먹으로 방바닥을 쳤다. 완산군은 입술을 깨물고 방 안을 서성거리고만 있었다.

방원은 얼빠진 사람처럼 초점 잃은 눈길을 허공에 띄우고만 있었다.

"정안군, 결단을 내려요."

이지란이 그의 양어깨를 잡아 흔들었다.

"정안군이 아무리 동기간의 우애를 지키고자 애를 써도 이제는 아무 소용도 없게 됐어요. 이대로 앉아만 있다간 우리들 모두가 개죽음을 당할 뿐만 아니라, 그럴 경우 이 나라의 앞날은 어떻게 될까. 왕도(王都)의 한복판에서 난동을 일으킨 회안군 그 사람이 우리만 죽이는 데 그치고 말까? 그렇지는 않을 거야."

"이를 말이겠소. 이왕 버린 몸 어쩐다는 식으로 더 큰 일을 저지르려고 들거요."

의안군이 마주받아 역설했다.

"태평성세에 전란을 일으키고 형제를 해쳤다는 죄책을 모면하자면, 아무도 그 행동에 대한 처벌을 내리지 못하도록 회안군 그 자가 국권을 쟁취하러 들 것은 너무나 뻔할 게야. 우리를 멸살한 다음엔 대궐로 진격해서 주상을 도모하고, 마침내는 태상전하에게까지 화살을 겨눌는지도 모를 일이야."

그 말에 방원의 눈에 비로소 강한 불이 댕겨졌다.

29. 日輪

　방원의 눈치를 재빠르게 포착한 의안군 화는, 그의 한쪽 팔을 덥석 잡았다.

　"좌우간 나가야 하네. 자네가 이렇게 꽁무니만 빼다간 오히려 더 엄청난 피를 보게 되는지도 몰라. 방간의 도당이 이리로 몰려올 경우, 자네 휘하 장졸들이 그냥 있겠나? 역도들이 궁전으로 몰려갈 경우, 상감 휘하의 친군위(親軍衛) 장병들이 또한 그냥 있겠나? 되려 걷잡을 수 없는 난투가 도처에서 벌어져서 이 개경 바닥은 수라장이 될 걸세."

　역설하면서 의안군은 방원을 끌고 대청으로 나갔다. 그렇게 끌려나가면서 방원의 눈에 댕겨진 강한 불은 차차 엉겨가고 있었다.

　그는 김소근을 불렀다.

　"너, 무고(武庫)에서 갑주(甲冑)를 꺼내오되, 모든 장령(將領)들에게 나누어 주도록 하라."

하고 지시했다.

　"아무렴, 그렇게 해야지."

　의안군은 무릎을 치며 좋아했고, 다른 당료들도 적이 안심이 되는 눈치였다.

　"하지만 내 단단히 일러둘 말이 있느니라."

　벌써 사랑채 마당에 모여들어 웅성거리고 있는 당료들과 장령들을 향하여 방원은 단단히 못을 박았다.

　"만부득이한 경우에 대비해서 방어 태세를 갖추기는 하되, 내 지시가 있을 때까지는 화살 한 대 함부로 쏘는 일이 없도록 하라."

그리고는 발길을 돌려 내실로 들어갔다.

그 때 내실에선 민씨부인이 새해들어 네살난 세째아들 막동(莫同 : 세종의 아명)을 안고 있었다.

"아무래도 오늘 심상치 않은 일이 벌어질 것 같소. 무슨 일을 당하건 부인은 동요치 말고 아이들이나 잘 단속하도록 하오."

방원이 주의를 주자 민씨는 속 깊은 웃음을 보이며 막동이를 방원의 품에 안겨 주었다.

그 날 날씨는 아침부터 잔뜩 찌푸리고만 있더니 이제야 겨우 구름이 걷힌 것일까, 방원의 등 뒤 동창으로부터 아침 햇살이 한꺼번에 쏟아져 들어왔다. 그 광선은 침침한 방안에 서 있는 방원의 상반신 주변에, 마치 불상(佛像)의 후광 같은 여광(餘光)을 피우고 있었다.

두어 걸음 물러서서 그 광경을 바라보고 있던 민씨부인이 혼잣소리처럼 말했다.

"어쩌면 이렇게 흡사할까. 바로 어젯밤 꿈에 본 그대로예요."

그 전날 밤 민씨는 한 꿈을 얻었던 것이다.

한양 옛집 마루끝에 앉아 있으려니까 홀연 구름이 걷히고 중천에 태양이 나타났는데, 그 일륜(日輪) 한가운 데에 지금 방원에게 안겨 있는 세째아들 막동이가 정좌하고 있었던 것이다.

하도 신기해서 이웃집에 사는 정사파(浄祀婆)를 불러다가 해몽을 시켜 보았다. 태양은 곧 제왕(帝王)을 뜻하는 것이며, 아기가 그 속에 앉아 있었으니 곧 제왕의 품에 안길 길조라고 그 노파는 풀이했다.

그 말을 들은 민씨부인의 뇌리에 떠오른 것은, 내실에 들어올 적마다 막동이를 안고 애무하던 방원의 모습이었다. 그래서 지금 그렇게 막동이를 안겨본 것이며, 또 그런 혼잣말을 흘렸던 것이다.

찬연한 후광을 발하며 서 있는 남편과 아들을 눈이 부시게 바라보며, 민씨부인의 공상은 자꾸 날개를 폈다.

──꿈에 본 태양이 곧 남편이라면, 오래지 않아 왕위를 쟁취할 조짐일는지도 모른다. 막동이가 그 속에 정좌하고 있었던 몽조(夢兆)는, 그 애가 남편의 왕위를 계승할 것이라는 계시가 아닐까.

그것은 훗날 역사적 현실로 증명되는 것이지만, 민씨는 그 이상 이에 대해서 언급하지 않았다.

엄청난 서몽(瑞夢)이란 섣불리 입밖에 내면 그 신통력이 감소되거나 소멸된다는 미신도 작용하고 있었지만, 그보다도 지금의 방원에게 그런 얘기를 들려주었다간 공연한 방향으로 그를 자극하지 않을까 염려된 때문이었다.

그러지 않아도 방원은 자꾸 몸을 사리려고만 하고 있다. 자신이 보위에 오를 것이라는 말을 입밖에 낸다면 그는 펄쩍 뛸 것이다. 자기에겐 그와 같은 야심은 추호도 없다는 것을 밝히기 위해서라도, 방간과의 분쟁을 더욱더 회피하려 들 것이다.

방원은 방원대로 민씨가 흘린 혼잣말 같은 것엔 전혀 신경도 쓰지 않고 막동이를 내려놓더니 밖으로 나가려고 했다.

"잠깐만 기다리시어요."

민씨는 황급히 그를 불러 세운 다음, 항상 그 방 한구석에 비치하여 둔 투구와 갑옷을 들고 다가갔다.

"만일의 경우에 대비해서 이것만이라도 착용하시어요."

"내가 언제 싸움터에 나간다고 했던가?"

방원은 상을 찡그렸다.

"그런 뜻이 아니어요. 어쩌다가 유전(流箭)이라도 날아들어 상하시면 어쩌나 해서요."

당연한 배려였다. 하지만 방원은 고개를 가로저었다.

"내가 갑주를 걸치고 있는 것을 보면 사람들이 뭐라고 하겠소. 정말로 난리라도 일으키려는 줄 알고 떠들썩할 것이 아니겠소. 또 회안군 형님이나 휘하 장졸들 역시 내가 반격을 가하려는 줄 알고 더욱더 적의를 태우게 될 것이 아니겠소."

"그러면 이렇게 하시어요. 속에는 갑옷을 입으시고 겉에는 평복을 걸치도록 하시어요. 그러면 남의 눈에도 거슬리지 않을 거예요."

그러고는 거의 강요하다시피 갑옷을 입히고, 그 위에 중단(中單) 한 벌을 걸쳐 주었다. 그렇게까지 나오는 부인의 정성을 끝내 물리칠 수는 없어서, 방원은 그 옷차림으로 밖으로 나갔다.

그러자 밖에서 대기하고 있던 의안군과 완산군이 불문 곡직하고 달려 들더니, 방원을 번쩍 안아들어 미리 대기하여 놓은 말에 올려 앉혔다.

"어서 출동령을 내리도록 해요. 이왕 싸울 바에는 유리한 지점을 확보 하고 싸워야지, 앉아서 뭉개기만 하다간 꼼짝달싹 못하게 될 걸세."

의안군은 또 독촉이었다. 그러나 방원은 들은 체도 하지 않고 건너 집에 사는 신극례(辛克禮)를 불렀다.

"급히 입궐하여 주상께 고하되, 궐문을 굳게 지키도록 하시어 비상 사태가 일어날 경우에 대비하십사고 여쭙도록 하게."

방간의 무리가 왕궁을 기습하지 않을까 염려스러워 취한 배려였다. 그 때 예조전서(禮曹典書)를 지내고 있던 신극례는 즉시 수창궁으로 달려갔다.

방원은 다시 사헌시사(司憲侍史) 노한(盧閑)을 불렀다. 그는 방원의 장인인 민제의 사위, 그러니까 방원과는 동서간이 되는 사람이었다.

"아무래도 익안군(益安君) 형님의 신변 역시 염려스럽구먼. 자네는 그 댁에 가서 형님께 여쭙도록 하게. 만일의 사태에 대비해서 휘하 장졸 들로 하여금 엄중히 자위책을 강구하시되, 형님은 병환 중이시니 경경히 움직이시는 일이 없도록 하라고 말일세."

일단 손을 쓰기 시작하자, 방원의 배려는 치밀하고 철저했다.

그는 다시 상장군 이용(李庸)에게 지시했다.

"자네는 즉시 내성(內城) 동대문(東大門)으로 가서 그 성문을 굳게 닫아걸도록 조처하게."

방간 일당이 침공해 오자면 그 문을 통과해야 한다. 멀찌감치 그 지점에서 저지하자는 원려(遠慮)였다. 그리고 그와 같은 조처는 어디까지나 방어를 위한 대책이지 공격을 위한 작전은 아니었다.

수창궁으로 달려간 신극례가 방원의 배려, 즉 궁궐문을 엄중히 수비하고 비상 사태에 대비하라는 뜻을 전하자, 국왕 방과는 어리둥절할 뿐이었다.

"이같이 태평한 세월에 무슨 일이 일어나겠다고 요란스레 경비를 할 필요가 있겠는가."

방간의 음모에 대해서 국왕은 아직도 감감 무소식이었다.

그러자 뒤미쳐 방간 휘하의 상장군 오용권(吳用權)이 입궐하여 방간의 말을 고했다.

"정안군이 저(芳幹)를 해하고자 음모를 꾸미고 있기에, 부득이 기병(起兵)하여 응징코저 하니 주상께선 놀라지 마십시오."

그 말을 듣고서야 국왕 방과도 비로소 사태의 윤곽이 잡히는 모양이었다.

"바로 그 때문에 정안군이 궐문을 수비하라고 기별을 한 것이로구나."

그리고는 도승지 이문화(李文和)를 불러 지시하였다.

"즉각 방간을 찾아가서 여의 뜻을 전하고 깨우치도록 하라. 네가 난언(亂言)을 듣고 현혹되어 동기를 모해하고자 하는 모양이지만, 갑자기 환장이라도 하지 않고는 있을 수 없는 일이다. 그런즉 즉시 군사를 해산하고 단기(單騎)로써 달려와 입궐한다면, 여는 장차 너의 신변을 보호하여 줄 것이라고 그렇게 말하라."

왕명을 받은 이문화는 말을 몰고 방간의 집으로 달려갔다.

그 동안에도 방간은 행군을 계속하고 있었다.

얼마 전 곽충보는 방간의 세력을 과소평가하고 방원에게 돌아붙을 마음을 먹은 바 있지만, 방간의 당세(黨勢)가 터무니없이 허약한 것은 아니었다. 그의 수하들이라고 시정의 하찮은 건달배들만도 아니었다.

  곽충보도 언급한 바 있는 장담(張潭)은 두 차례나 공신에 책록되었을 뿐만 아니라, 현재 동지중추원사를 지내고 있는 종 2품 고관이다.

  역시 방간의 휘하에 들어와 함께 거사를 한 이침(李忱) 같은 인물도 현직 중추원부사, 품계도 장담과 같은 종 2품이었다.

  그밖에 도진무(都鎭撫) 최용소(崔龍蘇), 선략장군(宣略將軍) 이윤량(李允良), 우군장군 김간(金旰), 장군 이난(李蘭), 이거현(李巨賢), 황재(黃載) 등은 쟁쟁한 현역 장령들이었다.

  방간측의 이름있는 당료들은 그뿐이 아니었다. 조전절제사(助戰節制使) 이옥(李沃), 박만(朴曼) 등도 녹녹하지 않은 인물들이다. 강인부를 위시하여 원윤(元尹), 이백온(李伯溫) 등 국왕 측근의 내관(內官)들도 끼여 있었다.

  현역은 아니지만 지난날 정부 요직을 역임한 바 있는 인재들도 적지 않았다. 전에 판사를 지낸 환유(桓愉), 전서(典書)를 지낸 설숭(薛崇), 임천년(任天年), 그리고 이성기(李成奇)와 더불어 강경파의 앞장에 서서 설치는 민원공(閔原功)은 소윤(小尹) 벼슬을 지낸 바 있었다.

  방간은 그의 휘하 장졸들을 거느리고 부왕 이성계가 태상전으로 쓰고 있는 윤환(尹桓)의 고제(故第) 앞을 지나게 되자, 사람을 들여보내 변명했다.

  "정안(靖安)이 장차 신을 해치고자 하므로, 신은 헛되이 죽을 수 없어 발병(發兵)하여 변고에 대응코자 한 것입니다."

  그런데 그 날짜 정종실록에 의하면, 상왕 이성계는 크게 노하여 호통을 쳤다는 것이다.

  "정안이 너와 아비가 다르냐, 어미가 다르냐."

  그래도 방간은 행군을 계속하여 내성 동대문 쪽으로 향했다. 그런데 국왕 방과가 파견한 도승지 이문화가 방간 일행과 만나게 된 것은 선죽교(善竹橋) 변이었다.

  방간은 일단 말에서 내려 국왕의 하교를 근청하는 체했지만, 즉시 군사를 해산하고 단기로 입궐하라는 명령엔 복종하지 않았다. 그대로 진격을 강행하여 가조가(可祚街)에 이르러 진을 치고 전투 태세를 취하였다.

그와 같은 방간측의 동태에 대해서, 그 지역에 밀파된 첩자들로부터 방원은 상세히 보고를 받고 있었다.

"이래도 망설이기만 하겠나, 정안군."

의안군이 볶아쳤다.

"방간은 이미 공공연하게 무장 군인을 거느리고 출동하였을 뿐만 아니라, 상감의 유시를 무시하고 태상전하의 꾸중까지도 들은체만체, 기어이 피를 보겠다고 설치고 있는 판국이 아닌가. 천인공노할 역도임을 스스로 드러내고 있네. 그러니 이제 그 자들을 소탕한다는 것은 사사로운 분쟁도 아니며 골육간의 상잔극도 아닐세. 주상과 태상의 뜻을 받들어 역란(逆亂)을 진압하는 떳떳한 의거란 말이야."

그래도 방원은 한동안 침통한 침묵에 잠겨 있다가,

"갑시다."

피를 짜내듯 말했다. 그러면서도 신중한 쐐기를 박는 것을 잊지 않았다.

"우리는 어디까지나 회안군 형님을 에워싸고 그 분의 총명을 흐리게 하며 그 분에게 강요하여 발병(發兵)케한 무뢰한들의 난동을 제어하려는 것이지, 회안군 형님 그 분과 싸우려는 것이 아님을 명심해야 하오. 어떠한 경우라도 회안군 형님에겐 화살 한 대 쏘아서는 아니 되오."

그리고는 마침내 타고 있던 말에 채찍을 가하였다.

조바심을 하며 명령만 기다리고 있던 휘하 장졸들은 용약했다. 서로 앞을 다투어 진격했다.

방원의 당료들 중에서 가장 과격한 강경파였던 이숙번은, 그 때까지도 그와 같은 정세를 까맣게 모르고 있었다. 그는 국왕의 비서관격인 승지 노릇을 하고 있었지만, 그 날 따라 비번날이어서 집에 있다가 방원이 사냥터엘 나가면 그 속에나 끼여보려고 방원의 집을 향해 달리고 있었다.

이숙번, 그가 백금반가(白金反街)에 이르렀을 때였다. 저편으로부터 달려오는 민무구의 휘하 무변 한 사람과 마주쳤다.

"그러지 않아도 이 승지 어른을 모시러 가는 길입니다. 회안군 일당이 떼를 지어 진격중이니 속히 병갑(兵甲)을 갖추시고 오십사 하는 우리집 어르신네의 전갈입니다."

크게 놀란 이숙번, 즉시 자기 집으로 돌아가서 무장을 하고 몇몇 수하들과 방원 집을 향해 다시 달려갔다.

그의 일행이 시반교(屎反橋) 건너편에 이르러 보니, 그 곳에 방원은 말을 멈추고 있었다. 그를 에워싼 숱한 장졸들은 이리 뛰고 저리 뛰며 어지럽게 설치기만 했다.

아직도 본격적인 전투를 단행할 마음을 굳히지 못하고 있는 때문일까, 방원은 그들을 통어(統御)하려고 하지 않고 착잡한 눈길을 허공에 띄우고만 있었다.

"이게 무슨 꼴들이오니까."

이숙번은 힐난했다.

"무릇 전장(戰場)에 임할 때엔 무엇보다 먼저 장졸들의 대오를 정비해야 할 것이어늘, 제멋대로 날뛰게 버려둔다면 제아무리 강력한 정병이라도 오합지졸이나 다름이 없게 되는 거올시다. 이럴 때 만일 적측이 맹격을 가해 온다면 벌집을 쑤셔놓듯 걷잡을 수 없게 될 것이 아니오니까."

그리고 그는 장졸들을 질타하여 각각 자기 부서로 돌아가게 했다. 이럴 때 실전에 경험이 많은 이숙번의 지휘 능력은 제법 쓸만했다. 잠시 후 대오가 정비되자, 그는 한술 더 떠서 자청하고 나섰다.

"시생이 선봉이 돼서 적을 무찌르겠소이다. 나리께서도 뒤따라 오시도록 하십시오."

그리고는 무사 몇명을 거느리고 적의 진영을 향하여 달려갔다. 그 뒷모습을 방원은 물끄러미 바라보다가,

"기어이 물은 엎질러지고 말았구면."

한숨 섞인 소리를 흘리고는 곁에 서 있던 이지란을 돌아보며 말했다.

"우리 장졸들이 이렇게 한 곳에만 모여 있다가, 만일 저편에서 기습을 가하여 온다면 꼼짝없이 전멸을 면치 못할 거요."

비로소 구체적인 작전에 머리를 쓰기 시작했다. 그리고 다시 말했다.

"내 언젠가 편싸움하는 것을 구경한 적이 있소이다. 양측이 팽팽하게 맞서서 좀처럼 승패가 나질 않고 있었는데, 돌연 한 동굴 속으로부터 두어명 장정이 소리를 치며 뛰쳐나오자, 반대편은 대경실색하여 뿔뿔이 도망을 칩디다. 만일 지금 어느 동굴 속에 복병이 숨어 있다면 가공할 일이 아니겠소."

그러고는 즉시 이지란과 의안군에게 군사를 나누어 주어 남산(南山) 위로 올라가게 했다. 그 산 속에 있는 여러 동굴들을 수색케 하기 위해서였다.

한편 선봉이 되어 달려간 이숙번 일행이 선죽교 근처에 당도하자, 그를 따르던 한규(韓珪)와 김우(金宇) 두 사람이 탄 말이 적의 화살을 맞고 뒷걸음질을 쳤다.

그것을 본 이숙번은 한규를 돌아보며 주의를 주었다.

"한 천호(千戶 : 한규의 벼슬)의 말은 장차 죽고 말 것이니, 속히 갈아 타도록 하라."

그리고는 김우를 향해서는 호통을 쳤다.

"네 말은 과히 상하지 않았으니, 주저말고 진격하라."

그는 그렇게 세심한 신경을 쓰면서 말을 몰아 적진으로 뛰어들었다.

양군의 거리는 차차 좁혀지고 있었다. 이대로 가다간 정면으로 맞부딪쳐 일대 격전이 벌어질 수밖에 없는 형세였다. 그래도 방원은 마지막 결단을 내리지 못하고 있었다.

그는 대장군 이지실(李之實)에게 또 지시를 내렸다.

"자네가 가서 형님께 한 마디만 더 해보게. 지금이라도 형님이 군사를 철수할 용의가 있다면, 나도 기꺼이 물러가겠다고 말일세."

이지실은 말을 몰고 방간의 진영으로 달려갔지만, 잠시 후 되돌아와서 보고했다.

"이제는 어쩔 도리가 없습니다. 제가 소리를 높여 정안군 나리의 말씀을 전하겠다고 했더니, 저편에선 들으려고도 하지 않고 무수히 화살을 쏘아대서 도무지 접근할 수가 없었습니다."

방원은 입술을 깨물었지만, 그러면서도 자기 휘하들에게 공격 명령을 내리진 않았다.

먼저 공격을 가해온 것은 방간측이었다.

보졸(步卒) 40여명이 마정동(馬井洞) 쪽으로부터 돌진하여 나왔고, 기병 20여명이 전목동(典牧洞) 쪽으로부터 질주하여 나오더니 방원의 진영을 향하여 어지럽게 활을 쏘아댔다.

방원 휘하의 목인해(睦仁海)는 얼굴에 화살을 맞았으며, 김법생(金法生)은 목줄띠에 화살 한 대를 맞고 즉사했다.

방원 휘하 장졸들은 격분했다. 일대반격을 가하자고 졸라댔다. 그러나 아직도 방원은 유혈의 참극을 저지하려는 노력을 버리지 않고 있었다.

그는 하륜을 불러 귀엣말로 무엇인가 지시했다. 하륜은 잠깐 망설이다가 수창궁으로 달려갔다. 하륜을 접견한 국왕 방과는 탄식했다.

"방간이 비록 광패(狂悖)하다고는 하지만, 이번 일은 그 사람의 본심은 아닐 게야. 필시 간교한 무리들의 말에 귀가 솔깃한 때문일 거야."

"이것은 정안군의 의견입니다마는."

이렇게 전제하고 하륜이 진언했다.

"전하께서 교서(敎書)를 내리시어 타이르신다면 문제가 해결될 수 있을 듯싶습니다."

방과는 하륜에게 명하여 조서를 작성하게 했다.

"여가 부덕한 틈으로 신민의 위에 처하게 되었으나, 모든 종실(宗實) 훈구(勳舊) 대소 신료들이 동심 협력한 바 있어 풍요하고 화평한 세월을 맞이하게 되었거늘, 뜻하지 않게 모제(母弟) 회안군 방간이 무뢰한들에

게 현혹되어 골육을 모해하고자 하니 심히 통탄하노라. 오직 바라는 바는
양측이 다 보전하여 종사(宗祀)를 안태케 하고자 할 뿐이로다. 방간이
즉각 군사를 방산(放散)하고 사제로 돌아간다면 성명(性命)을 보전케
하겠으며, 여의 말이 식언(食言)이 아님은 하늘에 태양이 있음과 같이
명확하도다. 그러나 그 일행 군사들이 여의 유지(諭旨)가 있은 후에도
해산하지 않을 경우에는, 여는 결코 용서치 않을 것이며 군법에 비추어
처단하겠노라."

그 교서를 좌승지 정구(鄭矩)에게 주어 방간의 진영으로 파견하였다.

그러나 그가 진중에 당도하기 전에, 전세는 마침내 걷잡을 수 없는
파국으로 돌입하고 있었다.

서로의 군사력이 팽팽한 균형을 이루고 있는 동안은, 전선은 일시적이
나마 평온을 유지할 수 있다.

방간과 방원 형제의 대치 상태가 그러했다. 그러나 양측 어느 편에
뜻하지 않은 힘이 보태질 경우, 균형과 평온은 어이없이 허물어지고 만
다.

상당후(上堂侯) 이저(李佇)가 거느리는 경상도 출신의 시위군이 검동
(黔洞)을 거쳐 묘련동(妙連洞) 고개를 넘어오고 있었던 것이다. 이저는
방원의 당료였던만큼 방원측을 위한 원군이었다. 방원 휘하 장졸들은
모두들 환성을 올렸다. 그러나 방원 혼자만은 오히려 괴로웠다.

그는 휘하 장졸들을 향하여 소리쳤다.

"너희들 중 누구를 막론하고 내 형님을 발견할 경우, 화살 한 대 쏘아
서는 아니된다. 만일 위반하는 자 있으면 가차없이 참하리라."

이제 일대접전을 회피할 도리가 없는 고비에 몰리고 말았으니, 방간의
목숨만이라도 구해보겠다는 충정이었다.

원군을 맞이한 방원군의 기세는 치솟았다. 먼저 남산에 올라가서 수색
전을 벌이고 있던 의안군 화와 이지란의 부대로부터 부는 뿔(角)나발
소리가 힘차게 울려퍼졌다. 묘련동 고개 기슭에 집결한 이저의 부대로부

터 역시 뿔나발 소리가 요란히 호응했다.

그 뿔나발 소리를 신호로 방원측에선 일제히 화살을 쏘아댔다. 참고 기다리던 공격의 막을 올린 것이다.

공격의 선봉은 역시 이숙번이었다. 그 때 그는 선죽교 아래 냇물 속에 뛰어들어 그의 장기인 사예(射藝)를 과시하고 있었다. 적측에서 화살이 날아오면 물 속에 몸을 잠겨 피했다가, 기회를 보아 반격을 가하여 적의 장졸들을 하나하나 사살하곤 했다.

방원군의 거센 주먹이 이숙번이라면 방간군의 손톱이나 어금니는 이성기(李成奇)였다. 그는 허연 어금니를 드러내며 뭐라고 악을 쓰더니, 이숙번을 향하여 화살을 겨누웠다. 그러나 활시위를 미처 제대로 당기기도 전에 목줄띠에 화살 한 대를 맞고 뒤로 나자빠졌다. 그리고 절명했다. 이숙번의 살걸음이 그의 솜씨보다 한층 신속했던 것이다.

한편에선 원군이 함성을 지르고, 한편에선 맹장 이성기가 사살되고 보니, 방간측의 사기는 극도로 저하되었다.

다시 한번 남산 위 의안군 부대와 묘련동 골짜기 이저의 부대로부터 뿔나발 소리가 울려퍼졌다.

그것을 일대 돌격령의 신호로 짐작한 것일까, 방간군의 진영이 어지럽게 흩어지더니 앞을 다투어 도망치기 시작했다.

서익(徐益), 마천목(馬天牧), 이유(李柔) 등 방원 휘하의 용장들이 칼을 들고 적군을 추격하려 했다. 그러자 방간군 진영으로부터 홀연 세 명의 장수차림을 한 자들이 나타났다. 장창을 꼬나잡고 서익 등의 추격을 저지할 기세를 보였다.

"주제넘은 하룻강아지."

마천목이 철퇴를 휘둘러 단숨에 두 명을 격살하였다. 그리고 나머지 한 명에게 계속 철퇴를 가하려 하자, 갑자기 방원이 외쳤다.

"그 사람은 죽이지 말라."

그 장수는 눈밑을 복면 같은 것으로 가리고 그 위에 투구를 눌러썼기 때문에 누구인지 얼핏 알아보기 어려웠지만, 체구라든지 동작 같은 것으로 미루어 형 방간이 아닌가 하고 방원은 추측했던 것이다. 골육만이 느낄 수 있는 육감일는지 모른다.

방원이 외치는 소리에 마천목이 주춤하자, 그 장수는 말머리를 돌려 북쪽을 향해 달렸다.

"이놈! 죽기 싫거든 깨끗이 항복을 할 것이지, 비열하게 도망을 쳐?"

서익이 장창을 휘두르며 그 뒤를 쫓았다.

방원은 불안해서 견딜 수가 없었다. 언제나 그의 곁을 떠나지 않고 따라다니는 충복 김소근에게 지시했다.

"아무래도 걱정이 되는구나. 무지막지한 사람이 혹시 형님을 해치면 큰 일이니 너는 싸움터로 뛰어다니면서 외치도록 해라. 절대로 형님을 해쳐서는 아니된다고 말이다."

김소근이 즉시 고신전(高信傳), 이광득(李光得), 권희달(權希達) 등과 더불어 방간이 도망친 방향을 향해 말을 몰았다.

그 때 방간은 묘련북동(妙蓮北洞) 골짝으로 뛰어들어가 몸을 숨기고 있었는데, 김소근 등의 눈엔 띄지 않았다.

그들은 곧장 달려서 성균관(成均館) 동북쪽 일대를 찾아보았지만 물론 방간의 모습은 보이지 않았다. 혹시 탄현문(炭峴門)을 빠져 외성(外城) 밖으로 탈출한 것이 아닌가 싶어서, 마침 그 편에서 오는 행인들에게 물어보았다. 하지만 아무도 그런 사람은 보지 못했다는 것이다.

하는 수 없이 되돌아 내려오다가 보국동(輔國洞) 서쪽 고개 위로 김소근이 달려 올라갔다. 사방을 둘러보니 마침 방간이 묘련동 쪽으로부터 나와서 보국동 골짝으로 들어가고 있었다.

터럭이 붉고 갈기가 검은 자그마한 말을 타고 있었다. 김소근 등은 즉시 그 뒤를 쫓았다.

방간은 보국동 북쪽 고개를 넘어서 성균관 서쪽 골짝으로 들어갔다.

"회안군 나리, 잠깐만 기다리시오. 여쭐 말씀이 있습니다."

김소근이 목이 터지게 소리쳤지만, 그는 들은 체도 하지 않고 계속 말을 몰았다.

그러나 양측의 거리는 차차 좁혀졌다. 방간이 적경원(積慶園) 자리에 이르렀을 때엔, 맨 앞을 달리던 권희달과의 간격은 불과 십여 마신(馬身) 밖에 안 되었다.

그 이상 도망칠 가망은 없다고 체념한 것일까, 방간은 말에서 뛰어내리더니 투구와 갑옷을 벗어버리고 궁시(弓矢)를 던지고는 자라처럼 땅바닥에 넓죽이 엎드려 버렸다.

어떻게 보면 스스로 무장 해제를 하고 구명(救命)을 비는 항복의 자세 같기도 하고, 또 어떻게 보면 이왕 이렇게 된 바에야 네놈들 마음대로 해보려무나 하는 배짱을 튀기고 있는 것처럼 보이기도 했다.

권희달을 선두로 이광득, 고신전, 김소근 등이 차례로 말에서 뛰어내려 방간의 곁으로 달려갔다.

"네놈들은 나를 죽이려고 쫓아온 거지?"

방간은 땅바닥에 얼굴을 파묻은 채 물었다.

"그게 무슨 말씀이십니까. 나리께선 조금도 두려워하지 마십쇼."

권희달이 말하자 방간은 여전히 땅바닥에 얼굴을 파묻은 채 궁지에 몰린 자라처럼 허위적거리며 손을 내밀어 더듬거렸다.

그의 손에 잡힌 것은 갑옷이었다.

"이걸 가져."

역시 얼굴을 파묻은 채 그것을 휘둘렀다. 고신전이 급히 그것을 받아들었다. 방간은 또 더듬더듬 더듬어서 활과 그리고 화살이 든 전통을 집어 내밀었다.

"이것두 가져."

권희달이 받아들었다.

다시 두 팔을 활짝 펴고 허위적거려 보았지만, 이번엔 아무 것도 손에 잡히는 게 없었다.

"하는 수 없지, 이거라도 줘야 할밖에."

그는 겨드랑 밑에 차고 있던 환도(環刀)를 떼어서 칼집째 내밀었다. 이번에는 이광득이 그것을 받았다. 그제서야 방간은 땅바닥에 파묻었던 얼굴을 서서히 들고 두리번거리다가,

"허허, 이거 난처하게 됐는 걸? 나는 세 사람인 줄 알았더니 네 사람이었구면."

김소근 혼자만 빈손인 것을 보고 하는 말이었다.

"지금은 가진 것이 없어서 줄 수가 없지만, 만일 내가 살아남게 된다면 그 때는 두득이 보답을 할 테니 과히 언짢게 여기지 말라."

"그런 말씀 마슈."

김소근은 그 말을 코끝으로 흘려버렸다. 여러 노복들 중에서 방원이 가장 신임하는 충복이었다. 옷가지나 병기 나부랑이쯤으로 마음이 좌우될 위인은 아니었다.

"그보다도 우리 집 나리께서 기다리고 계시니 어서 가십시다."

김소근은 방간의 한쪽 겨드랑이를 부축해 일으켰고 권희달이 다른 한쪽을 부축하여, 그 터럭이 붉고 갈기가 검은 소류마(小驑馬)에 올려 태웠다.

"정안이 나를 기다린다구?"

방간의 얼굴에 착잡한 표정이 얽히고 설키었다. 막연한 기대를 걸어보는 빛도 있었고, 두려움에 떠는 그늘도 있었다.

권희달이 말고삐를 잡고 김소근, 고신전, 이광득 등이 좌우를 호위하면서 성균관 문밖 동쪽 고개 마루에 이르렀을 때였다. 저편 남쪽으로부터 한 관원이 몇몇 수하들을 거느리고 말을 몰아 달려오고 있었다.

"저건 또 누구인구?"

방간은 입맛을 다시며 혼잣소리처럼 투덜거렸다.

"내가 남의 말을 듣다가 단단히 욕을 보는 걸?"

그 관원은 하륜이 작성한 국왕의 교서를 전달하고자 달려온 좌승지

정구(鄭矩)였다. 방간은 급히 말에서 뛰어내려 부복하였다.

즉시 군사를 해산하고 자기 사제로 돌아가면 목숨만은 보존하여 줄 것이라는 국왕의 교서를 정구가 선독(宣讀)하고 나자, 방간은 그것을 받아 품에 간직하고는 이마를 조아려 경배하며 뻔뻔스레 노닥거렸다.

"상감의 지극하신 은혜, 감읍하여 마지않소이다. 신은 당초부터 불궤지심(不軌之心)을 품었던 것이 아니올시다. 다만 정안(靖安)에게 원혐이 있었을 뿐입니다. 지금 교서 이러하시니 상감께서 나를 속이시지는 않을 것으로 믿습니다."

국왕 방과는 결코 식언을 하지 않겠다고 그 교서 속에서 다짐한 말을 되잡아 비틀어본 소리였다.

"형님이 무사하시다구?"

방원은 지그시 두 눈을 내리깔았다. 방간을 찾아서 그의 신변을 무사히 보호하고 있다는 보고를 김소근으로부터 접한 것이다.

그 날짜 실록엔 그가 '방성통읍(放聲痛泣)하였으며, 휘하 장졸들도 모두 울었다(大小軍士痛泣)'라고 기록되어 있지만, 실은 소리내어 울고 싶어도 울 수 없을만큼 답답하고 괴로운 것이 방원의 심곡이었을 것이다.

그야 방간이 아무런 해도 입지 않았다는 사실은 눈물이 나도록 대견한 일이었다. 방원 개인의 골육지정(骨肉之情)은 말할 것도 없고, 무엇보다도 부왕 이성계의 가슴에 더 이상 아픈 못을 박지 않게 되었으니 고마운 일이었다. 그러나 문제는 그런 감정적인 측면으로만 해결될 성질의 것은 아니었다.

어쨌든 방간은 백주에 수도 한복판에서 수백명 무장 군인을 거느리고 난동을 일으켰다. 국왕의 해산 명령에도 불복종하고 전투를 고집하다가 패배하고 체포된 것이다.

일반적인 법으로 다스리자면 그에게 씌워질 죄명은 어마어마할 것이

다. 우선 불법적인 군사 행동부터 문책을 받아야 할 것이다. 또 국왕의
명령에 불복종하였다는 죄책도 가벼운 것은 아니다. 뒤집어씌우자면
반란죄를 적용할 수도 있다.

방원의 당료들은 말할 것도 없고 이 때까지 양측의 세력을 저울질하며
간에 가서 붙고 염통에 가서 붙고 하던 기회주의자들은 제때를 만났다고
극형을 주장할 것이다.

그렇게 된 연후에는 방간을 두둔하고 싶어도 두둔하기 어렵다. 그러니
방간에게 씌워질 벌책을 가볍게 해주는 일이 급선무이며, 거기에 대한
심려만이 방원의 가슴을 메우고 있었다.

물론 일방적으로 자기를 시새우고 역겨워하고 미워하던 그 심보가
쾌하지는 않다. 그런 측면에선 방원 역시 분하고 고까운 기분이 아니
드는 것도 아니다.

하지만 언제나 그러하듯 이런 일을 당할 적마다 방원에겐 자기 자신의
감정보다도 부왕 이성계의 심정이 선행하고 압도하는 것이다.

어떻게 하면 부왕의 고통을 덜고 어떻게 하면 부왕을 기쁘게 할 수
있을까, 그것만이 방원의 소망의 거의 전부였다.

그는 이숙번을 불렀다.

"형의 성품이 본시 우직하긴 하지만, 형제를 해치고자 할만큼 독하지
는 않다고 나는 생각하네. 필시 남의 말에 속아서 저지른 일이 아닌가
싶으니, 자네가 가서 형님을 만나뵙고 숨김없는 사유를 알아보도록 하
게."

이숙번은 방간이 머물고 있는 고갯마루로 달려갔다. 방원이 지시한대
로 물었다.

"방원이 나를 국문하겠다는 거냐? 그것도 수하를 시켜서."

못마땅한 얼굴을 외로 꼬며 방간은 쏘아붙이더니, 입을 다물어버렸
다. 권희달이 이숙번에게 몇마디 귀엣말을 속삭였다.

"그럴 수가 있나."

이숙번은 불끈했다.

처음에는 방원이 극구 두둔하는 눈치여서 제법 공손한 언사로 달래보았지만, 이젠 그것을 버리고 고압적으로 나왔다.

"여보슈, 회안공. 댁은 사람을 어떻게 보는 거요."

이숙번은 언성을 높이며 으르딱딱거렸다.

"내가 그래 권희달 이 사람만도 못하단 말이오? 이 사람에게는 말할 수 있어도 나에겐 말할 수 없단 말이오?"

방금 권희달 귀엣말로 속삭이면서, 조금 전에 방간이 혼잣소리처럼 하던 말을 이숙번에게 전했던 것이다. 방간 그가 남의 말을 듣다가 단단히 욕을 보게 되었다고 푸념하던 말을 이숙번은 되잡아 흔들고 닦아세우는 것이다.

"나리께서 만일 말씀을 하시지 않겠다면 좋소이다. 나리는 국가에 큰 죄를 지은 몸이니 국가에선 반드시 엄중히 문초할 것이며, 그렇게 될 경우 끝끝내 그 일을 감출 수 있을 줄 아슈?"

이숙번이 그렇게 강하게 나오자, 방간의 태도가 이내 누그러졌다.

"이것 봐요, 이 승지. 내가 언제 사람을 층하하자는 생각으로 누구에겐 말을 하고 누구에겐 말을 안 하겠다는 건가? 다만 자네나 방원이 그 사유를 물어서 어쩔 셈인지, 그 점이 알 수 없어서 망설이고 있는 거지."

"답답도 하슈, 회안공."

모멸에 찬 눈총을 이숙번은 쏘아댔다. 그러다가 혼잣소리처럼 투덜거렸다.

"아니 답답한 건 우리 정안군 나리야. 저 따위 위인을 그래도 형님이랍시고 두둔하시니 말야."

그 말에 방간은 귀가 번쩍 띈 것일까,

"지금 뭐라고 했지? 누가 나를 두둔한다구 했지?"

"이제 제대로 귀청이 뚫리신 모양이외다그려."

이숙번은 또 빈정거리다가 그래도 방원의 지시를 수행해야 하겠다는 생각이 들었던지 정색을 하며 말했다.

"우리 정안군 나리께선 말이외다. 이번에 회안공이 난을 일으킨 이면엔 그 일을 꾸민 다른 원흉이 있을 것이라고 호의적으로만 해석하고 계시단 말예요. 그리고 그런 사실을 밝혀 주면 죄를 그 자에게 돌리고, 회안군 나리의 허물을 덜어드리고자 애를 쓰고 계시다 그 말이외다."

"그래? 방원이 정말 그렇게 나를 염려하고 있나?"

곱씹는 방간은 응당 감격의 눈물이라도 흘려야 할 고비였지만, 맨숭맨숭한 눈알을 깜빡거리며 어떤 계산알이라도 튀기는 듯하더니,

"그렇다면 내 본의는 아니네만 사실대로 얘기함세. 이래봬두 말일세, 나로 말할 것 같으면 수백명 장령들, 장사들, 역사들을 거느리고 큰 일을 도모하려던 사람이야. 그러니 수하들 중 어느 누구에게 잘잘못이 있었다고 해서 그것을 입밖에 낸다면 어디 어른된 체통이 설 수 있느냐 말일세."

본론에서 거리가 먼 객소리만 노닥거리다가 그는 두어번 헛기침을 하고는,

"하지만 그놈만은 달라. 그 괘씸한 놈 때문에 많은 사람이 망신을 했으니까."

제법 분개하는 기색을 피운다.

"바로 그 놈이란 말일세, 박포란 놈 때문이란 말일세."

그리고는 박포가 몇 차례씩 자기 집을 드나들며 어르고 쑤석거리고 부채질을 하던 사연을 털어놓았다.

"정안군이 나를 보는 눈치가 심상치 않으니 반드시 화를 당할 거라구, 그러니 선수를 써야 한다구. 그러기에 나도 가만히 앉아서 죽기는 싫고 해서 먼저 기병한 걸세."

"그러니까 원흉은 바로 박포란 말씀이로군요."

이숙번은 캐고 들었다.

"그렇지. 말하자면 모주(謀主)는 그놈이구, 나는 정신없이 그놈 등에

업혀서 놀아난 허수아비나 다름이 없지."

방간은 이제 모든 허물을 박포에게만 뒤집어 씌우려고 바둥거리고 있었다.

"그렇다면 이상하지 않습니까. 오늘 싸움터에선 마땅히 그 자가 앞장 서서 설쳐야 할 터인데, 박포란 그 자 낯짝도 볼 수 없습디다."

"그러니 죽일 놈이란 말일세."

방간은 주먹을 휘둘러 허공을 쥐어박는 시늉을 했다.

"불은 제놈이 질러놓구 부채질도 제놈이 하구, 그리구 불길이 치솟게 되자 비열하게도 제놈 혼자만 꽁무니를 뺐단 말일세."

"그렇다면 오늘 싸움엔 아예 나서지도 않았단 얘깁니까."

"갑자기 배탈이 났다나 어쩠다나. 사람을 시켜서 둘러대긴 했지만, 필경 형세를 관망하다가 유리한 쪽에 달라 붙겠다는 간교한 속셈이 아니 고 무엇이었겠나."

그리고는 쓰디쓴 가래침을 칵 뱉었다. 방간이 자백한 내용을 이숙번은 즉시 방원에게 보고했다.

이번 사건의 주동자가 박포라는 정보쯤은 방원도 입수하고 있었지만, 방간의 입을 통해서 확인하고 싶었다. 그래야만 그를 구제할 길이 열릴 것이기 때문이었다.

방원은 휘하 장졸들을 철수시키는 한편, 급히 입궐하였다. 잡인을 물리 치고 국왕 방과와 단 둘이서 이번 정란(政亂)의 사후수습책을 숙의하였 다. 우선 제1단계 조처로 방간에 대한 형량이 결정되었다.

즉, 우승지 이숙(李叔 : 그는 의안군 화(和)의 아들)을 방간이 대죄하 고 있는 처소로 파견하여 통고했다.

"너는 백주에 경도(京都) 한복판에서 동병하였으니 그 죄 용서할 바 아니로되, 그러나 골육의 지정으로 차마 주형(誅刑)을 가할 수 없어 너의 소원에 따라 외방(外方)에 안치하고자 한다."

다시 말하면, 개경 이외의 땅이면 어디든지 좋으니 너 가고 싶은 곳에 가서 편히 지내라는 파격적으로 관대한 처분이었다.

방간은 황해도 토산촌(兎山村)에 있는 전장(田庄)으로 돌아가게 해달라고 청했다. 국왕은 즉시 대호군 김중보(金重寶), 순군천호 한규(韓珪)에게 명하여 방간을 그리로 압송케 하였다.

그 날 방간의 아들 맹종(孟宗)은 싸움터에서 도망하여 일단 은신하고 있었지만, 며칠 후 자수를 하자 부친을 따라 가서 봉양하라는 역시 파격적인 관용을 베풀었다.

이 정변, 즉 '방간의 난' 또는 '박포의 난' 혹은 '제2차 왕자의 난' 이라고 불리는 싸움에 대해서, 후세 사람들은 사뭇 오해하는 경향이 있다. 그 싸움에서 골육상잔의 엄청난 피를 흘린 것처럼 생각하기도 하고, 심지어는 방원이 친형 방간을 살해한 것처럼 잘못 아는 측도 없지 않지만, 사실은 전혀 다르다.

그 후 방간은 20여년 동안이나 더 생존하였으니, 그가 사망한 것은 세종 3년 3월 9일이었다. 태종 방원이 별세한 것이 세종 4년 5월 10일이므로, 방간은 방원과 거의 비슷하게 수(壽)를 누린 셈이 된다.

관용을 베푼 것은 방간 한 사람에 대해서만이 아니었다. 그의 당료들에게도 되도록 경한 형을 내렸다.

멸족의 가혹한 형벌이 가하여지는 것이 상식처럼 되어 있는 반란의 역도들로 간주될 수도 있는 그들이었지만, 그 사건 이후 사형을 받은 것은 주동자 박포와 그 날 직접적인 전투를 강요한 민원공(閔原功) 두 사람뿐이었다. 나머지는 거의 다 유배 정도에 그쳤다. 말하자면 방원은 골육상잔의 출혈을 최소한으로 멈추게 하고자 심혈을 경주한 것이었다.

그 날 국왕과 의논하여 사후 수습의 매듭을 대강 짓고난 방원은, 대궐에서 물러나오자 잠깐 발걸음을 망설였다. 어쨌든 과히 피를 보지 않고 한 고비를 넘겼다는 안도감보다도, 무언가 크낙한 것을 상실한 것 같은 허전한 느낌이었다.

그 허전하고 싸늘한 가슴을 어느 따뜻한 살에라도 대어 녹여 보았으면 싶었다.

"그렇구나, 익안(益安) 형님이 편찮으시다고 했것다."

이제 탈없이 남아 있는 형제라고는 익안군 방의 한 사람 뿐인데, 그 역시 신병을 앓고 있다고 하니 근심이 됐다.

"그 형님 문병이라도 해야겠다."

말고삐를 잡고 있는 김소근을 향하여 턱짓을 했다.

"이게 누군가, 우리 아우님이 아닌가."

방의는 반색을 하며 방원을 맞아들였다.

앓는다고 하기에 얼마나 고생을 하고 있는가 했는데, 막상 만나고 보니 대단치 않은 것 같았다. 늘 그렇듯이 간밤에 과음이라도 해서 술병이라도 난 것인지, 아니면 이번 변란의 소식을 듣고 몸을 사리느라고 앓는 시늉을 하고 있는지 모를 일이었다.

앓는다는 사람이 술상부터 들여오게 하고 연거푸 몇잔을 들이켜더니, 꿀쩍꿀쩍 눈물을 흘렸다.

"글쎄 방간 그 사람도 주착이 없지, 제게 얼마나 대단한 힘이 있다구 그런 엄청난 짓을 저지른단 말인가."

가당치도 않은 객기로 신세를 망친 아우를 애석히 여기는 형의 우애에 방원도 가슴이 촉촉이 젖어드는걸 느꼈다.

거기까지는 좋았다.

그러나 익안군 방의의 말머리는 차차 묘한 방향으로 들기 시작했다.

"사람이란 건 말일세, 자기 분수를 알아야 하는 걸세. 그 사람이 감히 자네 정안군을 상대로 싸우러 들다니, 메뚜기 새끼가 수레바퀴를 쳐부수 겠다는 거나 다름이 없지 뭔가."

그 말이 방원의 귀엔 몹시 거북스럽기만 했다.

형제간의 무력 분쟁에 대한 옳고 그름을 말하려는 것이 아니라, 병력의 강약만을 따지고 그런 기준에서 행동의 시비를 운운하려는 기색이 적이 섭섭하기도 했다.

"그러니 말일세, 정안군. 나는 이 기회에 마음을 정했네."

거의 비굴하게 보이는 눈길로 방원의 눈치를 흘끗 살피더니, 벽장문을 열고 인궤(印櫃)를 가져다가 그 뚜껑을 열어 인신(印信) 하나를 꺼냈다.

"아예 이걸 정부에 반납할까 하네."

그가 현재 수임(受任)하고 있는 경기도, 충청도 지방의 절제사의 인신이었다.

"도대체 병력이란 것은 자신을 보호하는 이기(利器)라기보다도 자신을 해치는 흉기가 될 경우가 더 많은 법이야."

그리고는 또 아부하는 것 같은 눈길로 방원을 훔쳐보았다.

"회안군 그 사람도 그렇지. 자기 병력에 섣부른 자신이 없었더라면 그렇게 신세를 망치지는 않았을 걸세."

방의는 이렇게도 말했다. 그 말들이 방원의 귀엔 떨떠름하기만 했다.

자기에게 주어진 군사력까지 정부에 반납하고 스스로의 무장을 해제하다는 것은, 일종의 무방비 상태를 선언하는 것이나 다름이 없었다. 나에겐 남을 해칠 의향이 없으니 남도 나를 해치지 말아달라는 것일까.

그러면 그 무방비 선언의 대상은 누구일까. 지금의 형세로는 방원과 그 세력을 지목하는 것이라고 볼 수밖에 없다.

──나는 방간처럼 너 방원에게 딴 마음을 품고 있지 않으니, 경계하지 말고 앞으로 잘 봐다오.

이렇게 미리 얼레발을 치는 수작이라고 볼 수도 있지 않은가.

──섭섭합니다, 형님.

이렇게 소리라도 지르고 싶은 충동을 방원은 겨우 참았다.

방의의 얼레발은 그에 그치지 않았다.

"내 솔직이 한 마디 하겠네만, 이번이나 전번이나 그런 분쟁이 일어난 것은 세자 책립이 제대로 이루어지지 않은 탓이 아니겠나. 전번에 방석을 세자로 삼은 실수는 말할 것도 없고, 이번 역시 금상(今上 : 정종) 형님께서 일찌감치 마땅한 사람을 세자로 세우셨더라면 그와 같은 불행한 변고는 일어나지 않았을 게 아닌가."

하나마나한 뻔한 소리를 노닥거리다가 또 방원의 눈치를 넌지시 훔쳐보더니, 혼잣소리처럼 못을 박았다.

"그러니 무엇보다도 급한 일은 세자를 정하는 일일세."

그야 물론 국가적으로는 가장 긴요하고 시급한 일이다. 하지만 구태여 그 문제를 입밖에 내는 저의는 무엇일까.

국왕 방과에게 적자가 없는 이상 세자 후보자는 방원의 형제들 중 누구를 지목할 수밖에 없을 것이며, 이번 정변으로 방간이 제거되었으니 남은 경합자는 지금 이 자리에 마주앉아 있는 두 형제로 압축될 수밖에 없는 것이 엄연한 현실이다.

다시 말하면 익안군 방의냐, 정안군 방원이냐, 양자 중 하나를 택하는 문제만이 남아 있는 셈이다.

"형님이 그 말씀을 하시니 말씀드리겠습니다만, 우리 형제들 사이에 아름답지 못한 분란이 있었던 것은 처음부터 서열을 바로잡지 못한 때문인 줄로 압니다. 일찍이 아버님께서 세자를 세우실 때 작고하신 큰 형님, 진안군(鎭安君) 형님을 택하셨더라면 아무 문제도 없었을 거올시다. 이번만 해도 그렇습니다. 금상께서 대위를 계승하시는 즉시로, 서열을 따져 세자를 책립하셨어야 옳았을 것이 아니겠습니까."

"서열대로 택한다? 그럼 누가 되지?"

방의는 일부러 능청을 떨다가,

"그렇지, 엄밀히 법통을 따지자면 아버님의 적장자인 진안군 형님이 작고했으니, 그 형님의 외아들 복근(福根)이라도 세워야 할 것이 아닌가. 그 애야말로 이 나라의 창업주의 적장손(嫡長孫)이니 말일세."

방우에게 복근이란 외아들이 있는 것만은 사실이었다.

제 1차 왕자의 난 때에는 방원측에 가담하여 이등 공신에 책록되고 봉녕후(奉寧侯)에 책봉된 사실까지 있었던 것이다.

그러나 방원은 또 떨떠름한 기분이었다. 지금 이 자리에서 구태여 방우
(芳雨)의 아들을 들먹거리는 진의는 무엇일까.

방의 그의 말의 액면대로, 서열에 충실하자는 것일까. 아니면 방원의
입에서 무슨 말을 끄집어내려는 엉뚱한 속셈을 튀기고 있는 것일까.

방원도 슬며시 심술궂은 심정이 되며 넘겨짚어 보았다.

"그야 봉녕후 그 사람, 태상아버님께는 적장손이 될 수도 있겠습니다
마는, 금상전하껜 조카가 되는 사람이 아닙니까. 이제부터 책립돼야 할
세자는 어디까지나 금상의 후계자이니만큼, 그 분과 가장 가까운 사람이
라야 할 거올시다. 그렇게 따진다면 조카보다는 형제간이 더 가까울 것이
며, 우리 형제들 중에서는 익안군 형님이 제일 맏이시니 세자 자리는
아무래도 형님께서 맡아주셔야 하겠습니다."

"무슨 소리."

방의는 마침 들고 있는 술잔을 내던지듯 상에 놓으며 펄쩍 뛰었다.

"자넨 어째서 그렇게 내 마음을 몰라 주나. 내가 욕심이 있다면 자진해
서 병권을 내놓겠다는 말까지 하겠나. 또 욕심이 없기에 이 사람 저 사람
세자될 사람을 물색하고 있는 게 아닌가. 우리 형제 중에서 세자를 세워
야 한다면 정안군 바로 자네를 택해야 할 걸세."

그리고는 술잔을 다시 들어 한 잔 따르더니 방원에게 건네고, 바싹
다가앉으며 말을 이었다.

"이왕 얘기가 이렇게 돌아갔으니 말이네만, 그리고 우리끼리만 앉은
자리니 말이지만, 서열이니 법도니 그런 것을 꼬치꼬치 캐지 않는다면,
이 나라의 왕권을 누릴만한 자격이 있는 사람은 금상전하보다도 오히려
정안군 자네라고 할 수 있네. 우리 아버님이 새 왕조를 창업하신 것은
서열의 힘도 아니고 법통의 힘도 아닐세. 그 분의 출중한 영도력 때문이
었어. 그러니 그 분의 뒤를 이을 사람 역시 그만한 인재라야 할 것이며,
그래야만 아직도 뿌리가 깊지 못한 우리 종묘사직의 기틀을 튼튼히 굳힐

수 있을 걸세."

방원은 숨이 막히는 느낌이었다. 엄청난 소리였다.

방의의 발언은 세자의 자격 문제에 그치지 않고, 국왕의 자격 문제에까지 번지고 있는 것이다. 만일 누가 그 소리를 엿듣기라도 한다면, 대역무도한 난신으로 몰릴 수도 있는 망언이었다.

술잔을 기울여 타는 목을 축이고는, 그 잔을 상에 엎어 놓았다.

"형님, 오늘 약주가 과하신 모양입니다. 무슨 말씀을 하시는지 도무지 알아들을 수가 없습니다."

얼버무리고는 곧 자리를 차고 일어섰다. 더 앉아서 노닥거리다간 어떠한 구설수를 당할는지 두려운 생각까지 들었다.

"내 말은 다른 얘기가 아닐세. 장차 자네가 세자가 되건, 그보다 더 높은 자리에 앉게 되건, 내 염려는 아예 하지 말라는 뜻일세. 나는 이렇게 좋아하는 술잔이나 기울이며 그날그날 무사히 지낼 수만 있으면 더 바랄 것이 없는 몸일세."

그 소리를 뒤꼭지로 흘려들으며 방원은 밖으로 나갔다.

외로움이 엄습한다. 큰 일을 당할 적마다 늘 파고 드는 고독감이 심골을 후빈다.

황막한 광야에 혼자 서 있는 것 같은 눈길을 허공에 띄우고 있는데,

"이젠 댁으로 돌아가셔야 하겠습지요?"

말고삐를 잡고 대기하고 있던 김소근이 다가오며 물었다.

"집으로?"

얼빠진 사람처럼 방원은 반문했다.

집은 안식처라고 한다. 특히 세파에 시달리다가 외톨로 떠 있는 인간에겐 심신을 포근히 잠글 수 있는 보금자리라고 한다.

──하지만 내 집이란 곳은 그렇질 못해.

지금쯤 자기 집엔 대소 당료들이 모여들어 득실거리고 있을 것이다. 어쨌든 이번 전쟁엔 승리를 거둔 셈이니, 그들은 신바람을 피우며 술타령

이라도 벌이고 있을 것이다.

——내 친형과 칼날을 휘두르며 으르렁거린 창피한 싸움이었는데
말이다.

방원 자기가 돌아가면 그들은 마치 개선장군이라도 영접하듯 환호성을
올릴 것이다.

그런 부산한 분위기도 역겨웠지만, 더욱더 지겹게 여겨지는 것은 그들
에게 졸릴 일이었다. 이번에야말로 기회를 놓치지 말고 세자 자리를 따야
한다고 그들은 볶아칠 것이다. 그것은 곧 그들의 영달과도 직결되는 문제
이기 때문이다.

만일 이번 기회를 놓친다면 그들을 위한 영화의 문(門)은 영영 닫힐는
지도 모른다.

방원은 자기를 에워싸고 거대한 굴레가 한걸음 한걸음 좁혀들고 있는
것을 느낀다. 결국은 그 굴레를 회피할 수는 없을 것이다. 굳이 회피하려
고 안간힘을 쓸 심정도 아니다. 무겁고 고달프고 힘겨운 굴레에는 틀림이
없지만, 그것은 또 찬란한 황금의 굴레이기도 하다. 방원이라고 전혀
유혹을 느끼지 않는 것은 아니다.

그러나 적어도 지금 이 순간만은 잠시 외면하고 싶은 것이 방원의
진정이었다. 그만큼 그는 피로했는지도 모른다.

"너는 먼저 집에 가 있도록 해라. 내 잠시 들러갈 곳이 있으니까."

김소근을 따돌리고 말을 잡아탔다.

"어딜 가시게요? 나리께서 행차하신다면 어디든지 소인이 모시겠습니
다요."

충복 김소근이 달라붙으려는 것을,

"내가 시키는대로 해."

방원은 엄하게 물리쳤다. 그리고는 말을 몰았다. 김소근은 잠시 고개를
꼬고 서 있다가 먼 발치로부터 뒤를 밟기 시작했다.

방원이 향한 곳은 설매의 집이었다. 언제나 그러하듯 잠시나마 현실의

잡음을 멀리할 수 있는 도피의 늪은 그 기방뿐이었다. 또 지난밤 설매가 겪은 노고에 대해서 치하하고 싶은 마음도 있었다.

오늘 아침까지도 방원의 집 별당에 남아 있었던 설매는, 그 동안에 자기 집에 돌아와 있었다.

방원을 맞아들이자, 한동안 슬픈 눈으로 그를 여겨보다가,

"다시는 나리를 뵙지 못할 줄로 알았는데, 이렇게 또 찾아 주셨군요."

이상하게 젖어드는 소리로 말했다.

"무슨 소리. 나에겐 네 집이 내 집 아랫목보다도 더 푸근하고 좋은 걸, 찾지 않고 어쩌겠느냐."

방원으로선 가식없이 진실을 토로한 말이었지만, 설매는 쓸쓸히 고개를 가로저었다.

"지난날이라면 그럴 수도 있었을 것이어요. 어제까지라면 또 모를 일입니다만, 오늘부터는 전혀 사정이 달라질 것이어요."

설매의 말뜻이 방원에겐 얼핏 이해가 가지 않았다.

"달라진다? 오늘부터 뭣이 달라진다는 거지?"

그 입을 설매는 급히 손바닥으로 막았다.

"아무 말씀 마시어요. 오늘 밤만은 아무 말 없이 오붓하게 지내고 싶어요."

그리고는 방원의 가슴 깊이 얼굴을 파묻으며 한 마디 더했다.

"오늘 밤 하루밤뿐인 걸요."

그제서야 방원은 설매의 말뜻의 윤곽이 어렴풋이 잡히는 것 같았다. 설매 역시 방원 자기가 왕세자에 책립될 것이라고 내다보고 있는 것일 게다.

세자가 된다면 국왕 다음으로 존귀한 몸, 한낱 기녀를 가까이하기는 어려울 것이다. 주위의 눈도 과거보다는 훨씬 까다로울 것이며, 자기 자신도 그만한 체통은 차려야 할 것이다.

또 세자가 되면 대궐 안으로 들어가 동궁(東宮)에서 거처하게 마련이

다. 행동의 자유도 엄청나게 제약될 것이었다.

그런저런 사정을 따지고 헤아린다면, 오늘 밤이 마지막이라고 아쉬워하는 설매의 정곡(情曲)도 터무니없는 과장은 아닐 것이다.

——그렇구나. 설매와 이렇게 허물없이 대할 기회도 앞으로는 없을는지 모른다.

측은한 생각이 든다.

설매는 울고 있는 것일까, 자기 가슴에 파묻은 어깨가 들먹이고 있었다. 그 등을 어루만져 주면서 방원은 문득 자기와 인연이 있었던 여성들을 꼽아본다.

서모 강비. 정신적 어머니로 숭앙하고 사모하던 그 여인은 이미 유명을 달리하고 이 세상엔 없다.

민씨부인. 지난날에 비하면 품성도 사뭇 변했고 인간적으로도 많이 친근해진 편이지만, 그러나 숙명적인 거리감은 어쩔 수 없다.

비 엄마 김씨. 이젠 풋살구의 솜털이 가시고 제법 농익은 열매이긴 하지만, 살구는 어디까지나 살구에 지나지 않는다.

칠점선, 강비의 그림자.

원 궁인. 먼 발치로 지나치다가 문득 바람결에 느껴본 꽃향기에 지나지 않는다.

그렇게 따지고 보니 누구보다도 살뜰하게 자기와 밀착해 왔고 지금도 밀착하고 있는 여인은, 설매 한 사람뿐이라는 것을 새삼 깨닫게 된다.

방원은 두 팔에 힘을 주었다. 뜨겁고 강하고 깊고 정답고 진지한 애무를 쏟아부었다. 설매 역시 오늘은 그렇게 호응했다.

언젠가처럼 산전수전 다 겪은 노기(老妓)가 풋내나는 궁도령(宮道令)을 유인하고 도발하고 주무르고 휘두르던 그런 수작이 아니었다. 티없이 순수하게 하나로 융합하여 연소하는 불덩이였다.

유감없이 만족하게 모든 것을 태우고 나자, 설매는 정성껏 정랑(情郎)의 뒷바라지를 하고 나더니 옆방으로 물러갔다. 그리고 다시 나타났을 때엔 옷도 새로 갈아입고 머리도 곱게 빗고 화장도 깨끗이 하고 있었다.

그뿐이 아니었다. 두 손 모아 공근히 큰절을 한번 한 다음, 거의 냉랭하게 들릴 정도로 숙연히 말하였다.

"동궁마마, 이제 그만 환어(還御)하시어요. 이 이상 마마를 모시기엔 천기의 집 너무나 누추합니다."

아직 정식으로 세자에 책봉되지도 않은 방원에 대해서 그런 예도를 보인다는 것은 지나친 장난으로 여겨질 수도 있는 일이었지만, 그러나 설매의 기색은 너무나 진지했다. 그리고 그와 같은 설매의 태도를 뒷받침이라도 하는 것 같은 사태가 곧 이어 벌어졌다.

대문쪽이 떠들썩하더니 방원의 당료들이 들이닥친 것이다. 방원이 혼자 설매의 집으로 향하자, 몰래 뒤를 밟던 김소근이 연락을 취한 때문일 것이다.

이럴 때 누구보다도 설치는 민무구 형제들은 말할 것도 없고, 오늘의 싸움에서 가장 두드러지게 활약한 이저(李佇), 이숙번, 조영무, 언제나 그러하듯 방원의 참모장격으로 활약하던 하륜, 그리고 의안군 화, 완산군 천우 등 종친들도 끼여 있었다.

"어서들 오시오. 마침 술 생각이 나서 기방엘 찾아들었다가, 혼자 노자니 적적하던 참인데 잘 됐소이다."

멋적은 기분에 방원은 이렇게 얼버무리려고 했다.

"지금이 어느 때라고 기방 출입입니까."

민무구가 볼멘 소리로 투덜거렸다. 지난날 이 집 문턱이 닳도록 찾아다니던 그 주둥이를 제대로 씻지도 않고 이죽거렸다.

"나리, 너무하십니다. 나리를 위해서 목숨을 걸고 싸운 사람들을 버려두고 혼자 이렇게 숨어 계실 수가 있습니까."

이숙번은 또 자신의 전공을 코끝에 걸고 딱딱거렸다.

"어서 돌아가세."

허물없는 의안군이 방원의 옆구리를 끌어당겼다.

"나리의 몸은 나리 한 분의 것이 아니올시다. 하늘의 태양이 홀로 떠있으면서도 태양 혼자만을 위해서 빛을 발하는 것이 아닌 것과 마찬가지로 말씀입니다."

하륜도 점잖게 한 마디 했다.

"나리를 목마르게 우러러 기다리는 가련한 민초(民草)들을 굽어보시어야 할 것이 아니겠습니까."

누구보다 점잖으면서도 하륜의 말엔 누구의 그것보다도 단단한 뼈가 담겨져 있었다. 오늘의 싸움은, 오늘의 승리는 방원 혼자만을 위한 것이 아니라는 뜻을 따갑게 강조하고 있었다.

드디어 그 굴레가 꼼짝없이 씌워졌다는 것을 느끼며, 방원도 하는 수 없이 밖으로 나섰다. 의안군이 오늘 아침에 하던 그런 식으로 방원을 번쩍 안아다가 말에 올렸다.

그리고 여러 당료들이 그를 에워싸고 바람처럼 몰고 떠났다.

"가셨구나."

설매는 문기둥에 매달려 흐느끼고 있었다.

"영영 가버리셨어."

어둠은 방원의 뒷모습을 삼켜버린지 오래다. 그가 남기고 간 말발굽소리조차 이젠 아득히 사라져서 없다. 문득 사오명의 취객들이 지나가다가 비틀걸음을 멈추었다.

"이 집이 바로 설매라는 그 기생의 기방이 아닌가."

한 놈팡이가 설매의 아래위를 뜯어보며 느물거렸다.

"그러니 어쩌겠다는 건가. 자네 다리몽댕이가 여남은이나 된다면 몰라두. 그렇지 않다면 감히 생심도 말게나."

다른 놈팡이가 기급을 하는 시늉을 하며 노닥거렸다.

"오늘 내일 안으로 동궁저하(東宮邸下)에 책립되실 정안군의 애첩의 집이라는 걸 알아야 해."

그 말에 설매의 두 눈이 야릇한 불을 퉁겼다.

"여보시오, 한량네들. 왜 그리 간덩이들이 작소. 당초부터 길바닥에 버려진 버들가지, 동쪽으로 바람이 불면 동쪽으로 기울 것이고 서쪽으로 불면 서쪽으로 흔들릴 뿐이 아니겠소."

그리고는 두 손으로 한 놈씩 낚아잡고 안으로 끌어들였다.

그 이튿날은 정종 2년 2월 초하루. 방원의 당료들은 세자 자리 쟁취의 전략을 서두르고 있었다.

선봉이 돼서 앞장선 당료는 하륜이었다. 그는 아침부터 입궐하여 국왕을 향해 역설하고 있었다.

"일찍이 정몽주가 태상전하를 모해하고자 하였을 때, 정안군이 없었더라면 어찌 되었겠습니까. 우리 왕조 창업은 처음부터 이루어지지 않았을는지도 모릅니다. 정도전 일당이 난을 일으켰을 때, 정안군이 없었더라면 또 어찌 되었겠습니까. 종묘사직과 왕실의 안태는 기할 수 없었을 거올시다. 어제 있었던 일 역시 그렇습니다. 하늘이 정안군을 보우(保祐)하시고 인심이 그 분에게로 기울었기에, 끔찍한 참변을 미연에 제지할 수 있었던 것이 아니겠습니까. 그러니 그와 같은 공훈으로 따지거나 국가의 앞날을 위해서나 마땅히 정안군을 세워 세자로 삼으셔야 할 줄로 압니다."

그 말을 들은 국왕 방과의 반응은 예상했던 것보다도 훨씬 시원스러웠다.

이제 사태가 결정적으로 방원에게 유리하게 돌아가는 마당에, 공연히 망설일 필요는 없다고 재빠르게 계산한 것일까. 그는 즉시 도승지 이문화를 통하여 자기 뜻을 도당(都堂)에게 전하도록 했다.

"대저 국본(國本)이 정하여진 연후에 뭇사람의 마음이 정하여지는 법이거늘, 이번 난(亂)은 정(正)히 국본이 정하여지지 않았던 탓이니라. 여에게 얼자(孽子)라 칭하는 자들이 있기는 하되, 그들의 나이 아직 제때에 이르지 못하였고, 그들의 슬기 심히 모호하며 또 혼약(昏弱)하여 궐외(闕外)에 내보낸 지 오래니라. 옛적 성왕(聖王)은 비록 적자(嫡子)

가 있기는 하였으되 역시 어진 자를 택하여 대위를 전하지 않았던가.

모제(母弟) 정안공 방원은 개국 초부터 대훈로(大勳勞)가 있었을 뿐더러, 무인정사(戊寅靖社) 당시 우리 형제 사오인이 성명(性命)을 보전할 수 있었던 것도 모두 다 그의 공이었느니라. 이제 명하여 세자를 삼고, 아울러 영(令)하여 내외의 제군사(提軍事)를 도독(都督)케 하고자 하노라."

방원을 세자에 책립하는 동시에 국가의 모든 군사력을 그에게 일임하겠다는 뜻을 공언한 것이다. 그뿐이 아니었다. 국왕은 다시 도승지를 태상전으로 파견하여, 방원의 세자 책립에 관한 보고를 하도록 했다.

거기 대한 이성계의 반응을 그 날짜 실록은 이렇게 전하고 있다.

이성계는 말하였다는 것이다.

"그 문제는 국가의 원대한 대사인즉, 집정대신(執政大臣)들과 합의하여 행하는 것이 좋으리라."

그러니까 실록의 기록을 액면대로 받아들인다면, 그 시점에 있어선 방원의 입세자안(立世子案)을 이성계도 굳이 반대하진 않았던 모양이었다.

이와 같은 희소식은 물론 즉각 방원의 집으로 전하여졌다.

가인들은 말할 것도 없고 모든 권속들이 환성을 올리며 축제 기분에 들떠 있었다. 그 때 방원은 거실에 틀어박혀 아직도 최후의 결단을 내리지 못하고 있다가, 부왕 이성계의 말을 전해 듣자 자기도 모르게 자리를 차고 일어섰다.

"정말이냐, 아버님께서 틀림없이 그렇게 말씀하셨단 말이냐?"

세자 책립 문제는 원대한 국책이니 집정대신(執政大臣)들과 합의해서 거행하라고 한 부왕 이성계의 말은 여러 각도로 해석할 수 있다. 그것은 물론 방원을 책립하자는 안에 시원스럽게 찬성한 말은 아니다. 그렇다고 강경히 반대 의사를 표시한 것도 아니다.

── 집정대신들과 합의해서 행하라는 말씀은 무슨 뜻일까.

방원은 곱씹어본다.

약 한달 전, 정부 대신들의 인사 이동이 있었다.

지난해 11월 8일, 우정승 김사형(金士衡)이 신병을 이유로 사의를 표명했고 12월엔 좌정승 조준(趙浚)이 잇따른 천재이변을 이유로 역시 현직에서 물러날 뜻을 밝힌 때문이었다.

무렵 어느 날, 태상전에서는 큰 잔치가 있었다. 그 자리에서 국왕 방과는 부왕에게 문의했다.

"지금 두 정승이 모두 사임하기를 청하고 있습니다만, 어떻게 처결하는 것이 좋겠습니까."

이에 대한 이성계의 답변을 기록대로 옮기면 이러하다.

"조준과 김사형은 인중걸(人中傑)이라. 그러나 굳이 사임하고자 한다면 심덕부(沈德符)와 성석린(成石璘)을 후임으로 삼는 것이 좋을 게다."

그 의견을 따라서 즉시 요직 개편이 단행되었던 것이다.

이성계의 의향대로 좌정승에 심덕부, 우정승엔 성석린을 임명하였고, 영삼사사(領三司事)엔 의안군 화(義安君 和), 문하시랑찬성사(門下侍郎贊成事)에 이거이(李居易), 판삼사사(判三司事)에 민제, 참찬문하부사(參 門下府事)에 하륜, 지문하부사(知門下府事)에 이직(李稷), 정당문학(政堂文學)에 권근(權近)이 보직되었고, 조준은 판문하부사로 옮아 앉았으며, 김사형은 상락백(上洛伯)에 봉하여졌다.

좌정승에 임명된 심덕부는 고려조 때부터 요직을 역임하여 온 원훈이었고 왕자들 사이의 권력 경합엔 중도적 입장을 지켜온 인물이었지만, 그 이외의 대신들은 모두 다 방원의 당료가 아니면 그의 지지자들이었다. 따라서 세자 책립 문제를 그들 시임대신(時任大臣)들과 의논한다면 결론은 너무나 뻔하다. 누구 하나 방원을 세자에 책립하자는 데 반대하지는 않을 것이다.

이성계라고 그와 같은 실정을 모를 리는 없다.

──그런데도 아버님은 그렇게 하라고 분부하셨다.

결국 방원을 세자로 삼자는 데에 찬성한다는 뜻을 완곡히 밝힌 것이나
다름이 없는 것이다.

"고맙습니다, 아버님."

방원은 다시 방바닥에 무릎을 꿇었다. 태상전이 있는 쪽을 향하여 머리
를 조아리고 오래오래 경배하였다.

자기가 세자 자리를 차지하는 것을 지지하여 주었다는 그 사실만이
고마운 것이 아니다. 이번 분란이 일어날 때부터 가장 가슴을 졸이던
문제, 부왕 이성계의 노여움과 괴로움 그것이 예상 외로 가벼웠다는 사실
을 입세자안(立世子案)에 대한 그의 반응을 통하여 확인하고 그 정이
특히 고마웠던 것이다.

"아버님의 분부 그러하시다면 소자 분골쇄신 뜻을 받들겠습니다."

굳게굳게 다짐하고 맹세했다.

남이 보기엔, 더더구나 그의 당료들의 눈에는 울화가 터질 지경으로
답답하게 비치던 방원의 태도였다. 특히 정권욕에 대해서 그러했다. 그러
나 그렇다고 방원 그에게 정권욕이 없었던 때문도 아니었고, 세자 자리가
싫어서도 아니었고, 그것을 감당할 자신이 없어서도 아니었다.

방원의 심골 깊은 곳을 파고 헤쳐본다면, 소망이나 의욕이나 경륜이나
자부심은 누구보다도 강렬할는지 모른다.

오직 부왕 이성계의 마음을 상하게 하지 않으려는 충정이 그 요인이었
다. 이복동생 방석을 세자로 삼았을 당시, 누가 뭐라고 하건 죽은 듯이
몸을 사리고 있었던 것도 그 때문이었다. 정도전 일파가 모해의 칼날을
휘두를 때까지 은인자중한 것도 그 때문이었다.

이번 경우는 더 말할나위 없다. 방간측에서 가지가지 음모를 꾸미고
있다는 정보를 충분히 입수하였으면서도, 아니 방간이 막상 병력을 동원
하여 자기를 치러온다는 정확한 보고를 받고도 대결을 회피하느라고
안간힘을 쓴 것은, 골육상잔의 참극으로 말미암아 이성계의 가슴을 아프
게 하는 것이 두렵고 괴로운 때문이었다.

그러나 이제 사태는 일변하였다.

자기가 왕세자 자리를 차지한다고 해서 분란을 일으킬만한 아무 것도 없다. 굳이 적합자로 지목할만한 존재를 찾는다면 익안군 방의뿐이지만, 그는 그런 욕심이 없다는 것을 재삼 재사 강조한 바 있지 않은가. 그리고 진심이기도 할 것이다.

그러니 이 이상 망설일 아무런 이유도 없는 것이다.

방원이 마지막 결단을 굳히고 태상전을 향하여 마음의 사은숙배(謝恩肅拜)를 하고 나자 민씨부인이 들어섰다.

큰아들 제(褆 : 讓寧大君)을 앞세우고 둘째아들 보(補 : 孝寧大君)와 세째아들 도(祹 : 훗날의 世宗)의 손목을 좌우로 나누어 잡고 있었다.

민씨는 잠깐 남편의 눈치를 살피는 듯하다가, 슬며시 그 눈길을 떨구며 혼잣소리처럼 말했다.

"이 애들이 누구에게서 들었는지 글쎄 우리가 대궐에 들어가서 살게 됐다고 좋아하질 않겠어요?"

아이들의 말을 빙자해서 세자에 지목된 데 대한 방원의 반응을 은근히 타진하려는 소리일 것이다. 세자가 되면 그 일가족은 궁중에 들어가 동궁(東宮)에서 거처하게 될 것이니 말이다.

그러면서도 민씨부인의 안색은 불안에 떨고 있었다. 당장 호통이라도 떨어지지 않을까 겁을 먹고 있는 기색이기도 했다. 이 때까지의 방원의 태도로 미루어, 충분히 있을 수 있는 두려움일 것이다.

그러나 방원은 예상외로 밝은 웃음을 활짝 피웠다. 앞장서서 들어오던 제의 두 어깨를 끌어당기고, 그 자그마한 이마에 자기 이마를 비벼대며 물었다.

"이 녀석아, 대궐에 들어가서 사는 것이 왜 좋다는 거지?"

제는 갑술생(甲戌生)이니까 새해 들어 수로 일곱살이 된다. 말씨는 제법 또렷또렷했지만, 그렇지만 답변의 내용은 어린애답게 천진했다.

"있잖아요, 아버지. 대궐은 말예요, 아버지. 우리 집보다 집도 크구

마당두 넓구 말예요, 아버지. 또 있잖아요, 아버지. 칼 차구 창이란 들구 그런 군사들이 많구 말예요, 아버지. 음, 저 또 있잖아요, 아버지. 이쁜 궁녀들두 많구 말예요, 아버지."

여느 때 같으면 그 천진한 소리에 어버이다운 구수한 미소만이 피워졌을 것이다. 그러나 지금의 방원에겐 그것만으로는 부족한 허전함이 느껴졌다. 좀더 크고 깊은 무엇이 아쉬웠다. 세자의 맏아들다운 편린(片鱗)이라도 있었으면 싶었지만, 제에겐 그것이 없었다.

"너는 어떠냐?"

둘째아들 보에게로 질문을 옮겼다.

"어째서 대궐에 들어가서 사는 것이 좋다는 거지?"

보는 제보다 두 살 아래인 병자생(丙子生), 다섯살이니 묻는 말에 제대로 대답조차 하기 어려운 또래였지만, 답변의 내용만은 오히려 형보다 나은 편이었다.

"대궐은 나라님이 계신 데니까, 좋은 것 많이 배워서 좋아요."

무슨 경문이라도 외듯 단숨에 주워섬겼다.

누가 가르쳐준 말을 몇번이나 곱씹은 때문인지, 듣기에 따라서는 유창하고 신통하게 여겨질 수도 있는 소리였지만, 방원은 역시 못마땅했다. 어린애답지 않은 소리를 기계적으로 외는 것도 싫었고, 그리고 또 싫은 게 있었다.

그 말을 하고난 어린것이 말꼼히 자기를 쳐다보고 있는 것이다. 무슨 칭찬이라도 기대하고 있는 것 같은 눈길이었다.

방원은 얼핏 시선을 돌렸다.

세째아이 도는 보와 연년생으로 정축생(丁丑生), 네살이다. 지극히 간단한 어휘나 한두마디 말할 수 있을까말까 한 막내동이니만큼 더욱더 기대를 걸 형편은 아니었지만, 그래도 그 애에게 마지막으로 소망을 걸어볼 수밖에 없었다. 방원은 우선 늘 그렇게 하듯 세째아이를 번쩍 안아들고 달덩이 같은 볼에 자기 뺨을 비벼대며 물었다.

"우리 막동인 대궐이 어째서 좋을까?"

막동이는 얼핏 대답은 않고 소리없이 환하게 웃기만 했다.

"왜 좋을까?"

거듭 물었다. 역시 웃기만 했다.

제대로 의사 표시도 할 줄 모르는 네살짜리 어린것이고 보니 그러한 반응이 오히려 당연할는지 모르지만, 방원은 자기나름대로 해석하고 흐뭇했다.

――이 놈은 제 형들과는 달라, 속이 깊단 말야. 쓸데없는 소리를 함부로 지껄이지 않는단 말야. 제 형들보다도 차라리 이 놈이 왕통을 계승하게 되지나 않을까.

그러다가 그는 화닥닥 놀란다. 자신의 혼자 생각이 엉뚱하게 비약하고 있는 데에 겁이 난 것이다.

비록 세자에 책립된다 하더라도 반드시 왕위를 계승하리라는 보장은 없다. 국왕 방과와 방원의 나이 차이는 겨우 열살, 거의 비슷비슷하게 나이를 먹어가고 거의 비슷비슷하게 늙어갈 처지이니, 언제 왕위를 물려주고 물려받고 그럴 겨를이 있겠는가.

그러다가 또 어떠한 알력이라도 빚어져서 방원 자신이 실각하지 말란 법도 없다. 코흘리개 어린것들을 놓고 왕통 계승 문제에까지 공상의 날개를 편다는 그 자체부터가 터무니없는 환상이며 망상이라고 여겨졌다.

스스로 쓰거워지는 입맛을 다시고 있는데, 민무구 형제들이 뛰어들어 왔다.

"감축합니다, 동궁저하."

네 놈이 나란히 대가리를 비벼대며 호들갑을 떨었다.

"지금 밖에서 다 들었습니다. 나리께서 마지막 결단을 내리신 말씀을 말입니다."

큰 처남 민무구가 노닥거렸다. 어린것들과 주고받는 대화를 엿듣고 그렇게 넘겨짚고 있는 것일 게다.

"그 동안 나리께서 겪으신 노고에 이제야 보답을 받으시게 되었습니다."

민무질도 이죽거렸다.

"천하는 이제 우리네 것이나 다름이 없게 됐습니다그려."

민무휼이 또 주착없는 소리를 지껄이자,

"말조심해요, 형님."

언제나 그러하듯 영악을 떠는 막내 처남 민무회가 핀잔을 주었다.

"누가 들으면 또 무슨 모해를 당하려구 그 따위 말을 함부로 하슈."

"내가 없는 소릴 했나. 나리께서 세자 책립을 받게 되셨으니 멀지 않아 대위를 계승하실 거구, 그렇게 되면 이 나라 천지는 우리네 것이 아니고 누구 것이 된단 말인가."

여느 때와는 달리 볼멘 소리로 민무휼이 반박했다.

"상감이 계시지 않아요. 아직도 그 분이 어엿하게 버티고 계신데 어떻게 우리네 세상이 된단 말예요."

민가네 형제가 쓸데없이 씨부렁거리는 입씨름에 방원은 귀를 막고 싶었다.

——네놈들을 위해서가 아니다.

악이라도 쓰고 싶었다. 만일 민무구 형제들의 입씨름이 그 이상 더 계속되었더라면, 방원의 입에서 정말 호통이라도 터졌는지도 모른다.

그러나 그들의 말문을 막는 소리가 있었다. 돌연 방문 밖에서 날아든 큰 기침이었다. 그리고 하륜이 들어섰다. 점잖게 한바퀴 민가네 형제들을 둘러보더니, 그러나 그도 방원의 앞에 무릎을 꿇었다.

"나리, 무거운 짐을 지셨습니다그려."

민가네 형제들과는 반대로 그의 어조는 침통했다.

"시생이 중 뿔나게 나리를 세자에 책립하도록 하십사고 주청하였습니다만, 나리께는 실로 고통스런 가시관을 씌워드린 거나 다름이 없습니다. 하지만 과히 시생을 나무라지 마십시오. 오직 종묘사직의 안태와 만백성의 복리를 위해서 그럴 수밖에 없었던 거올시다.”

여러 모로 새겨들을 수 있는 소리였다. 앞으로 방원이 넘어야 할 험난한 고비를 미리부터 예측하고 가슴 아파하는 동지애가 물론 주축(主軸)을 이루고 있는 말일 것이다.

그러나 방원은 그렇게만 듣진 않았다. 국가의 안태와 백성들의 복리를 위해서 운운한 말엔 방원 자신과 그의 당료들에 대한 매운 채찍이 숨겨져 있다고 느낀 것이다.

이번 정쟁의 승리는, 세자 자리의 쟁취는, 민무구 형제들이 덮어놓고 좋아하는 그런 식의 득세나 영달의 발판으로 생각해선 아니된다. 경합의 상대였던 어느 누구보다도 국가 민족을 위해서 헌신하고 진력할 수 있는 정성과 능력을 인정하였기에, 방원 자기를 세우게 된 것이라는 뜻으로 새겨들을 수밖에 없었던 것이다.

또 달리 해석한다면, 민가네 형제들이나 다른 당료들처럼 공연한 김치국만 들이키며 설칠 것이 아니라, 자신들의 막중한 책무부터 통렬히 깨달아야 한다는 경고로도 들을 수 있는 것이었다.

“고맙소이다, 하공.”

방원은 진심으로 치하했다. 그의 말이 결코 귀에 고소한 것은 아니었지만, 자기를 가장 깊이 이해하고 가장 아프게 아껴주는 정을 느낄 수 있었던 때문이었다.

정월 그믐날밤, 지나가던 건달들을 기방에 끌어들인 설매는 그 밤을 술타령으로 지새웠다.

여느 때 같으면 거들떠 보지도 않을 시시한 놈들에게, 술을 부어주고 노래를 부르고 춤을 추며 아양을 떨었다.

처음에는 어안이 벙벙해서, 기녀치고도 무시무시한 후광을 걸머진 설매의 그런 행동이 의심스러워서 말과 행동을 사리던 건달들도, 거나하게 술잔이 들어가자 차차 야비한 본성을 드러내기 시작했다. 제놈들만

퍼마시던 술잔을 설매에게 돌리기도 했고, 좀더 대담한 놈은 슬금슬금 손찌검도 시도해 보는 것이었지만, 그것을 설매는 시원시원 받아주는 것이었다.

술잔이 돌아오면 사양하지 않고 들이켰다. 비실비실 잔허리라도 더듬는 손길이 있으면, 그 손을 움켜잡고 휘감기도 했다.

건달들에겐 하늘의 별처럼 높고 아득하던 금단의 과실이 절로 떨어져서 품에 안긴 것처럼 놀랍고 희한한 일이 아닐 수 없었을 게다.

상대편이 강하고 도도하면 꼬리를 말고 비루하게 눈치만 보다가도, 그 상대에게서 만만한 구석을 발견하는 순간 흙발로 기어오르는 것이 천한 그 자들의 습성이었다.

나중에는 이놈 저놈 서로 다투어 설매를 끌어 안고 뒹굴었다. 그래도 설매는 마다않고 오히려 자진해서 적극적으로 호응하는 형편이었다.

——내가 왜 이럴까.

문득 제 정신이 들적마다 설매는 자문해 본다.

물론 쓰레기 같은 놈들의 때묻은 돈냥이라도 울궈내자는 장사속은 아니었다. 어떤 욕구 불만을 그런 자들에게서라도 풀어보자는 욕정 때문은 아니었다.

——나는 더러워져야 한다.

그렇게 설매는 다짐하고 있었다. 그렇다고 단순한 자학(自虐)이냐 하면 그것과도 성질이 달랐다.

——나리께서 다시는 내 몸 가까이 얼씬도 못하시게 때를 묻혀야 한다. 고약한 냄새를 뿜어야 한다.

결국 그것은 설매 나름대로의 방원을 향한 절실한 순정이었다.

방원이 세자에 책립된다면 궐내에 들어가서 동궁을 차지할 것이고, 왕위 계승자로서의 온갖 예도와 체통을 갖추게 된다.

다른 사나이라면 그렇게 귀한 몸이 될 경우, 한낱 기녀 따위는 깨끗이 잊고 만다. 아무리 그 기녀에게 신세를 지고 은혜를 입었어도 말이다.

그렇게까지 모질지 못한 인간이라면 마음 속으로는 잊지 못하면서도, 말이나 행동에까지 차마 나타내진 못한다. 그것이 세상이며 그것이 사나이라는 족속의 공통된 생리라는 것을 설매도 잘 알고 있었다.

──차라리 그 분이 그런 남정네라면 얼마나 속이 편할까.

방원만은 그렇지 않을 것이라고 설매는 굳게 믿고 있는 것이다. 남의 이목이 어떠하건 누가 어떠한 주둥이를 놀리건 새로 올라앉은 보좌가 아무리 귀하고 높건, 마음이 내키면 방원은 이 천한 기방을 덜레덜레 찾아줄 것이라고 설매는 확신하고 있는 것이다.

물론 설매의 여심(女心)은 그것을 갈구하고 또 고마워하는 것이 진정이다. 하지만 방원을 아끼는 설매의 충정은 오히려 그것을 두려워하고 있는 것이다.

세자의 귀한 몸이 되고도 방원이 찾아온다, 거기서 빚어지는 부작용은 만만치 않을 것이다.

현 정국에선 방원 그는 최강의 권력자라고 할 수 있다. 그렇다고 그를 시새우고 그를 헐뜯고 그를 모해하려는 정적이 없는 것은 아니다. 오히려 권력의 정상에 오르면 오를수록 바람은 세고 거칠게 마련이다.

우선 국왕 방과가 있지 않은가.

실권도 허약하고 세력도 대단치는 않다고 보자면 볼 수도 있지만, 국왕은 어디까지나 국왕이다. 사적으로도 방원의 친형이 아닌가. 그를 추종하는 세력권이 없을 수 없는 것이며, 날이 갈수록 그것은 커지고 강해질 수도 있다.

국왕 자신의 진실을 아직은 알 길이 없다. 그러나 추종자들의 눈엔 방원은 귀찮고 역겨운 가시가 아닐 수 없다. 방원의 행동에서 사소한 실수라도 발견할 경우, 그들은 결코 그것을 묵과하지 않을 것이다.

정적들만이 문제는 아니다. 방원의 당료들은 여러 모로 그를 견제하려 들 것이다. 저희들의 세력에 추호라도 흠이 가는 행동을 취하는 날이면, 핏대를 올리며 짖어댈 것이다.

그런 위치에 놓이게 된 방원이 앞으로도 천한 설매의 집엘 드나든다면 어찌 될 것인가. 앞가슴엔 당료들이 매달려 볶아칠 것이며, 뒷덜미에선 정적들이 할퀴고 뜯을 것이 아닌가.

──하지만 그 분은 그래도 찾아주실 거야. 그리고 상처 투성이가 되실 거야.

그것을 막아야 한다. 방원이 자진해서 발길을 끊도록 해야 한다.

──내 소문을 듣기만 해도 귀를 막으시고, 내 꼴을 보기만 해도 눈길을 돌리시고, 냄새를 맡기만 해도 코를 싸쥐시게 나는 더러워져야 한다.

그날밤이 다 새고 달이 바뀌어 2월 초하루가 되어도, 건달배들과 범벅이 되어 뒹구는 설매의 추태는 그칠 줄 몰랐다.

그렇게 2월 초하루도 다 기울어가는 저녁 나절, 칠점선이 찾아왔다.

설매의 광태를 목도하자 처음에는 기가 막히다는 얼굴을 하다가, 다음에는 이맛살을 찌푸리더니 나중에는 노기까지 피우며 한 시녀를 시켜 설매를 방에서 불러냈다.

"이게 무슨 꼴이냐."

엄하게 꾸짖었다.

"왜 내가 무슨 잘못이라도 저질렀단 말이유, 옹주마마."

몽롱한 취안을 거슴츠레 건네며, 설매는 허물거리기만 했다.

"술 파는 기생년이 술꾼을 불러들여 술타령을 하는 것이 왜 나쁘단 말이유? 요즘 세상이 뒤숭숭하더니, 그것까지 금하는 어명이라도 떨어졌단 말이유?"

"술장사두 좋구 술타령두 좋지만, 분수를 지켜야 할 것이 아니냐. 네가 아끼고 사모하는 그 분을 위해서라도 말이다."

"그 분이라뇨? 모를 소리만 하시는구료, 언니는."

그 얼굴을 날카롭게 쏘아보다가,

"정신 똑똑히 차리구 내 말을 귀담아 들어봐."

칠점선은 잔뜩 목소리를 죽이고, 그러나 무겁게 한마디 한마디 꽂아넣듯 말했다.

"오늘 내일이면 정안군 나리를 세자에 책립하기로 내정이 됐단 말이다. 상감의 분부 그러하실 뿐만 아니라, 태상마마께서도 청허하시는 뜻을 비치셨단 말이다."

한 순간 설매의 표정이 굳어지는 듯했지만, 이내 다음 순간 간드러지게 웃음을 터뜨렸다.

설매는 허리를 잡고 계속 웃었다.

"정안군이 세자가 된다구 그게 나와 무슨 상관이란 말이유."

더욱더 기가 막힌 얼굴을 하고 쏘아보는 칠점선의 두 어깨를 잡고 설매는 비틀거리다가, 혀꼬부라진 소리로 그래도 목소리만은 죽이고 부르고 썼다.

"잘 생각해 봐요, 언니. 그 분이 세자가 된다구 나한테 옹주자리 하나 안겨줄 것 같수. 어림두 없어요, 어림두 없어."

또 광적인 웃음을 터뜨렸다.

"그야 정안군 나리, 이 세상 어느 남정네보다도 인정 많구 의리 깊은 분이지만 말예요. 그러나 설사 그 분이 나를 후궁에 들여앉힐 의향이 있더라두 말예요, 역시 어림두 없는 얘기예요. 민씨부인이 있지 않아요. 그 부인의 강짜가 그걸 그냥 버려두겠수? 아유 무서워."

절레절레 고개를 저으며 진저리를 치는 시늉을 한다.

"아마 성깔 사나운 그 부인, 내 간이라도 내서 씹어먹으려구 들 거예요. 그렇지 않겠수, 언니."

칠점선은 여전히 듣고만 있었다.

"그렇다구 말예요, 민씨부인이 죽는 날만 기다릴 수두 없구요. 칠점선 언니, 아니 저 화의옹주(和義翁主) 마마 흉내를 낼 수두 없는 형편이구 말예요. 언니의 경우는 강비가 공교롭게도 세상을 하직한 때문에 그렇게 금방석에 올라앉게 됐지만 말예요. 민씨부인, 결코 그렇게 호락호락 죽어주지두 않을거구요."

설매는 한걸음 칠점선의 곁을 물러서면서,

"그러니 말예요, 언니. 이것두 저것두 바랄 수 없을 바에야 무엇 때문에 몸을 사리구 어쩌구 하겠수. 속 편하게 나 좋을대로 아무렇게나 사는 거지."

입으로는 그렇게 위악(僞惡)을 떠는 것이었지만 절절한 속마음을 끝끝내 감추기는 어려운 것일까, 설매의 눈꼬리에 이슬이 맺힌다.

그것을 감출 생각이었던지 급히 고개를 외로 꼬는데,

"여봐, 설매."

"어디 갔지, 설매."

방안에서 건달들이 불러댔다.

"난 부지런히 장사나 해야겠어요. 언니야말로 공연한 일에 참견하지 말구 모처럼 얻어걸린 금방석이나 잘 지키도록 해요."

비꼬는 소리만은 아닌 한 마디를 남겨놓고 방 안으로 뛰어 들어갔다. 그 뒷모습을 칠점선은 착잡한 눈길로 지켜보다가,

"가엾은 것."

한숨 섞인 소리를 흘리며 밖으로 나갔다.

잠시 후 설매가 다시 나왔다. 조금 전 칠점선을 상대로 떠들어대던 때와는 딴판으로 진지한 표정이었다. 눈가에는 애달픈 그늘까지 깊이 새겨져 있었다.

조용한 뒤뜰로 돌아갔다. 방원의 집이 있는 방향을 향하여 두 손을 모으더니, 땅바닥에 무릎을 꿇었다.

"감축합니다, 나리. 그토록 갖은 풍파를 겪으시더니 이제야 그 영좌를 쟁취하셨군요. 절 받으시어요, 나리. 천기 설매가 마지막으로 드리는 경배를 받으시어요."

이마를 조아렸다.

"앞으로 나리께선 대위를 계승하시고 나라님이 되실 거올시다. 나라님은 하늘에 높이 뜬 해님과 같으신 분이어요. 만백성을 고루고루 비춰주셔

를 받으시어요."

　이마를 조아렸다.

　"앞으로 나리께선 대위를 계승하시고 나라님이 되실 거올시다. 나라님
은 하늘에 높이 뜬 해님과 같으신 분이어요. 만백성을 고루고루 비춰주셔
야 합니다. 그늘에 파묻힌 이름없는 잡초 따위를 찾으시느라고 그 광휘
(光輝)를 흐리게 하시어선 아니됩니다. 진정입니다, 나리."

30. 仁壽府

방원이 정식으로 세자에 책립된 것은 그 달(2월) 초나흘날이었다.

그에 앞서 대신들 중에는 이렇게 건의하는 사람이 있었다.

"자고로 제왕이 모제(母弟)를 세울 경우에는 황태제(皇太弟)로 봉하는 것이 통례이오며, 세자를 삼은 예는 아직 없습니다. 그러하온즉 정안군을 세우되 왕태제(王太弟)로 삼는 것이 옳을 줄로 압니다."

거기 대해서 국왕 방과는 정안군이 비록 아우라고는 하지만 아들과 다름없이 생각하니, 그럴 필요는 없다고 해서 왕세자에 책립하기로 낙착이 된 것이다.

방원을 왕세자에 책립하는 의식은 거창하게 거행되었다.

궁중에는 그가 거처할 세자부(世子府)가 마련되어 인수부(仁壽府)라고 명명되었다.

관례에 따라 대사령이 내려졌다.

연전에 방과가 세자에 책립되었을 당시엔 이죄(二罪) 이하는 모두 사면케 하였다는 정도로 그 날짜 실록엔 간단히 기재되어 있지만, 이번 대사령에 대해선 상당히 상세한 기록을 남기고 있다.

즉, 사면의 한계를 다음과 같이 구체적으로 열거하고 있는 것이다.

모반 대역죄(謀叛大逆罪), 조부모나 부모를 살해한 죄, 처첩이 남편을 살해한 죄, 독약으로 사람을 해친 죄, 강도죄, 일부러 흉계를 꾸며서 사람을 죽인 죄, 그리고 방간의 난 때 방간측에 가담한 무리를 제외하고는 이미 발각되었건 발각되지 않았건, 이미 판결이 났건 판결이 나지 않았건, 죄의 경중을 따지지 않고 모두 다 사면해 준다는 것이다. 다시 말하면, 방원의 입세자는 그만큼 국가를 위해서 큰 경사임을 만백성에게 과시한 것이기도 했다.

의식이 끝나자 방원은 태상전으로 부왕 이성계를 찾아갔다. 세자에 책립된 데 대한 사은의 표시였지만, 방원으로선 어느 행사보다도, 입세자의 의식보다도, 세자부를 세우는 일보다도, 대사령을 내리는 일보다도 그것이 가장 중대하게 여겨졌다.

──아버님은 어떻게 나를 맞아주실까. 나에게 무슨 말씀을 하실까.

어린 소년처럼 가슴이 뛰었다.

그를 맞아들인 이성계는 살뜰한 잔치를 베풀어 주는 한편, 다음과 같이 간곡한 훈계를 하였다고 실록은 전하고 있다.

"네 몸에 맡겨진 사명이 지극히 중대한 즉, 모름저가 스스로 삼가야 한다. 이번에 방간이 우루무지(愚陋無知)하여 망녕되이 난리를 일으켜 이 지경에 이르렀은즉, 삼한(三韓)의 많은 귀가대족(貴家大族)들이 모두들 비웃을 게다. 나 역시 부끄러움을 금할 길 없으나, 그러나 네가 이미 세자가 되었으니 공명정대히 나라를 다스리고 백성을 보호하여야 한다. 늙은 아비가 하고자 하는 말은 오직 이것뿐이다."

과묵한 이성계답게 간명한 언사였지만, 방원은 거대한 반석에 찍어눌리는 것 같은 무거움을 이길 수 없었다. 특히 삼한의 많은 귀가대족들이 모두들 비웃을 것이라는 말은, 심골 마디마디를 불꼬창이로 찌르는 것 같은 아픔이었다.

그런 망신을 씻기 위해서라도 부왕이 방금 말한 것처럼, 옳게 나라를 다스리고 백성들을 복되게 하여야 하겠다고 깊이깊이 다짐했다.

태상전에서 물러나와 사제로 돌아온지 얼마 후, 정부대신들이 전서(典書) 이상의 모든 관료들을 거느리고 찾아와서 숙배를 올렸다. 그리고는 질탕한 잔치가 벌어졌다.

승리의 축연이었다.

이번 정란에 참가하였던 방원의 당료들은 거의 다 모여 있었다. 그들 모두가 승리의 개가를 높이 부르며 기뻐해야 할 자리였다. 그러나 당료들 사이엔 묘한 암류(暗流)가 꿈틀거리고 있음을 방원은 느꼈다.

이번 정쟁을 치르고 나자, 약간의 인사 이동이 있었다. 주로 군부의 요직 개편이었다.

방간의 공격을 받게 되던 날, 방원을 대신해서 사냥터로 나갔던 조영무(趙英茂)는, 참찬문하부사(參贊門下府事)에 도독중외제군사도진무(都督中外諸軍事都鎭撫)를 겸임하게 되었다.

경상도 지방 출신의 시위군을 거느리고 달려와서 참전하여 전세를 방원측에 결정적으로 유리하게 만든 상당후 이저(上黨侯 李佇)는 판삼군부사(判三軍府事)에 좌군도절제사(左軍都節制事)라는 군부의 최고 요직을 딴 것이다. 이저 그는 백경(伯卿) 또는 애(薆)라는 이름으로도 불리었는데, 태조 이성계의 첫째딸인 경신공주(慶愼公主)의 남편이다. 그리고 그의 아우 백강(伯剛)은 방원의 맏딸 정순공주(貞順公主)와 일년 전에 결혼한 사이이기도 했다.

정순공주의 출생 연대는 분명치 않지만, 열한두살쯤 되면 출가하기로 되어 있는 그 당시의 궁중 풍습으로 미루어, 맏아들 제(禔)보다 사오세 맏이 아닌가 싶다. 그러므로 민씨부인이 첫아들을 낳은 것은 사뭇 늦어서 나이 삼십이나 되어서였지만, 딸만은 제 때에 두었을 것이라고 볼 수 있을 것이다.

삼군부중군절제사엔 이거이(李居易)가 임명되었다. 그는 이저의 친아버지였는데, 아들보다도 한 계급 아랫자리를 차지한 셈이다.

우군절제사엔 다시 조영무가 임명되었으며, 지중군절제사(知中軍節制使)엔 조온(趙溫), 지우군절제사엔 완산군 천우(完山君 天祐)를 기용하였다. 방원 휘하의 맹장 이숙번은 중추원부사(中樞院副使)에 문지좌군절제사(問知左軍節制使)를 겸하였다.

그것은 또 이번 정변에 활약한 인사들에 대한 논공행상이기도 했다.

이저 이하 승진 발령을 받게 된 당료들은 들뜬 희색이 만면해서 신바람을 피우고 있었지만, 그렇지 못한 측은 따로 한구석에 모여서 험악한 공기를 피우고 있었다. 특히 누구보다도 앞질러 김치국만 들이켜고 설치던 민가네 형제들은 노골적으로 불평을 터뜨리고 있었다.

"닭쫓던 개 지붕만 쳐다보는 격이라더니, 이거 매부댁 지붕은 높아질 대로 높아졌지만 우리는 뭔가?"

민무구가 게거품을 튀기며 투덜거렸고,

"지붕은 고사하구 추녀끝에도 매달리질 못하고 이 지경이라니, 원 참."

민무질이 맞장구를 치며 씹어뱉었다.

"죽을 고생 다하여 죽이라도 쑤어 놓았더니, 가당치도 않은 개 좋은 노릇만 한 셈이네요."

민무회도 독살을 피웠다.

그들이 모인 자리는 방원의 자리에서 멀지 않은 위치였다. 그러니 그들의 불평을 듣지 않으려고 해도 안 들을 수 없었다.

또 속이 뒤집힌다. 지난날의 방원이라면 울화가 치미는대로 한바탕 호통이라도 쳤을는지 모른다. 그러나 오늘만은 참아야 한다고 스스로 제어하면서,

"여보게, 청평위(淸平尉)"

한구석에 앉아 있는 젊은이를 불렀다. 그의 사위 이백강이었다.

"예이."

대답하면서 이백강이 몸을 일으켰다.

"이번 일엔 자네도 노고가 많았네만, 아무런 보답도 못한 셈인데 괜찮겠나?"

의미심장한 어투로 방원은 물었다.

그 때 이백강의 나이 갓 스무살. 일찍이 17세되던 해에 음보(陰補 : 조상의 덕으로 벼슬자리를 얻는 것)로 별장(別將)이 되었고, 방원의

사위가 되던 해엔 감찰(監察)을 거쳐 형조좌랑(刑曹佐郎)이 된 바 있다.

나이에 비해서 관운이 좋은 편이었지만, 그러면 그럴수록 더욱 우쭐거릴 수도 있는 일이다. 세자의 사위라는 한 가지 사실을 코에 걸고라도 말이다.

그러나 그의 답변은 점잖았다.

"주상전하와 동궁저하(東宮邸下)의 과분하신 성은을 입어 이미 과중한 복록을 누리고 있는 터이온데, 그 이상 더 무엇을 바라겠습니까."

그것은 입에 발린 겸사도 아니었다.

훗날 그는 부마(駙馬)들 중에서도 가장 청렴하고 근엄하다는 평을 받게 된 인물이었다. 어떠한 경우라도 뇌물을 받지 않았으며, 또 사사로이 남을 헐뜯는 일이 없었다고 한다. 항상 자그마한 정자에서 거처하였고, 화초나 가꾸면서 청담한 생애를 보냈다.

어쨌든 이백강의 답변은 불평불만을 떠들어대던 민가네 형제들에겐 간접적인 따끔한 침이었다.

그들도 입이 막혀 더 떠들어대지 못하고 있는데, 한 관원이 사뭇 긴장한 안색으로 들어섰다. 우산기(右散騎) 윤사수(尹思修)였다.

그는 한바퀴 경계하는 눈길을 좌중에 돌리다가, 방원의 곁으로 다가와서 속삭였다.

"백부(栢府)로부터 심상치 않은 소장(疏狀)이 넘어왔습니다."

백부는 곧 사헌부(司憲府), 옛적 한(漢)나라 때 그 관청 뜰에 백수(栢樹)가 나란히 심어진 고사가 있어서 이와 같은 별칭이 생긴 것이라고 하며, 또 그 나무에 까마귀가 많이 서식한 때문에 오부(烏府) 혹은 오대(烏臺)라고도 부른다던가.

"조례상정도감(條例詳定都監)에 넘어온 그 소장, 그냥 보아넘기기엔 뭣하기에 저하게 미리 여쭙고자 왔습니다."

윤사수는 그 기관의 속관이며 백관이 올리는 봉장(封章 : 건의문)을 취급하는 실무자였다.

방원은 잠깐 생각에 잠기다가 그를 별실로 데리고 갔다.

"어떠한 소장이던가?"

하고 물었다.

"판문하부사 조 대감 형제분을 탄핵하는 내용이올시다."

그렇게 말하고는,

"시생의 입으로 여쭙기 심히 민망스럽습니다만, 이 일은 조 대감 개인에 관한 일일 뿐만 아니라 국가를 위해서도 중대한 문제라고 사료되었기 때문이올시다."

괴로운 어투로 꼬리를 달았다.

윤사수는 바로 탄핵의 대상자 조준(趙浚)의 천발(薦拔)로 관계에 진출한 인물이었던 것이다.

방원은 꺼림한 구석을 느끼지 않은 것은 아니었지만, 그렇다고 그대로 흘려버리기도 뭣했다.

"탄핵의 이유는?"

캐보지 않을 수 없었다.

"맹랑한 생트집입지요."

윤사수는 입술을 깨물며 소장의 내용을 간추려 전했다.

──조준, 그는 겉으로는 정직한 체하면서 속마음은 간험(奸險)한 위인이다. 오래 국병(國柄)을 잡고 있으면서 널리 당여(黨與)를 분식하고 조아복심(爪牙腹心)을 중외에 포열(布列)하여 생살의 위복(威福)을 한손에 쥐고 흔들다가, 이번에 판문하부사(判門下府使)를 배(拜)하자 비록 지위는 높지만 실권이 없음을 불만히 여기고 밤낮으로 정승자리를 되찾고자 획책하고 있다.

──개국 당초, 적자를 폐하고 서자를 왕세자에 세우고자 했을 때, 조준은 상상(上相) 자리에 앉아 있으면서 정도전, 남은 등과 더불어 아의곡종(阿意曲從) 마침내 서얼(庶孼)을 세우게 함으로써 무인지변(戊寅之

變 : 제1차 왕자의 난)을 불러일으켰다.

——무인지변 당시엔 두 마음을 품고 꽁무니만 빼다가, 세자가 친히 찾아가게 된 연후에야 마지못해 나타난 기회주의자다.

——이번 정변 때 역시 그 아우 조견(趙狷)과 더불어 두문불출하고 형세를 관망하고 있었을 뿐만 아니라, 그의 사위 정진(鄭鎭)을 보내어 방간측을 돕게 하다가 관군에게 저지된 바 있다.

그밖에 조준의 사생활까지 들추어 악의에 찬 비난을 퍼부어댔다는 것이다.

방원은 사지의 맥이 탁 풀린다. 얼마 전부터 꿈틀거리던 묘한 암류(暗流)가 구체적인 양상을 띠고 출렁거림을 느꼈다. 적대 세력과 칼부림을 하던 피가 채 마르기도 전에, 이번엔 당료들끼리 물고 뜯으며 으르렁거리기 시작한 것이다.

——조준은 그런 사람이 아니다.

그야 사헌부에서 열거한 조준의 죄상이라는 것 또한 전혀 근거 없는 소리는 아니었지만, 그러나 그것은 악의의 염색(染色)을 쳐서 엉뚱하게 변색시킨 조작이라는 것을 방원은 잘 알고 있었다.

지난날 조준이 읊었다는 시 한 귀절이 생각났다.

　동해를 씻어 깨달을 날이 있으리니,

　백성은 눈을 씻고 맑아지기를 기다리라.

　　　　　滌淨東溟知有日, 居民拭眼待澄淸.

공민왕 말년, 강원도 안렴사(按廉使)가 되어 정선(旌善) 땅에 이르렀을 때 읊조린 시라던가.

후한(後漢) 말, 각 지방에 탐관오리가 발호하자 범방(范滂)이 숙정(肅正)의 사명을 띠고 떠나게 되었는데, 그 때 수레에 오르면서 천하를 징청(澄淸)할 뜻을 밝히니 탐관들이 그 소문만 듣고도 벌벌 떨었다는 고사를 본받아, 국가의 기강을 바로잡을 포부를 보인 노래였다.

권력에 연연하다거나 비투한 기회주의자라는 비난은, 조준의 인품과는 거리가 먼 소리였다.

―― 더더구나 그 사람의 아우 조견까지 헐뜯다니.

조견은 한 마디로 말해서 청렬한 고사(高士)였고 그런 인품을 나타내는 일화도 많지만, 그의 행적에 대해선 두 갈래 상반되는 얘기가 전하여지고 있다.

정사(正史)에 의하면 형 조준과 더불어 조선왕조에 협력하고 참여한 인물로 기록되어 있지만, 야사(野史)에는 고려조에 충절을 지키고 조선왕조의 벼슬을 끝끝내 물리쳤다는 것이다.

먼저 정사(正史)부터 더듬어 보겠다.

조견의 초명은 윤(胤), 자는 거경(巨卿), 호는 송산(松山). 어려서 승려가 되어 여러 절의 주지를 역임하다가 환속하고 문과에 급제, 고려말에는 벼슬이 안렴사에 이르렀다.

이성계 혁명 당시, 형 준과 함께 가담하여 조선왕조 개국 후엔 상장군으로서 개국공신 2품에 평양군(平壤君)으로 봉하여졌으며, 탄핵 받은 당시의 관직은 우복야(右僕射)로 되어 있다.

그리고 또 훗날에는 도총제(都摠制), 개성유후(開城留侯), 충청도절제사 등을 역임하였으며, 국가의 사절로 명나라에도 여러 차례 다녀왔다는 것이다.

그러면 야사(野史)가 전하는 바는 어떠한가.

이성계 일파가 고려조를 타도할 기운이 보이자, 그는 청량사(淸涼寺)에 들어가 은거하고 있었다. 형 준이 그에게 화가 미칠까 염려하여 개국공신의 명부에 이름을 기록했으나, 조견은 받지 않았을 뿐만 아니라 이름을 견(狷)이라고 고쳤다. 논어의 '견자유소불위(狷者有所不爲)'라는 귀절에서 딴 것이다. 즉 조선왕조 개국에 협력한 바 없으면서 공신이 될 수 없다는 기개를 천명한 것이다.

이런 얘기도 있다.

고려조가 망하자 그는 슬피 울면서 두류산(頭流山)으로 들어갔다.

태조 이성계가 그 사람됨을 아깝게 여겨 호조전서(戶曹典書)에 임명하고 글을 보내어 부르자, 조견은 비꼬아 답변하였다는 것이다.

"송산(松山)의 고사리 캐기를 원할 뿐, 성인의 백성이 되기를 원치 않습니다."

이번에는 자를 종견(從犬)이라고 고쳤는데, 그 뜻을 후세 사람들은 이렇게 풀이하고 있다.

"나라가 망했는데 죽지 않는 것은 개와 같이 비루하다. 그러나 개는 옛 주인을 잊지 않고 연모한다."

후에 청계산(淸溪山)으로 거처를 옮기고 날마다 높은 봉우리에 올라가서 송도(松都)를 바라보고 통곡하였는데, 사람들은 그 봉우리를 망경봉(望京峰)이라고 불렀다.

그가 임종할 때 자손들에게 남겼다는 유언도, 그의 고충(孤忠)을 처절하게 표현한 말이었다.

"내 묘표(墓表)엔 반드시 전조(前朝 : 고려조)의 관위만 기록할 것이며, 자손들은 신조(新朝)에 벼슬하지 말라."

그가 죽은 후 묘비에 조선왕조에서 내린 벼슬 이름을 새겼더니, 어느날 벼락이 떨어져서 그 비석을 깨뜨렸다고 한다.

정사와 야사 어느 편의 기록이 옳은 것인지 지금으로선 쉽게 판별하기 어려운 문제이지만, 어쨌든 그의 사람됨에 탄핵을 받을만한 허물이 없었던 것만은 사실인 듯싶다.

윤사수를 돌려보낸 방원은 그대로 별실에 남아서 곰곰 생각에 잠기다가 넌지시 하륜 혼자만을 불러들였다.

윤사수로부터 입수한 정보를 이야기하고 대책을 물었다.

"미리 예상 못했던 바는 아닙니다마는, 벌써부터 이렇듯 집안 싸움을 하다니요."

그도 개탄하고는,

"이런 폐풍은 애당초부터 일소해야 합니다. 그렇지 않고는 수습할 수 없는 당파 싸움이 얽히고 설킬 거올시다."

잘라 말했다.

조준 형제에 대한 탄핵은 가공할 내분의 불씨였다. 하륜의 말과 같이 미연에 꺼버려야만 후환이 없을 것이었다.

그리고 그런 움직임을 저지하자면 국왕의 힘을 비는 것이 가장 온당한 대책이다. 그래야만 국가의 법도도 제대로 설 수 있고, 부작용도 최소한도로 억제할 수 있을 것이었다.

"내가 상감을 만나뵙고 말씀드릴 수밖에 없겠구료."

방원이 나서려는 것을,

"글쎄올시다."

하륜은 선뜻 찬성하지 않았다.

"이제 저하께선 어엿한 이 나라의 동궁이시니 적극적으로 국정에 참여하시어 주상을 보필하셔야 마땅하겠습니다마는, 그러나 사람의 마음이란 미묘한 거올시다."

그리고는 잠깐 말꼬리를 흐렸다.

"무슨 뜻이오."

하륜은 잠깐 경계하는 시선을 방문 밖으로 던지더니, 소리를 죽이며 되물었다.

"저하께선 요즈음 상감의 심경을 어떻게 보시고 계십니까?"

엉뚱한 질문이었다. 방원은 얼핏 응수할 말을 찾지 못했다.

"무엄한 소리 같습니다만, 이것은 가장 중대한 문제이기에 좀더 자세히 말씀드리겠습니다."

여전히 목소리를 죽이며 하륜은 말을 이었다.

"어떠한 경우라도 상감께서 불쾌히 여기실 일은 극히 삼가야 할 거올시다."

"내가 언제 그런 언동을 취한 적이 있었소?"

"그야 저하께서 직접적으로 그런 언행을 보이셨다는 뜻이 아닙니다.

그러나 저하께서도 모르시는 사이에 뜻하지 않은 오해를 살 수는 있는 일입니다. 가령 조준 형제의 일로 상감께 친히 말씀을 드리겠다고 하시는 그것부터가 문제올시다."

방원은 착잡한 기분으로 다음 말을 기다렸다.

"이번 정변을 치르고 난 이후부터, 이 나라의 실권은 오직 저하 한 분이 장악하시게 된 것으로 누구나 보고 있습니다. 사실이 또 그렇습니다. 모두들 차마 입밖에는 내지 못하고들 있습니다만, 상감께선 아무런 실권도 지니고 계시지 않은 것으로 간주하고 있습니다. 그러니만큼 저하는 매사에 더욱더 신중을 기하셔야 할 것이 아니겠습니까. 저하께서 지나치게 표면에 나서시는 것 같은 기색이 농후하거나 혹은 저하의 의사를 상감께 강요하는 것 같은 느낌이 보일 경우, 아무리 너그러우신 상감께서도 불쾌히 여기실 것이고 고깝게 여기실 것이며 섭섭히 여기실 것입니다. 그러한 감정이 쌓이고 쌓여서 응어리가 진다면 또하나의 가공할 불씨가 되지 않을까 하는 점이 염려스러운 거올시다."

알아들을 수 있는 얘기였다.

"그렇다면 나 대신 다른 사람을 시켜서 상감께 말씀드려야 하겠구먼. 누가 좋겠소."

"상당후(上黨侯)의 춘부장 이공(李公)이 어떠할까요."

이거이(李居易)를 두고 하는 말이었다.

그로 말할 것 같으면 비록 방원을 지지하는 세력의 한 사람이긴 하지만, 그의 아들은 창업주 이성계의 사위이니만큼 여느 신료들과는 다른 점이 있다. 국왕 방과와 허물없는 얘기를 주고받을 수 있는 처지였다.

조준 형제를 탄핵하는 상소문은 정식으로 제출되었다. 윤사수가 방원에게 미리 제보한 내용과 별로 다를 바는 없었다.

이에 대해서 국왕 방과는 이렇게 말했다고 실록은 전하고 있다.

"이 소장에 거론된 죄목, 모두 다 과인이 알고 있는 바와는 다르니, 다시는 거듭 말하지 말라."

물론 이거이를 시켜서 미리 공작을 하게 한 것이 다분이 주효한 때문 이기도 했다.

국왕이 그렇게 잘라 말했는데도 불구하고 조준에 대한 공세는 끈덕졌 다. 사헌부에선 다시 글을 올려 그에게 죄 줄 것을 청하였다. 그러나 국왕 은 역시 허락하지 않았다. 그리고는 때마침 예궐한 이거이를 돌아보며 말했다.

"죄없는 사람을 이토록 헐뜯으려 하다니, 조준 그 사람 얼마나 통분하 게 여길까."

과연 꼬장꼬장한 조준은 가만히 있지 않았다. 즉시 상서(上書)하여 사의를 표명했다. 왕은 그것을 각하하는 한편 단호히 언명했다.

"조준에게 죄를 뒤집어씌워 왈가왈부한다는 것은 충량(忠良)한 대신 을 모해하려는 소행이라고 볼 수밖에 없다. 경 등이 만약 이 이상 고집한 다면 왕해충량지죄(枉害忠良之罪)로 다스리겠다."

그리고는 조준을 판문하부사에 유임시키는 한편, 그의 아우 조견과 사위 정진(鄭鎭)을 면직시키는 데 그쳤다. 조준을 두둔하되 그를 탄핵하 는 신료들도 어느 정도 무마하기 위한 조처였다.

어쨌든 내분의 불씨는 그렇게 해서 일단 끈 셈이었지만, 이번엔 엉뚱한 방향에서 불씨가 퉁겨져 나왔다.

그 동안 방원은 궁중 인수부(仁壽府)로 거처를 옮겼고, 그 달 3월 4 일엔 민씨부인이 세자정빈(世子貞嬪)에 책봉되었다. 민씨로선 큰 영광이 아닐 수 없었지만, 그러나 민씨는 그 날부터 자리에 눕더니 식음을 전폐 하고 꼼짝을 않는 것이다.

무슨 중병이라도 걸렸나 염려되어 평원해(平遠海)를 불러 문의해보았 다.

"정빈마마의 병환은 여느 질환이 아니올시다. 짐작컨대 약석(藥石) 으로는 다스릴 수 없는 증세인 줄로 압니다."

진맥도 하지 않고 평원해는 이렇게 잘라 말했다.

"그렇다면 무슨 병이지?"

"일종의 울화병인 듯싶습니다. 그러하온즉 무엇보다도 정빈마마의 심기를 편안케 해드리는 것이 약인 줄로 압니다."

"울화병이라?"

아무리 생각해 보아도 짐작이 가지 않는다.

방원은 넌지시 비 엄마 김씨를 불렀다.

"그대는 혹 짐작이 가는 바가 있는지 모르겠구먼. 부인이 어째서 울화병을 앓고 있는지 말야."

김씨는 잠깐 머뭇거리다가,

"자세히는 모르겠습니다만, 이런 말씀을 하셨습니다. 비록 세자빈에 책봉되었다고는 하지만, 마음이 편치 않으시다구요."

"그건 어째서?"

"친정 오라버님을 만나시기가 무척 민망하시다구요. 무인정사 때나 이번 난리 때나 누구보다도 앞장서서 큰 일을 치른 분들이 그 분들인데, 변변한 벼슬 한 자리 주선하지 못했으니 누이된 몸으로 어찌 마음 편할 수 있겠느냐는 것이어요."

방원은 쓰디쓴 잔이라도 들이마신 기분이었다.

처남 형제들에 대한 논공(論功)에 인색하였다는 점은 방원 자신도 시인하는 바다. 그러나 거기에는 어쩔 수 없는 사유가 있다.

첫째로 국가의 기강을 바로잡자면 공과 사를 구별해야 한다. 사사로운 정분에 따라 요직 안배를 편중시키는 일은 극히 삼가는 것이 정도이다. 또 국가의 요직은 경력이나 능력 본위로 배치해야 한다. 그렇지 않을 경우 야기될 부작용과 잡음은 어느 시대를 막론하고 정치 풍토를 썩게 하기 마련이다.

그뿐이 아니었다. 가뜩이나 자격지심을 갖고 있을 국왕 방과 측에서 볼 때, 방원 자기에게 가까운 권속들에게 큼직한 감투를 씌워준다면 얼마나 불쾌할 것인가.

그러나 그런 저런 이유보다도 처남 형제들을 냉대하여 온 가장 중요한 요인은 그들의 사람됨에 있었다.

물론 누구보다도 극성스럽다는 장점은 있다. 그러나 그것은 어디까지나 자기네들의 권세욕을 채우기 위한 적극성이지, 국가나 백성들의 복리를 위한 것은 아니다. 그들에게 만일 중요한 직책을 맡길 경우, 어떠한 망동을 부리고 어떠한 말썽을 일으킬는지 알 수 없다. 그 점이 방원으로선 가장 두려웠던 것이다. 그런 고충도 모르고 부인 민씨는 머리를 싸매고 누워서 시위를 하고 있다.

"어렵구나."

권세를 잡기 전엔 그 권력을 장악하기만 하면 매사가 뜻대로 이루어질 것처럼 안이한 기대도 걸었지만, 막상 잡고 보니 그것을 누리고 행사하는 것이 얼마나 어려운가를 뼈저리게 느끼지 않을 수 없다.

생각다 못해서 또 하륜을 불러 의논할 수밖에 없었다.

"그야 누구나 물은 맑기를 원합니다. 하지만 물이 지나치게 맑으면 물고기가 서식하지 않는다고 합니다. 밝은 해가 비치면 반드시 그늘이 드리워지듯이 큰 일에도 청탁이 아울러 따르게 마련입니다. 경우에 따라서는 탁한 것을 받아들이되 맑은 것을 이기지 못하도록 견제하면 될 거올시다."

하륜의 답변은 온건했다.

"그렇다면 내 처남 놈들에게 중직을 안겨주란 말이오? 호정(浩亭)도 그놈들이 어떠한 인간들인지 잘 알고 있지 않소."

"예, 잘 알고 있습니다. 그렇습니다만 앞으로의 국사는 어느 특정인에 의해서 좌우될 것이 아닙니다. 적절하고 엄격한 제도하에서 움직여야 할 줄로 압니다. 마치 광대한 천체(天體)를 운행하는 별들처럼 말입니다. 별 하나하나가 아무리 버둥거려도 정해진 궤도를 벗어나지 못하도록 말입니다."

"제도의 개혁이 시급하단 말이오?"

"그렇습니다. 인물은 둘째올시다."

"그래도 내 처남 놈들은 안돼."

방원은 고집했다.

하륜은 한동안 곰곰 생각에 잠기다가,

"그 친구들이 정 못마땅하시다면 그 분이 있지 않습니까. 그 친구들의 춘부장 여흥백 말씀입니다."

방원의 장인인 민제(閔霽)를 두고 하는 말이었다.

"그 분이라면 학식으로나 관록으로나 인품으로나 나무랄 데 없는 군자가 아닙니까. 이 기회에 기용해서 우정승 자리를 채우는 것이 어떻겠습니까."

그 전날, 즉 3월 3일 좌정승 심덕부가 노령을 이유로 사임했던 것이다. 그러니 좌정승에는 우정승 성석린(成石璘)을 올려앉히고, 우정승 자리는 민제로 충당하자는 얘기였다.

그 달 15일, 하륜의 건의대로 인사 이동이 단행되었다. 좌정승엔 성석린, 우정승엔 민제, 말썽 많던 사헌부의 장관인 대사헌(大司憲)엔 정당문학 권근(權近)을 겸임 발령했다.

민가네 붙이들은 환호성을 올렸고, 민씨부인도 시위를 거두고 자리에서 일어났다.

그러나 그와 같은 인사 조치에 불만을 품고, 은밀한 반발의 불덩이를 이글거리는 무리들이 있었다.

"갈수록 흠이라더니 이건 벌써부터 나라를 송두리째 집어삼킬 속셈이 아닌가."

으슥한 기방(妓房)이었다. 여섯명의 무골들이 모여 앉아서 핏대를 올리고 있었다. 전에 대장군(大將軍)을 지낸 노원식(盧元湜), 역시 전에 장군 벼슬을 지낸 함식(咸湜), 조현(趙賢), 이중량(李仲亮), 원윤(元胤), 그리고 현직 장군 박득년(朴得年) 등이었다.

"요즘 돌아가는 꼴을 보니 우리 주상전하는 뒷전으로 물러선 격이고,

진짜 임금 노릇은 정안군 그 사람이 하는 셈이란 말야."

"일전에는 군부의 전권을 자기 사위의 형, 이저에게 안겨주더니, 이번에는 자기 장인을 우정승에 올려앉힌다?"

그들의 불평은 대단했다.

"그렇다면 우리 주상전하는 허수아빈가, 바지저고린가."

"애당초 태상께서 대권을 내놓으시던 당시, 그것을 물려주신 상대는 누구였나. 우리 주상 전하였지, 정안군 그 사람은 아니었단 말야."

그들의 언사는 무엄하고 걸쭉했지만, 그런대로 국왕 방과를 아끼는 마음만은 제법 번뜩이고 있었다. 그것도 그럴 것이 그들 무변들을 일찍부터 방과 측근에서 감돌던 심복들이었다.

"어쩌다가 세상이 이렇게 돌아버렸지?"

"이번에 겪은 난리만 해도 그렇지 않은가. 회안군 그 사람을 난동분자로 몰아서 귀양을 보내야 한다면, 그와 맞서서 무력을 행사한 정안군 역시 같은 죄목으로 처단해야 옳았을 것이 아닌가. 그런데 처벌은 고사하고 그런 난신(亂臣)을 세자 자리에 올려앉혔을 뿐만 아니라, 국사를 제멋대로 주무르도록 버려두다니, 이럴 수가 있나."

"여보게들, 이불 속에서 활개만 치면 무슨 소용인가?"

그 때까지 씁쓰름한 얼굴로 다른 패거리들이 떠들어대는 소리를 듣고만 있던 노원식이 핀잔을 쏘아댔다.

"자네들 몰라서 그런 소리를 지껄이는 건가? 결국은 정안군의 주먹이 그만큼 세니까 이렇게 된 게야. 회안군을 거꾸러뜨린 것두 그 사람보다 정안군의 주먹이 센 때문이구, 우리 주상전하를 누르고 판을 치는 것두 주먹이 센 때문이 아니겠나. 어디 그뿐인가. 지난날 방석 형제를 세자 자리에서 몰아낸 것두, 더 거슬러 올라가서 정몽주, 최영을 거꾸러뜨리고 고려조를 뒤엎은 것두 다 무력 이외의 무엇이었나. 입만 살아서 나불거리는 유생들은 법이니 도리니 지껄여대네만, 세상을 움직이는 것은 아무것두 아니야, 바로 이거란 말일세."

그는 주먹을 휘둘러 방바닥을 내리쳤다. 무서운 힘이었다. 방고래가 푹 꺼졌다.

"그러니 방원의 행패를 막구 그 자의 기세를 꺾구 주상전하의 왕권을 수호하자면, 우리 역시 주먹을 쓸 수 밖에 없다, 그 말일세."

노원식의 기세에 좌중은 아연 긴장했다.

"노 장군의 말씀 일리 없는 말씀은 아니오이다만, 주먹도 주먹나름이 아니겠소."

이 자리에 모인 면면들 중에선 유일한 현역 장성인 박득년(朴得年)이 이의를 제기했다.

"우리가 아무리 성난 주먹을 휘두른다고 창검으로 단단히 무장한 방원의 도당을 타도할 수는 없소이다. 비분강개도 좋소이다만, 군사 행동이란 그런게 아니외다. 충분한 병력과 장비를 갖추고 냉철한 작전을 세워야만 성공을 기할 수 있는 게 아니겠소."

"누가 그걸 모르고 이런 소리를 하는 줄 아오? 이제 며칠만 두고 보구료. 방원이 그 자, 다시는 개경땅을 밟지 못하게 될 거요."

노원식은 남달리 억세보이는 붉은 수염을 부르르 떨면서 양언했다.

"그 말씀을 들으니 생각이 납니다만, 방원이 그 자, 종묘(宗廟)에 알묘(謁廟)하고자 금명간 한양으로 떠난다고 하더군요."

조현(趙賢)이 이런 소식을 전했다.

"그러니 그 자가 왕래하는 길목을 지키고 있다가 기습을 가하겠다 그 말씀이군요."

"기습치고도 보통 기습이 아니지. 어느 누가 손을 썼는지 쥐도 새도 모르게시리 해치울 방안이 이미 서있다 그 말이오."

노원식이 신바람을 피우며 장담을 하고 있는데,

"누구냐!"

갑자기 방문 밖에서 질타하는 소리가 들렸다. 모두들 놀라 방문을 열어 젖혔다.

　　방문 밖엔 한 관원이 서서 노한 눈을 부라리고 있었다. 검교참찬문하부
사(檢校參贊門下府事) 김인귀(金仁貴)였다. 이 무변들과 마찬가지로
국왕 방과의 신임이 두터운 인물이었다.

　　"이 사람들아, 정신을 차려야지. 밖에서 엿듣는 자가 있는 것도 모르고
함부로 지껄여댄단 말인가."

　　무리들을 꾸짖고 나서 그는 아랫목을 차지하고 앉았다. 그의 언동이나
다른 사람들이 대하는 태도로 미루어, 김인귀 그가 이들의 수령격인 모양
이었다.

　　"내 방금 들은 소식이네만, 방원이 그 자가 내일 이른 새벽 한양을
향해 떠난다는 걸세. 그러니 모두들 단단히 대비책을 강구하도록 할 것이
며, 특히 노 장군은 자네가 비장하고 있다는 그 무기를 실수 없게 구사해
야 하네."

　　그리고는 무리들의 이마를 모아 한동안 귀엣말을 속삭이더니,

　　"그건 그렇구, 아무래도 아까 일이 꺼림하단 말야. 틀림없이 자네들의
말을 엿듣는 자가 있었어."

　　입맛을 다셨다.

　　"여남은살 난 계집애야. 내가 소리를 쳤더니 기겁을 해서 도망을 쳤지
만 말야. 무심결에 귀를 기울였는지, 어떤 속셈이 있어서 그랬는지 꺼림
칙하단 말야."

　　"이 집에는 그런 앙큼한 짓을 할 계집애가 없을 텐데요."

　　"이 집 주인 여자는 우리가 속을 잘 아는 취련(翠蓮)이구, 오늘은 특히
비밀한 의논이 있으니 얼씬도 하지 말라고 했는데, 해괴한 일도 다 있소
이다그려."

　　무리들도 모두들 고개를 갸웃거렸다.

　　그 때 과연 그 기방 뒷문을 빠져나가는 계집아이가 있었다. 계집아이는
연방 뒤를 돌아보며 죽어라고 달려가고 있었다. 바로 설매의 집에 있는
한 동기(童妓)였다.

"설매 언니, 큰 일 났어요."

뛰어들면서 계집아이는 호들갑을 떨었다.

"취련 언니 댁엘 갔더니 말예요. 집안이 너무 조용하질 않겠어요? 이상한 생각이 들어서 기웃거리자니까, 어떤 방에서 수상한 얘기 소리가 들리는구먼요. 그래서 몰래 엿들어 봤죠."

"계집애두, 널더러 심부름이나 하라고 했지 남의 얘기 엿들으라고 했냐?"

설매는 무심코 핀잔을 주었다. 볼 일이 있어서 설매는 그 동기를 취련의 집으로 보냈던 것이다.

"아마 언니두 내 얘길 들으면 그렇게 야단만 치진 않을 거예요."

계집아이는 생글거리다가 수선을 피우며 주워섬겼다.

"글쎄 그 방엔 말예요, 목소리만 들어도 우락부락 사나운 사람들이 둘러앉아 있었는데 말예요. 세자마마를 제거하겠다는 둥, 한양 가시는 길의 길목에서 지키고 있다가 기습을 하겠다는 둥 그런 엄청난 소릴 하지 않겠어요."

과연 계집아이의 말대로 그 말을 들고난 설매는 야단을 치기는 고사하고 바짝 달라붙었다.

"어떤 놈들이더냐?"

"잘은 모르지만요, 노 장군이라구 부르는 소리를 여러 번 들었어요. 그러다가 어떤 관원이 들어오며 소리를 치기에 기급을 해서 도망쳐 왔죠."

그 이상 자세한 내막은 알 길이 없었지만, 어쨌든 방원의 목숨을 노리는 자들이 끔찍한 흉계를 꾸미고 있는 것만은 사실인 듯했다.

"너 지금 한 그 얘기, 누구에게도 다시는 입밖에 내선 안 된다."

단단히 못을 박아놓고 설매는 궁리에 잠겼다.

마음 같아서는 당장이라도 달려가서 그런 음모가 있다는 것을 방원에게 제보하고 싶다. 하지만 그런 행동을 취하면 모처럼 자기가 어금니를

깨물며 참아온 충정이 허사로 돌아가고 만다. 그것을 계기로 방원과의
왕래가 다시 트일 우려가 없지 않다.

더더구나 방원은 요 며칠 전에 궁중 세자부로 거처를 옮겼다고 한다.
여느 궁가(宮家)도 아닌 치밀한 세자부엘 천한 창기의 몸으로 드나들
수도 없다.

이 생각 저 생각 곱씹는 동안에 날이 저물었다.

──참, 내일 아침 그 분이 한양으로 떠나신다고 했지?

설매 자기야말로 그 길목을 지키고 있다가 은밀히 귀띔을 하면 비교적
말썽이 적을 듯싶었다.

그렇게 마음을 정하고 밤이 새기를 기다리고 있는데, 한 취객이 들이닥
쳤다. 방원이 마지막으로 다녀가던 날, 영 이별을 각오하고 자신의 몸과
마음에 천한 때를 묻히기로 마음을 굳히고 불러들었던 건달배의 하나였
다.

그 자들과의 추태는 설매로선 간장을 찢어발기는 것 같은 슬픈 위장
(僞裝)이었지만, 건달배들이 그 속마음을 알 리 없었다. 설매의 수작을
액면대로 받아들였고, 그 중의 한 작자는 엉뚱한 야심까지 품게 된 모양
이었다.

나날이 눈치가 달라지더니 나중에는 설매 자기를 아예 들여앉혀서
마누라를 삼겠다고 설치기까지 했다. 군자감(軍資監)에서 소윤(少尹)
의 직책을 맡고 있는 송거신(宋居信)이란 사나이였다.

오늘밤 찾아든 취객이 바로 그 송거신이었다.

"어떤가, 오늘은 속시원한 대답 들려주겠지?"

송거신은 들어서자마자 설매의 양 어깨를 잡아흔들며 졸라댔다.

어디서 미리 술을 들이켰던지 그의 말소리는 잔뜩 혀꼬부라진 소리였
으며, 썩은 냄새를 확확 풍기고 있었다. 그러나 이상하게도 두 눈만은
얼음처럼 가라앉아 있었다.

그 두 눈을 설매는 깊이 마주 들여다보다가,

"이러지 말아요, 송 소윤."

사나이의 손목을 맵게 뿌리쳤다.

"아직도 댁이 누군지 까맣게 모르는 줄만 알고, 이런 섣부른 수작을 하는 거예요."

얼음덩이 같은 송거신의 두 눈이 번쩍했다.

"이래봬두 말예요, 나로 말할 것 같으면 산전수전 다 겪고 굴러먹을대로 굴러먹은 노기(老妓)란 말예요. 댁이 생각하듯이 그렇게 호락호락 속아넘어가지는 않을 거예요."

"아닌 밤중에 홍두깨도 유분수지, 별안간 무슨 소리를 하는 건가."

송거신은 다시 설매의 어깨에 손을 얹으며 딴전을 부리려고 애썼다.

"댁의 정체를 이젠 환히 알아냈단 말예요."

처음에는 한낱 시정의 불량배로만 알고 있었다. 송거신 자신도 이곳 저곳 사정(射亭)이나 찾아다니는 한가한 한량이라고 자기 소개를 해왔다. 선조로부터 물려받은 재산도 넉넉하고 해서 하는 일 없이 주색으로 세월을 보냈지만, 설매를 만난 이후로는 바람을 잡고 성실하게 살아볼 마음이 들었다고 했다.

그러나 설매가 입수한 정보에 의하면 그의 자기 소개는 새빨간 거짓말이었다. 그가 같이 살자고 하도 졸라대기에, 어떠한 인간이 그토록 자기에게 열을 올리나 싶어 은밀히 수소문해 보았던 것이다.

"왜 속이는 거죠? 대개 기방에 드나드는 유야랑(遊冶郎)들이란 하지도 않은 벼슬을 했다고 큰소리 탕탕 치기가 일쑤인데, 댁은 왜 그러는 거죠? 어엿한 사품 벼슬까지 지내는 분이 무엇이 답답해서 하잘것없는 한량 행세를 하는 거죠?"

설매가 조사한 바에 의하면 송거신 그의 신분은 이러했다.

본관은 여산(礪山), 고려조 때 전법판서(典法判書)를 지낸 송첨(宋詹)의 아들이다.

처음 종 9품 별장(別將)으로 관계에 진출했다가 정 6품 낭장(郎將),

정 4품 호군(護軍) 등을 거쳐, 지금은 군자감에 소속되어 소윤 벼슬을
하고 있는 것이다. 나이는 올해 들어 서른두살로서, 철도 들만큼 든 연배
였다.

"댁이 또 세자빈의 척속(戚屬)이라는 것도 나는 잘 알고 있어요."

설매의 조사는 철저했다.

"어디 그뿐인가요? 지난날 동궁마마께서 잠저(潛邸)에 계실 당시,
댁이 그 분의 목숨을 구출한 일이 있다는 사실까지 드러났단 말예요."

태조 4년 10월 13일이었다. 의안군 화의 초청으로 방원이 한산(漢山),
즉 광주(廣州) 서쪽 어느 산에서 사냥을 한 일이 있었다.

그 때 홀연히 한 표범이 돌출하여 방원이 활시위를 당겨 한 대 쏘았으
나 빗나갔다. 노한 표범은 방원이 탄 말에 매달려 그를 한입에 물어죽일
기세를 보였다. 그 때 마침 수행하였던 송거신이 그 곁으로 말을 몰아
표범을 자기에게로 유인했다. 더욱더 성이 난 표범은 방원의 말을 버리고
송거신이 탄 말을 향하여 몸을 날렸다.

만일 그 때 송거신이 신묘한 마상재(馬上才)의 명수가 아니었다면,
꼼짝없이 표범의 밥이 되었을는지 모른다. 몸을 날린 표범은 바로 그의
말안장을 물고 늘어졌던 것이다.

그러나 그 순간, 송거신도 몸을 날려 말의 복부에 찰싹 달라붙었다.
마상재의 극치라고 할 수 있는 등리장신세(鐙裏藏身勢)였다.

표범은 그가 땅에 떨어진 것으로 착각한 것일까, 말에서 뛰어내렸다.
그 기회를 포착한 송거신의 동료 낭장(郎將) 김덕생(金德生)이 강궁
(強弓)을 당겨 화살 한 대에 그 표범을 쏘아 죽였고, 그렇게 해서 아슬아
슬한 위기를 모면하였던 것이다.

방원은 자신의 생명의 은인이나 다름없는 송거신과 김덕생에게 각각
상으로 말 한 필씩을 주었으며, 후에 그 사실을 알게 된 부왕 이성계도
송거신에게 말 한 필을 하사했다.

"그렇듯 동궁마마께 충성이 지극한 댁이 하필이면 동궁마마께서 가까

이하시는 기생을 들여앉히겠다는 소리를 하니, 누가 그 말을 곧이 듣겠어요."

송거신의 표정이 심각하게 굳어졌다.

"말씀 좀 해봐요. 댁의 인품으로나 댁의 처지로나 상전의 계집을 가로챌 분이라고는 도무지 생각이 되지 않는데, 그래도 나를 들여앉히겠다고 고집하겠어요."

설매는 신랄하게 추궁했다.

"하는 수 없구먼."

꺼질듯한 한숨 섞인 소리를 송거신은 흘렸다.

"내 실토를 하지."

그러나 실토를 하겠다면서도 그가 쏟아 보인 말은 역설적이었다.

"설매 자네를 들여앉히고 내 사람을 만들겠다고 한 의도도 딴 데 있는 것이 아니야. 동궁저하를 받드는 나의 정성의 하나라고 생각하고 있는 거야."

그 역설의 진의를 얼핏 파악하기 어려워 설매는 입을 다물고만 있었다.

"우연한 기회였지만 계기는 바로 그 때였어. 그 분이 동궁에 책립될 물망이 자자하던 그날 저녁, 술친구들과 어울려 자네 집 앞을 지나치다가 자네가 우리를 불러들였던 그 인연이, 나로 하여금 묘한 충성심을 일으키게 한 걸세."

송거신의 고백담은 빙빙 겉돌고만 있었다. 그는 원래 누구보다도 솔직한 인간이었다. 그러한 그가 그렇게 말머리를 이리저리 끌고 배회한다는 것은 그만큼 그 말이 입밖에 내기 힘에 겨운 때문일까.

"처음에는 자네가 환장이라도 한 것이 아닌가 의심을 했네. 나는 그 이전부터 설매 자네가 동궁의 총기라는 것쯤은 잘 알고 있었으니 말야. 그래서 괘씸한 생각도 들었고 불결한 느낌도 없지 않아서, 추태를 부리는 자네를 호되게 꾸짖으려고 했었어. 하다가 문득 내 가슴을 찌른 것이

있었네. 취객들과 몸을 비벼대며 시시덕거리는 자네 두 눈이 견딜 수
없게 슬퍼보인 거야. 몸은 시궁창에 담그고 있으면서도 눈만은 똑바로
맑은 하늘을 찾고 있는 그 눈길을 접하자 나는 깨달은 걸세. 설매 자네의
그 추태는 진심이 아닐 게다, 무엇인가 감추기 위해서 일부러 꾸며 보이
는 거짓인 것이라고 말야."

그렇게 말하는 송거신의 얼굴을 설매는 정시할 수 없었다. 그에게 호되
게 쫓기고 몰리는 것 같은 압박을 느꼈다.

"한 마디로 말해서 자네는 누구보다도 동궁저하를 극진히 애모하고
있다는 것을 알게 된 거야."

송거신은 이렇게 말을 이었다.

"자네가 이보라는 듯이 과시하는 추태에도, 동궁에 대한 자네의 충정
이 넘치고 있다는 걸 알게 된 거야. 그렇지?"

그는 고개를 외로 꼬고 있는 설매의 얼굴에 자기 이마를 들이밀며
캐물었다.

"자네는 아마 자네 자신을 천하게 구는 것으로, 동궁에 대한 사모의
정을 잊어보려고 몸부림을 친 거지?"

그 때까지는 제법 설매의 속마음을 정확하게 파헤치는 듯싶던 송거신
이었지만, 마지막 결론에 가서 약간 빗나가고 있었다.

"나는 속으로 몸서리를 쳤다네. 자네가 그토록 괴롭게 동궁을 사모한
다는 게 무척 염려스러워진 거야. 자네의 그 사랑의 불씨가 언제 동궁저
하께 불을 질러 놓을는지 염려가 된 거야. 만일 자네 충정을 동궁께서
아시게 된다면 누구보다도 눈물이 많으신 그 분이 그냥 계시겠나. 자네
정성에 보답하기 위해서라도 자네를 찾으실 게 아닌가."

그건 그럴 것이라고 설매는 마주받아 곱씹는다.

그 분이 바로 그런 분이기에 자기는 그 분을 못견디게 사모하는 것이
며, 그 분이 바로 그런 분이기에 자기는 그 분을 멀리 하고자 바둥거리지
않을 수 없다.

"결국 걷잡을 수 없는 불길이 치솟고 번지게 될 걸세. 누구보다도 동궁 그 분이 그런 일을 그냥 보아넘기실 턱이 없지. 요즘 많이 수양도 쌓으시고 어질게 행동하시려고 노력은 하시네만, 그 분의 가슴 속엔 최무선 (崔茂宣)의 화약보다도 더한 폭약이 항상 도사리고 있단 말야. 내 그 분과 친척간이고 어려서부터 그 분을 보아왔기 때문에 누구보다도 그 분을 잘 알고 있네만, 이제 새로 시앗을 보게 된다면 그 분의 그 폭약이 무섭게 작렬할 걸세. 아마 비 엄마 김씨에 대해서 취했던 행동의 유가 아닐는지도 모르지."

오늘 송거신은 참 말이 많다.

평소의 그는 오히려 지나치게 과묵한 편이었다. 설매를 들여앉히겠다는 말을 할 때에도 단 한 마디, 자네 내 사람이 돼서 내 집에서 살지 않겠나, 이렇게 툭 던졌을 뿐이다.

그러한 그가 오늘따라 유별나게 말이 많고 또 그 어투가 유치할 정도로 들떠 있는 데서도, 그가 은근히 가슴 속에 묻어온 사연과 심로가 얼마나 벅차고 절실하였는가를 짐작할 수 있을 것 같다.

"그러한 분란이 일어날 경우, 문제는 동궁 내외분의 부부싸움이나 설매 자네에 대한 핍박 정도로 그치지는 않을 걸세. 동궁빈의 오라버니 민씨네 형제들도 가만 있진 않을게고, 또 동궁을 지지하는 대다수의 당료들, 체통이니 법도니 그런 것만 따지기 좋아하는 유생들은 그들대로 핏대를 올릴 걸세. 한편 그 틈을 타서 동궁께 적의를 품은 도당들이 부채질이라도 한다면, 모처럼 가라앉은 세상이 다시 벌집 쑤셔놓은 듯 어지러워질 수도 있는 거야. 그래서 나는 생각다 못해 남몰래 마음을 정한 걸세."

"그래서 나를 들여앉히겠다고 한 거예요?"

그 때까지 한 마디도 없던 설매가 마주 받아 던졌다.

"그렇지. 자네를 내 사람으로 만들고 자네가 기적을 떠나 여염집 부인네가 된다면, 동궁께서도 어쩔 수 없이 자네를 단념하실 게 아닌가."

그렇게 말하는 송거신의 안색에선 비장한 각오의 빛 같은 것까지 엿보였다. 그러한 송거신의 얼굴을 이윽히 지켜보다가 설매는 무섭게 반문했다.

"그렇게 하면 어떻게 되죠? 동궁마마께서는 송 소윤을 어떻게 생각하시고 어떻게 대하시게 되죠?"

물으나마나한 소리일는지 모른다. 상전의 애첩을 가로챈 수하에 대한 방원의 분노와 원혐은 상상하고도 남는다.

"그 분의 노여움을 미리 각오하지 않고, 어찌 이런 일을 생각할 수 있겠나."

송거신은 잘라 말했다.

"미움을 받으면서까지 그런 일을 하겠다는 거예요?"

"나는 이미 그 분을 구하고자 내 목숨을 던졌던 몸이 아닌가."

지난날 사냥터에서 표범의 기습을 가로막던 일을 두고 하는 말일 것이다.

"그러니 설매, 내 청을 들어줘요. 내 집에 들어온다고 반드시 나와 동침을 하지 않아도 좋아. 실상은 남남이나 다름없이 지내도 무방해. 다만 타인에게 내 사람이 된 것처럼 보이기만 하면 그만인 거야."

설매는 감동했다. 방원을 위해서 아낌없이 자기를 희생하겠다는 사람이 설매 자신 이외에도 또 있다는 사실을 알게 되니 마음 든든했다. 홀로 고군분투하던 전사가 뜻하지 않은 전우를 만난 것 같은 반가움이기도 했다.

"고마워요, 송 소윤."

그의 손목을 잡고 진심으로 치하했다.

"그러면 내 청을 받아들이겠다는 건가."

송거신은 순진하게 반색을 했다.

정 필요하다면 그의 요청대로 행동을 같이 하여 일종의 공동전선을 펼 수도 있다. 그러나 지금 설매의 마음을 초조히 죄고 있는 것은, 당장 긴박한 방원의 신변의 위기였다.

우선 그 문제부터 해결해야 한다. 그리고 그런 일을 상의할 상대로 송거신, 이 사람보다 더 믿음직한 동지도 없을 것이라고 생각했다.

"송 소윤이나 나나 동궁마마를 위해서 아낌없이 자기를 바칠 생각이라면, 무엇보다도 화급한 불부터 꺼야 하겠어요."

이렇게 전제하고는 취련(翠蓮)의 집에 심부름 갔던 계집아이가 엿들어온 정보를 피력했다.

"동궁을 해치고자 하는 흉도들이 있다?"

송거신은 곱씹다가,

"어떠한 자들인지 전혀 짐작이 가지 않는다는 건가?"

하고 물었다.

"계집아이가 전하는 소리라 두서가 없어 갈피를 잡을 수 없지만요, 노 장군이란 말이 여러 차례 그 자들의 입에 오르내렸다는 거예요."

"노 장군이라?"

그는 고개를 꼬았다.

"그야 성이 노가인 데다가 현재 장군 벼슬을 지내고 있거나 과거에 장군 노릇을 한 자를 가려낸다면 혹 짐작이 갈 수도 있을는지 모르네만, 그놈의 장군이란 호칭처럼 막연한 것도 없단 말야. 대장군도 상장군도 맞대놓고 부를 때엔 장군님 장군님 할뿐더러, 어디 그뿐인가, 웬만한 장령들은 두루쳐서 장군이라고 부르는 형편이니 어느 놈인지 꼬집어낼 수 있어야지."

한참 동안 혼자 끙끙거리다가,

"어쨌든 그 자들이 오늘 낮까지는 틀림없이 취련의 집에서 술타령을 하고 있었다는 거지? 그렇다면 아직도 그 집에 있을지 몰라."

급히 자리를 차고 일어서더니 밖으로 달려나갔다.

취련의 기방은 여전히 조용했다. 그것이 송거신에겐 우선 수상했다. 설매의 집에서 뛰쳐나온 그는 곧장 이 곳으로 달려왔던 것이다.

──기방이라면 한창 취객들이 들끓을 시각인데, 왜 이렇게 조용한

가? 혹시 그놈들이 아직도 남아서 밀담을 계속하고 있기 때문에 다른
손들은 모조리 따돌려보낸 것은 아닐까?

그는 계속 그 집을 감시하기로 했다.

3월도 보름날을 하루 앞둔 14일날 밤, 달만 멋대가리없이 휘영청 밝았
다. 몰래 남의 집을 엿보기엔 적당치 않았다. 여간 몸을 잘 숨기지 않고는
이 편의 정체가 먼저 탄로날 판이다.

송거신은 은신처를 물색해 보았지만, 좀처럼 마땅한 게 없다. 그 흔해
빠진 바위 하나, 고목나무 한 그루 서 있지 않다. 그가 겨우 몸을 숨긴
곳은 취련의 집과 옆집 사이, 사람 하나 겨우 들어갈만한 추녀밑이었다.

그렇게 한식경이 지나도록 아무런 기미가 없었다.

──그 자들이 이미 흩어지고 없는 것이 아닐까.

차차 조바심이 난다. 만일 이대로 밤을 새우면서도 허탕을 친다면 큰
낭패다.

──차라리 일찌감치 세자부(世子府)나 찾아가서 흉도들의 흉계를
저하께 고하는 편이 낫지 않을까.

그러나 적의 정체를 모르고 하는 방어나 경비란 어둠 속에 대고 덮어
놓고 방패를 휘두르는 거나 다름없다.

──좀더 기다려 보자.

마음을 고쳐먹고 있는데, 때마침 죽은 듯 고요하던 기방 속에서 인기척
이 일기 시작했다. 그리고 곧이어 6, 7명의 사나이들이 대문 밖으로 나왔
다.

달밤이라 이 편의 몸을 숨기기엔 불편이 있지만, 저 편의 정체를 탐지
하는 데엔 그만큼 이점이 있다.

달빛 아래 노출된 사나이들의 얼굴을 송거신은 하나하나 뜯어보았다.
그러나 이내 실망하지 않을 수 없었다. 어느 얼굴도 낯익은 얼굴이 아닌
것이다.

──이젠 저 자들의 뒤를 밟을 수밖에 없다. 그 자들의 거처를 확인하

고 정체를 밝혀낼 수밖에 없다.

하지만 그러자니 또 문제가 생긴다. 그 자들이 뿔뿔이 흩어져가면 어쩔 것인가. 누구를 버리고 누구의 뒤를 밟아야 할 것인가. 되도록이면 주모 자격인 인물을 택하고 싶었다.

"자, 그러면 오늘은 이만 헤어지도록 함세."

그 중에서도 가장 차림새가 점잖아 보이는 사나이가 말했다. 그는 이 일당의 수령격인 김인귀(金仁貴)였지만, 그와 안면이 없는 송거신이 그것을 알 턱이 없었다.

"그러면 잘 부탁하네. 이번 일은 우리들의 사활이 달린 문제일뿐더 러, 종묘사직의 안태에 관한 일인즉 만유루가 없도록 하게, 노 장군."

노 장군이란 말에 송거신은 가슴을 들먹이며 그 상대를 찾았다.

"염려 마십쇼. 아마 이삼일 내로 반가운 소식을 전해 드리게 될 거올시 다."

이렇게 장담을 하는 사나이가 있었다. 키는 중키가 될까말까 했지만, 이상하게 정한한 기백을 풍기고 있는 장골이었다.

송거신은 그의 뒤를 밟기로 마음을 정했다. 그들의 어투로 미루어 그 사나이야말로 방원을 직접 해치고자 하는 하수인(下手人)일 것이라고 짐작이 간 것이다.

노 장군이라고 불린 그 사나이는 패거리들과 헤어지더니, 방향을 동쪽 으로 잡고 개경 거리를 누벼가고 있었다.

선죽교(善竹橋)를 건너서 외성(外城) 동대문(東大門), 한밤중이라 문은 굳게 닫혀 있었지만, 그는 그 옆 성벽을 가볍게 뛰어넘었다. 송거신 도 그렇게 할 수밖에 없었다.

여기서부터는 한적한 교외였지만, 노 장군은 자꾸 동쪽으로만 걸음을 옮겼다. 그렇게 약 10리쯤 걸어가더니, 한 골짝으로 접어들었다.

진봉산(進鳳山), 한낮이면 지금쯤 그 산을 온통 뒤덮은 진달래꽃으로 불덩이처럼 눈이 부실 것이었다.

그 산골짝을 얼마동안 누비고 들어간 사나이는, 외딴 고옥 앞에 이르러서야 걸음을 멈추었다.

그는 두어번 헛기침을 했다. 그러자 길게 목을 빼며 짖어대는 짐승의 소리가 울려퍼졌다. 어떻게 들으면 개 짖는 소리 같기도 하고, 어떻게 들으면 괴상한 야수의 포효와도 같은 그런 소리였다.

"이놈아, 나다 나야."

노 장군은 제법 다정한 어투로 중얼거리고 대문을 밀었다. 한밤중인데도 대문은 소리없이 열렸다.

그가 안으로 들어가고나자 송거신은 담을 끼고 돌다가 해묵은 소나무가 달빛을 가리는 위치에 이르러 담장 위로 기어올랐다. 몸을 달빛에 노출시키지 않고 자기 몸을 은폐하기 위해서였다.

집안에 들어선 노 장군의 행동은 해괴하였다. 먼저 부엌으로 들어가더니 날짐승 한 수를 움켜잡고 나타났다. 아직도 푸득푸득 움직이는 산꿩이었다.

그는 그것을 번쩍 들어 달빛에 비춰보고는 뒤뜰로 돌아갔다. 그 곳엔 한 동굴이 있는데, 그 동굴 입구는 삼엄한 뇌옥(牢獄)처럼 통나무를 얽어서 박아놓았다.

그가 그 앞으로 다가가자, 이번엔 몹시 반가운 투로 낑낑거리는 짐승의 소리가 흘러나왔다.

"가만 있어 이놈아. 내일이나 모레면 네놈의 그 굶주린 이가 조선 천지를 뒤집어놓구말 게다."

통나무 창살문을 열어젖혔다.

그 속에서 한 짐승이 뛰쳐나왔다.

잔뜩 긴장하며 주시하고 있던 송거신은 약간 기대에 어긋나는 느낌이었다. 그 속에 어떠한 맹수라도 갇혀 있는가 호기심을 태우고 있었는데, 막상 나타난 것을 보니 사냥꾼들이 흔히 기르는 한 마리의 황구(黃狗)였다. 아니 처음에는 그렇게 보였다.

그러나 다음 순간 그는 숨을 들이켰다. 그 짐승의 두 눈에서 발하는 안광이 유난히 푸르고 사나웠던 것이다.

——늑대가 아닌가.

누구보다도 사냥을 좋아하는 송거신은, 여느 사람 눈에는 한 마리의 누런 개처럼 보이기 쉬운 늑대를 제대로 식별할 만한 안목을 가지고 있었던 것이다.

그러나 그 야생의 맹수를 노 장군이란 사나이는 어떻게 길을 들여놨던지, 마치 강아지처럼 꼬리를 흔들며 그에게 응석을 떨었다.

"이게 먹구 싶다는 거지? 그렇다면 이놈아, 일을 해야지."

푸득거리는 꿩을 늑대 코끝에 잠깐 들이댔다가 등 뒤로 감추더니 소리를 질렀다.

"죽여라."

늑대는 잠깐 땅바닥에 주둥이와 배때기를 붙이고 기부림을 쓰다가, 괴상한 포효와 함께 몸을 날렸다. 송거신이 엿보고 있는 그 담장쪽을 향해서였다.

31. 刺客의 집

　거의 반사적으로 송거신은 상반신을 가라앉혔다. 담장 뒤에 고개를 파묻었다. 죽여라 하는 소리와 함께 그 야수가 몸을 날린 것은 틀림없이 자기를 공격 목표로 삼은 때문일 것이라고 겁을 먹었던 것이다.

　"핫핫핫핫!"

　다음 순간 담너머에서 노 장군이란 자의 너털웃음이 터졌다.

　"옳거니, 이놈아. 바로 그렇게 하란 말이다. 그 자의 목줄띠를 한입에 끊어버리란 말이다."

　이상하다. 그 맹수는 자기를 공격 목표로 돌진한 것이 아니었던 것인가. 그제서야 송거신은 조심조심 고개를 들어 담너머를 들여다보았다. 그리고 숨을 돌이켰다.

　해괴한 정경이었다.

　그가 내려다보는 바로 그 담밑에 융복(戎服)을 갖추어 입은 한 무골(武骨)이 쓰러져 있는데, 모가지는 동강이 났는지 없다. 아니 주립(朱笠)을 쓴 그 모가지를 늑대가 물고 있는 것이다. 부엌 앞에 서 있는 노 장군의 발밑에 그것을 들이대고 꼬리를 치고 있는 것이다.

　그러나 좀더 자세히 살펴보니, 그것은 산 사람이 아니었다. 산 사람을 방불케 하는 등신대(等身大)의 인형이었다. 흙이라도 빚어서 그렇게 만든 것일까.

　"똑똑히 듣거라, 이놈아. 그 허수아비가 쓴 주립으로 말할 것 같으면 네놈이 장차 정말로 물어죽여야 할 자가 쓰던 물건이야. 비록 너절한

헌 거지만, 나로서는 큰 돈을 주고 손에 넣었단 말이다. 그러니 그 자의 체취를 똑똑히 맡아두었다가 마지막 고비에 실수하는 일이 없도록 해야 된다."

노 장군이라는 사나이는 마치 산 사람을 상대로 하듯이 다짐을 하고 있었다. 늑대는 그 때까지 물고 있던 인형의 머리를 떨어뜨리더니, 노 장군의 발등에 코를 비벼댔다.

"알아들었단 말이냐. 그렇다면 좋다."

그 때까지 쥐고 있던 산 꿩을 던져주었다.

꿩이 푸득득거리며 날아가려고 하자, 늑대는 비조처럼 몸을 날려 한입에 물었다. 그리고 탐욕스럽게 뜯어먹었다.

"맛이 있지, 이놈아. 하지만 그건 네놈에게 줄 진짜 상급(賞給)이 아니야. 네가 장차 살아있는 그 자만 물어죽인다면, 그까짓 꿩 같은 것, 열 마리구 스무 마리구 네놈의 배때기가 터지도록 먹여 주마."

송거신은 전률했다. 그들의 음모의 윤곽, 방원을 암살하려는 수법이 어렴풋이나마 짐작이 갈 것 같았다.

그는 소리나지 않게 조심을 하면서 담에서 내려섰다.

——어떻게 한다? 저놈들의 흉계를 미연에 분쇄해버릴 묘안은 없을까.

심각한 궁리에 잠기고 있는데, 갑자기 그의 옆구리를 찌르는 손이 있었다.

——들켰구나.

어금니를 깨물었다.

여기는 흉도들의 행동대원이 암살의 예행연습을 비밀히 익히고 있는 훈련장, 그리고 자기는 그 비밀을 낱낱이 엿보았으니, 지금 자기의 옆구리를 찌른 자가 그들과 한패거리라면 자기는 귀신도 모르게 죽음을 당할 뿐이다.

그것도 좋다. 그러나 자기가 죽으면 방원은 어찌될 것인가. 어떻게

해서든지 그럴싸한 핑계라도 대서 이 위기를 모면해야겠다고 생각하는
데, 문득 귓전에 더운 입김이 뿜어졌다.

"나야, 송 소윤."

더운 입김은 이렇게 속삭였다. 귀에 익은 음성이었다.

그제서야 고개를 돌려보니 뜻밖에도 김덕생(金德生)이었다. 지난날
사냥터에서 방원이 표범의 습격을 받았을 때 화살 한 대로 쏘아죽인 그
명궁이었다.

"여기서 뭘하고 있는 건가? 우연히 지나가다가 자네를 봤는데, 한밤중
인데도 불구하고 무슨 큰 일을 당한 사람처럼 조급히 걸어가기에, 하도
수상해서 뒤를 밟은 걸세."

역시 소리를 죽이며 김덕생은 말했다. 송거신은 그의 옷자락을 잡아끌
고 가까운 숲속으로 들어갔다.

설매로부터 전하여 들은 암살단의 밀담 내용, 오늘밤 취련의 집 앞에서
목도한 그들의 움직임, 노 장군이 취한 해괴한 행동을 간추려 들려주었
다.

김덕생, 그는 송거신이 누구보다도 마음을 터놓고 지내는 친우였다.
후일담이지만 그들의 우정에 관해서 이런 사실(史實)이 전하여지고 있
다.

세종 18년 윤 6월 20일, 송거신이 국왕에게 다음과 같은 진언을 했던
것이다.

──지난 을해년(태조 4년) 태종께서 잠저에 계시던 당시, 김덕생의
공로는 신보다 월등한 바 있었삽거늘, 신만 홀로 상은(上恩)을 입사와
외람되이 공신(功臣)의 호를 받잡고 관위가 일품(一品)에 이르렀습니다
마는, 덕생은 불행하게도 공(功)에 비하여 불우한 나날을 보내다가 일찍
세상을 떠났습니다. 뿐만 아니오라 사자(嗣子)가 없고 두 딸만 두었사온
데, 지금 들리는 바에 의하면 전라도 영광(靈光)땅에 있는 덕생의 묘지를
그 고장 백성들이 만만히 보았던지 함부로 수목을 벌채하고, 심지어는

그 터전에 밭을 갈아먹는 형편이라고 합니다. 까닭인즉, 덕생의 생존시의
벼슬이 낮았던 때문에 이름없는 묘소와 다를바 없이 여기는 모양이오
니, 그를 위하여 적절한 포상(褒賞)이 있으시기 바랍니다.

그래서 세종은 즉시 김덕생에게 가정대부(嘉靖大夫 : 종 2품)를 추종
하고, 그 고장 관원에게 명령하여 묘소를 개수(改修)하도록 하였다는
것이다.

"그러니 어떻게 했으면 좋은가. 신통한 생각이 나지 않아서 망설이던
참이었네."

그렇게 말하며 송거신은 난처해 했지만, 김덕생은 뭔가 골똘히 생각할
뿐 좀처럼 입을 열지 않았다.

"이렇게 하면 어떨까. 조금 전까지만 해도 나 혼자 몸이기에 노 장군인
가 하는 그놈을 처치하지 못했네만, 이제 천하의 명궁 자네를 만났으니
그놈을 화살 한 대에 쏘아 죽이든지, 아니면 둘이 뛰어들어가서 사로잡던
지 그렇게 하면 화근을 미연에 방지할 수 있을 것이 아닌가."

조급한대로 송거신이 한 가지 안을 냈다.

"그건 안 될 말일세."

김덕생이 겨우 무거운 입을 열었다.

"그놈들의 일당이 여러 놈인 모양인데, 노가란 놈 하나만 처치한다고
해결될 문제가 아닐 뿐더러, 섣불리 벌집을 쑤셔놓았다가 오히려 되잡히
면 어쩔 셈인가."

"되잡히다니?"

송거신은 고개를 꼬았다.

"아직 그 일당은 음모를 꾸미고 있는 단계이지, 어떤 구체적인 범행은
저지르진 않은 걸세. 노가란 놈을 섣불리 죽이거나 잡거나 하면 생사람
잡는다고 되려 몽둥이를 휘두를 우려도 없지 않거든. 그러니 그놈이 좀더
놀아나게 놓아 두었다가 결정적인 순간에 낚아채는 걸세."

그리고는 소리를 죽이고 몇 마디 더 부연했다.

방원 일행이 신도(新都) 한양을 향해서 출발한 것은 그 달 15일 아침 나절이었다. 많은 당료들과 관원들이 그를 따라 외성 남문(南門) 밖까지 전송했다.

남문을 나가서 그들은 각각 하인에게 들려온 술과 안주를 방원에게 권한다. 권세있는 사람이 도성(都城)을 떠나 여행을 할 때엔, 그렇게 하는 풍습이 고려조로부터 전해 내려오고 있었다. 물론 그에게 주효를 권하는 면면들은 각각 자기들 나름대로의 사정이 있어서 그러는 것일 게다. 진정으로 방원을 위한 술잔도 있을 것이며, 이 기회에 그의 꾐을 받고자 아부하는 측도 없지 않을 것이다.

그러나 방원으로서는 영광스러운 여행길이었다. 한양땅 종묘(宗廟)에 안치되어 있는 선조들에게 자신이 이 나라의 세자가 되었음을 보고하러 가는 길이었다. 금의환향(錦衣還鄕)이라는 말로 표현할 수도 있는 행차였다.

잔을 권하는 자들의 내심이야 어떻건 적어도 표면상으로는 자신의 영광을 기뻐하여 주는 축배였다. 흔연히 받을 수밖에 없었다.

몇 차례 잔을 받고 돌리고 하다가 한 관원이 바치는 술잔을 대하자, 그는 자기도 모르게 망설여지는 것을 느꼈다. 그 관원은 바로 검교참찬문 하부사 김인귀(金仁貴)였다.

물론 그가 방원 자기를 암살하고자 흉계를 꾸미고 있는 일당의 수령격이라는 사실을 알 턱이 없다. 그렇다고 그가 따른 술에서 다른 사람이 따른 술과 별다른 점을 감취한 때문도 아니었다. 그저 공연히 마음이 내키지 않는다. 일종의 육감이라고나 할까.

그러나 방원은 이내 기분을 고쳐먹었다. 자기를 축하해 주는 술잔에 층하를 두어 가려받는 것은 일국의 세자로선 공정한 태도가 못된다.

더더구나 김인귀로 말할 것 같으면 국왕 방과의 심복의 한 사람이라는 것을 방원도 잘 알고 있다. 공연한 기분으로 그 술잔을 거절했다가 어떠한 곡해를 살는지도 모를 일이며, 나아가서는 뜻하지 않은 잡음을 일으키게 될 염려도 없지 않다.

결국 그 술잔을 받아 마셨다. 냄새도 맛도 별로 이상한 것 같지는 않았
다.

——내가 공연한 기분에 좌우되지 않기를 잘 했구먼.

속으로 쓴웃음을 지으며 방원은 길을 떠났다.

그의 일행이 멀리 사라지자, 전송 나왔던 인사들은 뿔뿔이 흩어졌다.
김인귀도 그들 틈에 끼여서 도성 안으로 들어가는 체하다가, 그러나 한동
안 꾸물거리더니 남문 서쪽 용수산(龍首山) 기슭으로 말을 몰았다.

한 동굴 앞에 이르자, 사냥꾼차림의 노원식이 나타났다.

"어떻습니까, 일이 잘 됐습니까?"

그는 조급히 물었다.

"이를 말인가. 방원이 그 자, 내가 따르는 술을 한 방울도 남기지 않고
단숨에 들이켰다네."

김인귀는 검은 희소를 흘렸다.

"틀림없겠습지요, 대감. 그 술을 들었으니 방원 그 자 틀림없이 탈이
나겠습지요?"

"나다 뿐인가. 아마 임진강을 건너서 얼마 안 가면 어김없이 우리가
원하는 증세가 나타날 걸세. 그러니 자네는 기회를 놓치지 않도록 급히
뒤쫓도록 하게."

노원식은 동굴 속을 향하여 두어번 헛기침을 했다.

김인귀의 예언은 적중했다. 방원 일행이 임진강을 건너서 얼마쯤 더
간 지점에 이르자, 방원은 갑자기 심한 설사 기운을 느낀 것이다.

가까운 곳에 인가라고는 찾아볼 수 없는 산길이었다. 뉘집 측간(廁
間)이나마 빌어쓸 형편도 못되었다.

방원은 참을 수가 없었다. 마침 그와 가까운 위치에서 호위하고 있던
송거신을 눈짓으로 불러서 딱한 사정을 귀띔했다.

송거신은 잠깐 불안한 얼굴이 되더니,

"임시변통으로 어디 장막이라도 치도록 하는 게 어떻겠습니까."

이렇게 진언했다.

그것도 좋은 얘기였지만, 그럴 시간적 여유조차 없는 방원이었다.

"아주 급해."

오만상을 찡그렸다. 송거신은 더욱더 불안스러운 기색을 보이다가,

"정 그러시다면 저 숲속에라도 모시겠습니다."

하면서 앞장섰다. 방원은 급히 말에서 뛰어내려 그 뒤를 따랐다.

그러자 송거신이 눈짓으로 김덕생을 불렀다. 두 사람은 잠깐 귓엣말을 주고 받다가 송거신은 방원을 인도하여 숲속으로 들어갔고, 김덕생은 그 근처 나뭇가지 위로 기어올라갔다.

"김 낭장은 왜 저런 짓을 하누."

방원이 의아스러워하는 말에,

"만일의 경우를 염려해서 파수를 보라고 했습지요."

그렇게 답변하는 송거신의 말을 방원은 대수롭지 않게 흘려들었다.

숲속 적당한 자리에서 방원이 쭈그리고 앉자, 송거신은 그에게서 대여섯 걸음 떨어진 위치에 서서 등을 돌렸다.

고약한 증세였다. 조금 전까지도 당장 실수를 할 것처럼 다급하더니, 막상 볼일을 보자니까 뒤만 잔뜩 무거울뿐 몹시 애를 먹는다.

──이질 기운이 생긴 것이 아닐까.

그런 걱정을 하며 힘을 주고 있다가, 문득 방원은 난처한 입맛을 다셨다. 숲속을 누비며 누런 짐승 한 마리가 다가오고 있는 것이다. 퀴퀴한 냄새에 끌려 나타난 야견(野犬)쯤으로 방원은 생각했지만, 그렇더라도 점잖은 지체에 심히 난처한 노릇이었다.

그놈은 방원이 있는 위치에서 십여보 떨어진 지점에 이르자, 땅바닥에 몸을 찰싹 붙였다. 그리고는 두 눈에서 푸른 불을 뿜으며, 어금니를 드러내어 기부림을 썼다.

방원은 경악했다. 멀리서 보기엔 한낱 야견과 흡사했지만, 가까이 다가온 걸 보니 틀림없는 늑대였다.

미처 옷도 여미지 못하고 소매 속에 감추어 넣은 비상용 장도(粧刀)를 움켜잡았다. 그제야 그 야수를 발견했던지 송거신이 급히 몸을 날려 그 앞을 가로막았다.

"이놈!"

호통을 치고 주먹질을 하며 야수에게로 다가갔다. 성난 늑대는 몸을 솟구쳤다. 송거신의 머리 위를 뛰어넘었다. 그리고는 곧장 방원을 향해 돌진했다.

방원은 장도를 휘둘렀다. 다급한대로 그렇게 할 수밖에 없었다. 그러나 만일 그 맹수가 그대로 공격을 강행하였더라면, 그까짓 장도쯤으로 방어할 수 있었을는지 의문이었다. 훈련된 야수의 독한 이는 그의 목줄띠를 물어뜯었을는지도 모른다.

그러나 다음 순간 그 야수는 괴상한 비명과 함께 거꾸로 떨어졌다. 그 덜미엔 화살 한 대가 깊이 꽂혀 있었다.

나뭇가지에 올라가 있던 김덕생이 달려왔다. 그의 손에는 활 한 자루가 쥐어져 있었다. 그러니까 나무 위에서 파수를 보던 그가, 그 늑대를 쏘아 넘어뜨린 것일 게다.

"이건 바로 오년 전 한산(漢山) 교의 사냥터에서 당했던 것과 똑같은 일을 당했구면."

방원이 착잡한 웃음을 흘리고 있는데, 화살을 맞고 일단 쓰러졌던 늑대가 벌떡 몸을 일으켰다. 아직도 목숨이 붙어 있는 것일까, 숲속 한쪽을 향하여 사력을 다해 달리기 시작했다.

송거신이 허둥지둥 그 뒤를 추격하려고 했다.

"그럴 필요는 없네."

김덕생이 말리더니, 그는 마침 그 옆에 서 있는 하늘을 찌를 듯한 전나무를 타고 올라갔다.

높은 가지에 올라서서 늑대가 사라진 쪽을 노려보던 김덕생, 화살 한 대를 다시 재어 활시위를 잔뜩 당기더니 소리쳤다.

"이놈! 게 있거라. 꼼짝만 했다간 이 화살이 네 놈의 숨통을 끊어줄 줄 알라."

누구를 향해서 지르는 소리일까, 도망친 짐승에게 을러대는 소리치고는 그 어투가 너무 진지했다.

"아니, 저놈이."

그는 입맛을 다시더니, 마침내 활시위를 퉁겼다.

"윽."

숲속으로부터 비명이 들려왔다. 틀림없는 인간의 음성이었다. 김덕생은 그 높은 나뭇가지에서 내리뛰었다. 그리고는 숲속으로 달려들어갔다.

잠시 후 사냥꾼 차림을 한 한 괴한이 김덕생에게 덜미를 잡혀 끌려왔다. 그의 발꿈치엔 화살이 깊이 꽂혀 있었다.

"이놈인가?"

김덕생이 물었다.

"바로 맞았네."

그 괴한은 틀림없는 노 장군, 즉 노원식(盧元湜)이었다. 그러나 그는 고개를 절레절레 저으며 딴청을 했다.

"나리님네들, 왜 이러십니까. 소인은 산중을 헤매며 노루사냥으로 입에 풀칠을 하는 하찮은 사냥꾼입니다요."

"닥쳐라, 이놈."

김덕생이 일갈했다.

"네놈이 사냥꾼이라면 어째서 아까 그 짐승을 시켜서 동궁저하를 해치고자 했지?"

"하느님 맙소사. 소인이 어째 그런 끔찍한 짓을."

노원식은 죽는 시늉을 하며 땅바닥을 두드려댔다.

"내 화살을 맞고 도망친 늑대가 네놈에게로 돌아가서 품에 안기더니,

절명한 것을 내 눈으로 똑똑히 보았단 말이다."

"아, 우리 누렁이 말씀입니까요. 그건 소인이 사냥을 할 적이면 늘 데리고 다니는 길들인 개올시다요."

"뻔뻔스러운 놈. 늑대와 사냥개도 판별하지 못할만큼 내 눈이 청맹과 닌 줄 알았더냐?"

김덕생은 을러댔고,

"들어라 이놈, 네놈 성이 노가이며 장군 벼슬까지 지낸 놈이라는 것, 진봉산 산골짝 외딴 집에서 그 짐승을 시켜서 허수아비를 물어뜯는 훈련을 시킨 사실, 우리는 다 알고 있단 말이다."

송거신이 마주 받아 폭로하자, 노원식의 얼굴이 흙빛으로 변했다.

"도대체 어찌된 일인고."

방원이 비로소 물었다. 그 동안에 들은 정보, 목격한 사실을 송거신이 간추려 설명했다.

"그러하온즉 이놈을 추궁해서 배후를 밝혀내고, 일당들을 일망타진해야 합니다."

그 얘기를 듣자 방원의 뇌리를 스치는 것이 있었다. 오늘 아침나절 남문 밖에서 김인귀가 주던 술잔을 받을 때 꺼림칙하던 그 일이었다.

──갑작스런 설사 기운이 일게 된 것도, 그 술 때문이 아니었을까.

그렇다면 비밀의 실마리는 풀려나갈 것 같았다. 자기가 도중에서 용변을 보게 하기 위해서, 그 술잔에 어떤 비약을 투입했을 것이라고 가정하자. 그리고 그 기회를 타서 노가라는 저놈이 길들인 야수로 기습을 가한다.

──그렇다면 김인귀와 노가란 놈은 한패거리일 것이며, 또 그렇다면 나를 암살하고자 한 일당은 상감의 심복들이 아닐까.

추리의 날개가 거기까지 미치자, 방원은 몸서리를 쳤다.

──내가 무슨 생각을 하고 있는 걸까. 그 지긋지긋한 골육상잔의 피바람, 다시는 부는 일이 없기를 갈망했고 또 믿어온 내가 아닌가.

그는 이 때까지 피워 본 추리의 날개를 꺾어버리려고 애를 썼다.

"어떻게 저놈을 처치하여야 하는지 분부를 내려주십시오, 저하."

송거신이 졸라댔다.

"저놈의 아가리를 째고 혓바닥을 뽑아내는 한이 있더라도, 저놈 일당의 정체를 캐내야 하지 않겠습니까."

김덕생도 역설했다.

방원은 한 동안 말이 없다가 겨우 한마디했다.

"내버려두도록 해라."

이 이상 문제를 삼다간 참말로 그 지겨운 피바람이 또 휘몰아칠 것만 같은 두려움 때문이었다.

"무슨 말씀이십니까, 저하."

송거신이 펄쩍 뛰었다.

"다른 죄도 아니고 저하를 시해하고자 한 대역무도한 역도들을 그냥 버려두다니 당치나 한 말씀입니까."

"이 기회에 흉도들의 뿌리를 뽑지 않는다면, 앞으로 어떤 가공할 변고가 야기될는지 알 수 없는 일이올시다."

김덕생도 핏대를 올렸다.

"왜 그리 말들이 많은고."

방원은 언성을 높였다.

"너희들은 내 영을 어기겠다는 거냐."

방원의 속마음을 알 턱이 없었지만, 예상외로 준엄한 일갈에 두 심복은 고개를 움추리고 입을 다물 수밖에 없었다.

"여봐라."

방원은 직접 노원식을 불렀다.

"이 사람들이 무슨 당치도 않은 곡해를 하고 있는 모양이지만, 내가 보기엔 너는 이름없는 한낱 사냥꾼에 지나지 않는 것 같다. 그렇지?"

"이를 말씀입니까요, 나리. 아니, 저 마마."

사색이 되었던 노원식은 생기를 되찾고 얼레발을 쳤다.

"아까 그 짐승도 네가 길들인 사냥개에 틀림이 없것다? 어쩌다가 내 앞을 얼씬거린 것을 저 사람이 잘못 알고 을러댄 때문에, 순간적으로 날뛴 것에 지나지 않겠지?"

"예예, 옳으신 말씀입니다요, 마마."

"그렇다면 우리가 실수를 했어. 길들인 사냥개를 죽게 했으니 앞으로 생계에도 지장이 있을 터인즉, 이걸로 개 한 마리를 사서 다시 기르도록 해라."

그리고는 그 때까지 손에 쥐고 있던 은장도를 던져주었다.

"고맙습니다, 마마. 고맙습니다요."

땅바닥에 떨어진 장도를 노원식은 엉금엉금 기어서 집어들었다.

"그만 물러가거라."

그러나 노원식은 몸을 일으키지 못했다. 아직도 발꿈치에 꽂힌 채로 있는 화살 때문일 것이다.

"그 화살을 뽑아 주어라."

방원은 김덕생을 돌아보며 지시했다. 김덕생은 못마땅한 눈알을 희번덕거리다가, 그러나 다음 순간 뭔가 짐작이 가는 바가 있던지 혼자 고개를 끄덕이며 그 화살을 뽑아 주었다.

하지만 역시 노원식은 걷질 못했다. 상처가 심한 때문일까.

"이것봐."

이번엔 송거신을 불렀다.

"저자에게 비루먹은 말이라도 좋으니 한 필 내주도록 해라. 그래야 제 처소로 돌아갈 것이 아닌가."

기가 막히다는 얼굴을 송거신은 하면서 입속으로 투덜거렸지만, 그래도 마지못해 지시대로 했다.

놀라고 당황하고 감격한 것은 노원식이었다.

"마마."

목멘 소리로 한 마디 외치고는 다음 말을 잇지 못했다.

"태워주도록 해라. 혼자서는 그것도 어려울 테니 말이다."

송거신과 김덕생이 노원식을 번쩍 들어올려 말등에 태웠다. 노원식은 눈물이 글썽한 눈으로 돌아보며 돌아보며 사라졌다.

그리고 방원 일행은 다시 길을 떠났다.

"이것봐, 김 낭장."

김덕생과 말머리를 나란히 한 송거신이 고개를 꼬며 소리죽여 물었다.

"자넨 저하의 거동을 어떻게 생각하나. 노 장군이란 그 자에게 아무런 혐의가 없다고 생각하시고 그런 은혜를 베풀어 주셨을까."

"그렇지는 않을 걸세."

김덕생이 무겁게 고개를 가로저었다.

"영명하신 저하께서 그만한 짐작이야 못하시겠나?"

"그렇다면?"

"깊이 사려하시는 바 계셔서, 그런 조처를 취하셨을 걸세."

"글쎄, 나는 그 이유가 궁금하단 말야."

"이유는 나도 자세히는 모르겠네. 어떤 때는 맑은 시냇물처럼 가슴 속을 다 헤쳐보이시는 분이지만, 또 어떤 때는 깊은 연수(淵水)처럼 헤아릴 수 없는 무엇을 감추고 계시는 분이니 말일세."

한양에 당도한 방원은 즉시 종묘에 참례한 다음, 중상동(中常洞)에 있는 그의 한양 사제로 향했다.

그날밤을 거기서 묵고 나자, 그 이튿날 이른 새벽부터 수하들에게 약간 예상치 않은 지시를 내렸다.

"오늘은 오랜만에 사예(射藝)를 즐겨 볼까 하니, 사장(射場)을 정비하도록 하라."

방원의 사제 후원에는 전부터 활터가 마련되어 있었지만, 송도로 천도한 연후엔 그대로 버려두었기 때문에 손질을 할 필요가 있었던 것이다.

수하들은 신바람이 나서 준비를 하기에 바빴다. 그들에겐 활쏘기란 무예의 연마를 의미하는 행사인 동시에 즐거운 유흥이기도 했다.

즉시 사정(射亭)이 말끔히 청소되었다. 과녁도 새로 세워졌다. 그 앞에 웅덩이를 파고 사람이 들어앉아서 화살의 명중율을 점검하는 '무겁'도 다시 팠다. 유시(流矢)를 방지하기 위해서 무겁 뒤에 쌓는 '토성'도 돋우었다. 모두들 신나게 돌아갔다.

그 날의 활쏘기는 일종의 개인기의 경합이었다.

여러 수하들 중에서도 명궁으로 이름 높은 김덕생이 초순(初巡), 재순(再巡), 삼순(三巡), 십오시(十五矢)를 모두 명중시켜 우승을 했다.

"김 낭장은 과연 희대의 선사(善射)로구면."

방원은 칭찬하더니,

"이번엔 어디 나하고 겨루어 볼까."

빙그레 웃으며 도전했다. 사원(射員)들은 모두들 술렁거렸다.

사예를 겨를 경우, 계급의 층하가 있는 사람들이 서로 섞여서 하는 예가 없는 것은 아니다.

훨씬 훗날의 얘기지만 고종(高宗) 9년 5월 초이튿날, 풍소정(風嘯亭)에서 거행된 장안변사시기(長安邊射試記)를 보면, 종2품 가의대부(嘉議大夫) 최의삼(崔議三)이라는 고관을 위시해서 정3품 절충장군(折衝將軍) 김경희(金敬熙), 정6품 사과(司果) 안택순(安宅舜), 종6품 부장(部將) 윤창선(尹昌善) 그리고 임치성(林致成) 등, 과거에는 합격했지만 아직 입관되지 않은 출신(出身)들이 서로 섞여서 사예를 겨룬 예가 있는 것이다.

하지만 일국의 세자가 겨우 정6품 밖에 못되는 낭장과 단 둘이서 시합을 한다는 예는 흔히 볼 수 없는 일이었다.

그러나 어쨌든 세자 방원의 지시였다.

거기한량(擧旗閑良)이 '무겁' 위로 달려가서 기를 세웠다. 그는 화살이 과녁에 명중하면 기를 흔들어 알리는 것이 임무였다.

장족한량(獐足閑良)이 장족, 즉 노루 발가락처럼 생긴 집게와 망치를 들고 과녁을 향해 달려갔다. 그의 임무는 과녁에 꽂힌 살을 뽑는 일이었다.

'획창'이 사정 앞 툇마루에 자리를 정하고 늘어앉는다. 그들은 활을 쏠 적마다 거기한량의 신호를 따라 누가 맞혔는가를 소리 높이 외치는 것이다.

거기한량들이 기를 세번 두르고 지웠다. 그것을 신호로 방원과 김덕생이 활터에 나란히 섰다. 방원의 뒤를 활과 화살을 든 송거신이 따라 와서 시립했다.

"먼저 쏘겠습니다."

김덕생이 방원을 향해 읍하였다.

계급에 층하가 있는 사람끼리 사예를 겨룰 경우에는, 계급이 낮은 편이 먼저 쏘는 것이 고대로부터 전해 내려오는 사풍(射風)이었다.

"정순 간다."

한 사원이 소리높이 외쳤다. 거기가 일제히 기를 두르며 응답한 다음, 기를 지웠다.

마침내 김덕생이 근엄한 자세로 허리에 찼던 다섯대의 화살 중의 한 대를 시위에 쟀다. 물론 세자저하와 사예를 겨루는 자리이니 자연히 근엄해지지 않을 수 없었겠지만, 그 때문만은 아니었다. 어떠한 경우에도 응사원에겐 활을 쏠 때 엄숙한 자세와 거동이 요청되었던 것이다.

몇 가지 준수해야 할 규칙을 열거해 보면 이렇다.

활터에 들어갈 때엔 먼저 의관을 정제해야 한다. 술을 먹어서 취기가 있는 것은 절대로 금기하였다.

활터로 올라갈 때엔 좌우를 돌아보지 않아야 하며, 다른 사람과 말을 하지 않는다.

걸음도 급히 걷지 않으며 활을 들되, 시위를 넙적다리에 가볍게 붙여 쥔다.

활터에서도 좌우를 돌아보지 않고 곧장 무겁을 향하여 시선을 집중시 킨다.

빈 활을 당겨보거나 활을 공연히 만지작거려도 안된다.

그와 같은 법도를 지키면서 김덕생은 마침내 활시위를 잔뜩 당겼다. 무서운 살걸음(화살의 속도)이었다.

화살 날아가는 것이 육안으로는 도무지 보이지 않는데, 거기한량이 기를 휘둘렀다.

곧 이어 장족한량이 왼손에는 장족을, 오른손에는 망치를 들고 그 두 손을 활짝 펴더니, 망치로 과녁 한복판을 두드렸다. 바로 그 자리에 적중 하였다는 것이다.

그것을 바라본 획창한량, 길게 목청을 뽑아 소리친다.

"김덕생, 변이오."

변(邊)이란 명중했다는 뜻이다.

또 쏘았다.

"또 변이오."

계속 다섯대를 쏘는 족족, 다섯대가 모두 명중했다.

"오시(五矢)에 순점이오."

획창은 뇌는 것이었지만, 그 어조는 꺼림한 꼬리를 끌고 있었다.

만일 이 자리에 기생들이라도 참석해서 획창을 하게 되었더라면, 큰 머리에 남치마를 흩날리며 나란히 서서 신바람이 나게 지화자를 불러제 칠 판이지만, 지금 그 획창이 꺼림한 그늘을 피우는 데엔 까닭이 있었 다. 세자 방원의 기분에 대한 배려가 크게 작용하고 있기 때문이다.

이제 김덕생이 다섯대를 쏘아 다섯대 다 명중시켰으니, 방원 역시 다섯 대를 다 관중(貫中)시키더라도 두 사람의 승부는 비기는 셈이 된다.

"거 한 대를 일부러라도 빗나가게 쏜다고 손목이 부러질 것도 아닐 텐데."

어떤 사원이 입끝을 비쭉거리며 투덜거리자,

"누가 아니라나. 그 사람 항상 너무 고지식한 게 탈이야."

다른 사원도 맞장구를 쳤다.

드디어 방원의 차례가 되었다. 그는 잠깐 김덕생을 둘러보더니, 대수롭지 않게 활시위를 당겨 쏘았다.

거기한량이 크게 깃발을 휘둘렀고, 장족한량은 덩싱덩실 춤을 추며 과녁 한복판을 두드려댔고, 획창은 획창대로,

"동궁저하 관중이시오."

김덕생의 경우보다 몇배 더 큰 소리로 외쳤다.

임금이나 왕족이나 장상(將相)의 화살이 명중하였을 때는 '변'이란 말을 쓰지 않고, 존경하는 의미에서 관중이란 용어를 사용했던 것이다.

방원의 화살은 계속 날아갔다. 그 역시 다섯대를 모두 명중시켰다. 모든 사원들이 덩실덩실 춤을 추면서 지화자를 불러댔다. 그것은 물론 사장의 법도가 아니었지만, 거의 자연발생적으로 그렇게 했다.

그 광경을 바라보며 방원은 홀로 떨떠름한 웃음을 섬었다.

──내가 다섯대를 다 맞히기를 잘 했구먼.

만일 그렇지 못했더라면 방원 자신은 별로 불쾌하게 여기지 않겠지만, 여러 수하들은 죄없는 김덕생에게 시새움과 힐난의 눈총을 쏘아댈 것이다.

방원은 김덕생을 가까이 불렀다. 그의 사례를 극구 칭찬한 다음, 준마 한 필과 그가 애용하던 정량궁(正兩弓)을 상급으로 주었다.

바로 그 때문이었다. 오늘 김덕생과 사례를 겨루겠다고 자청한 것은 적당한 이유를 붙여 그에게 상을 주고 싶었기 때문이었다. 노원식이 훈련한 이리의 기습으로부터 자기의 목숨을 구해준 공을 그런 식으로 포상하려는 것이 방원의 속마음이었다.

그리고 그는 한마디 덧붙여 말했다.

"내 활솜씨도 이만하면 언제 누구하고 겨루더라도 뒤지지는 않겠구먼."

진봉산 산골짝 노원식의 은거처에선 김인귀(金仁貴)를 위시한 암살단원들이 모여서 핏대를 올리고 있었다.

"여봐요, 노 장군. 자네가 그토록 큰소리를 탕탕 치기에 턱 믿고 일을 맡겼더니, 이게 무슨 낭팬가."

노원식은 고개를 외로 꼬고 입을 다물고만 있었다.

"도대체 산짐승을 시켜서 한 나라의 세자를 모살하겠다는 얘기를 들었을 때부터 나는 마음이 놓이지 않았소이다."

박득년(朴得年)이 삐죽거렸고, 다른 패거리들도 한마디씩 꼬리를 이어 힐난했다.

"조용들 해요."

김인귀가 두령답게 그들을 제지했다.

"지난 일을 가지고 왈가왈부한다고 방원 그 자가 급살병이라도 걸려서 죽을 턱은 없지 않소. 그보다도 사후책을 강구하는 일이 시급한 거요."

"글쎄, 무슨 뾰족한 수가 또 있어야 사후책이고 뭐고 강구할 게 아닙니까."

조현(趙賢)이 볼멘 소리를 던졌다.

"모두들 가까이 앉아요."

김인귀가 무슨 묘안이라도 있는지 소리를 죽이며 말했다.

"방원이 한양서 돌아오면 상감께서는 그 자를 환영하는 뜻에서 잔치를 베풀기로 하셨소."

"그래서요?"

"그리고 그 잔치에 어량청(御涼廳)에서 사후(射侯)를 관람하시게 될거요. 그 때 우리와 기맥을 통하고 있는 한 내관을 통해서 상감을 움직이게 하는 거요."

"어떻게 말씀입니까?"

"방원과 사예를 겨루시라고 부채질을 하는 거지."

"상감이 응하실까요?"

"응하실 게야."

김인귀는 자신있게 잘라 말했다.

"우리 상감, 겉으로 뵙기엔 아무 욕심도 없으신 것 같고 모든 것을 방원에게 양보하며 지내시는 것 같네만, 그 분이라고 어찌 비위가 없으시겠나. 적절한 기회만 있으면 방원의 콧대를 꺾어버리고 싶으신 마음이 굴뚝 같으시겠지."

"그야 그렇겠습죠만."

"상감께서 방원과 사예를 겨루신다면 그 결과는 뻔할게 아닌가. 방원 그가 약삭빠른 인간이니, 일부러라도 상감께 양보를 해서 지는 시늉을 할 걸세. 그래야만 상감을 받들어 모신다는 눈가림이라도 할 수 있을 것이 아니겠나. 만일 그렇게 하지 않는다면, 많은 신료들의 반발을 살 터이니 꼭 그렇게 할 걸세."

"결과가 그렇듯 빤히 내다보이는데 상감께서 그런 장난을 하시겠습니까."

"결과가 보이니까 하실 수 있는 거야. 거짓이건 꾸며서 하는 노릇이건 방원이 패배한다는 것은 형식적이나마 상감께 무력면에서 굴복하는 것이 될 게고, 그런 뜻을 사전에 귀띔한다면 방원의 콧대를 꺾을 좋은 기회라고 상감께선 은근히 기뻐하실 게 아닌가."

"그렇지만 그것만으로는 우리의 목적을 달성할 수 없을 게 아닙니까."

원윤(元胤)이 캐고 들었다.

"군소리를 하겠거든 남의 말을 다 듣고 하게나."

김인귀는 핀잔을 준 다음, 한층 음성을 죽이며 속삭였다.

"내가 할 얘기는 이제부터일세."

그리고는 노원식을 향해 턱짓을 하며 지시했다.

"혹시 밖에서 엿듣는 자라도 없나 한번 둘러보고 오게."

눈꼬리를 곤두세운 시선을 노원식은 좌중에 쏘아던지고는, 방문 밖으로 나섰다.

그는 기계적으로 한바퀴 둘러보다가 멈칫했다. 담장 한편 위로부터 급히 자취를 감추는 검은 무엇이 눈에 띄었던 것이다.

그러나 그는 두어번 헛기침을 하고 방안으로 들어갔다.

"아무 일 없던가?"

김인귀가 묻는 말에,

"내 눈깔이 청맹과니가 돼서 그런지는 모르겠수다만, 생쥐새끼 한 마리 눈에 띄지 않습디다."

퉁명스럽게 그러나 그 수상한 검은 그림자에 대해선 언급을 회피한 채 말했다.

"그래? 그렇다면 잘 됐네."

김인귀는 별로 의심하는 기색이 없이,

"이리 가까이 앉게나."

자기 옆자리로 노원식을 불렀다.

"아까 그 얘기를 계속하겠는데, 상감께서 방원과 사예를 겨루게 되실 경우 방원이 쏠 화살에 미리 손질을 하는 걸세. 독을 발라두는 거지. 그리고 방원이 그 화살을 쏠 경우 우리들 중의 한 사람이 무겁한량(무겁을 간검하는 사원) 노릇을 하고 있다가, 그 앞으로 뛰어드는 걸세. 물론 방원이 쏜 화살에 맞아야 하지. 일부러 꾸며서가 아니라 실수를 해서 맞은 것처럼 말일세."

그 말에 모두들 착잡한 눈길을 주고 받았다.

"아니, 그러면 그 독화살을 맞은 사람은 죽고 말게 아닙니까."

이중량(李仲亮)이 겁에 질린 소리로 물었다. 김인귀는 그 얼굴을 짓궂은 눈으로 훑어보다가,

"염려 말게, 죽지는 않을 걸세. 그야 화살 맞은 자리가 당장 퉁퉁 부어서 활촉에 독을 발랐다는 사실이 역연하겠지만, 한달쯤 고생하고 나면 독이 풀릴 걸세. 하지만 그 당장은 죽는 시늉을 하며 엄살을 떨어야 하겠

지."

"과시 묘책이오이다, 김 대감."

무릎을 치며 수선을 피우는 자는 함식(咸湜)이었다.

"그러니까 방원의 화살에 독이 발라져 있었다는 사실이 밝혀지면, 그 자를 꼼짝 못하게 궁지로 몰아넣도록 되겠습니다그려."

"방원 그 자가 상감께 어떤 불온한 흑심을 품고 독화살을 사용했구나, 모두들 그렇게 의심을 갖도록 만들자는 계교올시다그려."

박득년도 맞장구를 쳤다.

"실로 희한한 계책이올시다만 말씀입니다요, 김 대감."

이중량이 여전히 겁먹은 소리로 물었다.

"누가 과연 그 화살을 맞느냐가 문제가 아니겠습니까요."

좌중의 면면 누구의 얼굴에도 두려움의 빛이 서리기 시작했다.

"그야 지금 여기 모인 우리들 중의 누구 한 사람을 지명해야 하겠지."

김인귀는 끈적끈적한 눈길을 당료들 하나하나에게 꽂아갔다.

"어험!"

박득년은 공연히 헛기침만 연발했다. 함식은 천장 한구석에 퀭한 한눈을 던지고만 있었다. 조현은 애꿎은 턱수염만 만지작거렸다. 원윤은 불안스레 부라질만 하고 있었고, 이중량은 아예 자라모가지가 되어 고개를 앞가슴에 파묻고 있었다.

"우리들 중에서 누가 과연 상감께 충성심이 극심하며 누가 과연 살신성인(殺身成仁)하는 용맹이 있으며, 아니 그보다도 누구에게 과연 그 어려운 일을 감수해야 할 무거운 책무가 있는가 그 점을 따져보아야 할 게 아닌가."

김인귀는 노닥거리면서 이젠 독기까지 오른 눈총을 노원식에게로 쏘아대고 움직이질 않았다. 그 시선을 따라 다른 당료들의 시선도 그에게로 집중했다.

──모두 다 네놈 때문이 아니냐.

──네놈이 그런 실수만 저지르지 않았더라면, 방원이 그 자는 벌써 죽어 없어졌을 게 아니냐.

──우리들 누구 하나 독화살을 맞고 어쩌고 하는 궁색한 고생을 하지 않아도 됐을 게 아니냐.

그들의 눈총은 이런 독설을 퍼부어대고 있는 것 같았다.

노원식은 한동안 핏발이 선 눈으로 당료들의 시선을 마주 쏘아보다가, 자리를 차고 일어서며 꽥 소리를 질렀다.

"좋소, 내가 하겠소."

그 말에 당료들의 아가리들이 이내 헤벌어졌다.

"역시 노 장군은 만고에 둘도 없는 충렬지사란 말야."

김인귀는 따라서 일어서며 그의 어깨를 두드려댔다.

모의를 끝내고 김인귀를 위시한 당료들이 뿔뿔이 그 집을 떠나자 노원식은 한동안 입술을 깨물고 생각에 잠겨 있더니, 마굿간으로 들어가서 말 한 필을 끌고 나왔다. 방원이 준 비루먹은 말이었다.

그가 그 말고삐를 잡고 대문을 나서자, 그 집 뒷담 모퉁이로부터 두 사나이가 고개를 내밀었다. 송거신과 김덕생이었다.

"저놈들이 또 모여서 무슨 흉계를 꾸몄을까."

송거신이 고개를 꼬며 속삭였다.

"우리가 저하보다 한 걸음 앞질러 돌아와서 이 집 망을 보고 있었던 것은 잘한 일이네만, 그놈들이 수군거리던 밀담의 내용을 엿듣지 못한 것이 유감이란 말야."

김덕생이 마주 속삭이며 입맛을 다셨다.

"내가 막 담을 넘어 그놈들이 모인 방으로 접근할까 했더니, 마침 노가 그 자가 나타나서 둘러보는 게 아닌가. 가슴이 철렁했네."

"그래도 들키지는 않았겠지?"

"알 수 없어. 그놈이 한동안 주춤하더니, 방 안으로 들어가 버렸으니 말일세."

"그건 그렇고, 노가 저놈이 어디를 저렇게 부지런히 가려는 거지?"

"차라리 저놈을 잡아서 족쳐 볼까?"

김덕생이 두 팔을 걷어붙이며 아직도 화살 맞은 발목이 불편해서 그런지 말을 쉽게 타지 못하고 애를 쓰고 있는 노원식에게로 다가가자, 노원식은 조용히 고개를 돌렸다.

"오랜만이외다, 두 분."

목에 걸리는 것 같은 소리로, 그러나 두 사람의 의표를 찌르는 말을 던졌다.

"내 그렇지 않아도 한양엘 달려가서 동궁저하를 뵙고자 하던 참이었는데, 두 분을 이렇게 만나뵈니 오히려 다행이외다."

"이놈, 능청을 떨어도 유분수지, 우리가 그 따위 허튼 수작에 넘어갈 줄 아느냐?"

송거신이 얼러댔다.

"진담이외다. 내 얘기를 차근차근 들어보면 이해가 갈거요."

그리고는 두 사람을 끌고 집 뒤 숲속으로 들어갔다.

"내가 동궁저하를 뵙고자 하는 것은 다름이 아니외다."

송거신과 김덕생을 으슥한 숲속으로 끌고 들어간 노원식은 소리를 죽였다. 몹시 제삼자의 이목을 꺼리는 기색이었다. 그러니까 그들 두 사람을 숲속으로 끌고 들어온 것도 그 때문일까.

"지금 동궁저하를 모해하고자 하는 무서운 흉계가 진행중이외다."

"흉계?"

김덕생이 코웃음을 쳤다.

"어느 아가리로 그 따위 뻔뻔스런 소리가 나온단 말이냐. 저하를 모해하고자 한 것은 바로 네놈이 아니었느냐? 저하께선 어떠한 의향이 계시었던지 네놈의 죄를 너그러이 용서하시고 후한 은혜까지 베푸시었지만, 네놈은 그 야수를 부려서 저하를 해치고자 한 장본인이 아니냐."

"아니, 그 이전부터 네놈들의 흉계는 어렴풋이나마 짐작하고 있었다.

취련이란 기생의 집에 모여 네놈 일당이 밀의를 한 비밀, 또 네놈이 이 집에서 그 야수를 훈련시키고 있었던 일, 그리고 또 오늘 네놈 집에 너희 패거리들이 모여서 쑥덕거리던 사실까지 다 탐지하고 있단 말이다."

송거신이 급소를 찔렀지만, 노원식은 의외로 태연했다.

"나도 알고 있었소. 아까 담너머로 누구인가 기웃거리는 것을 목격했을 때, 그리고 노형들이 나타났을 때, 우리의 비밀을 어렴풋이나마 노형들은 짐작하고 있다는 걸 느꼈소."

"그래서 이제 꼼짝달싹할 수 없는 궁지에 몰리고 보니, 그 섣부른 주둥이로 우리를 농락하고 기망(欺罔)하려는 수작이냐?"

"노형들로선 그렇게 생각할 수밖에 없겠소만, 좀더 내 얘기를 들어 보오."

노원식의 어투는 진지했다.

"실토를 하리다. 노형들의 말마따나 한양 가는 길목에서 그 짐승을 그렇게 부린 것은 동궁저하를 해칠 목적이었소."

"죽일 놈!"

송거신이 노원식의 멱살을 잡고 흔들었다.

"그 이유는 뭐냐? 네가, 아니 너희들 일당은 저하께 어떤 원험을 품고 있기에 그와 같은 대역무도한 흉계를 꾸민 거지?"

김덕생이 차분히 캐물었다.

"원험은 없소. 다만 동궁의 권병(權柄)이 강성해질수록 우리가 모시고 받드는 어느 분의 힘이 허약해지고, 마침내는 계시나마나한 허수아비 노릇을 하셔야만 할 사태가 올 것이 분하고 원통해서 동궁을 제거하려고 했던 거요."

"너희가 모시는 그 분이란?"

"내 입으로 굳이 들추지 않더라도 그만하면 노형들도 짐작이 갈 게 아니겠소."

"그러한 네놈이 이제 와서 동궁저하를 위하는 체한다? 마치 고양이가 무엇을 생각해 준다는 그런 수작이로구먼."

송거신이 또 올러대자,

"이유는 두 가지요. 하나는 그 자리에서 죽여도 시원치 않을 나에게 너그럽고 두터운 은혜를 베풀어 주신 동궁의 금도(襟度)에 감격했다는 점, 그리고 또하나는 나도 살아야 하겠다는 점, 그 두가지 때문이오."

"이놈! 그래도 우리를 농락할 셈이냐?"

송거신이 주먹을 휘두르려는 것을,

"잠깐만 기다리게."

김덕생이 조용히 제지했다.

"이 작자의 말 곧이 들리지는 않네만, 뭐라고 지껄이니 들어두어서 밑질 것은 없을 걸세."

김덕생은 이렇게 송거신을 달래고 노원식을 향해서 턱짓을 했다.

"그럼 이제부터 내가 동궁저하께 고하고자 하는 바를 노형들에게 얘기하겠소. 잘 들어두었다가 한시라도 속히 저하께 말씀드리도록 하오."

노원식이 말을 이었다.

"변고는 동궁께서 환궁하시어 상감을 뵙는 자리에서 일어날 거요. 상감께선 동궁의 그 동안 노고를 위로하시는 뜻에서 잔치를 베푸시기로 돼 있고, 그 자리에선 아마 무관들의 사예(射藝)를 관람하시게 될 거요. 그 때 상감께서 동궁과 사술(射術)을 겨루자는 말씀이 계실 터인데, 그럴 경우 동궁께선 한사코 사양하십사 하는 말씀을 여쭙고 싶었던 거요."

그리고는 그들 일당이 꾸민 흉계, 즉 방원이 쏘는 화살에 독약을 발라 두었다가 그 화살을 맞고 죽는 시늉을 하고, 그 때문에 방원이 불온한 흑심을 품고 있다는 혐의를 덮어 씌우려고 하는 계책의 전모를 소상히 털어놓았다.

한참 핏대를 올리던 송거신도 침울했다. 이 자리를 모면하려고 둘러대는 말치고는, 그 흉계라는 것의 내용이 너무나 구체적이었다. 또 그 흉계가 실천에 옮겨질 경우, 어쩌면 노원식 자신은 목숨까지 잃을는지도 모를

것이며, 그래서 저도 살겸 은혜도 갚을겸 밀고를 하려는 것이라는 말이
되려 신빙성을 보강하기도 했다.

"네 얘기 듣고 보니 그럴싸하기긴 하다마는 도대체 네가 누구인지, 너희
집에 모였던 일당이 어떤 놈들인지 그 점을 알아야 네 말을 믿고 어쩌고
할 게 아니냐."

김덕생이 추궁했다.

"그야 그럴 거요. 내가 누구인지 그 점은 밝히겠소. 나로 말할 것 같으
면 지난날 대장군을 지낸 바 있는 노원식이오."

김덕생은 잠깐 송거신을 돌아보다가 다시 물었다.

"그렇다면 그 일당들은?"

"그건 말하지 않겠소. 내 비록 동궁저하께는 막중한 은혜를 입었고
또 요즈음 우리 동지라는 그 자들에게 환멸을 느끼고 있기는 하오만,
그렇다고 한때 혈맹(血盟)을 맺은 친구들을 팔아넘길 수는 없소. 내 정체
가 드러난 이상 노형들이 수소문하면 밝혀질 수도 있겠소만, 내 입으로는
말하지 않겠소."

그렇게 동지를 감싸려는 태도가 두 사람에게 호감을 준 것일까, 더
추궁하지는 않았다.

"노 장군의 얘기 아직도 전적으로 믿어지진 않소만, 어쨌든 저하께
전해 올리기는 하겠소이다."

김덕생은 어느 새 달라진 말씨로 이렇게 약속했고, 송거신도 그의 멱살
을 잡은 손을 놓아주었다.

"한 가지 조심을 해야 할 일이 있소. 아직도 이 근처에 우리 동지 중의
누구인가가 남아서 엿보고 있을는지도 모르니, 되도록 숲속으로 숨어서
가도록 하오."

이런 배려까지 한 노원식은 자기 집쪽으로 걸음을 옮겼다.

"어떻게 한다?"

송거신이 고개를 꼬았다.

"내 생각으로는 노가의 말을 믿어두는 것이 좋을 것 같네. 저하께서 한양을 떠나시기 전에 급히 달려가서 여쭙도록 함세."

김덕생이 지체않고 걸음을 옮겼고, 송거신도 그 뒤를 따랐다.

방원이 한양에서 환궁한 것은 그 달 19일이었다.

미리 예상했던대로 국왕 방과는 어량청(御凉廳)에서 질탕한 잔치를 베푸는 한편, 그 아래 뜰에 사장(射場)을 차리고 궁수들의 사예를 관람했다.

그 자리에 배석한 정부 요인들 틈에는 김인귀도 끼여서 초조한 눈을 번득이고 있었다. 그리고 사장에는 무겁한량의 소임을 맡은 노원식의 모습도 보였다.

국왕 방과는 어느 때보다도 흥겨운 기색을 활짝 피우고 있었다. 쉴새없이 방원에게 술잔을 건넸고 그러다가 한바탕 춤까지 추고 나더니,

"이것봐, 세자. 궁수(弓手)들이 활을 쏘는 것을 보니 우리가 어렸을 적 일이 생각나는구먼."

이런 말을 불쑥 꺼냈다.

"어떠한 일이던가요, 전하."

방원은 혀꼬부라진 소리로 되물었다. 술도 어지간히 들기는 들었지만 그는 몹시 취해 보였다.

"가만 있자. 그게 언제더라."

방과는 손가락을 꼽으며 기억을 더듬다가,

"그렇지, 우리 아버님께서 운봉(雲峰)에 출정하시어 왜구들을 대파하시고 돌아오시던 경신년(庚申年) 늦가을이었으니까, 그대 나이 열네살 때였지, 그리고 나는 스물네살이었구, 작고한 진안군(鎭安君 : 방우) 형님과 아버님을 모시고 후원에서 활을 쏘고 있자니까, 그대가 불쑥 나타나더니 당돌한 제안을 했거던."

"글쎄올시다. 신은 벌써 몹시 취한 탓인지 골이 멍멍한 게 아무 생각도

나지 않습니다그려."

방원은 고개를 외로 꼬고 크게 하품을 했다.

"그 때부터 그대는 엉뚱한 아이였어. 아직 잔뼈도 굵지 않은 어린 사람이, 열살이나 손위일 뿐더러 그 때 이미 다 장성한 두 형을 향해 사예를 겨루어보자고 도전을 했단 말야."

"이제야 생각이 납니다."

방원은 뒤통수를 쳤다.

"하룻강아지 범 무서운 줄도 모르고 철없이 까불어댔습지요. 그 때 진안군 형님과 전하께오서는 각각 화살 다섯대를 쏘시어 오시(五矢) 다 관중시키셨습니다마는 신은 겨우 넉대 밖에 못맞추었습지요."

"그래도 그 나이또래치고는 대단한 솜씨였느니라. 빗나간 한 대도 과녁을 아슬아슬하게 벗어났으니까."

"부끄럽습니다, 전하."

방원은 머리를 숙이다가 교의(交椅)에서 미끄러 떨어져 무릎방아를 찧었다.

"몹시 취한 모양이로구먼."

방과의 양미간에 떨떠름한 그늘이 새겨졌지만, 이내 그것을 지워버렸다.

"그 때 일이 생각나서 말인데 말야, 우리 한번 활 쏘는 솜씨를 겨루어 볼까? 그 후 이십여년이 지나도록 솜씨를 겨루어본 적이 없으니, 그 동안 세자의 궁술이 얼마나 성숙했나, 또 여의 그것이 얼마나 노쇠했나 장난삼아 비교해 보는 것도 흥겨운 일이 아니겠나."

사태는 김인귀 일당이 계획한대로 척척 맞아들어가고 있었다.

"황공합니다, 전하."

방원은 휘청휘청 일어서서 고개를 숙이다가 한번 크게 비틀거리더니, 이번엔 방과의 허리를 잡고 겨우 몸을 지탱하면서 말했다.

"주상전하의 분부시라면 어떠한 분부이시건 지체말고 거행해야 하는 것이 신자(臣子)된 도리인 줄 압니다마는, 그 일만은 용서해 주시기 바랍니다."

그 말에 방과의 눈꼬리가 굳어졌다. 눈은 긴장했지만 국왕 방과의 혀끝은 부드러웠다.

"어째서 그럴꼬? 국왕과 세자가 궁시(弓矢)를 잡는다고 크게 망발될 것은 없지 않은가. 오히려 대소신료들에게 무예를 장려하는 본보기도 될 수 있는 일인 줄 아는데?"

"지당하신 말씀입니다만, 보시다시피 신은 몹시 취했나봅니다. 제 몸 하나 제대로 가누지 못하는 주제에 활을 쏜다고 설치다가 실수를 해서 당치도 않은 생 사람이라도 잡는다면 그 아니 큰 낭패가 아니겠습니까?"

일부러 가시를 품고 하는 말은 아니었지만, 그 한 마디에 방과는 어딘가 찔리는 기색을 감추지 못했다.

"이유는 그뿐이 아닙니다. 보다 더 중대한 까닭이 있습지요."

방원의 언동이 문득 달라졌다. 그 때까지 거슴츠레 내리깔았던 두 눈을 크게 뜨고 흐물거리던 자세도 똑바로 잡으며 꼬부라졌던 음성까지도 또렷또렷하게 말을 이었다.

"신은 한양서 돌아오는 길에 스스로 다짐한 바 있습니다. 앞으로는 외적(外敵)의 침공이라도 없는 한, 다시는 궁시나 창검 같은 무기엔 손을 대지 않겠다고 스스로 맹세했습니다. 연전에 있었던 방석 형제와의 분쟁 때도 그러했습니다마는, 요전번 회안군(懷安君 : 방간) 형님과의 사이에 벌어졌던 수치스런 내분도 따지고 보면 신의 손에 무기가 있었던 때문이 아니겠습니까. 지긋지긋합니다. 피를 뿌리며 죽이고 하는 그 흉기가 말씀입니다."

"허어, 그래?"

한동안 난처한 입장에 몰린 듯하던 방과의 얼굴에 차차 활기가 피어올랐다.

"세자가 그런 갸륵한 생각을 하고 있다면 여도 굳이 강요하지는 않겠네. 골육간의 피를 보는 분쟁이나 한 겨레들끼리 물고 뜯고 하는 집안싸움을 역겹게 여기기는 여도 매한가지야. 그렇기는 하네만, 여나 세자가 직접 무기를 잡지 않는다고 분쟁의 뿌리가 말끔히 뽑히는 것은 아닌 줄로 아네."

그러더니 방원의 곁으로 바싹 다가앉아서 소리를 죽이고 속삭였다.

"다른 왕족들이나 여러 권신들이 사병(私兵)을 키우며 으르렁거리고 있는 한, 언제 어떤 피바람이 또 회오리칠는지 알 수 없는 노릇이 아닌가."

"이 기회에 사병을 없애버리도록 하자, 그런 말씀이십니까?"

방원도 소리를 죽이며 되물었다.

"아무렴, 왕족이건 재신(宰臣)이건 공신(功臣)이건 그들이 키우고 있는 사병을 말끔히 해산시키거나 아니면 그 병원(兵員)과 군마(軍馬)와 무기를 삼군부(三軍府) 같은 국가의 군사 기구에 소속시킨다면, 아무리 내분을 일으키려 해도 일으킬 수도 없을 것이 아닌가. 맨주먹으로 받고 치고 할 수도 없을 것이니 말일세. 그리고 또 사병의 폐단은 아버님께서 재위하고 계시던 당시부터 논란된 바 있었던만큼, 그 문제를 우리가 속시원히 해결한다면, 아버님의 뜻을 받들고 아버님을 기쁘게 해드리는 효도도 될 것이 아닌가."

태조 2년이었다. 부병제(府兵制)를 표방한 새 왕조는 모든 병권을 의흥삼군부(義興三軍府)에 소속시키기로 방침을 정했으나, 개국 초기라 인심이 안정되지 못한 판국이니 뜻하지 않은 변에 대비할 필요가 있다는 주장이 있어서 훈친(勳親)에게만은 사병을 허용하는 임시 조치를 취했던 것이다.

"이건 어디까지나 내 사사로운 생각이네만, 세자도 잘 검토해서 이 나라의 고질병과 같은 그런 폐풍을 일소하는 데 협력해 주게."

방과는 빈틈없이 못을 박았다.

인수부(仁壽府) 호젓한 누각에 하륜(河崙)을 위시하여 의안군 화(義安君 和), 완산군 천우(完山君 天祐), 이숙번(李叔番), 조영무(趙英茂), 조온(趙溫), 이거이(李居易), 이저(李佇) 부자, 그리고 민무구 형제 등 방원의 당료들이 모여 앉아 있었다.

명목은 세자 방원이 한양서 무사히 환궁한 것을 치하하기 위해서라고 내세우고들 있었지만, 실은 사병 해산 문제에 관해서 논의하고자 방원 측에서 소집한 것이었다.

"겉으로는 무골호인인 양 유하게만 보이는 사람이 속에는 엉큼한 가시를 품고 있다더니, 상감 그 분이야말로 바로 그런 분이오이다그려."

이거이가 볼멘 소리로 누가 들으면 불경죄(不敬罪)에 몰리고도 남을 불온한 언사를 터뜨렸다.

"사병을 해산하면 우리는 어찌 됩니까. 아니 동궁저하는 어찌 되십니까."

격하기 잘하는 조영무는 주먹으로 자기 무릎을 치며 핏대를 올렸다.

"손과 발을 모조리 잘리시는 것과 다름이 없지 않습니까. 지금 상감이 저하를 존중하시는 것도, 우리들 자랑은 아닙니다만 우리들이 거느리고 있는 병력 때문이 아닙니까. 저하를 세자에 책립하신 까닭도 바로 그 점에 있었구요."

"그러니만큼 사병이 해산되는 날이면 저하의 위세는 날로 약화되는 반면, 상감과 그 분을 감도는 일당들의 권세는 한층 강화될 것이 아닙니까."

완산군 천우도 한마디 했다.

"힘이 있는 동안에 그 힘을 고수해야 합니다. 한번 손발이 꺾이고나면 아무리 안간힘을 써보았자 꼼짝달싹 못하게 되는 겁니다."

조온은 보다 더 강경하고 실제적인 의견을 내세웠다.

"조 참판 의견에 저도 찬동입니다."

민무구였다. 말 좋아하는 그가 한몫 끼여들지 않을 리 없었다.

"상감이 뭐라고 하시든 극력 반대하셔야 합니다. 도대체 누구 덕에 그 분이 용상을 차고 앉게 된 겁니까. 모두 다 저하와 저하를 받드는 우리들의 힘이 아니었습니까."

"우리가 정도전 일파를 소탕하지 못하고 방석 형제를 제거하지 않았더라면, 그 분은 내내 풍양(豐壤) 시골 구석에 숨어살다가 개죽음을 면치 못했을 겁니다."

민무질도 형에게 질세라 지껄여댔다.

"닫치지 못할까."

다른 당료들의 말엔 그런대로 귀를 기울이고 있던 방원도, 처남 형제들이 나불거리는 소리를 듣자 울화통을 터뜨렸다.

"내가 그대들을 부른 것은 국가의 만년대제를 위해서 사병 해산 문제를 어떻게 생각하느냐 그 문제에 대한 진지한 견해를 듣고자 한 것이지, 무엄하고 방자하게 지존하신 성상전하를 비방하는 언사를 듣고자 해서가 아니야."

대성질호(大聲叱呼)하자 모두들 자라모가지가 돼서 숨을 죽이고 있는데, 송거신이 헐레벌떡 뛰어들었다. 그는 잠깐 경계하는 눈으로 당료들을 둘러보다가,

"알아냈습니다. 이제야 그 자들의 정체를 탐지했습니다."

말머리는 잘라버리고 꼬리부터 제보했다.

"거, 무슨 소리요. 정체를 알아냈다니, 어느 누구의 얘기요."

매사에 참견하기 좋아하는 민무구가 약삭빠르게 주둥이를 들이밀었다.

송거신은 또 경계하는 눈초리를 좌중에 돌렸다.

"염려하지 말고 말해 보라. 이 자리에 모인 사람들은 내가 믿고 특별히 부른 사람들이니."

방금 큰소리를 치던 것과는 딴판으로, 방원은 부드럽게 종용했다.

"노원식을 시켜서 한양 가시는 길목에서 저하를 해치고자 했고, 어랑

청(御涼廳) 잔치 자리에서 저하를 함정에 몰아넣으려는 흉계를 꾸민 일당들의 정체를 이제야 알아낸 거올시다."

모두들 어안이 벙벙한 눈으로 송거신을 주시했다.

그 음모 사건에 대해서는 가까운 당료들에게도 방원은 일체 입을 열지 않았고, 송거신과 김덕생에게도 함구령을 내린 때문에 당료들 누구도 그 건에 관해선 까맣게 모르고 있었던 것이다.

"실은 이런 일이 있었지."

방원은 비로소 그 사건의 윤곽을 간추려 들려준 다음,

"그래 누구누구이던가."

송거신을 향해서 덤덤히 물었다.

"상감께서 잠저(潛邸)에 계실 적부터 수족처럼 그 분을 모시던 면면들입니다마는, 핵심 분자는 이렇습니다. 노원식 그 자를 위시해서 검교참찬문하부사 김인귀(金仁貴), 장군 박득년(朴得年), 전직 장군 함식(咸湜), 조현(趙賢), 이중량(李仲亮), 원윤(元胤) 등이온데, 이들은 거의 다 무관들입니다마는 그 밖에 문관 중에서도 판공안부사(判恭安府事) 정남진(鄭南晋), 공안부윤(恭安府尹) 조진(趙珍), 호조전서(戶曹典書) 배중륜(裵仲倫), 판사복시사(判司僕侍事) 정점(鄭漸), 사농경(司農卿) 이지실(李之實) 등이 끼여 있다고 들었습니다."

"그 자들의 두목 격은?"

"김인귀라고 합니다."

"그래?"

방원은 착잡한 시선을 허공에 띄우고 입을 다물었다.

"이제야 알겠습니다, 저하."

민무구가 또 나불거렸다.

"김인귀로 말할 것 같으면 지난 무인년(戊寅年), 우리가 정도전 일당을 소탕하던 당시, 금상(今上)이 겁을 먹고 풍양땅으로 도망가서 숨어 있던 그 집의 임자가 아닙니까."

"상감이 믿고 그 집에 숨을만한 위인이니만큼, 김인귀 그 자는 상감의 둘도 없는 심복이올시다. 그런 자가 저하를 해치고자 결당한 암살단의 지휘를 한다면, 그 암살단의 선은 상감에게까지 이어져 있다고 볼 수밖에 없지 않겠습니까."

막내 처남 민무회가 제법 영악을 떨며 추리의 날개를 비약시켰다.

"그러니 상감이 사병 해산 문제를 들먹거린 저의도, 저하를 모해하려는 음모가 실패로 돌아간 데 당황한 나머지 짜낸 대안인 듯싶습니다."

"무엄할지고!"

방원은 또 꾸짖었다.

"내 그 동안 참을만큼 참아왔다만, 이젠 더 듣고만 있지 않겠네. 자네들, 처남 형제들의 그 주둥이가 그 동안 얼마나 많은 분란의 씨를 뿌려왔던가. 앞으로 다시 그 따위 주둥이를 놀린다면, 자네들을 처남으로 생각지 않을뿐더러 내 앞에 얼씬도 못하게 할 터이니 단단히 자중하도록 하라."

조금 전에 그가 대성질호할 때 자라모가지가 되었던 민가네 형제들이었지만, 방원이 깨놓고 구체적으로 책망하자 오히려 반발심이 치민 것일까.

"너무합니다, 저하."

민무회가 앙칼지게 대들었다.

"우리 형제가 저하께 많은 직언(直言)을 올렸고 여러 차례 적당들과 목숨을 걸고 싸우긴 했습니다만, 그것이 누구를 위한 고생이었습니까. 모두 다 저하를 위해서가 아니었습니까. 저하께서 지금 이렇게 세자 자리를 쟁취하시고 또 앞으로는 그보다 더한 보좌를 누리시도록 받들어 모시자는 충정에서가 아닙니까."

32. 두 盟主

실로 당돌한 반항이었다.

민씨네 형제들 중에서도 가장 성깔이 괄괄한 민무회 혼자만 그런 항변을 했다면, 괘씸한대로 흘려들을 수도 있는 일이었다. 그러나 다른 형제들도 꼬리를 물고 한 마디씩 떠들어댔다.

"그렇습니다. 우리는 오직 저하를 위해서만 분골쇄신해 왔습니다. 진일 마른 일 물불을 가리지 않고 헌신해 왔습니다."

민무구가 목멘 소리로 푸념을 했다.

"저희 형제들은 별의별 소리를 다 들으며 참아왔습니다. 아무리 처남매부간이라도 그건 너무하지 않으냐, 마치 상전의 발등을 핥으며 감도는 강아지와 같다는 그런 소리까지 들으며 충성을 다했습니다. 그렇다고 우리 형제들에게 변변한 벼슬 한자리 나누어주셨습니까."

민무질도 어금니를 떨면서 짖어댔다.

"그러시는 게 아닙니다, 저하. 저희들의 고충을 저하께서 몰라주신다면 누가 알아주시겠습니까."

언제나 형제들의 꽁무니에 숨어서 기를 못펴던 민무휼까지 한마디 끼여들었다.

그들 민가네 형제들 뿐이라면 또 좋다.

"수하들의 곤경을 저하께서 모르시는 체하신다면, 우리는 무엇 때문에 저하를 모셔왔는지 새삼 의심이 갑니다그려."

이거이가 맞장구를 쳤고,

"저하만 믿고 살아온 우리들이 아닙니까. 이제 와서 헌신짝처럼 버리신다면 억울합니다. 원통합니다."

그의 아들 이저는 노골적인 원성을 터뜨렸다.

"누가 자식들의 손발을 꺾으려고 하는데, 그 어버이된 분이 감싸주려고 하진 않고, 오히려 적당의 편을 든다면 어찌 효도를 바랄 수 있겠습니까."

방원의 충복 중에서도 가장 열성분자였던 조영무까지 이런 소리를 했다. 그밖의 면면들은 입을 다물고 있었지만, 그들의 기색 역시 입밖에 내고 반발하는 당료들과 다를 바 없었다.

"허허어."

방원은 한숨보다도 더 아픈 맥없는 웃음을 흘리고 자리에서 일어섰다. 사면초가라는 진부한 말이 가장 적실하게 심골을 후볐다. 이젠 혈맹의 당료들이라기보다도 숙원에 사무친 적수와도 같은 그들의 눈총에 등을 돌리고 밖으로 나갔다.

고독했다. 자기 혼자만 물 위에 뜬 기름처럼 여겨졌다.

──영도자란 무엇이냐.

창망한 걸음으로 후원을 거닐면서 새삼 곱씹어 본다.

계절은 음력으로 삼월도 하순, 흐드러지게 농익은 봄날이었다. 초목들은 서로 다투어 그 봄을 구가하고 있었다. 이미 꽃을 피운 가지들이건 꽃 피기에 이른 것들이건 간에. 모두들 회생(回生)의 기쁨에 터질 것만 같았다.

그러나 그런 것들은 모두 몽롱한 안개처럼 아득하게만 방원의 눈에 비쳤다. 유독 눈에 잡히는 것이 있다면, 그 속에 홀로 높이 솟아 있는 한 그루 노송(老松)이었다.

그것은 이 후원의 주목(主木)으로 지목되는 거목이었다. 언제나 다른 초목들을 발밑에 거느리며 군림하는 것처럼만 보여왔는데, 지금 따라 방원의 눈엔 몹시 서글프게 비친다.

키는 크고 줄기는 우람했지만, 봄을 말하는 푸르름이라고는 가지 끝에 앙상히 매달려 있는 한해 묵은 몇송이 이파리 뿐이었다. 그리고 그 줄기와 가지에는 칡덩굴, 다래덩굴, 담쟁이덩굴 등속이 악착스럽게 감기고 매달려 있었다.

——내가 바로 저 꼴이로구나.

방원은 그 노송을 어루만졌다.

명색은 좋다, 아 후원의 주목(主木). 허울은 좋다, 이 나라의 세자이며 당류(當類)들의 맹주(盟主). 그러나 진수(眞髓)는 이리 빨리고 저리 빨려 남은 것이라고는 여윈 등걸뿐, 결국 실속을 차리고 살이 찌는 것은 악착스럽게 매달리고 기어오르는 덩굴들 뿐이 아닌가.

그런 허허로운 감회를 씹고 있자니까, 자연 부왕 이성계를 생각하게 된다.

——아버님도 나처럼, 아니 나보다 몇 갑절 더 뜯기고 시달리시고도 결국은 홀로 외로우셨던 것이 아닌가. 저 늙은 소나무에게서 당신의 허전한 모습을 발견하셨던 것이 아닐까. 송헌(松軒)이란 호를 갖게 되신 것도 그 때문이 아닐까.

그야 그 호를 정한 경위는 알고 있다. 거유(巨儒) 이문화(李文和)의 진언을 따라 함주땅 본궁 뜰에 있던 송헌이란 정자의 정호지만, 부왕의 심골 깊은 곳에서는 노송의 외로움이 깊이 도사리고 있어서 그 호에 마음이 기운 것이 아닐까 하고 방원은 새삼 추측해 보는 것이다.

자식을 길러봐야 어버이의 정을 알게 된다는 속담이 있다.

어버이의 고초가 어떠한 것이었는가를 직접 체험해 보아야 그것이 실감된다는 뜻이겠지만, 부왕 이성계가 걸어온 길을 자신이 걸어보고 부왕이 곱씹었을 쓰거운 고독을 이제 자신이 씹고보니 부왕의 심회를 새삼 알 수 있을 것 같았다.

"어쩌면 아버님과 나는 상처 입은 두 마리의 대호(大虎)일는지도 모르겠다."

극성스런 이리들, 간교한 여우, 알랑거리는 잔나비, 그런 것들에게 시달리고 지쳐서 외딴 벼랑 위로 그들 두 대호는 기어오른다. 찢기고 할퀴어서 낭자한 상창(傷創)을 서로가 서로를 아파하면서 핥아준다.

그런 감상에 젖어드니, 못견디게 부왕이 그리워진다.

──아버님을 찾아 가자. 아버님의 상처는 이미 아물고 굳어서 내가 새삼 손을 쓸 필요는 없을는지 모르지만, 방금 상처를 입어 피투성이가 된 내 몸을 아버님은 따뜻이 핥아주실는지도 모른다.

방원은 그 길로 태상전으로 향했다. 당료들에게나 가인(家人)들에게도 한 마디 말도 없이 떠났다.

이성계의 거실에는 마침 무학대사 자초(自超)가 와 있었다. 방금 불공이라도 드리고 불설(佛說)이라도 나누고 있던 참일까, 그들 두 사람은 불상 앞에 나란히 앉아 있었다.

방원은 부왕에게 먼저 경배를 하고 자초에게도 인사를 차린 다음, 방 한구석에 자리를 잡았다. 이성계는 두 눈을 내려깔고 한동안 바위 같은 무표정에 잠겨 있더니, 문득 그 두 눈을 떴다.

그 눈길만 대하면 언제나 심골 마디마디가 훈훈히 풀리는 방원이었다. 마치 그늘진 응달에서 오돌오돌 떨다가 화창한 봄볕을 담뿍 쬐는 느낌이었다. 그런 기분에 잠겨 있는데, 마침내 이성계가 입을 열었다.

"너 몹시 곤한 모양이로구나. 술이나 한잔 들겠니?"

방원은 자기 귀를 의심했다. 제1차 왕자의 난이 있은 이후, 일찍이 들어본 적이 없는 정다운 말이었다.

"고맙습니다, 아버님."

정말 고마웠다. 목이 메었다. 그러나 지금의 방원에겐 그보다 더 절실하게 갈구되는 것이 있었다.

"소자 실은 아버님의 가르치심을 받고자 이렇듯 불시에 뵙고자 온 것입니다."

이성계는 다시 무거운 눈이 되며 입을 다물었다.

방원은 사실대로 다 털어놓았다.

국왕 방과가 사병 해산 문제를 제기하였던 일, 그 문제를 당료들에게 상의했더니 모두들 핏대를 곤두세우며 반대한 사실, 그들의 반발을 받자 심골을 후비던 고독감, 그런 심회까지 숨기지 않고 다 얘기했다.

"그랬을 게다. 너의 수하들이라는 그 자들은, 응당 그렇게 나왔을 게야. 나도 일찍이 뼈아프게 당한 일이니라."

무거운 입을 다시 떼고 이성계는 고개를 끄덕였다.

"내가 일찍이 혁명할 마음을 가졌을 때엔 내 나름대로 원대한 포부를 품고 있었느니라. 사리사욕에 썩을대로 썩은 구가세족(舊家世族)을 일소하고, 그들의 횡포에 짓밟히고 시달려온 백성들을 위해서 참신한 새 나라를 만들어 보자는 의욕을 태우고 있었더니라. 하지만 날이 갈수록 혁명의 지반이 굳어질수록, 나는 어느 새 외톨로 허공에 뜬 나 자신을 발견하지 않을 수 없었던 거야. 지금의 너처럼 말이다."

이성계의 술회는 일찍이 단 한번도 그가 입밖에 낸 적이 없는 솔직한 것이었다.

"나의 심복입네 하면서 설치던 자들, 나를 옹립한답시고 알랑거리던 자들, 그 자들의 지저분한 속셈이 환히 들여다보이게 된 거야. 그야 입으로는 전 왕조의 비정(枇政)을 지탄하고 시국을 개탄하며 그럴싸한 경륜을 떠들어댔지만, 그 자들의 속마음은 그 자들이 욕한 구가세족들과 추호도 다를 바 없이 치사하다는 것을 깨닫게 된 거야. 네가 말하는 칡덩굴, 다래덩굴, 담쟁이덩굴 같은 자들이었느니라. 나한테 기대고 나한테 매달리면서 결국 단물은 저희들이 다 빨아먹고, 마침내는 머리 위로 기어올라 하늘로부터 내려지는 빛과 우로(雨露)까지 제놈들이 남김없이 가로채자는 속셈이었던 거야. 한 가지 예만 들겠다. 불교 문제 말이다."

그는 잠깐 말을 끊고 곁에 앉아 있는 자초를 돌아보았다. 자초는 석상처럼 허공에 시선을 띄우고 미동도 하지 않았다.

"나로 말할 것 같으면 예나 이제나 독실한 불교 신도가 아니냐. 이

나라 천지에 그것을 모르는 자는 하나도 없을 터인데, 그 자들은 기회 있을 적마다 불교를 배척해야 한다고 떠들어댔느니라. 부처의 가르치심은 곧 나의 마음의 기둥이나 다름이 없는 거야. 그것을 그 자들은 뿌리채 뽑아버려야 한다고 극성을 떨었단 말이다. 나의 수족으로서 견마지로를 다하겠다던 그 자들이, 나의 신료로서 충성을 다하겠다던 그 자들이 말이다. 무엇 때문이겠소, 왕사(王師)."

이성계는 다시 자초를 돌아보았다.

"글쎄올시다."

자초는 쓰겁게 입을 떼었다.

"그 사람들은 우리 불도들을 공격하되, 비속한 실례만을 들더군요."

자초는 말을 이었다.

"불교는 정결한 것, 욕심을 부리지 말고 세속과 인연을 멀리하는 것이 종지(宗旨)이거늘, 불승들은 전토(田土)와 노비를 많이 점유하고 있으니 될 말이냐고 공박하더군요."

위화도 회군을 계기로 우왕(祐王)이 폐위되고 창왕이 옹립된 직후, 이성계 일파의 논객의 한 사람이었던 조인옥(趙仁沃)이 올린 상소문의 한 대목을 인용한 것이었다.

"농토와 노비를 점유한 것은 어디 불가(佛家) 뿐이었다구."

자초의 말을 받아 이성계가 주를 달았다.

"제놈들은 초가삼간에서 손가락만 빨고 구차하게 지내왔단 말인가? 오히려 불가 뺨치게 엄청난 전토를 강점하고, 심지어는 수십 수백 노비들을 거느리며 거드럭거리는 실정이 아니었던가."

"또 이렇게 떠드는 자도 있었습지요. 사관(士官), 종군(從軍)하는 자에겐 그들의 생계를 보장할 국비(國費)가 없는 실정이거늘, 승도들은 번들번들 놀면서 잘 먹고 잘 입고 사원(寺院)은 치부를 해 호사를 누리고 있다고 빈정거리기도 하더군요."

그것은 조준(趙浚)이 상소한 글의 한 대목이었다.

"그렇게 국가 재정을 아끼고 국가의 군비를 염려하는 그 자들이, 막대한 비용을 허비하며 사병(私兵)을 키우느라고 혈안이 되는 것은 무엇 때문이지? 적반하장이란 그런 무리들을 두고 하는 소리야."

처음에는 바위처럼 무겁기만 하던 이성계였지만, 그 문제에 언급하는 동안에 어느 새 열띤 흥분을 보이고 있었다.

"모두 다 저희들 속셈을 채우기 위한 허울좋은 궤변에 지나지 않는 거다. 그 자들이 서로 다투어 사병을 강화하는 저의도 저희들의 재물, 저희들의 권세를 힘으로 고수하고 강화하자는 욕심 때문이 아니고 무엇이겠느냐. 그리고 여차여차해서 저희들이 곤경에 몰릴 경우, 그 사병의 힘을 과시해서 정계나 국왕까지도 위협하고 좌우하자는 음흉한 흑심을 품고 있는 때문이 아니겠느냐."

이성계의 논봉은 신랄했다.

"그야 너의 당료들이 사병 해산을 반대하며 내세우는 이유, 내 직접 듣지 않아도 뻔히 알고 있다. 너 방원을 위하는 때문이라고 말할 것이다, 지난날 나에게도 그런 소리를 지껄여댔으니까. 하지만 그 자들의 본심은 그게 아니야. 사병을 없애면 국왕 방과나 세자인 너의 힘은 강성하여지겠지만, 그 자들이 끝내 사병을 보유하게 된다면 왕이나 세자는 언제까지나 그 자들의 허수아비 노릇을 하게 되거든."

이성계의 해석은 방원 자신의 생각을 그대로 대변해 주는 것 같았다.

"아버님의 가르치심, 소자 잘 알아듣겠습니다만, 한 가지만 더 여쭈어 보겠습니다."

방원은 물었다.

"그 자들이 그토록 반기를 드는 이 판국에, 사병 해산을 강행하자면 어떠한 방책이 좋겠습니까."

"글쎄 말이다."

이성계는 또 자초를 돌아보았다.

"어떻소, 왕사께 무슨 묘안이라도 없으시오."

자초는 얼핏 대답을 못하다가 겨우 입을 열었다.

"신은 본시 불문에서 잔뼈가 굵은 몸이라, 군사 문제에 대해선 까막눈이나 다름이 없으니, 어찌 신통한 방안이 있겠습니까."

하고 말을 사리다가,

"그래도 어리석은 소견이나마 굳이 하문하신다면 이렇게 사뢸 수밖에 없습니다. 이 세상에 가장 무서운 것이 창검이라고들 합니다마는, 그 창검의 재료가 되는 쇳덩이를 녹이는 힘은 사람의 혀끝이라는 말씀을 드리고 싶습니다."

완곡하면서도 의표를 찌르는 의견을 비쳤다.

"좀더 자세히 기탄없이 말씀해 보오. 이 자리엔 나와 나의 아들만이 앉아 있지 않소."

"한 마디로 말씀드리자면 여론을 환기시키는 거올시다. 사병들의 힘을 꺾는 힘은 그 이외엔 없을 줄로 압니다."

"여론이라?"

이성계는 통쾌하게 웃었다.

"말 많은 유생들의 입을 막고, 그 자들의 손발을 꺾는다?"

"그렇습니다. 이열치열(以熱治熱)이라고나 할까요."

"그러나 과연 그런 일을 감당해 낼만한 사람이 있을까? 무쇠라도 녹일 만한 뜨거운 불을 지를 논객이 과연 누구일까."

"무엇보다도 사병을 보유하고 있지 않거나, 있어도 미약한 인사를 택해야 하겠습지요. 그런 사람이라야 자기네 자신을 위해서라도 열을 올릴 것이 아니겠습니까."

"타당한 의견이시오. 사병이 없거나 변변치 않은 사람들은 강력한 사병을 가지고 있는 자들에게 항상 위협을 느끼고 있을 테니까."

"또 한 가지는 그 사람의 말발이 깊고 넓게 먹혀들 수 있는 지위나 직책을 지니고 있는 사람이라야 하겠습지요."

처음에는 말을 사리던 자초의 발언은, 한걸음 한걸음 문제의 핵심을 구체적으로 파헤치고 있었다.

"누가 그런 사람에 해당하겠소, 왕사."

이성계도 어느 새 자초의 계책에 전적으로 매달리고 있었다.

"그 사람은 어떻겠습니까. 대사헌(大司憲) 권근(權近)."

"권근이라?"

이성계의 얼굴이 활짝 밝아졌다.

"과연 적임자올시다. 양촌(陽村) 선생이라면."

방원도 즉각 찬성했다.

권근으로 말할 것 같으면 전 왕조 고려때부터 여러 관직을 역임한 원훈이었지만, 그 당시의 문신들이 흔히 무관직을 역임한 사례와는 달리 군사 문제에는 거의 등을 지고 살아온 사람이었다. 그런만큼 무신들의 사병 보유에 대해서 생리적으로 반발을 느끼고 있을 것이었다. 그리고 그는 또 뛰어난 문장가로서, 경학(經學)의 대가로서, 성리학자(性理學者)로서 많은 후진들의 숭앙을 받는 대유(大儒)였다.

그리고 또 그의 현 직책은 정사를 논하고 백관을 감찰하여 국가의 기강을 진작하는 임무를 맡은 사헌부의 장관인 대사헌이었다. 그가 앞장서서 주장을 한다면, 그 영향력은 지대할 것이었다.

"또 한 사람 있습니다."

한번 보따리를 펼친 자초의 책략은 무궁했다.

"또 한 사람이라니, 그건 누구요?"

이성계가 묻는 말에 자초는 덤덤히 꼽았다.

"문하부좌산기(門下府左散騎) 김약채(金若采)올시다."

이성계의 얼굴이 더욱 밝아졌다.

"김약채라면 당장 목에 칼이 들어가도 할 말은 할 사람이지."

우왕 14년 정월이었다. 전에 밀직부사를 지낸 바 있던 조반(趙胖)이, 그 당시 한창 위세가 등등하던 권신 염흥방(廉興邦)의 가노 이광(李光)을 참살(斬殺)한 사건이 일어났다.

이광이 상전의 위세를 믿고 조반의 농토를 강탈하자 조반이 애걸했는데, 그를 능욕했을 뿐만 아니라 그의 남은 농토까지 다시 강탈했다. 분을 참지 못한 조반은 수십명 권속들을 거느리고 이광의 집을 습격하여, 그를 죽이고 그 집에 불을 질렀던 것이다.

그 일에 앙심을 품은 염흥방은 조반이 역적모의를 했다고 우왕에게 거짓 보고하고, 조반의 모친과 처를 순군옥(巡軍獄)에 수감하는 한편 조반 역시 체포하여 그를 사형에 처하고자 했다.

누구나 조반의 억울한 사정을 잘 알고 있으면서도 염흥방의 비위를 거스를세라 한 마디 변호도 못하고 있는데, 그 때 좌사의직(左司議職)에 있었던 김약채만이 유독 나서서 분연히 조반의 무죄를 주장하고 권신들의 횡포를 힐난했던 것이다.

그 사건을 계기로 염흥방 등 권신들은 숙청되고 우왕의 왕권이 일시적이나마 확립되었던만큼, 이번에도 김약채가 움직여 주기만 한다면 왕권 수호를 위해서 크게 기여할 바 있을 것이라는 기대를 충분히 걸 수 있었다.

"대사의 계책 그러하시고 아버님의 의향 그러하시니, 제가 곧 두 사람을 만나서 종용해 보겠습니다."

이젠 부왕의 따스한 손길로 외롭고 아프던 상처가 말끔히 가셔진 것 같은 기분으로 방원은 자리에서 일어섰다.

"명심해야 하느니라."

그 뒷꼭지를 향하여 이성계는 못을 박았다.

"이번 일만은 반드시 성취해야 한다. 그래야만 너희들 형제가 다시는 골육상잔의 수치스런 참극을 되풀이하지 않게 될 것이며, 그래야만 우리 왕조가 대대로 번창할 터를 닦게 되는 거야."

방원은 그 길로 권근의 집을 찾아갔다.

"무슨 일이 있으시기에 동궁께서 홀로 누추한 늙은이의 집을 찾아주셨습니까."

방원을 영접하는 권근의 태도는 공근하면서도 담담했다.

"오늘 이렇게 양촌 선생을 찾아뵙는 것은 다름이 아닙니다."

방원의 언동도 지극히 겸허했다.

"지난날 선생께서 우리 왕조의 어려움을 타개하여 주신 것처럼, 이번 역시 국가 만년 대계를 위해서 수고해 주십사 하는 거올시다."

지난날 운운한 말은 앞에서도 언급된 바 있지만, 권근이 정도전을 대신해서 명나라에 사신으로 갔던 일을 두고 하는 말이었다. 정도전의 실언(失言)이 명천자를 격노케 하여 양국의 국교까지 단절되었던 것을, 권근 그의 진력으로 화해를 보게 된 그 공로를 두고 한 말이었다.

"이 늙은이에게 무슨 힘이 있겠습니까마는."

그 때 권근의 나이 49세, 늙은이라고 자처할 나이는 못되었지만, 그는 그렇게 겸양을 하면서 말을 이었다.

"과연 국가를 위해서 할 일이 있다면, 언제나 있는 힘을 다하겠습니다."

언사는 담담했지만, 방원의 귀엔 마음 든든한 소리였다.

그 날도 설매는 허전했다. 방원이 세자에 책립되고부터 가슴 한구석에 펭하니 구멍이 뚫린 것 같은 허탈감이 설매를 떠나지 않았다.

자객의 일당이 방원을 노리고 있다는 음모를 탐지했을 당시엔 절박한 긴장감 때문이었던지 한때나마 그 허전함을 잊을 수 있었지만, 방원이 한양에서 무사히 환궁했다는 소식을 듣자 그것이 다시 가슴을 후빈다.

──나는 결국 그 분을 섬기라고 태어난 몸일까. 그 분을 위해서 하는 일이 없어지면 왜 이렇게 맥을 못출까.

자신이 가엾어진다.

──나도 한때는 이 나라의 재상을 상대로 빳빳하게 입씨름을 하던 뼈있는 기생이었는데.

지난날 잔치 자리에서 지금은 고인이 된 좌시중 배극렴(裵克廉)과

주고받던 입씨름이 생각난다.

　아침엔 동가식(東家食)하고 저녁이면 서가숙(西家宿)하는 천기라고 깔보는 말을 그가 했을 때, 지난날엔 왕씨(王氏)를 섬기다가 오늘은 이씨 왕조의 정승으로 거드럭거리는 인간이 무슨 수작이냐고 독설을 퍼붓던 그 의기가 새삼 아쉬워진다.

　──나도 이제 늙은 것일까. 불이 꺼진 등걸 같이 돼버린 몸일까.

　자탄하다가,

　──그건 아니야.

　마음의 도리질을 한다.

　──타다 꺼진 등걸일수록 불이 붙으면 더 무섭다는 말이 있어.

　하다가 설매는 스스로 놀란다.

　──내가 무슨 생각을 하고 있는 거야. 그 분을 영영 단념하겠다고 신명께 맹세까지 했으면서도.

　몸을 일으켰다. 부엌으로 내려가서 술 한 사발을 떠서 단숨에 들이켰다. 그런 자극으로라도 허전한 구멍을 메우려고 하는데, 송거신이 찾아들었다. 그가 한양을 다녀온 후 처음이었다.

　"설매 자네가 아니었더라면 동궁저하께선 큰 변을 당하실뻔 했네."

　그리고는 도중에서 노원식이 조종하던 야수의 기습을 받은 경위를 간추려 들려주었다.

　"어머나, 그런 일이 있었어요?"

　놀라움보다도 흐뭇한 감정이 앞섰다. 자기 힘이 방원의 목숨을 구출하는데 도움이 되었다는 얘기가, 공허한 구멍을 사뭇 메워 주는 것 같기도 했다.

　"내 거기 대한 치하도 할겸 진작 들렀어야 옳았겠네만, 저하의 생명을 노리는 잔당들이 아직도 끈덕지게 준동하는 형편이니 도무지 여가가 없었다네."

　어량청(御涼廳) 잔치 자리에서 방원을 함정에 몰아 넣으려던 홍계,

노원식의 제보로 그 흉계 역시 미연에 분쇄하였다는 얘기도 들려준 다음, 다시 말을 이었다.

"그렇다고 한두 번 낭패를 보고 호락호락 단념할 무리들은 아닌 듯싶구먼. 그 일당들, 김인귀를 위시해서 다름 아닌 상감의 골수 심복들이니 말일세."

설매는 차차 긴장한다. 그것은 두려움이나 불안이 빚어내는 긴장이라기보다도, 가슴 설레는 무엇을 기다리는 것 같은 성질의 것이었다. 불 꺼진 등걸에 다시 불을 당겨주는 그런 손이 임박하는 것을 느끼는 설렘이기도 했다.

"그 자들 일당의 명단도 입수했고, 늘 모여서 모의하는 장소도 탐지했네만, 도대체 그놈들이 꾸미는 흉계의 내용을 캐낼 수가 없단 말야."

"그 패거리들이 모의하는 장소는 어떤 곳인데요?"

"바로 그 기방이지. 설매가 부리는 계집애가 처음으로 그 자들 일당의 음모를 엿들었다란 취련이란 계집의 집 말야."

그 말에 설매의 기대는 한층 부풀어오른다.

"그 자들의 비밀을 캐내자면 그 기방에 들어가서 엿듣기라도 해야 할텐데 말일세. 그게 대단히 어렵단 말야. 그 패들이 모이는 날이면 다른 손은 일체 거절하거든."

송거신은 입맛을 다시더니,

"그 기방엘 아무 때나 무관하게 드나들 수 있는 사람이라야 할텐데, 설매 자네는 취련이란 기생과 자별한 사이라면서?"
하고 물었다.

"동기(童妓) 때부터 상종하던 애니까 자별하다면 자별하다고 말할 수도 있겠지요. 그러니까 날더러 그 집엘 가서 염탐을 하라 그런 말씀인가요?"

설매는 앞질러 되물었다.

"그 길밖에 없을 것 같아서 이렇게 자네를 찾아온 거야. 부탁하네,

설매. 자네나 나나 하늘처럼 섬기는 분의 안위에 관한 문제이니 수고
좀 해주게."

설매의 손목을 송거신은 덥석 잡았다. 정결하고 진지한 체온이었다.
그 체온과는 관계없이 설매의 가슴은 뛰었다. 방원을 위해서 마음껏 뛸
수 있는 기회가 틀림없이 주어진 것이다.

"당장 가보겠어요. 내 힘 자라는 데까지 해볼 테니까, 송 소윤은 여기
서 기다리도록 하세요."

설매는 즉시 취련의 집으로 향했다. 날도 이미 저물어 기방은 한창
주객들로 들끓을 시각이었다. 그러나 취련의 집은 조용하기만 했다. 대문
도 잠겨 있었다.

——송 소윤의 말대로 그 일당이 모여서 밀의를 하고 있는 것이 아닐
까. 그래서 다른 주객들은 모두 따돌려 보낸 것이 아닐까.

문을 두드려 보았다.

잠시 후 발소리가 다가오더니,

"누구신지는 모르지만, 오늘은 장사 안해요. 미안하지만 내일이나 찾아
주세요."

문도 따지 않고 거절하는 목소리는 틀림없이 취련의 것이었다.

"나야, 취련아. 나 설매란 말야."

되도록 소리를 낮추고, 그러나 취련에겐 들릴만한 소리로 말해보았
다.

"누구라구요?"

그렇게 생각해서 그런지, 몹시 당황해하는 것 같은 목소리가 되돌아왔
다.

"설매라니까. 네가 보고 싶어서 놀러 왔단 말야."

"설매 언니가 웬일이시우?"

겨우 대문을 빼끔히 따고 고개만 내밀었다.

"나 오늘은 몸이 시원치 않아서 장사 안하기로 했어요."

이렇게 거듭 방패막이를 하는 수작이, 집안에 들여놓고 싶지 않은 기색이었다.

"그것 마침 잘 됐구나."

설매는 덮어씌웠다.

"나두 오늘 따라 공연히 울적해서 장사 집어치우구 옛친구나 만나볼 생각으로 너를 찾아온 거야. 너두 장사를 쉰다니 마음 턱놓고 단 둘이 오붓하게 얘기라도 할 수 있겠구나."

취련의 표정이 몹시 난처하게 일그러졌다.

"왜 그러니? 너 설마 나까지 따돌려 보내겠다는 것은 아니겠지?"

설매는 짓궂게 캐고 들었다.

"원 언니두 참, 다른 사람두 아니구 언니가 찾아왔는데, 몸이 시원치 않기로 내밸 수야 있겠수?"

시답지 않은 어투였지만, 그런대로 그렇게 말했다.

"그럼 어서 들어가자. 공연히 여기서 노닥거리다가 귀찮은 취객이라도 들이닥치면 어쩌니?"

설매가 앞장서서 안채로 걸음을 옮기자, 취련은 불안한 눈길을 뒷마당 쪽으로 던지며 뒤따랐다.

방안에 들어앉아서도 취련의 태도는 어색하기만 했다.

금방 자리에 앉았는가 하면 금방 후다닥 일어나고, 일어섰는가 하면 도로 주저앉아서 걸레질도 쳐보고, 그러다간 또 일어서서 장롱문을 열어젖히고는 부산하게 무엇을 찾는 시늉을 하는가 싶더니 그 장롱문을 꽉 닫아버린다. 한시도 가만히 있질 못한다.

"너 오늘 참 이상하구나. 몸이 시원치 않아서 쉬겠다는 애가 왜 그렇게 생쥐 풀방구리 드나들 듯 하는 거냐? 그 전엔 무척 게으른 앤 줄로 알았는데."

설매는 따끔하게 꼬아댔다.

"그래요? 나도 모르겠어. 제 장사를 하게 된 탓이 아닐까? 맨날 무엇에 쫓기는 것만 같아서 가만히 있을 수가 없구료."

취련이 멋쩍은 웃음을 씹으며 방바닥에. 겨우 궁둥이를 붙이려고 하자,

"이것 봐, 취련이."

뒤뜰 쪽에서 부르는 소리가 들려왔다.

"어머나, 웬일이냐? 오늘은 손님 받지 않고 조용히 쉰다고 그러더니 저건 누구지?"

잽싸게 설매가 추궁하자, 취련은 허둥지둥 주워섬겼다.

"저 사람들은 가외라우. 저녁마다 찾아주는 단골손님이니 따돌려 보낼 수가 있어야지. 그리고 점잖은 분들이 돼서 자기네들끼리만 조용히 술을 마시기 때문에 별로 힘두 들지 않구, 그래서 뒤뜰 외딴 방에 모신 거라우."

그러나 그 변명을 뒤엎듯이 또 부르는 소리가 이번엔 사뭇 가까운 거리에서 들려왔다.

"이것 봐 취련이, 기생집에 왔으면 횟박 쓴 호박이라도 곁에 앉아서 술을 따라 줘야 할게 아냐?"

"아이참, 저 양반들 취했나봐."

취련은 상을 찡그리는 시늉을 하며 방을 나갔다.

──틀림없이 그 패거리들일 게야.

설매는 혼자 희소를 씹었다.

얼마 후 취련이 돌아왔다.

"왜 벌써 돌아오니? 횟박 쓴 호박이라도 좋다던 사람들이, 네 술은 맛이 없다더냐?"

설매가 또 꼬아보았다.

"나 참 기가 막혀서."

취련은 제법 볼멘 소리로 토달거렸다.

"평소엔 그런 분들이 아닌데 오늘 따라 술들이 과했던지 생트집이야.

나 같은 건 신물이 난다구 그러질 않겠수, 글쎄. 맨날 똑같은 손으로 따라주니 술맛이 맹물 같다나? 그러니 어디 딴집 기생이라도 꾸어오라는 거야."

그리고는 날카로운 곁눈질로 설매의 눈치를 훔쳐보았다.

"그거 골치 아프게 됐구나. 이렇게 손님이 분빌 시각에 노는 애를 구하기란 힘이 들 텐데."

설매는 설매대로 속셈이 있어서 슬쩍 한마디 던져보았다.

"누가 아니라우. 그러니까 언니한텐 미안한 얘기지만 나 좀 살려주지 않겠수?"

설매의 무릎을 잡고 취련은 흔들어댔다.

"내 집 장사도 귀찮아서 쉬는 날더러, 네 집 손님 치닥꺼리를 하란 말이냐?"

설매는 일부러 눈을 흘겨보았다.

"언니 좋다는 게 뭐유. 아랫사람이 어려운 일을 당했을 때, 턱 나서서 가로맡아 주기 때문에 모두들 설매 언니, 설매 언니 하면서 따르는 게 아뉴?"

선웃음을 피우며 취련은 얼레발을 쳤다.

"아따, 너 입심도 늘었구나."

설매는 마지못하는 체,

"도대체 그 손님들 어떤 분들이냐?"

하고 물었다. 물으면서 속으로는 긴장하고 있었다.

"정말 점잖은 분들이라니까."

취련은 강조하고 주워섬겼다.

"왜 있지 않우. 검교참찬문하부사(檢校參贊門下府事)를 지내시는 김인귀(金仁貴) 대감 말예요."

드디어 그 일당이라는 사실이 밝혀진 것이다. 설매는 속으로 쾌재를 부르면서도,

"어머나, 그런 귀하신 분이?"

겉으로는 놀라는 체했다.

"무인정사(戊寅靖社) 때, 지금의 상감께서 한때 피신하신 집이 바로 그 분 댁이라고 들었는데?"

"맞았어요. 그리고 그 밖에도 모모한 벼슬자리에 있거나 지난날 큰 벼슬을 지내던 분들뿐이니, 언니가 술 한잔 따른다고 창피하진 않을 거예요."

"글쎄 말이다."

설매는 망설이는 시늉을 하다가,

"에라 모르겠다. 나도 이왕 물장사 길에 나선 몸, 그런 분들을 알아두는 것도 해롭지는 않겠구먼."

겨우 엉덩이를 들면서,

"하지만 너 나중에 딴소리 하면 안 된다. 그 손님들이 나한테 반해서 몽땅 내 집 단골이 돼두 말이다."

이렇게 연막을 쳤지만, 취련은 취련대로 반색을 하면서 흐물거렸다.

"그런 염려는 말아요. 나도 한번 문 고기는 놓치지 않을 자신이 있으니까요."

뒤뜰 외딴 방에 설매가 들어서자, 아랫목엔 김인귀인 듯싶은 고관이 자리를 잡고, 그 좌우에 여섯명의 문무 벼슬아치들이 늘어앉아 있었다.

취련의 말로는 몹시 취한 모양이라고 했지만, 설매가 보기엔 그렇지도 않은 성싶었다.

"천기 설매, 시든 퇴물이라고 거들떠보는 사람도 없는 터에, 이렇듯 귀하신 대감님네들께서 불러주시니 몸 둘 바를 모르겠습니다."

이런 식으로 겸사를 떨면서 자기 소개와 인사말을 겸하자, 사나이들은 은근한 눈길을 저희네들끼리 주고받다가 김인귀가 호방하게 웃었다.

"설매라면 모르는 사람이 없는 천하의 명기(名妓), 일찍이 개국공신 배 정승의 콧대를 납작하게 꺾어준 일화도 그러하려니와, 지금은 세자에

책립되어 계신 그 어른의 총기(寵妓)로도 염명(艶名)이 자자한 가인
(佳人)이거늘, 그 설매가 이렇게 우리에게 술을 따라 주겠노라고 들어왔
으니 우리야말로 복이 터진 셈이 아니겠느냐."

한바탕 얼레발을 치고는 잔을 내밀었다.

몇차례 떠들썩하게 술잔이 돌고 나자, 김인귀는 문득 정색을 하더니
한 무관을 돌아보며 말했다. 현직 장군 박득년(朴得年)이었다.

"그 문제는 어떻게 한다? 촌각을 다투는 일이고 보니, 이 자리에서
결말을 지어야 할 것이 아니겠소."

"글쎄올시다."

박득년은 자못 경계하는 것 같은 시선을 설매에게 던졌다. 그 시선을
따라 사나이들의 눈길도 설매에게로 몰렸다. 설매는 모르는 체 고개를
외로 꼬았지만, 신경은 잔뜩 곤두세우고 있었다.

그 문제란 방원을 모해하는 음모와 관계되는 것일 게라고 추측한 것이
다. 그렇다면 그 자들이 경계의 시선을 보내는 것도 당연한 노릇이었다.
그러나 곧이어 김인귀가 또 너털웃음을 쳤고, 그 웃음소리에 섞여 그가
던진 말은 의표를 찌르는 것이었다.

"설매라면 들어두 무방할 게 아닌가. 우리들이 하고자 하는 얘기란
동궁저하께도 해로운 일은 아니니 말이오."

김인귀는 이런 소리를 너털거렸다.

그 말을 들은 설매는 당혹했다.

──이 자들은 도대체 어떤 문제를 놓고 이러는 걸까.

송거신으로부터 들은 바로는, 이 일당이 방원을 모해하려는 음모를
꾸미고 있다는 것이었다. 그런데 방원에게도 해롭지 않은 얘기라고 노닥
거리니, 도대체 뭣이 어떻게 돌아가는 것인지 셈판을 잡을 수가 없었다.

"김 대감 말씀을 듣고보니 과연 그렇습니다그려."

박득년이 고개를 끄덕였고, 다른 사나이들도 긴장을 푸는 기색을 보였
다.

"다른 얘기가 아니야."

김인귀는 설매를 곧장 건너다보며 말을 이었다.

"요즘 주상전하와 동궁저하 사이에 사병을 철폐하자는 말씀이 오갔고, 두 분께선 그 문제에 합의를 보셨을 뿐만 아니라 태상전하께서도 적극 찬동 지지하시는 터이거늘, 사병을 보유하고 있는 무리들 중엔 그러한 조처에 불만을 품고 난동을 부리고자 하는 고얀 인간이 있단 말야."

설매가 듣고 싶어하는 문제와는 거리가 먼 얘기였다. 실망하지 않을 수 없었다.

"그러한 불평객들 중에서도 가장 핏대를 올리고 있는 자가 조영무(趙英茂)란 자야. 바로 어제밤이었지. 조영무 그 자가 어느 술자리에 수하 사병들 중의 모모한 자들을 모아놓고 불온한 모의를 하고 있었는데, 그 비밀을 우리들 중 한 사람이 엿들었거든. 그렇지, 조 장군."

김인귀는 조현(趙賢)을 돌아다보며 눈짓을 했다.

"그렇소이다. 내 귀로 똑똑히 들었소이다. 상감과 세자께서 끝끝내 사병 철폐를 단행하실 경우, 실력을 구사해서라도 저지하고 말겠다고 그런 소리를 지껄이더군요."

조현은 흘끗흘끗 동료들에게 곁눈질을 보내며 말했다.

"그 실력을 구사하겠다는 소리가 무엇을 뜻하는 걸까? 그 점을 먼저 따지고 밝혀내야만 대책을 강구할 수도 있을 터인데, 공들의 의견은 어떻소?"

김인귀가 묻는 말에,

"뻔한 얘기가 아닙니까, 김 대감."

수선스런 함식(咸湜)이 떠들어댔다.

"의심할나위 없는 역적모의올시다. 무력을 구사한다면 누구를 치겠습니까. 그 자들이 노리는 것은 오직 지존하신 그 분들이 아닙니까. 사병 철폐 문제를 발의하신 분은 주상전하이시며, 그 문제에 합의하신 분은 동궁저하이시고 찬성하신 분은 태상전하이시니, 그 분들을 빼놓고 누구에게 화살을 겨누겠습니까."

"함 장군 말씀이 옳소이다."

원윤(元胤)이 맞장구를 쳤다.

"그 문제에 관해선 세 분 마마를 제외하고는 아직 언급한 사람이 없으니, 틀림없이 그 분들을 시해하고자 하는 대역무도한 흉계일 겁니다."

"그러니 대책이고 뭐고 따질 계제가 아니외다."

성깔 사나운 박득년은 한걸음 앞질러 서둘러댔다.

"지금 당장에라도 상감께 고하여, 그들 일당을 일망타진하고 주살하도록 해야 하겠소이다."

"글쎄말이오."

설치는 당료들과는 달리 김인귀는 신중히 고개를 꼬았다.

"그 흉계, 조 장군이 술집에서 엿들은 데에 지나지 않을 뿐더러 조영무로 말할 것 같으면 동궁저하의 둘도 없는 심복이니, 섣불리 건드렸다가 공연히 우리가 동궁 측근의 사람을 모해하고자 꾸며낸 무함(誣陷)이라고 되잡힌다면, 그 때 가선 꼼짝달싹 없이 우리측이 당하게 된단 말이오."

김인귀는 입맛을 다시며 설매를 흘끗 돌아보았다.

좌장 김인귀가 그런 식으로 나오니 결론이 쉽게 내려질 리 없었다. 이 소리 저 소리 지껄이다가 다시 술타령이 시작되었고, 술에 취하자 그들의 화제는 엉뚱한 잡담으로 번지고 말았다.

이제 설매로선 들어야 할 얘기 다 들은 셈이었다. 적당한 기회를 잡아 그 방을 물러나왔다.

방문이 닫히자 취한 체 음담패설만 지껄이던 일당이 문득 소리를 죽였다. 그들은 서로 이마를 마주대고 수군거리다가, 일제히 무릎을 치며 너털웃음을 쳤다.

자기 집을 향해서 걸음을 재촉하면서 설매는 떨떠름한 기분이었다. 자신이 얻어들은 정보의 가치가, 다시 말하면 그것이 방원에게 얼마나 도움이 될 것인지 쉽게 계산이 되지 않았다.

그 자들은 마치 국왕 방과를 위하듯이 방원도 생각해 주는 체했다. 그런 언사나 태도만으로 추측한다면, 설매가 방원의 사람이라는 것을 계산에 넣고 일부러 꾸며댄 소리처럼 여겨지기도 한다.

그러나 조영무가 난동을 일으킬 것이라는 얘기는 그냥 흘러들어버릴 성질의 것은 아니었다. 그의 공격 목표 속에 국왕 방과나 상왕 이성계가 들어 있건 어쩌건, 방원 역시 공격의 대상에 들어간다면 심상치 않은 문제였다.

김인귀 일당의 흉계의 비밀 그 자체는 아니라도, 방원의 신변을 위협하는 기밀엔 틀림이 없었다.

설매가 집에 돌아와보니, 송거신은 술 한잔 들지 않고 초조히 기다리고 있었다. 설매는 자기가 들은대로 소상히 옮겼다.

"조영무가?"

송거신은 깊은 입맛을 다셨다.

"김인귀 일당이 지껄인 말이니 곧이곧대로 받아들일 수는 없겠네만, 그렇다고 전혀 무시해버릴 수도 없는 얘기로구먼. 조영무 그 사람, 욱하면 무슨 일을 저지르는지 모를 위인이니 말일세."

"그 사람이 정말 그런 끔찍한 일을 저지를까요. 무엄하게도 상감마마나 태상마마나, 더더구나 동궁마마께 칼부림까지 할까요?"

설매는 그 점이 가장 궁금했다.

"그렇게까지 무도한 짓은 안 하는지 모르네만, 사병 철폐를 단행할 경우 가만 있지 않을 것만은 틀림없을 듯하이. 김인귀 일당이 엿들었다는 얘기처럼 무력을 행사해서라도 그 조처의 철회를 요구할는지 모르지."

"그렇게 나올 경우, 어떤 사태가 벌어지죠? 우리 동궁마마께는 어떤 영향이 미칠까요?"

"나도 그 점이 염려스러운 걸세. 그 사람은 자타가 공인하는 저하의 심복이니, 만일 그 사람이 난동을 부리게 된다면 뭐라고들 하겠나. 뒤에서 동궁이 조종을 한 때문일 것이라는 억측을 하는 자들도 없지 않을

게구, 그러지 않아두 저하를 잡아먹으려구 이를 가는 무리들은 좋은 트집
거리 잡았다고 갖은 모략을 다 할 게야."

그렇게 풀이한 송거신은 초조히 설매의 집을 떠났다.

설매는 흐뭇했다.

──나는 그 분을 위해서 큰 일을 했다. 그 분에게 밀어닥칠 재앙을
가로막았다.

조영무가 난동을 일으킬 경우, 송거신의 해석대로 방원이 모함을 받게
된다면, 설매 자기는 방원의 그런 곤경을 미연에 방지하는 데 크게 이바
지한 셈이 된다.

그래서 설매는 흐뭇한 보람을 느끼고 있는 것이지만, 앞으로의 정세가
과연 설매의 단순한 기분처럼 돌아갈 것인가. 그리고 또 설매의 진력이
과연 방원의 안전을 도모해 주게 될 것인가. 아니면 되려 괴롭고 고달픈
가시관을 재촉하는 결과를 초래할 것인지, 그것은 역사의 수레바퀴만이
알고 있는 비밀이었다.

그 무렵 방원은 인수부(仁壽府)의 그의 거실에 하륜 한 사람만을 상대
로 앉아 있었다.

태상전과 권근의 집 그리고 김약채의 집을 거쳐 돌아와 보니 사병
문제에 불평을 터뜨리던 다른 당료들은 뿔뿔이 흩어져버렸고, 하륜 혼자
만이 기다리고 있었던 것이다.

"호정(浩亭) 선생은 그 문제에 대해서 어떻게 생각하시오."

이런 어투로 사병 해산 문제에 대한 하륜의 의견을 타진했다. 그는
다른 당료들이 핏대를 올리며 떠들고 있을 때, 한마디도 언급을 하지
않았던 것이다.

"무슨 말씀을 그렇게 하십니까, 저하. 말씀 낮추십시오, 저하."

선생이라고 불러준 방원의 어투가 하륜은 오히려 섭섭한 구기였다.

"내 언제나 그런 심정이오만, 오늘은 특히 호정 선생을 스승으로 여기
고 깨우침을 받아야 할 것 같소."

그것은 방원의 진심이었다. 사병 해산 문제에 대해선 부왕 이성계도 적극 지지했고, 권근과 김약채도 앞장설 것을 약속해 주었지만, 당료들의 반발에 대한 대책은 아직 서 있지 않은 것이다.

그리고 인수부에 돌아와보니 그들은 자기를 기다려 주지도 않고 뿔뿔이 해산해 버렸다. 언제나 귀찮은 강아지처럼 발꿈치에 감돌던 민가네 형제들까지 보이지 않는다.

물론 그들의 이기적인 속셈이 괘씸하지 않은 것은 아니다. 그러나 그런 감정을 실제 문제와 혼동할 수는 없다. 어떤 대책을 꼭 강구해야만 했지만 방원으로선 묘안이 생각나지 않았고, 그래서 이렇게 하륜에게 매달리는 심정이 된 것이다.

"사병 철폐 문제는 이미 결정된 것이나 다름이 없소."

방원은 그 문제를 적극 지지한 이성계의 반응을 전달한 다음,

"그러니 그대로 추진할 수밖에 없겠소만, 거기 반발하는 우리 사람들을 어떻게 무마해야 할는지 심히 막막하구료. 아니 그보다도 먼저 호정 선생은 사병 해산 문제에 찬성인지 반대인지 나로서는 그것부터가 궁금하외다."

방원은 까놓고 자기 속마음을 털어놓았다.

"글쎄올시다."

하륜의 입은 무거웠다.

"그래서 저도 저하를 모시고 그 문제를 심사숙고하고자 이렇게 남아 있었던 것입지요."

"그러니까 호정 선생은 그 문제에 선뜻 찬성할 수 없다 그 말씀이오?"

서운한 눈으로 하륜을 지켜보았다.

"솔직이 말씀드리자면 찬성하기도 어렵고 반대하기도 어렵다는 것이 저의 소견이올시다."

하륜의 말꼬리는 여전히 무거웠다.

"다름아닌 태상전하께서 그토록 강권하시는 터이라면, 저하께선 반대

하고 싶으셔도 반대하실 수 없을 형편이시며, 저 역시 그 점은 매한가지
올시다. 그러나 저하께서도 염려하시는 바와 같이, 우리 사람들의 반발이
이만저만이 아닐 뿐더러, 그 중에서도 과격한 몇몇 친구가 혹시 어떤
불상사라도 일으킬 경우도 없지 않은즉, 그런 사태가 야기될 경우 심히
난감해질 거올시다.”

하륜이 그런 말을 하면서 착잡한 입맛을 다시고 있는데, 그 우려를
뒷받침이라도 하려는 듯이 송거신이 들이닥쳤다.

“아무래도 큰 변이 일어날 것 같습니다, 저하.”

그는 설매를 통해서 입수한 정보, 조영무가 불만을 품고 난동을 부릴
움직임이 있다는 내용을 소상히 보고했다.

물론 놀라운 정보였다. 그러면서도 방원은 그 정보에서 석연치 않은
무엇이 느껴진다.

“다른 사람도 아닌 설매가 탐지해온 얘기라면 믿어도 무방하겠지만,
그 기밀을 지껄여댄 자들이 김인귀 일당이라면 생각해 볼 문제가 아닐
까.”

“그야 그와 같은 의혹도 품으심즉한 일이기는 합니다만, 그렇다고
김인귀 일당이 그 정보를 우리 귀에 들리게 함으로써 얻는 이득이 무엇이
겠습니까.”

하륜의 견해는 그것을 믿는 방향으로 기울어지고 있는 듯했다.

“뒤집어 생각해서 김인귀 일당이 그 기밀을 알고도 입밖에 내지 않았
더라면 말씀입니다. 조영무 그 사람이 난동을 일으킬 것이라는 정보를
사전에 탐지 못하고, 그래서 그런 불상사를 우리가 미연에 제어하지 못한
다면, 우선 해를 입는 것은 우리측이 아닙니까. 우리측 사람이 난동을
일으켰으니 상감이나 태상전하의 노여움, 그리고 많은 사람의 지탄이
우리에게 집중할 터이니 말씀입니다.”

“그렇다면 그 자들이 어째서 그 기밀을 설매에게 누설했을까. 우리가
망하기만 바라는 그 자들이 말이오.”

방원은 어디까지나 회의적이었다.

"그 자들이 한 말을 일단 액면 그대로 받아들여보는 것입지요. 조영무가 난동을 부릴 경우, 저들이 받들어 모시는 상감에게까지 위해가 미칠까 염려돼서 그 기밀을 우리에게 누설함으로써 우리 힘으로 사전에 조영무를 제어하도록 하자, 그런 계산으로 저는 풀이하고 싶습니다."

하륜의 추리엔 빈틈이 없었다. 여전히 꺼림은 했지만 그것을 반박할만한 논리를 방원은 찾지 못했다.

"사실이 그렇다면 범연히 들어넘길 얘기가 아니로구먼."

방원도 일단 그 정보를 믿는 방향으로 마음을 돌렸다.

"급히 손을 써야 하겠습니다. 그 정보가 허위라면 오히려 다행이겠습니다만, 만일 사실이라면 수습할 수 없는 파국에 우리는 몰리게 될 거올시다."

"손을 쓰다니, 어떻게?"

하륜은 얼핏 대답을 못하고 한참 생각에 잠기다가 겨우 입을 열었다.

"과히 신통치는 않은 대책입니다마는, 이렇게 하는 것이 어떻겠습니까. 조영무 그 사람을 잠시 개경 밖으로 내보내는 거올시다. 그러면 당분간이라도 불상사를 막는 미봉책은 될 게 아니겠습니까."

"그야 그렇겠소만, 그 사람이 고분고분 말을 들을까. 오히려 그 사람의 불만에 부채질을 하는 꼴이 되지 않을까."

"그러니 조영무가 받아들일만한 일거리를 맡겨 주어야 하겠습지요."

하륜은 말하고 그 다음은 귀엣말로 대신했다.

그 이튿날 이른 새벽, 방원은 빈 몸으로 노복 김소근만을 거느리고 조영무의 집을 찾아갔다.

조영무는 당황실색했다. 그의 당(黨)의 영도자가, 더더구나 이 나라의 세자저하가, 볼 일이 있으면 자기를 부를 일이지 이렇게 몸소 찾아주었으니 공구하고 감격할 일이 아닐 수 없었다.

그는 대문밖까지 마주 나와 땅바닥에 꿇어엎드려 이마를 비벼댔다.

왕자가 찾아올 경우 정1품관이면 은피(隱避)하는 것이 상례이고, 조영무와 같은 종1품관 이하라도 허리를 굽혀 읍하는 정도가 상식적인 예도였지만, 조영무 그는 예도고 뭐고 따질 겨를 없이 감격을 소박하게 표현하고 있었다. 그런 꼴을 보니, 방원의 가슴은 더욱 거북했다.

"저하께서도 너무 하십니다. 볼 일이 있으시면 부르실 일이지, 이렇게 몸소 행차하시어 저로 하여금 몸 둘 곳이 없게 하시다니요."

조영무는 투덜거리는 것이었지만, 그것은 물론 불평이 아니었다. 황공무지한 기분이 빚어내는 일종의 응석이었다.

"오늘은 내 한산군(漢山君 : 조영무의 군호)에게 긴히 청탁할 일이 있거늘 어떻게 오라 가라 하겠소."

방원이 진정 미안스런 얼굴로 말하자, 조영무는 더욱 황공해 한다.

"저야 원래 저하를 위해서 견마지로를 다하여 온 인간이 아닙니까. 저하의 분부시라면 물불을 가리지 않고 뛰어왔고, 또 지금도 뛰어들 충성심만은 변함없이 가지고 있다고 자부하고 있는 터이온데, 어찌 그런 섭섭한 말씀을 하십니까."

"고맙소, 한산군."

방원은 그의 손목을 굳게 잡았다. 그것도 진심이었다.

조영무의 인도를 받고 그의 집 사랑채 대청에 자리를 잡고 앉자, 그는 재촉했다.

"어떠한 분부십니까, 저하. 말씀만 하십시오. 제가 비록 하늘에서 별을 따오는 재주는 없습니다만, 주먹을 휘둘러서 할 수 있는 일이라면 동산(東山)의 청룡(靑龍)이건 서산(西山)의 백호(白虎)이건 지체않고 잡아다가 대령하겠습니다."

그리고는 두 팔을 걷어붙이는 시늉을 했다. 무심코 순진하게 떠들어본 호언장담일지 모르지만, 그 말엔 엉뚱한 복선이 감추어져 있는 것 같아서 방원은 섬찍했다.

──청룡이란 누구를 두고 하는 말이며, 백호란 또 누구일까. 이 사람

이 정말 무슨 큰 일을 저지르려고 벼르고 있는 것이 아닐까.

그러나 그런 불안을 지그시 누르고 너털웃음을 쳐보였다.

"한산군은 언제나 기개가 왕성해서 좋아. 하지만 내 청탁이라는 것은 그런 거창한 일이 아니오. 좁쌀 같은 도적들을 잠시 어르고 달래서 잡아가뒀으면 하는 거요."

조영무의 양미간에 조금 실망하는 그늘이 흘렀다.

"좁쌀 같은 도적이라니요?"

김빠진 소리로 물었다.

"한산군도 소문을 들었겠소만, 요즘 풍해도(豊海道 : 황해도) 연안 작은 섬들에 왜구들이 은신하면서 장난질을 친다고 들리는데, 한산군의 그 용력과 위력으로 그 자들이 다시는 끽소리 못하도록 처치해 달라는 거요."

그것이 바로 하륜이 귀엣말로 속삭인 조영무를 외지로 몰아내기 위한 방책이었던 것이다.

"한산군이 나서기만 하면 말이오, 제아무리 극성스런 왜구들이라 하더라도 간이 콩알만해져서 손이 발이 되도록 빌며 투항할 게야."

방원의 언사엔 다분히 과장과 윤색이 씌워져 있었다. 그것이 물론 방원은 싫었다. 그런 말재간을 부려서까지 이 충직한 수하를 부채질해야 하는 자신의 처지가 서글프기도 했다.

그러면서도 그는 그런 말을 계속하지 않을 수 없었다. 그것만이 그를 개경으로부터 격리하여 위험한 불장난을 미연에 제어할 수 있는 유일한 방책이었기 때문이었다.

"왜적들이 빌고 발발하거든 말이오, 그 자들을 적당한 곳에 배치하고 감시하도록 하면 될 거요. 다시는 시끄럽게 굴지 못하도록."

그리고는 또 조영무의 손목을 잡았다.

"어떻소. 내 청을 들어 주겠소."

조영무는 깊은 눈으로 방원을 마주보았다. 그 눈은 어쩌면 방원 자기를 측은히 여기는 것 같은 그런 눈이기도 했다.

그러다가 조영무 그는 호탕하게 웃었다. 그리고는 주먹을 휘둘러댔다.

"좋습니다. 그러지 않아도 사병 철폐니 뭐니 하는 소리를 듣고 울화가 치밀어서 한바탕 칼부림이라도 하고 싶던 참이었습니다만, 저하의 분부 그러하시다면 내 그 울분을 잔나비 같은 왜적들에게나마 풀어보겠습니다."

"고맙소. 정말 고맙소."

방원은 그의 손목을 또 잡아 흔들어대면서, 그러면서도 야릇한 불안의 꼬리를 느꼈다.

——이렇게 순박한 사람을 기만하다시피 몰아내다니. 만일 나중에 이 사람이 사병 해산이 단행되었다는 소식을 듣게 되면 어떻게 할까.

그러나 앞질러 속을 태우자면 한이 없는 일이었다. 우선 조영무가 쾌히 응낙해 주었다는 그 사실만으로 만족하고, 방원은 돌아갈 수밖에 없었다.

그로부터 며칠 후, 조영무는 국왕으로부터 정식 임명을 받고 풍해도로 떠났다. 거기에서 조영무가 보인 동태에 대해서 정종실록 2년 4월 초엔 다음과 같이 기재되어 있다.

해주에 당도한 조영무는 사람을 시켜서 왜적들에게 전령(傳令)했다.

"너희들이 만약 우리와 싸우고 싶거든 서슴지 말고 싸워보라. 그렇지 않거든 모름지기 속히 투항하라."

그리고는 휘하 병력을 동원해서 한바탕 시위를 했더니, 왜인들은 기가 죽어 모두 투항했다는 것이다.

한편 사병 해산 문제에 강력히 반대한 또 하나의 세력이었던 이저(李佇)는 공교롭게도 제발로 걸어서 개경을 떠났다. 그 역시 울화를 참을 길 없었던지 풍해도 평주(平州)로 사냥을 갔다는 것이다.

방원은 한결 마음이 놓였다. 그들 두 사람만 개경에 있지 않으면, 과격한 실력 행사를 강행할 다른 당료는 없을 것이다.

이제 남은 것은 사병 해산을 위한 여론을 일으키고, 그 걸 단행하는 문제뿐이었다. 그러나 하륜은 언제나 그렇듯이 무거운 어투로 진언했다.

"그보다 먼저 할 일이 있습니다. 아니 사병 해산이 주는 자극을 덜기 위해서라도 먼저 손을 써야 할 일이 있습니다."

하륜의 계책은 교묘하고 치밀했다.

사병 해산에 반대하는 측들의 신경이 그 문제 한 곳에만 집중해서 폭발하는 일이 없도록, 그들의 눈과 귀를 분산시키자는 일종의 혼란 작전이었다.

4월 초하루, 여론 조성의 선봉장 일을 맡은 대사헌 권근이 엉뚱한 계(契)를 올렸다.

"헌사(憲司)를 일컬어 풍헌관(風憲官)이라고 부르기도 합니다마는, 그것은 풍속을 바로잡는 소임은 당당하되 풍문탄핵(風聞彈劾)을 하는 때문이올시다."

여기서 말하는 풍문이란 뜬 소문을 뜻하는 것이 아니다. 어사(御史), 즉 헌관(憲官)에게 제출하여 관리의 비행을 탄핵하는 글을 말한다. 그것이 익명의 투서일 경우가 많기 때문에 풍(風)자를 사용했던 것이다.

"지난날 풍문공사(風聞公事)를 금하는 조처가 있었습니다마는, 풍문에 의거하지 않고 어찌 인심을 바로잡을 수 있겠습니까. 원컨대 앞으로 다시 풍문공사를 활용해서 관원들의 실태를 파악하고 나라를 다스리는 데 도움이 되도록 하여야 합니다."

다시 말하면 무기명 투서 제도를 되살려 관리들의 비위를 적발해야 한다는 건의였다.

관계의 여론은 비등했다. 무기명 투서가 성행할 경우, 사사로운 원혐으로 죄없는 사람을 모함하는 부작용이 심해질 것이라고 모두들 반대한 것이다.

물론 하륜의 작전의 초점은 풍문탄핵 제도를 복구하자는 데 있는 것은
아니었다. 관민들의 신경을 일단 그쪽으로 돌려보자는 것이었던만큼,
그 문제를 고집할 필요는 없었다.

여론이 한창 그리로 기우는 것을 확인하자, 국왕 방과가 반대하는 형식
을 빌어 그 안을 철회했다. 즉 방과는 이런 말로 그 문제를 얼버무렸던
것이다.

"풍문공사는 태상왕께서 금하신 바라, 가벼이 고친다는 것은 불가한
일이다."

분산작전은 그에 그치지 않았다. 제 2 탄을 터뜨렸다. 역시 투탄자(投彈
者)는 권근이었다.

4월 5일, 그는 또 진언했다.

"금년 봄은 가뭄이 심하여 흉작이 들 징조가 농후합니다. 신이 언관
(言官)으로서 어찌 입을 다물고 그냥 있겠습니까. 엎드려 바라건대 전하
께서는 우휼(憂恤) 척려(惕慮)하시어 금주지령(禁酒之令)을 내리심으로
써 국용(國用)을 절약하도록 하십시오."

그 안에 대해선 국왕 방과는 즉각 결재하였고, 금주령이 선포되었다.
그것도 주당들에겐 적지 않은 충격이었다. 모두들 밀주라도 한 사발 얻어
먹어 보려고 눈들을 까뒤집었다.

제3탄은 특히 대소 관리들에겐 보다 절실한 문제였다. 정부 관리들의
감원(減員)을 제기한 것이다. 이번 투탄을 담당한 것은 문하부(門下府)
였다.

"일찍이 당태종(唐太宗)은 관리의 인원수를 367명으로 정하고, 그러면
서도 말하기를 나는 그들을 천하의 현재(賢才)로 대하면 족하다 하였습
니다. 그러하거늘 우리 조정의 동반(東班 : 문관)으로 말할 것 같으면,
판문하(判門下), 영삼사(領三司)로부터 구품관(九品官)에 이르기까지
520 여명이오며, 서반(西班 : 무관)은 상장군, 대장군으로부터 대장(隊
長), 대부(隊副)에 이르기까지 4,170 여명입니다. 문무 관리의 수, 실로

중국의 제도에 비하여 몇갑절입니까."

그러니 감원을 단행해야 한다는 주장이었다.

뜻하지 않은 감원설에 대소 관료들은 정신을 차리지 못했다. 목이 떨어질세라 보신책을 강구하기에 급급할뿐, 사병 문제를 입끝에 올리는 자는 거의 볼 수 없을 지경이었다.

하륜의 연막 전술로, 여론 조종책은 충분히 주효한 듯보였다. 이제 기회는 성숙할만큼 성숙했다고 판단한 것일까, 마침내 비장의 마지막 것을 터뜨렸다. 사병 해산 문제를 제기한 것이다.

그 상소문은 미리 계획한대로 대사헌 권근과 문하부좌산기 김약채 두 사람이 공동 작성한 것이었다.

"병권(兵權)은 국가의 대병(大柄)이온즉 마땅히 통속(統屬)하는 바 있어야 할 것이며, 주관하는 자가 분산되어서는 아니 됩니다. 산주무통(散主無統)이면 태아도지(太阿倒持 : 태아는 옛적 보검의 이름), 칼을 거꾸로 잡고 자루를 남에게 주는 격이 될 것입니다. 그리고 권병(權柄)을 사람에게 주면 제어하기 어려운 법입니다."

서론부터 거창하고 강경하고 신랄한 폭발력을 과시하고 있었다.

"고로 병력을 장악하는 자 각각 도당(徒黨)을 부식하고 그 마음에는 반드시 딴 뜻을 품으며, 그 세력은 반드시 분열하고 서로 시기하여 화란을 조성하며, 비록 동기(同氣)라 하더라도 상잔(相殘)의 참극을 빚는 것이 고금의 통환(通患)입니다."

사병 보유자의 아픈 데를 통렬히 쑤셔대는 소리였다.

"그러기에 공자(孔子)께서도 말씀하시기를, 예로부터 집에 갑옷을 두지 않고 사병(私兵)을 말하지 않는다고 하였으며, 예기(禮記)에도 이르되 무기를 사가(私家)에 비치한다는 것은 비례(非禮)라고 하였습니다. 그리고 사사로이 병력을 보유할 경우, 함부로 힘을 믿고 반드시 그 임금을 위협하기에 이릅니다. 성인이 법을 세워 이렇듯 훈계함은 가위 지당한 일일 것입니다."

공맹자의 말이라면 꺼벅 죽는 그 당시의 권신들에겐, 움쭉달싹할 수 없는 굴레를 씌워 주는 소리였다.

"옛적 송태조(宋太祖)는 즉위 초 웃는 말로 한 마디 하였더니, 공신들은 혼연히 병권을 포기하여 국가를 보전할 수 있었다고 합니다. 가위 후세에서도 본받아야 할 바입니다."

그리고 몇 가지 고사를 더 인용한 다음, 마침내 본론으로 파고 들어갔다.

"어느 모로 따지건 사병을 둔다는 것은 부질없이 분란만 빚어낼뿐 그 이익은 찾아보기 어려운 터이온데, 사문(私門)의 병력을 아직까지 파하지 않고 있는 실정이오니 장차 닥쳐올 환란을 우려하지 않을 수 없습니다."

그 다음엔 사병이 일반 백성들에게 끼치는 폐해를 구체적으로 열거했다.

백성들을 함부로 징발하므로 민심이 사뭇 동요된다. 그들을 거느리고 함부로 사냥을 하니 부작용이 막심하다. 비오는 날, 눈오는 날 가리지 않고 사문을 지키게 하니 원성이 자자하다.

그러니 앞으로는 모든 사병과 무기와 마필을 삼군부(三軍府)에 소속시켜 공가(公家)의 병력이 되게 함으로써,

"체통을 세우고 국병(國柄)을 중히 하고 인심을 수습해야 합니다."

이렇게 결론을 내렸다.

그 상소문을 읽고 난 국왕 방과, 속모를 웃음을 피우며 그 자리에 배석한 세자 방원을 돌아보았다.

야릇한 웃음이었다. 어떻게 보면 속없는 호인이 무심코 흘린 헤식은 웃음 같기도 했지만, 그러면서도 등골을 써늘하게 쓸어내리는 서릿발 같은 것을 방원은 느꼈다.

물론 웃음의 구체적인 의미는 아직 파악할 수 없었다.

"어떻게 처결하시겠습니까, 저하."

착잡한 기분도 수습할 겸 방원은 물었다.

"세자는 어떻게 생각하나?"

방과는 되물었다.

"두 사람의 상소는 구구절절 다 옳은 말로 신에겐 여겨집니다."

"그래?"

웃던 눈을 방과는 지그시 내리깔더니,

"세자가 그렇게 찬의를 표한다면 여가 새삼 무슨 말을 더하겠나."

어디까지나 방원의 의사를 존중하는 것 같은 어투였지만, 결국은 사병 해산을 건의하는 그 상소문을 받아들이고 재가하는 말이나 다름이 없었다.

"전하의 분부 그러하시면 즉각 시행하도록 하심이 어떻겠습니까?"

"그야 그렇지. 결정한 사항은 신속히 실천에 옮기도록 해야 부질없는 잡음을 제어할 수도 있을 게야."

그 점만은 분명히 강조했다.

그 날로 사병해산령이 선포되었다. 국왕이 거처하는 수창궁과 이성계의 태상전을 숙위(宿衛)하는 갑사(甲士)를 제외한 모든 경비병, 특히 개인 집의 경비병은 즉각 해산하도록 지시했다.

조신(朝臣)들이 출퇴근할 때 데리고 다니던 호위병들도 없애도록 했다. 그리고 여러 절제사(節制使)들이 민간인으로부터 징발한 군마(軍馬)는 그 주인에게 돌려주도록 시달했으며, 그 휘하 장졸들은 삼군부(三軍府)에 소속시키도록 명령했다.

마침내 주사위는 던져진 것이다. 이제 남은 문제는 누가 어떠한 반응을 보일 것인가 그것뿐이었다.

대전(大殿)을 물러나와 인수부로 돌아가 보니, 하륜이 기다리고 있었다.

"좋든 싫든 일은 벌어지고 말았소."

사병해산령이 내려졌다는 사실을 전한 다음,

"이제 우리 사람들만 잠잠히 참아주면 이럭저럭 고비는 넘길 수 있을 것인데, 호정 선생이 보는 바로는 어떻게 돌아갈 것 같소."

뇌리를 떠나지 않는 근심이 절로 푸념이 되어 방원의 입술을 비집고 흘렀다.

"저도 그 문제 때문에 저하를 뵙고자 기다리고 있었습니다마는, 이런 방책은 어떻겠는지요."

"어떤 희한한 묘책이라도 안출한 모양이구려."

방원은 반색을 했다.

"누구보다도 성깔 사나운 조영무는 일단 외지로 내보냈으니 과히 시끄럽게 굴지는 못할 것입니다만, 그 밖에도 말썽을 부리자면 부릴만한 군졸이 아주 없는 것은 아닙니다."

"그래서?"

"이거이 부자와 민씨네 형제들 말씀이올시다. 이저는 비록 사냥을 갔다고는 하지만 이내 돌아올 터이니, 그 사람들을 사전에 달래도록 손을 쓰셔야 할 겁니다."

하륜은 이렇게 말하고 품에서 두 통의 두루마리를 꺼냈다.

33. 産 苦

하륜은 그 두루마리를 방원에게 내밀면서 말했다.

"한 통은 관제(官制) 개편안이오며, 한 통은 약간의 인사 이동에 관한 저의 생각을 초한 거올시다."

먼저 관제 개편안부터 펴보았다.

도평의사사(都評議使司)를 의정부(議政府)로 개편할 것, 그리고 중추원(中樞院)을 삼군부(三軍府)로 고치는 한편, 삼군부에 소속된 관원은 의정부에서 관장하는 국사에 관여하지 말 것, 다시 말하면 행정부와 군부를 엄격히 분리하자는 안이었다.

좌우복야(左右僕射)를 좌우사(左右使)로 고쳐 부를 것, 그리고 중추원 승지(中樞院承旨)를 새로 설치되는 승정원(承政院)에 소속시킬 것, 그러니까 국왕의 비서실을 따로 독립시키자는 안이었다.

"내 늘 감탄하는 바이지만, 호정 선생의 경륜은 실로 희한하외다."

방원은 진심으로 치하했다. 그러니 그 개편안은 장차 조선왕조의 관제의 기본적인 틀이 되는 것이다.

다음엔 인사 이동안을 펴보았다.

우선 이거이를 판문하부사(判門下府事) 겸 판상서사사(判尙瑞司事)에 승진시킨다는 조목이 눈에 띄었다.

"이렇게 하면 이거이 그 사람은 한꺼번에 벼슬이 껑충 튀어오르는 셈이 아니겠소."

그 때까지 이거이는 문하시랑(門下侍郎)에 중군절제사(中軍節制使)

를 겸하고 있었다. 문하부의 차관급에서 최고 책임자로 진급하게 되는
셈이다.

"이거이 부자로부터 창검을 빼앗는 대신, 묵직한 감투라도 씌워서
불평을 봉쇄하자는 생각입지요."

그리고 방원의 장인 민제(閔霽)로 하여금 판의정부사(判議政府事)
를 겸하게 하자는 조목도 있었다. 그는 현재도 부수상격인 우정승 자리에
앉아 있었다.

"그러니까 내 장인의 입을 막아 말썽 많은 처남들을 눌러보자는 고육
지계(苦肉之計)로구료."

방원이 떨떠름한 웃음을 씹고 있는데, 바로 그 처남의 한 사람인 민무
구가 헐레벌떡 뛰어들었다.

"저하, 큰 일 났습니다."

그는 손짓 발짓 섞어가며 턱에 닿는 소리를 질렀다.

"정빈(貞嬪 : 민씨부인의 칭호)마마께서 심히 고통스러워하신다는
산전(産殿)으로부터의 전갈이올시다."

그러나 방원은 태연하기만 했다.

"이제서야 산기(産氣)가 든 모양이로구먼."

민씨는 이미 단산기(斷産期)가 가까운 36세의 중년 부인이었지만 또
임신을 했고, 이 달이 바로 산월인 것이다. 그래서 어제부터 따로 산전을
정하고 산실에 들어앉아 해산만 기다리고 있었던 것이다.

"그야 산후(産候)가 있으시어 그러하시겠습니다마는, 괴로워하심이
이만저만이 아니라는 얘기올시다. 워낙 연만하신 분이라 만일의 경우가
심히 우려되는 터인즉, 저하께서 친히 듭시어 보살피심이 좋을 것이라는
조산하는 사람들의 진언이라 합니다."

"무슨 소리."

못마땅한 눈을 민무구에게 흘겨보내며 방원은 입맛을 다셨다.

"내 하는 일이 없어서 아녀자의 산실에까지 들락거리란 말인가."

그래도 더 졸라대려고 입끝을 쫑긋거리는 민무구에게, 하륜이 넌지시 눈짓을 해서 물러나가게 했다.

"저하, 제가 우스운 얘기 한 마디 올려도 좋겠습니까?"

콧대가 식어 물러간 민무구의 발소리가 멀리 사라지자, 하륜이 장난스런 구기로 입을 열었다.

"무슨 얘기요?"

방금 민무구에게 보였던 못마땅한 표정을 놓치며 방원이 물었다.

"제 처가 난산을 당해서 고생한 적이 있었습지요. 너무 괴롭고 불안했던지 절더러 가까이 와 달라고 부르질 않겠습니까."

"그래서?"

자기가 당면하고 있는 처지와 비슷한 체험을 겪었다는 사람의 얘기는 언제나 솔깃한 법이었다.

"저도 저하께서 말씀하신 것과 같이 한마디로 일축해 버렸습지요. 그랬더니 마침 제 곁에 계시던 가친이 꾸중을 하시는 게 아니겠습니까."

"뭐라구?"

"사내자식이 제대로 사내 구실을 하자면 적어도 세 가지 쓰라린 경험을 거쳐야 한다는 얘기였습지요."

"세 가지 경험이라?"

"하나는 자기가 살 집을 자기가 책임지고 지어보아야 한다는 거올시다. 그래야만 얼핏 생각하기엔 대수롭지 않은 살림집 하나 짓는 데에도 얼마나 공이 드는가, 얼마나 물자가 들며 그것을 구득하는 데 얼마나 고생을 하는가, 또 목수며 미장이며 그밖의 일꾼들을 부리기가 얼마나 어려운가를 알 수 있다는 거올시다. 다시 말하면 한 나라를 새로 창업하는 것과도 비길만한 산 공부를 하게 된다는 얘기였습지요."

그 말에 방원은 쓰겁게 짚이는 바가 있었다.

비록 조선왕조를 창건하는 데 적지 않은 노고를 했고 골육들과 피비린내나는 상잔극도 벌여왔지만, 혼자 전적으로 책임을 지고 창업을 한 것은 아니다. 또 자기가 살 집 한채 혼자서 지어본 경험도 없다. 지금 거처하는 인수부나 전에 거처하던 추동(楸洞) 잠저(潛邸)나 한양 중상동(中常洞)의 사제나 모두 다 부왕 이성계가 살던 집을 물려받은 것이 아니면 남이 미리 마련해 두었던 집에 몸만 들어가서 살아왔을 뿐이다.

"또 한 가지는?"

남의 얘기 같지 않게 점점 관심이 당겨서 다급히 재우쳐 물었다.

"옥살이를 해봐야 한다는 거울시다. 물론 역적모의를 하거나 사람을 죽이거나 도적질을 하거나 그런 파렴치한 죄가 아니라, 자신의 정당한 소신을 관철하고자 투쟁을 하다가 투옥될 경우를 뜻하는 것입지요. 그런 옥살이를 해봐야만 이 세상엔 얼마나 억울하게 우는 사람이 많은가를 보고 듣고 실감할 수 있는 것이니, 국사를 바로잡는 데에도 크게 도움이 된다는 얘기였습지요."

그런 경험도 방원에겐 없었다. 웬만한 벼슬을 지낸 사람이면 한두번쯤 흔히 경험하는 귀양살이 한번 해본 적이 없었다. 조선왕조에 들어와서는 말할 것도 없고 전 왕조 고려때에도 그랬다.

"마지막 한 가지는?"

"안사람이 해산할 때 겪는 진통이 과연 얼마나 혹독한가를 가까운 곳에서 보고 듣고 더불어 아파해야 한다는 것입니다. 그래야만 자기를 낳아준 어머니의 은혜도 깨닫게 되는 것이며, 후사를 생산해 주는 처의 고마움도 알게 된다는 얘기올시다."

"무슨 얘긴가 했더니, 나를 산전으로 몰아넣으려는 수단이었구료."

방원은 어색하게 웃었지만, 불쾌한 얼굴은 아니었다.

민씨의 산실엔 해산을 위한 만반의 준비가 갖추어져 있었다.

궁중의 관례에 따라 태의원제조(太醫院制調)가 여러 집사관(執事官)을 거느리고 먼저 산실에 들어와서, 길방(吉方)에 볏짚, 멍석, 백교석(白絞席), 양털 담요, 유둔(油屯 : 천막 등에 쓰이던 두꺼운 기름종이)

백마 모피(白馬毛皮), 고운 돗자리를 차례로 겹쳐 깔아 산좌(産座)를 설정했다.

산실 사방에는 안산(安産)을 비는 부적도 붙여 놓았다. 백마 모피 밑에 따로 넣은 다람쥐 모피는 생남에 특효가 있다던가.

산좌 머리맡 벽에는 말고삐를 걸어 늘어뜨렸다. 임산 때 그것을 붙잡고 힘을 주기 위한 것이다.

헌청(軒廳)에는 구리 방울을 달아놓았다. 유사시에 사람을 부르는 초인종 구실을 하는 것이라고 했고, 잡귀를 쫓기 위한 것이라고도 했다. 산실문 인중방엔 홍영(紅纓)을 늘어뜨렸다.

해산이 끝나면 의관(醫官)이 볏짚을 밖에 내어보내게 해서 그것을 꼬아 산실 문 위에 매다는데, 홍영은 그 때 쓰는 것이다. 해산 후 3일만에는 다복한 대신 중에서 선택된 권초관(捲草官)이 그 볏짚을 칠궤(漆櫃)에 넣고 홍보로 싸가지고, 남자면 내자시(內資寺), 여자면 내첨시(內詹寺) 창고 속에 넣어서 보관하게 되는 것이다. 그 의식을 일컬어 권초례(捲草禮 : 자리걷이)라고 했다.

그러한 모든 준비가 갖추어져 있는데도, 산부 민씨는 허전하고 불안하기만 했다.

나이가 차서 겪게 되는 산고(産苦)라는 이유만이 아니었다. 어쩐지 이번 산후(産候)에 불길한 예감 같은 것이 자꾸 엄습하는 것이다. 그것을 덜어줄 수 있는 무엇이 아쉬웠다. 형식적인 산실 장치 같은 것은 아무래도 좋았다. 미신적인 부적 따위도 도움이 될 것 같지 않았다.

억센 힘이 아쉬웠다. 자신의 여궁(女宮) 깊이 태아의 씨를 뿌려준 그 사나이가 억센 손으로 자기 손을 잡아주고 자기가 진통하면 더불어 진통하며, 자기가 힘을 주면 마주 힘을 주어 주는 그런 손길이 아쉬웠다.

산기(産氣)가 치밀고 진통이 심해질수록 그런 갈망은 더욱 간절해졌다. 그래서 조산하던 시녀를 시켜서 민무구에게 연통했고, 민무구를 통해서 방원이 들어와 주기를 청했던 것이지만 아직도 감감 무소식이다.

──야속한 분.

별생각이 다 든다.

이미 아들만 셋씩 뽑아놓았으니, 그 이상 더 바랄 것은 없다는 사나이의 비정한 계산알을 튀기고 있는 것일까. 혹은 자기 민씨 따위의 고통쯤엔 눈썹 하나 까딱할 흥미도 없다는 걸까.

어쩌면 시든 호박 같은 중년 계집이 이제 와서 애를 낳다니, 창피한 노릇이라고 입맛을 다시고 있을는지도 모른다고 민씨의 심사는 고깝게만 꾀어들었다.

──차라리 이대로 죽어버린다면.

그런 생각까지 해보다가, 민씨는 힘주어 도리질을 했다.

──아니다. 아직은 죽을 수 없다.

오래지 않아 틀림없이 쟁취할 임금 자리이며 왕후 자리가 아닌가. 그리고 자기가 이런 고생을 해서 낳았고 앞으로도 낳을 아들들은, 어엿한 왕자대군으로 위세를 떨칠 것이다. 그 중에선 세자저하로 책봉될 아들도 있을 것이다.

──죽더라도 내 눈으로 그 영광을 본 다음에야 죽어야 한다.

혼자서 안간힘을 쓰고 있는데, 문득 산실 밖에서 수런스런 기척이 들려왔다.

"오셨습니다. 동궁마마께서 듭시었습니다."

산실 밖에서 외치는 한 시녀의 목소리였다.

반가웠다. 미안한 생각도 들었다. 이젠 더 바랄 것이 없을 것 같았다. 구태여 남편이 직접 자기 손을 잡아주지 않더라도, 그렇게 자기를 아껴주는 정성만으로 충분했다.

"아녀자의 산실이라 심히 불결한 처소이니, 귀하신 동궁께서 듭실 곳이 못된다고 여쭈어라."

이런 말이 불쑥 나갔다. 스스럽게 체면을 차리자는 것이 아니었다. 남편을 아끼는 진정에서 한 말이었다.

"어, 어흠"

대답 대신 방원은 목에 걸리는 기침을 보내왔다.

산실 밖 헌청에 올라선 방원은 어색하고 쑥스럽고 불안하고 초조한 마음이 뒤섞인 기분으로 서성거리고 있던 참이었다.

아무리 처와 더불어 산고를 같이 하는 것이 사나이의 도리라고는 하더라도, 그 끔찍한 광경을 직접 목도한다는 것은 견딜 수 없게 역겨운 일이었다.

또 앞으로 그런 소문이 퍼질 경우, 처가집붙이들이야 좋아라고 자랑을 하겠지만, 다른 사람들의 평판은 과히 향그럽지 못할 것이었다. 처와 처족들에게 단단히 매여서 오금을 못쓰는 불출이란 뒷공론이 없지도 않을 것이었다. 그래저래 망설이고 있던 터이었던만큼, 민씨의 한 마디는 좋은 방패막이였다.

"어, 어흠."

또 목에 걸리는 기침을 연발하고 시녀가 갖다 바치는 교의에 못이기는 체 주저앉아 버렸다.

"아, 으윽!"

갑자기 째는 듯한 비명이 산실로부터 터져나왔다. 그것은 마치 빈사의 야수가 지르는 외마디 소리 같기도 했다.

방원은 거의 반사적으로 교의를 차고 일어섰다.

"으으, 흐윽."

비명은 계속되었다. 듣는 방원의 심골을 마디마디 저미고 후비는 아픔이었다.

──이런 아픔을 두고 하는 말일까, 해산하는 처와 더불어 진통한다는 것은.

등골이 저리도록 비지땀을 느낀다.

잠시 조용해진다. 진통이 멎은 것일까. 겨우 안도의 가슴을 쓸어내리며 교의에 궁둥이를 붙이려고 하는데.

"아하, 아하"

이번엔 숨이 넘어가는 것 같은 기진한 소리가 흘러나온다. 그것이 오히려 비명보다도 더한 불안을 안겨준다.

방원은 또 벌떡 일어서며 두 주먹을 불끈 쥐었다.

"힘을 줘야 해, 힘을."

어떻게 힘을 주는 것인지 사나이 된 몸으로는 상상도 가지 않는 일이었지만, 그런 말이 절로 입밖에까지 새어 나왔다.

"하아, 하아, 하아, 하아."

기진한 소리는 계속 흘러나왔지만, 그것이 자꾸 기어드는 것만 같다.

──차라리 안에 들어가서 부축이라도 해주어야 하지 않겠나.

이젠 체면이고 계산이고 그 따위 생각은 추호도 없다. 산부가 힘을 내는데 도움이 된다면, 무슨 일이라도 할 수 있을 것 같다. 어떠한 희생이라도 아깝지 않았다.

방원은 산실 문으로 다가섰다. 하다가 인중방에 걸린 홍영(紅纓)을 잡았다. 해산이 끝나면 볏짚을 묶어서 매달기 위한 홍영이었지만, 방원은 그것을 잡아뗴었다.

밖에서 서성거리던 몇몇 궁녀들이 어이없다는 눈길을 모았다.

"이것을 안에 들이밀도록 해라. 한 끝은 내가 쥐고 있을 터이니, 한 끝은 정빈께서 잡고 힘을 주시도록 일러라."

산실 안에까지 들릴만한 소리로 곁에 있는 궁녀에게 지시했다.

궁녀는 곧 지시대로 했다.

──힘을 내는 거요, 정빈. 나도 힘을 쓸 것이니, 정빈도 있는 힘을 다해 보오. 우리 두 사람이 함께 이 어려운 고비를 넘겨봅시다.

아마 결혼 후 처음으로 가져보는 일체감을 굳히면서, 방원은 속으로 부르짖었다.

이윽고 홍영줄이 팽팽히 당겨졌다.

"됐소. 그렇게 힘을 주는 거요."

이젠 입밖에까지 내고 외쳤다. 거기 힘을 얻은 것일까. 기진한 소리에 차차 생기가 깃들었다.

그리고 다시 야수의 포효 같은 외침.

그것이 마지막이었다. 홍영줄이 축 늘어졌다.

"어떻게 된 거냐?"

가슴이 내려앉는다.

──너무 힘을 쓰다가 뭣이 잘못된 게 아닐까.

그런 방정맞은 생각까지 든다.

다음 순간 어린애 울음소리가 그다지 시원치는 않지만 분명히 터져나왔다. 그리고 산실로부터 한 시녀가 뛰어나왔다.

"순산이십니다, 저하."

"산모는?"

무엇보다도 그 점이 궁금했다.

"건승하십니다. 그뿐이 아니오라 아기님은 어엿한 왕자님이십니다."

허리에서 맥이 탁 풀리는 느낌과 함께 방원은 마룻바닥에 주저앉아 버렸다. 그제서야 속옷이 땀으로 흠뻑 젖어 있는 것을 깨달았다.

한 시녀가 헌청에 걸려 있던 구리방울을 흔들었다. 의관(醫官)들이 달려왔다. 그들 중엔 평원해(平原海)도 끼여 있었다.

"산실서 모시는 내명부(內命婦)들으시오. 모든 절차 끝나시었으면 고초(藁草)를 내보내 주시오."

양홍달(楊弘達)이란 의원이 촉구했다. 산좌에 깔았던 볏짚을 내보내라는 것이다.

한 늙은 궁녀가 볏짚을 안고 나왔다. 양홍달은 그것으로 새끼를 꼬기 시작했고, 그 광경을 곁눈으로 보면서 방원은 궁녀에게 물었다.

"이젠 내가 들어가도 무방하겠느냐?"

새로 낳은 네째 아들놈을 보고 싶은 부정(夫情)도 없는 것은 아니었다. 그러나 그보다도 자기와 일체가 되어 진통하고 고투한 민씨를 치하하고 싶은 마음이 더 간절했다.

궁녀가 들어가더니,

"듭시어도 무방하시다는 마마의 분부십니다."

하고 전갈했다.

민씨는 자리에 조용히 누워 있었다. 안색이 몹시 핼쑥했지만, 그러나 입가에는 흐뭇한 미소를 피우고 있었다.

"참으로 고생이 많으셨소, 정빈."

야윈 아내의 손목을 뜨겁게 잡아주었다.

"모두 다 저하의 덕택이지요."

민씨는 짤막히 대답하고 눈길을 어린것에게로 돌렸다. 그 시선을 따라 방원도 비로소 어린것에게 눈을 주다가 검은 놀라움을 삼켰다.

우선 그 어린것의 몸집부터가, 동체(胴體)와 두부(頭部)의 균형부터가 몹시 기형적이다. 배는 맹꽁이 배처럼 탱탱하게 부풀어 있으면서도 머리는 이상하게 왜소하다.

그런 아이는 세 살을 넘기기 어렵다는 속설이 불길하게 방원의 뇌리를 스친 것이다. 자라 대가리 같은 머리에 솜털처럼 드문드문 달라붙은 머리털, 게다가 빛깔은 누리께하다. 그런 산아는 두 살을 넘기기 어렵다던가.

방원 자기도 모르게 어린것의 귓바퀴에 손이 간다. 물에 축인 솜처럼 물컹하다. 역시 오래 살지 못할 징조인 것이다.

"어떠시어요? 아기가 마음에 드시는지요."

산모가 근심에 떠는 눈길을 보냈다.

"마음에 들다 뿐이겠소. 누가 낳아준 자식이라구."

허둥지둥 방원은 선웃음을 피워보이는 것이었지만, 가슴은 쓰겁고 쓰리기만 하다. 오래 살지도 못할 어린것보다도, 그 애를 낳느라고 그처럼 혹독한 산고를 치른 민씨가 불쌍해진다.

아내가 해산할 때 겪는 진통이 과연 얼마나 혹독한가, 가까운 곳에서 보고 듣고 더불어 아파해야만 처의 고마움을 알게 된다던 하륜의 말이 실감있게 되살아났다.

"참으로 큰 일 하셨소, 정빈."

방원은 다시 아내의 손목을 잡았다.

인간의 생명이 존귀하다는 것을 개념적으로는 모르는 바 아니었다. 그러나 한 생명의 출생이 얼마나 값비싼 대가를 치루어야만 이루어지는가를 비로소 깨달은 실감이었다.

돌이켜 생각해 보면, 그의 반생은 한 인간의 목숨보다는 이 세상엔 더 크고 값비싼 것이 많다는 사고 방식에 입각한 것이었다.

정몽주를 모살한 것도, 정도전 일당을 소탕한 것도, 이복 아우들을 죽음에 이르게 한 것도, 그것이 비록 본의는 아니었더라도 그런 피바람 속에 자신의 몸을 던진 저변엔 그와 같은 사고 방식이 깔려 있었음을 부인할 수는 없다.

산실을 물러나와 자기 거실로 돌아갔다. 산고의 아픔은 계속 꼬리를 끌었다. 그러다가 그 아픔이 문득 부왕 이성계의 아픔으로 연결된다. 어떤 고뇌를 겪을 적마다, 그리고 그 고뇌를 통해서 마음의 눈이 밝아질 적마다, 부왕을 생각하는 습성이 이젠 생리처럼 박혀버렸다.

조선왕조라는 신생아(新生兒)를 해산하느라고 부왕은 얼마나 진통하였던가. 때로는 가지가지 모함도 받았다. 참을 수 없는 비방도 들었다. 때로는 생사를 같이해 온 막연한 고우(故友)와 피를 뿌리며 싸워야 했다. 전 왕조의 재기(再起)를 봉쇄하기 위해선, 정(情)의 눈을 딱 감고 비정적인 결단을 내리기도 했다.

――그러한 산고를 치르시며 낳으신 조선왕조란 신생아는, 과연 어떠한 몰골인가.

결코 건강한 옥동자는 아니었다.

부왕 이성계의 정신적 기둥이었으며 그가 회천의 대망을 품게 된 원동력이기도 했던 불법(佛法), 그것부터 그의 당료들과 신료들은 배척하고 말살하려고 핏대를 올렸다. 참을 수 없는 일이었지만, 산모의 아량으로 이성계는 그것을 참아왔다.

──그리고 계속 벌어진 불미한 사태들은 또 얼마나 많았던가.

곧 이어 이성계 그의 손가락이나 다름이 없는 골육들이 서로 으르렁거리며 물고 뜯고 할퀴는 골육상잔극을 빚어내지 않았던가.

그가 가장 사랑하던 강비 소생의 두 아들의 죽음, 적자들의 추잡한 파쟁, 그리고 그런 골육상잔극이 아직도 꼬리를 끌고 있는 것이다.

──그 동안 나 방원은 과연 어떤 구실을 해왔는가.

오늘 산실 밖에서 힘줄 한 끝을 쥐고 서성거리던 꼴과 크게 다를 것은 없다. 진통하는 부왕의 곁을 맴돌며 어줍지 않은 조산원 노릇을 한 데 불과하다고 방원은 자성하는 것이다.

어디 그 뿐인가. 방원 자기는 결국 골육상잔극의 주역 노릇을 해온 것이 사실이 아닌가.

──이 이상 아버님을 괴롭혀 드려서는 안 된다.

이 때까지도 여러 차례 다짐해온 충정을 새삼 곱씹는다.

──무엇보다도 사병 해산 문제를 뒤탈없이 마무리지어야 한다.

자신의 손발을 자기 손으로 끊는 것이나 다름없는 그 일에 적극 참여해 온 까닭도, 오직 부왕 이성계를 생각하는 마음에서였다.

다시는 산후의 아픔까지 부왕에게 안겨드리지 말아야 한다고 다짐하고 있는데, 처남 민무구가 또 풋방구리에 무엇 뛰어들 듯 불쑥 들어왔다. 무엇이 그렇게 좋은지 늘 우거지상만 보이던 자가 싱글벙글 신바람을 피우고 있었다.

"희소식이올시다, 저하. 이제야 저하를 위해서도, 새 아기님을 위해서도 사태가 제대로 풀려가는 것 같습니다요."

희소식이라고는 했지만, 그리고 민무구는 수선을 피우고 있지만, 방원은 오히려 섬뜩했다.

아니나 다를까.

"조영무, 그 사람이 집에서 기어이 들고 일어났다는 기별이올시다."

결국 방원이 가장 우려하던 흉보였다.

"글쎄 삼군부 사령(使令)들이 조영무의 집에 가서 병기를 내놓으라고 딱딱거리질 않았겠습니까. 그랬더니 조영무 그 사람 집의 무골(武骨)들이 그 사령놈들을 오금도 못펴게 흠뻑 패주었다는 거올시다. 조영무가 왜구 토벌차 해주로 떠날 때 수하들에게 미리 그렇게 하도록 지시해 놓았다던가요. 역시 조영무는 통쾌한 호걸입지요."

방원의 속도 모르고 민무구는 너덜대기만 했다.

"어디 조영무 한 사람뿐입니까. 완산군(完山君) 천우와 조온(趙溫)도, 패기(牌記)를 수납(輸納)하지 않고 버티고 있다는 거올시다."

"어리석은 작자들"

방원은 주먹으로 방바닥을 치며 탄식했다.

그 동안의 고충, 그 동안의 심로가 모두 수포로 돌아가고만 것이다. 다름아닌 자신의 심복들이 그렇게 노골적인 반발을 보인 이상, 모든 비난과 지탄은 자기 한몸에 쏟아질 것이다.

아니 자기 혼자만이 당하는 곤욕이라면 참고 견딜 수도 있다. 그러나 그 정보가 부왕 이성계의 귀에까지 들어간다면 얼마나 진노할 것인가. 아니 얼마나 괴로워할 것인가.

──이 사람들아, 자네들은 나를 죽였어. 내 손발이 내 목줄띠를 졸라맨 거야.

방원은 속으로 비통하게 부르짖었다.

조영무 등의 반발은 오래지 않아 여론을 비등시켰다. 그들을 탄핵하는 대간(臺諫)의 상소문이 국왕에게 날아든 것이다.

"일전에 신 등이 앙청한 사병해산안을 전하께서 유윤(兪允)하시와 즉각 시행령이 내려지자, 신민들은 쌍수를 들어 경하하여 마지않았던 것입니다. 국가의 환난을 방지하고 종사(宗社)의 만세지대계(萬世之大計)를 도모하는 쾌사(快事)라고 칭송하여 마지않았던 거올시다."

　우선 이렇게 전제한 다음, 삼군부의 사령들이 조영무의 집을 찾아가서 병기를 수취(收取)하고자 했을 때 거기 불응하였을 뿐만 아니라, 사령들을 구타하고 상처를 입힌 사실, 그리고 아직도 사병들을 자기 집에 감추어 두고 있다는 사실. 또 완산군 천우와 조온 역시 패기를 수납하지 않았을 뿐만 아니라, 함부로 군목(軍目)을 줄여 국가를 속이고 있다는 점을 열거하고는 말을 이었다.

　"특히 조영무의 언동은 실로 가증한 바가 있습니다. 외람되게도 동궁 저하께 불손한 언사를 농하였다는 거올시다."

　사병해산령의 소식이 왜구 토벌차 서북면에 가 있던 그에게 전해지자, 그는 버럭 소리를 질렀다는 것이다.

　"변변치 못한 왕세자! 그렇게 배짱이 약해 가지고 무슨 일을 하겠다는 건가."

　그것 역시 이른바 풍문(風聞)의 투서로 간관들이 알게 된 것일까. 어쨌든 그 대목을 특히 강조했다.

　"동궁에게 그런 욕설을 퍼붓더라구?"

　국왕 방과는 예의 속모를 웃음을 피우며, 그 자리에 배석한 방원을 돌아보았다.

　방원의 심사는 착잡했다. 그런 말까지 입밖에 냈다는 조영무의 울분을 알 수 있을 것 같았다. 더구나 격하기 쉬운 그의 성격으로 미루어 앞뒤 가릴 겨를도 없이 순간적으로 내뱉은 말에 불과할 것이다.

　그러나 그 말이 대간에게까지 전해지고 그것이 정식으로 논란의 도마 위에 오른 이상, 사태는 몹시 까다롭게 꾀어들 것이었다.

　"그러하온즉 전하께오서는 심사장려(深思長慮)하시와 즉시 유윤을 내리시되, 장차 조영무, 이천우(李天祐 : 완산군), 조온 등의 고신(告身)을 거두시고 그 죄를 국문하시어 법대로 다스리심으로써 난동의 근원을 끊으셔야 할 줄로 압니다."

　그 상소문은 이렇게 결론을 내리고 끝맺었다. 다시 말하면 그들 세

사람의 직위를 해제하는 한편, 체포 감금하고 법에 비추어 처벌해야 한다
는 주장이었다.

방과는 또 방원의 눈치를 흘끗 살피더니, 뜻하지 않은 소리를 했다.

"그만한 일을 가지고 그 사람들에게 벌을 줄 수는 없지. 그렇지 세자?"

물론 방원으로선 다행스런 관용이었지만, 국왕의 그런 너그러운 처사
가 한편으론 불안스럽기도 했다.

대간의 탄핵은 끈질겼다. 일단 국왕이 각하했음에도 불구하고, 그 날
안으로 재차 탄핵하는 글을 올렸다. 그러나 방과는 또 방원을 흘끔흘끔
훔쳐보면서 고개를 가로저었다. 제 2차 상소문까지 각하한 것이다.

이번엔 각하하는 이유를 밝혔다. 조영무 등은 국가의 공신인 때문에
벌을 줄 수 없다는 것이었다. 그러나 대간에선 다시 소를 올렸다. 그 날
하루 동안에 세 번이나 상소를 한 것이다.

"전하께선 그들이 공신이란 이유로 불윤하시니 신 등은 그저 황공하여
몸 둘 바를 모르겠습니다만, 그러나 다시금 천총(天叢)을 시끄럽게 하지
않을 수 없습니다. 무릇 상벌이 분명치 않으면 선한 일도 권할 수 없게
되오며, 악한 일도 징계할 수 없게 되는 거올시다. 고로 국가를 위해서는
반드시 상벌을 엄중히 해야 하는 것입니다. 전하께서는 조영무 등이 왕실
에 공이 있다고 말씀하셨습니다마는, 이에 대하여는 이미 후한 상을 베풀
었을 뿐만 아니라 부귀를 누리게 하고 있지 않습니까. 공에 대해서 상을
주었으면 죄에 대해서도 벌을 가하지 않을 수 없습니다. 만일 공신이라고
해서 그 허물을 묻지 않고 경경히 죄를 용서한다면, 그들은 더욱더 방자
하여져서 두려움을 모르게 될 것이며, 마침내는 그들의 일신조차 보존할
수 없게 될 뿐만 아니라 국가에도 장차 큰 화란이 초래될 거올시다."

세번째 상소문을 읽고난 방과는, 심히 난처한 듯한 얼굴로 방원을 돌아
보았다.

"조영무로 말할 것 같으면 다름아닌 세자의 수족 같은 사람이니, 그
죄 비록 크다고는 하더라도 세자를 보아 불문에 붙이고자 하였거늘, 언관

(言官)들이 이렇듯 주장하니 끝끝내 묵살해 버릴 수도 없는 노릇이 아닌가."

기껏 생색을 내면서도 비비 꼬아대면서, 한편으론 넌지시 방원의 목을 졸라대는 것 같은 소리였다.

방원은 얼핏 답변할 말을 찾지 못했다.

"이 소장(疏章)에서도 언급하고 있는 바와 같이, 조영무를 두둔한다는 것이 오히려 그 사람을 위해서 해롭지 않을까 저어되는구먼. 그 사람에겐 각별한 은혜를 베풀어온 세자까지 비방했다고 하니 다음번엔 나 국왕까지도 헐뜯지 않으리란 보장은 없는 것이고, 그와 같은 불미스런 일이 일어날 경우 언관들의 탄핵은 오늘의 유가 아닐 것인즉, 일찌감치 응분한 형을 내리는 편이 그 사람을 위하는 길도 될 것이고 세자를 위해서도 좋지 않을까."

솜방망이로 은근히 싸서 슬쩍슬쩍 찔러대는 바늘 같은 소리이기도 했다.

"그리고 또 언관들의 진언을 지나치게 무시했다가 언젠가처럼 언로(言路)를 봉쇄한다는 힐난을 들을는지도 모를 터이구 말야, 언젠가처럼."

'언젠가처럼'이란 말에 방과는 각별히 힘을 주었다.

지난번 언로 파동 때 국왕 자기가 당한 곤욕을 슬며시 방원에게 되던지는 은근한 앙갚음이기도 했다.

——대단하십니다, 형님.

방원은 쓰거운 침을 삼켰다. 방과의 말과 같이 언젠가는 덮어놓고 언로를 봉쇄하려다가 욕을 본 국왕이, 이번에는 그 언로의 덜미를 잡고 이리저리 휘둘러대고 있는 것이다.

생각하기에 따라선 두번씩이나 대간의 건의를 각하한 것이 그들의 여론을 더욱 비등시키기 위한 부채질이 아니었나 하는 의심까지 든다.

이젠 꼼짝달싹도 할 수 없는 궁지에 몰린 자기 자신을 방원은 느꼈다. 조영무를 두둔하고 그에게 벌을 주는 데 반대한다면, 그와 똑같은 난동분자로 몰리게 된다. 그렇다고 그를 벌하는 데 찬성한다면 당료들의 반발은 극에 달할 것이다. 어쩌면 조영무가 지껄였다는 말과 같이 믿을 수 없는 맹주라고 침을 뱉을는지도 모른다. 발길을 돌리며 뒷발질을 할는지도 모를 일이었다.

방원이 겨우 괴로운 결론을 내린 것은, 부왕 이성계의 실정을 생각해서였다.

——아버님은 무엇을 원하실까.

사병 해산에 적극 찬동하고 종용하던 이성계였던만큼, 그 시행령에 반발한 조영무에게 크게 노하고 있을 것이었다. 그를 엄하게 다스린다는 것은 곧 이성계가 원하는 바이기도 할 것이었다.

"법은 누구에게나 공평해야 합니다. 조영무 그 사람, 아무리 국가에 공이 크더라도 죄를 지었으면 벌을 받아야 하지 않겠습니까."

울면서 마소의 목을 베었다는 제갈공명(諸葛孔明)의 아픔을 아파하면서 잘라 말했다.

"좋거니, 세자."

방과는 느물거렸다.

"나나 세자나 한 나라의 우두머리가 되자면 무엇보다도 공과 사를 엄격히 구별할 줄 알아야 하느니라. 그렇다면 조영무에게 어떠한 벌을 준다?"

또 엉뚱하게 넘겨씌우려 한다.

"나라의 법은 곧 천하의 법이오니, 신은 전하의 재결에 따를 뿐입니다."

방원도 이번만은 넘어가지 않고 몸을 들었다.

"그래?"

방과는 두 눈을 껌벅껌벅하며 자못 궁리에 잠기는 듯하다가,

"이 정도의 벌을 주면 어떨까. 조영무의 죄로 말할 것 같으면 마땅히

극형에 처해야 하는 것이로되, 그의 공훈을 참작해서 외방에 유배시키는 정도로 그치고, 이천우와 조온은 불문에 붙이는 것이 좋을 성싶은데?"

"지당하신 분부로 압니다."

방원은 기계적으로 찬의를 표했다. 그 정도의 벌책도 방원으로선 견딜 수 없게 가슴 아픈 일이었다. 그는 무거운 마음으로 대전을 물러나와 인수부로 향했다.

그러나 미처 인수부에 당도하기도 전에, 한 대관이 뒤미처 달려왔다. 왕이 급히 자기를 다시 부른다는 것이었다.

발길을 돌려 대전 궐문 안에 들어서니, 여러 언관들이 오월의 뙤약볕을 쬐면서 꿇어엎드려 있었다.

──무슨 일이 또 벌어졌구나.

가슴이 내려앉는 것을 느끼며 편전(便殿)으로 들어갔다. 방과는 심히 당황한 듯한 기색을 보이며 방원을 맞아들였다.

"이 일을 어찌하면 좋을까, 세자. 대간에서 네 차례째 소를 올려 조영무뿐만 아니라 이천우, 조온 등에게도 꼭 죄를 주어야겠다고 떠들기에 여가 불윤하였더니, 이번엔 저렇게 궐정(闕庭)에 몰려와서 고청(固請)할 뿐더러 저희들의 소청을 들어주지 않을 경우 언관들은 모두 다 사직을 하겠다고 핏대를 올리고 있구먼."

이미 자기는 깊은 구렁 밑바닥까지 떨어져 버렸기에 체념하고 있었는데, 그 밑바닥은 다시 자신의 발목을 더욱 깊이 끌어내리는 수렁이었구나 생각하며 방원은 절망했다. 이왕에 버린 몸, 될대로 되려무나 하는 자포자기하는 마음까지 들었다.

"간관의 말은 따르시지 않을 수 없을 거올시다."

씹어뱉듯 말해 던졌다.

"그럴까? 세자가 그렇게 권한다면, 그렇게 할 수밖에 없겠구먼."

방과는 또 흐릿하게 넘겨씌우고는 도승지 정구(鄭矩)를 불렀다. 간관들의 소청을 들어줄 터이니, 모두들 사표를 철회하고 맡은 바 직책에 충실하라는 전갈을 했다.

그리고는 이천우와 조온의 직위를 해제시켰다.

제가 눈 무엇에 주저앉은 몰골이 된 자기 자신을 방원은 떫게 비웃었다. 사병 해산을 주장하는 이론은 원래 무학대사 자초의 종용을 받아 방원 자기가 직접 뛰어다니며 조정해 놓은 도끼날이 아닌가. 그 도끼날에 이번엔 방원 자기가 호되게 발등을 찍히고 있는 것이다.

그러나 그런 자기 혼자만의 감정이나 아픔 뿐이라면 참아야 하고 참을 수도 있을 것이다. 그래서 어금니를 깨물며 그는 다시 인수부로 돌아갔지만, 그 도끼날의 서슬은 다른 각도에서 그를 노리고 있었다.

한때 발길을 끊었던 당료들이 대청에 모여 있었다.

현 직책에서 파면이 결정된 완산군과 조온은 벌써 그 정보를 입수했던지 독기에 번뜩이는 시선을 쏘아대고 있었다. 이숙번은 팻발을 곤두세우고 성난 곰처럼 서성거리고 있었고, 이거이는 목에 가시라도 걸린 것 같은 기침을 연발하며, 애꿎은 앞가슴만 두드러대고 있었다. 물론 약방의 감초 같은 민가네 형제들이 빠질 턱이 없다. 오만상을 찡그리고 입맛만 다시고 있었다.

그 자리에 나타난 방원을 부드러운 안색으로 맞아준 것은 하륜 뿐이었다.

"제가 이렇게 저하를 뵙고자 온 까닭은 다름이 아니올시다."

조온이 먼저 입을 열었다.

"제가 이번 분란통에 파직을 당하게 됐다고 해서 저하를 원망하거나 복직을 간청하고자 온 것은 아니올시다."

끈적끈적 잇몸에 달라붙는 수수엿으로 썹어 발리는 것 같은 어투로 그는 야죽거렸다.

"맹우(盟友)로서의 의리를 지키고자 하는 마음 뿐이지 딴 뜻은 없다는 점을 먼저 강조하는 터인즉, 그 점 곡해가 없으시기 바랍니다."

"저도 조 참찬과 전적으로 같은 생각이올시다."

완산군이 말꼬리를 받아 이었다.

"저희가 본시 저하를 옹립하고 회맹(會盟)하였을 그 때, 죽으면 같이 죽고 살면 같이 살자고 굳게 맹약하지 않았습니까. 그러하거늘 조영무 그 사람만 멀리 유배지로 떠나게 하고 우리 두 사람은 파직에만 그치는 은총을 감수한다면, 그 아니 혈맹의 동지로서 수치스런 노릇이 아니겠습니까."

"조영무 그 사람이 사병 해산을 거부했다면 우리 역시 그렇게 했으니 벌을 내리시겠거든 우리 두 사람에게도 똑같은 벌을 내리시므로서 맹우의 도리를 다하도록 하여 주십사 하는 것이 저희들의 소청이올시다."

다시 말을 이어받은 조온은 그 끈적끈적한 말꼬리를 이런 투로 겨우 오므렸다.

말은 좋다. 그 말의 액면이 곧 진정이라면 그들의 맹주인 방원으로선 가상히 여기고도 남아야 할 것이었다.

그러나 아무리 마음의 구김살을 펴고 들어도 액면대로 받아들일 수 없는 방원이었다. 그들 두 사람은 결국 자기들이 당한 파면에 대한 항변을 그런 식으로 비비 꼬아서 던져본 데 불과한 것이다.

맹우의 도리 운운한 언사도 방원 자기를 힐난하는 가시에 틀림이 없을 것이다.

"그렇다면 다른 사람들은?"

방원은 겨우 입을 떼며 속이 쓰린 시선을 이거이에게와 이숙번에게로 꽂아 던졌다.

"애, 애햄."

목구멍 저 구석으로부터 억지로 끄집어내는 것 같은 기침을 뱉더니, 이거이는 고개를 외로 꼬았다. 입밖에 내고 떠들어대는 항변보다도 오히려 더욱 앙칼진 독기를 느끼게 한다.

"요즘 세상이 거꾸로 돌아가는 것만 같소이다."

이번엔 이숙번이 볼멘 소리로 입을 여는데, 대청 뜰아래 모퉁이를 한 궁녀가 돌아오다가 주춤한다.

"누구냐?"

방원이 무겁게 힐문했다.

"정빈마마께서 약주 한 병을 보내셨습니다."

그 궁녀는 쟁반에 술주전자를 받쳐들고 있었다. 방원이 돌아오기 전부터 당료들 앞에는 술상이 차려져 있었다. 그 동안 술이 떨어졌을까 싶어서 민씨가 베푼 배려인 것일까.

방원은 턱짓으로 그 자리에 갖다 놓으라는 눈치를 보였다. 궁녀는 조심조심 다가왔고, 이숙번은 말을 이었다.

"안 그렇습니까, 저하. 저하께 충성을 다해온 사람들은 파직을 당한다 유배를 당한다 그런 욕을 보는가 하면, 저하를 모해하고 헐뜯는 무리들은 제 세상 만난 것처럼 신바람을 피우고 거드럭거리고 있는 판국이니, 어찌 한심하지 않겠소이까."

이숙번답게 노골적인 항변이었다. 그리고 그러한 부조리(不條理)는 아무도 부인할 수 없는 사실이기도 했다.

할 말이 없다. 방원이 답답한 입맛만 다시고 있으려니, 하륜이 보기에 민망했던지 무마의 손길을 내밀었다.

"사태가 야릇하게 꾀고 꾀어서 이 지경에 이르기는 했소이다마는, 그러나 그것을 저하 한 분의 책임으로만 돌릴 수는 없는 노릇이 아니겠소."

그는 궁녀가 갖다 놓은 술주전자를 들고, 아직도 그 곳에 머뭇거리고 서 있는 궁녀에게 물러가라는 눈짓을 했다.

"어려운 고비를 당할수록 서로 합심해서 타개책을 강구해야지, 불평불만만 쏟아놓는다고 기울어진 사태가 바로잡히는 것은 아니외다."

그는 먼저 이거이의 잔에 술을 따랐다. 당료들 중에선 관계(官階)가 가장 높은 때문일 것이다.

"약주나 한잔 비우시지요, 이 상국. 우리 마음을 풀고 할 얘기가 있으면 허심탄회하게 털어놉시다그려."

그러나 이거이는 또 목에 걸린 기침만 내뱉을 뿐, 술잔은 거들떠보지도 않았다.

그 광경을 술병 가져온 궁녀는 헬끔헬끔 돌아보다가, 후원쪽으로 발길을 옮겼다. 궁녀의 입가엔 고소한 희소가 남실거리고 있었다.

인수부 후원 으슥한 풀숲에서 한 궁노(宮奴)가 풀을 베고 있었다.

궁녀는 그리로 다가갔다. 그리고는 날카로운 경계의 눈을 주위에 쏘아던지다가 몇 마디 귀엣말을 속삭였다. 궁노는 낫을 던지고 인수부 뒷문으로 달려나갔다.

"인수부는 마치 벌집 쑤셔놓은 것 같은 꼬락서니라면서?"

김인귀가 수하 패거리들을 돌아보며 히뜩거리고 있었다. 역시 취련의 기방이었다.

"시생이 전부터 인수부에 잠입시켜 놓은 궁노의 제보이니, 틀림이 없을 것이외다."

박득년이 거드름을 피우며 장담했다.

"우리의 계책이 보기좋게 들어맞았단 말야."

김인귀는 말하고 쿡쿡쿡 웃었다.

"일전에 설매란 기생년이 이 기방을 찾아왔을 때 말이야, 나는 즉각 우리의 동태를 염탐하러 온 것이로구나 간파했었거든."

"그래서 대감께선 일부러 그 계집을 불러들여서 조영무가 난동을 일으킬 것이라는 둥, 마침내는 방원까지도 해칠 것이라는둥 그런 소리를 들려주시지 않았습니까."

이중량이 겁많은 인간이 흔히 그렇듯이 괴수의 입김을 조심조심 엿보며 꼬리를 쳤다.

"그랬더니 그 소갈머리 없는 기생년, 무슨 큰 기밀이라도 탐지한 줄로 알고 방원에게로 달려가서 고해 바쳤지 뭡니까."

조현이 받아 말했다.

"그 결과는 어찌 됐지?"

"우리가 파놓은 함정에 영락없이 뛰어들었습지요. 방원이 그 자, 사태를 수습한다는 수작이 고작 조영무를 외지로 내보내는 얼빠진 짓이었고, 그 틈에 사병해산령이 내려지자 조영무와 그 일당은 길길이 뛰면서 반발을 했구요."

원윤도 한 마디 했다.

"그래서?"

"조영무와 조온 그리고 이천우 등이 병기 수납에 불응하자, 이번엔 방원이 갈아놓은 도끼날이나 다름없는 간관들이 핏발을 세우고 그 자의 발등을 찍는 소동이 벌어졌소이다그려. 그래서 조영무는 다시 유배를 당하게 됐구, 어디 그 뿐이겠소. 오늘 입수한 정보에 의하면 방원의 다른 수하들이 또 들고 일어나서 지지고 볶고 야단들이라니, 마치 우리가 끌어당기는 줄에 이리 뛰고 저리 뛰는 꼭두각시와 같다 그 말이외다."

박득년이 너털거리는 꼬리를 이어,

"모두 다 김 대감님의 희한한 계책이 주효한 덕분입지요. 아마 지하의 제갈량(諸葛亮)이 그 얘기를 듣는다면, 두 손 번쩍 들고 혀를 내두를 것입니다요."

이중량이 또 알랑거렸다.

"어험."

김인귀는 헛기침과 함께 턱수염을 한번 쓸어내리더니,

"하지만 그 자들의 어릿광대 춤이 아직 끝난 것은 아니야. 두고들 보게나. 이번엔 아마 거창한 바윗덩이가 그 자들을 꼼짝달싹 못하게 찍어누를 걸세."

그렇게 모두들 제멋에 겨워 어깨춤을 들먹거리고 있는데, 함식(咸湜)이 뛰어들었다.

"방원이 그 자, 이젠 아주 눈깔이 뒤집힌 모양입니다. 방금 해주로 귀양을 보낸 조영무에게 뒤미쳐 서북면도순문사(西北面都巡問使) 겸 평양윤(平壤尹)을 제수하도록 했다는 얘기올시다."

"잘들 놀아난다, 잘들 놀아나. 비상을 보약인 줄 알고 집어먹는 생쥐가 목이 타서 물항아리로 뛰어드는 격이로구면."

김인귀는 이죽거렸고, 수하들은 모두 입을 모아 너털웃음을 쳤다. 그 웃음소리는 그 기방 창너머까지 흘러나갔다. 거기엔 설매가 몸을 붙이고 입술을 깨물고 있었다. 오늘 김인귀 일당이 또 모인다는 기밀을 알고, 직접 이 집에 잠입하여 엿듣고 있었던 것이다.

일찍이 이렇게까지 자기 혐오에 빠져본 적은 없었다. 할 수만 있다면 자신의 입과 귀를 도려버리고 싶은 설매였다. 방원을 위한다고 한 노릇이었지만, 자기가 제보한 정보는 결과적으로 그를 더욱 헤어날 수 없는 수렁으로 몰아넣은 셈이 아닌가. 그리고 이젠 그 수렁에서 끌어낼 아무런 방도도 없다.

──차라리 나 한몸 죽어버리기라도 했으면,

자기라는 존재가 방원에겐 해만 끼치는 독충처럼 여겨지기도 한다.

무거운 걸음을 옮기는 길가 버드나무엔 이름모를 벌레들이 잔뜩 달라붙어서 잎을 갉아먹고 있었다.

──내가 바로 그 분에겐 저 벌레처럼 몹쓸 것인지도 몰라.

지겨운 눈길을 돌리다가 설매는 앞가슴을 움켜잡고 그 자리에 쭈그리고 앉아버렸다. 심한 구역질이 치민 것이다. 방금 버드나무에 앉은 벌레를 보고 비위가 뒤집힌 것은 아닐 것이다.

이유는 따로 있었다.

──설마 설마 했더니.

지난 달부터였다. 매달 꼬박꼬박 있었던 것이 보이지 않더니, 입덧 비슷한 이상을 가끔 느끼곤 했다. 젖이 약간 부은 것 같기도 했고, 젖꼭지가 검게 물든 것 같기도 했다.

방원이 세자에 책립되기 바로 전날 그는 설매의 기방을 다녀갔고, 그날

밤 두 사람은 어느 때보다도 순수하게 하나로 용합(溶合)하여 유감없이 모든 것을 태웠다.

그 때부터 날짜를 꼽아 본다면, 모든 징조가 임신과 결부되는 것이다. 그래도 그런 사실을 시인하지 않으려고 마음의 눈을 감아왔었다.

언젠가 배극렴(裵克廉)이 비웃은 것처럼, 오늘은 동가식(東家食) 내일은 서가숙(西家宿)하듯 어지러운 남자 관계를 거쳐온 기녀의 몸으로는, 좀처럼 임신하기 어렵다는 속설이 임신을 부인하려고 안간힘을 쓰는 뒷받침이 되기도 했다.

그러나 지금 막상 심한 구역질을 느끼고 보니, 그것이 움직일 수 없는 사실처럼 실감이 되는 것이다.

공포 때문이었다. 자기는 방원에게 해충과도 같다는 자격지심이 빚어내는 두려움 때문이었다.

──독충의 새끼는 독충, 어미보다 더 고약한 해독을 그 분에게 끼칠는지 모른다.

계속 구역질을 하면서 이렇게 다짐하고 있는데, 문득 등 뒤에서 지나가던 발걸음이 멈추었다.

"설매, 웬일이오."

아직도 이방인의 말투가 가시지 않은 말소리가 떨어졌다. 바로 평원해였다.

그를 보자 설매는 충동적인 결심을 했다.

"웬일이오."

평원해는 다시 묻다가,

"하항."

고개를 끄덕였다.

"당신, 아기 가졌구료."

이 이방의 명의(名醫)는 맥 한번 짚어보지 않고도, 설매의 증세를 예리하게 꼬집어냈다.

"그렇다면 더욱 몸조심을 해야 하오."

그는 늘 허리에 차고 다니는 약낭(藥囊)에 손을 넣고 뒤적거렸다.

"그게 아녜요."

설매는 입술을 깨물다가 평원해의 귀에 그 입을 대고 간절히 속삭이는 것이었다.

5월 16일 경진(庚辰)날은 세자 방원이 서른세번째 맞이하는 생일날이었다.

이 나라의 세자이며 막강한 실권자이기도 한 그의 생일날이니, 인수부가 떠나가도록 흥청거려야 할 것이었다.

과연 많은 하객들이 몰려들긴 했다. 방원의 당료들은 말할 것도 없고, 여러 종친들, 정부 대신들, 모일 만한 사람들은 다 모였다. 특히 국왕 방과와 왕비 김씨까지 임석하였으니, 생일잔치치고도 더할 수 없이 영광스런 축연(祝宴)이라고 볼 수 있겠지만, 그러나 그 잔치 마당엔 야릇하게 냉랭한 저류가 깔려 있었다.

마땅히 한데 어울려 담소하며 즐겨야 할 하객들이, 예리한 칼날로 갈라놓기라도 한 것처럼 각각 패를 짓고 있는 것이다.

한 패는 이거이 부자를 위시한 방원의 당료들(이거이의 아들 이저는 그보다 며칠 전 평주 사냥터에서 돌아와 있었던 것이다), 다른 한 패는 김인귀를 중심으로 한 국왕의 측근들, 또다른 한 패는 권근을 비롯한 언관들이었다.

그들은 서로 적의에 얼어붙은 눈총을 쏘아 던지며, 각각 패거리들끼리 뭔가 수군거리고 있었다.

그런 공기를 이윽히 둘러보던 국왕 방과가, 예의 혜식은 어투로 툭 한 마디 했다.

"이것 봐요, 세자. 모두들 이렇게 꾸어온 보릿자루처럼 앉아 있을 게 아니라, 차라리 자리를 옮기는 게 어떨까. 지금쯤 청심정(淸心亭) 뜰에선 편쌈〔石戰〕이 한참 어울러지고 있을 터이니, 그걸 구경하며 한 잔 드는 편이 훨씬 흥겨울 것이 아닌가."

좌중의 냉랭한 공기를 풀어보려는 어른다운 배려라고만 방원은 생각했다. 그래서 딴 생각없이 그 말을 좇았고, 여러 하객들 역시 순순히 따라나섰다.

수창궁 후원 청심정 앞 넓은 뜰에선 척석군(擲石軍)들이 두 패로 나누어져 대치하고 있었다.

이번 사병해산령으로 흩어졌던 사가(私家)의 군졸들 중에서 자원하는 자들을 가려뽑아 척석군 2개 부대를 편성했다. 그들을 그대로 방치해 두었다간 보이지 않는 칼날만 갈면서 음성적인 대립을 계속하지 않을까 하는 우려에서 방원이 취한 임시 조치였다. 그리고 또 그들이 멋대로 흩어진다면 줄이 풀린 야견(野犬)들처럼 횡포한 불량배로 화하여 헤아릴 수 없는 민폐를 끼치게 될 것이라는 사회적인 문제도 배제할 수는 없었다.

한 패는 청군이라 했고, 또 한 패는 백군이라 칭했다. 지난날의 연줄을 따져서 패를 가른 것이 아니었다. 오히려 그것을 무시하고 제비를 뽑게 했다. 다시 말하면 각 계열의 장정들을 뒤섞어서 재편성함으로써, 지난날의 파벌의식을 일소해보자는 고충에서였다.

이윽고 함성과 함께 전투는 개시되었다. 어제까지 적대시하여 으르렁거리던 자들이 대열을 나란히 하고 분전하는가 하면, 어제까지 한 패거리로 뭉쳐 있던 자들이 갈라져서 돌을 던지고 돌을 맞고 하는 그런 광경을 방원은 흐뭇한 눈으로 바라보다가 갑자기 숨을 들이켰다.

척석군이 던지던 돌팔매 하나가 어쩌다가 그렇게 빗나갔던지 관전하고 있던 한 재신(宰臣)에게로 날아든 것이다. 그는 바로 백관이 벌벌 떠는 대사헌 권근이었다.

만일 권근이 그 때 앞에 놓인 은잔을 들어 막지 않았더라면, 그 돌덩이는 그의 양미간에 명중하여 어떠한 불상사가 일어났는지 모를 일이었다.

좌중은 수런거렸다.

즉각 전투를 중지하라는 영이 내려졌다. 국왕 방과의 지시를 받은 헌병 격인 군뢰(軍牢)들이 달려가서 범인을 색출하느라고 혈안이 되었지만 헛수고였다.

수백명 척석군들 중에서 돌 한 개를 던진 자를 가려내기도 어려운 일이었지만, 무엇보다도 척석군들의 태도가 비협조적이었다.

만일 범인을 목격한 자가 있어서 고발한다면 이 자리에서 당장 특채하여 정규 군인에 편입할 뿐만 아니라 상당한 직위까지 부여하겠다는 국왕의 의향을 전달하였지만, 그들은 막무가내였다. 모두들 묘하게 굳어버린 얼굴을 하고 입을 떼지 않았다.

방원은 민망한 눈으로 권근을 바라보았다. 그러자 권근은 술잔으로 막아 떨어뜨린 돌덩이를 집어들고 요모조모 뜯어보다가,

"바로 오늘 새벽에 날아든 그 돌덩이와 똑같은 물건이로구먼."

이런 소리를 혼자 중얼거렸다. 그 돌덩이는 네모가 예리한 오석(烏石)이었다.

"그게 무슨 얘기요."

방원은 묻지 않을 수 없었다. 권근은 샛노랗게 질린 안면을 경련하다가 그래도 입을 열었다.

"오늘 새벽 저하댁에 생신 인사차 가고자 집을 나서지 않았겠습니까. 그런데 느닷없이 한줌의 종이뭉치가 저에게로 날아들더군요. 요행히 몸에 맞진 않았습니다만, 그 종이 속엔 이런 돌이 싸여 있었을 뿐만 아니라, 그 종이에 쓰인 글발 또한 해괴하였습지요."

이렇게 말하는 권근의 입을 좌중이 모두 주시한 것은 물론이다.

"오늘로 대사헌직을 사임하지 않는다면, 쥐도 새도 모르게 죽을 것을 각오하라는 협박장이었습지요."

"그리고 지금 또 그 돌팔매가 대감을 노렸단 말씀이군요."

권근과 더불어 사병 해산을 주장하는 데 앞장섰던 김약채가 바싹 마른 입술을 떨었다.

"오늘 아침엔 어느 놈의 장난인가 의심스러웠습니다만, 이제야 알 수 있을 것 같습니다. 사병 출신의 척석군 중 어느 놈인가가 던진 돌팔매인즉, 나 권근을 노리는 그 자는 틀림없이 사병 해산을 반대하는 무리들 중의 하나임이 분명할 것이외다."

그리고는 부릅뜬 눈총을 방원의 당료들이 모인 자리로 던졌다.

"이 자리에서 여쭙기는 죄송합니다마는."

그 눈총을 방원에게 돌리며 권근은 씹어뱉듯이 말했다.

"아무래도 그 바늘방석 같은 대사헌 자리를 물러나야 할 것만 같소이다. 공연히 꾸물거리다간 뼈다귀 하나 못추릴까 두렵기만 하군요."

──패씸한 것들.

방원은 울화통이 터질 것만 같았다. 절로 험악해지는 눈길을 당료들에게로 보내다가 무심코 그것을 돌렸다. 그리고 공교롭게도 그 시선이 마주친 것은 자기를 바라보고 있던 왕비 김씨의 눈이었다.

김씨의 두 눈이 크게 헤벌어졌다. 하다가 옆자리에 정좌한 국왕 방과에게 귀엣말을 속삭이더니, 총총히 자리를 떴다.

왕비전 내실로 돌아온 김씨는 가쁜 숨을 몰아쉬고 있었다. 뒤미처 국왕 방과가 찾아들었다.

"어찌 된 일이오."

묻는 말소리는 자못 부드러웠지만, 표정은 굳어 있었다. 김씨는 조금 과장스럽게 가슴을 쓸어내리다가,

"그 눈을 상감께선 못보셨나요?"

이런 말을 툭 던졌다.

"눈이라니, 누구의 눈?"

"세자의 눈이지, 누구이겠어요."

김씨는 또 두 손바닥으로 자기 앞가슴을 얼싸안았다.

"신첩이 어린아이 적에 산길을 가다가 큰 호랑이를 만난 적이 있었답니다. 그 호랑이는 고갯마루 바위에 앉아서 우리 일행을 노려보고 있었는데, 오늘 청심정에서 세자가 신첩을 본 눈이 바로 그런 눈이었습니다. 여차하면 한입에 삼키고 뼈다귀도 남기지 않겠다는 독한 빛이 번뜩이고 있더군요."

"그래서 총총히 자리를 떴단 말이오."

여전히 굳은 표정으로 방과는 되물었다.

"어떻게 그냥 앉아 있을 수 있었겠어요. 온 몸이 오그라들고 당장에 숨통이 끊어지는 것만 같은 걸요."

"그래요?"

굳어진 양미간에 방과는 심각한 주름살을 새겼다.

"대사헌 권근이 겁에 질려 사임하겠다고 말한 이유를 이제야 알 것 같습니다. 그런 돌팔매질을 한 자는 곧 사병 해산에 반대하는 인간일 것이며, 그 자들은 또 세자의 측근이 아니겠습니까. 조영무의 예도 있고 하니까요."

김씨의 혀끝은 차차 열을 띠었다.

"다시 말하면 세자측에서 권근을 협박한 거나 다름이 없는 것이어요. 그러기에 권근은 세자를 향해서 사의를 표명한 것이 아니겠어요?"

"하지만 사병해산령엔 세자도 적극 찬동했고, 그 사람이 직접 나서서 주선한 일이었는데."

"그건 상감이나 태상전하의 의향이 그러하시니 마지못해 움직인 데에 불과하겠지요. 자신의 손발을 끊어버리는 일을 누가 좋아하겠어요."

"그럴까."

방과는 속입술을 지그시 씹었다.

"들리는 말에는 조영무랑 조온이랑 완산군이 병기를 수납하는 데 불응한 것도, 세자의 은근한 지시를 받은 때문이라고들 하더군요."

"설마 그렇게까지……"

"설마가 사람을 잡는다는 속담도 있지 않습니까. 만조백관이 설설 기며 쥐구멍을 찾는 대사헌까지 협박하고 공갈한 사람들이, 무슨 짓인들 못저지르겠습니까. 아무리 사병해산령을 내렸다고는 하지만, 이 나라의 칼자루는 여전히 세자가 쥐고 있는 판국이 아닙니까."

방과의 두 눈이 평소와는 다르게 깊은 빛을 발했다.

김씨는 잠시 입 속에서 무엇인가 굴리는 것 같은 기색을 보이다가 잘라 말했다.

"차라리 그 칼을 송두리째 세자에게 넘겨주셨으면 싶사와요."

"넘겨준다?"

방과는 또 깊은 빛이 번득이는 눈길을 천장 일각에 띄우고 골똘이 생각에 잠기다가, 문득 김씨의 양 어깨를 움켜잡았다.

"그말 진정이오?"

하면서 검은 웃음을 피웠다. 김씨도 마주 웃었다.

——내가 왜 이럴까.

설매는 약을 달이면서 자기 자신에게 짜증을 내고 있었다. 자기는 결코 슬프지 않다고 다짐하면서도 자꾸 눈물이 난다.

약은 평원해가 지어 보낸 것이다. 취련의 집에서 돌아오는 길에 구역질이 치밀어 고생을 하다가 평원해를 만났을 때, 그에게 간절히 속삭인 말은 약을 지어 달라는 것이었다. 구토증을 가라앉히는 그런 약이 아니었다. 방원에겐 어미보다도 더 고약한 독충이 될는지도 모를 태중의 씨를 떼어버릴 수 있는 극약을 지어달라고 했던 것이다.

평원해는 깊은 눈으로 설매를 여겨보다가, 한참만에 고개를 끄덕였다. 그리고 오늘 새벽 이 약을 지어 보낸 것이다.

——벌레를 없애버리는 거야. 시원하면 시원했지 아쉬울 것은 없어.

설매는 거듭 다짐하면서 옷고름으로 눈물을 닦고 있는데, 뜻하지 않은 방문객이 들이닥쳤다. 칠점선이었다.

여느 때 같으면 반겨 맞아야 할 상대였지만, 오늘따라 가슴부터 내려앉는 것은 무슨 조짐일까. 칠점선의 표정은 평소와는 달리 잔뜩 굳어 있었다.

"긴히 할 얘기가 있어서 왔는데, 안으로 들어갈까."

하다가 화롯불에서 끓는 약탕관에 눈길을 주고는,

"너 어디 아프냐?"

물었다.

"아닙니다, 옹주마마."

설매는 절로 스스러워지는 어투로 딴청을 했다.

"충이 생겨서 자꾸 구역질이 나기에 지어온 약이어요."

"그래?"

석연치 않은 말꼬리를 흐리면서 칠점선은 먼저 안방으로 들어갔다.

"내가 바빠서 용건만 얘기해야겠다."

여전히 긴장한 채 칠점선은 말을 꺼냈다.

"바로 오늘 새벽이었어. 중궁께서 느닷없이 태상전을 찾아오시지 않았겠나."

"중궁께서요."

"그래, 미복으로 시녀 하나만 거느리고 오시더니 잡인을 물리치고 혼자서 태상마마를 뵙는 거야. 하도 수상해서 방문 밖에 숨어 엿들어보았지, 태상마마께 무슨 말씀을 사뢰나 하고."

"그래서요?"

"엄청난 얘기였어."

칠점선은 잠깐 입을 다물었다가 잔뜩 소리를 죽였다.

"상감께서 대위를 내놓으시겠다는 말씀을 하시더라는 거야."

"뭐라구요?"

정말 놀랍고 엄청난 얘기였다.

"세자의 동태가 심상치 않으니 마음놓고 왕좌에 앉아 계실 수 없다

나. 대사헌 권근에게 날아든 협박장과 돌팔매를 예로 들면서, 왕위를
세자에게 물려주지 않는다면 어떤 무서운 피바람이 또 일는지 모르겠다
는 거야. 그리고 청심정에서 세자가 무서운 눈으로 자기를 노려보더라는
그런 얘기까지 울먹이는 소리로 고해 바치질 않겠니."

설매는 몸서리를 쳤다. 거대한 구름 같은 음모의 손아귀가 방원을 덮치
려고 하는 것을 역력히 보는 것 같았다.

"태상마마께서는요?"

떨리는 가슴으로 설매는 물었다.

"그야 진노하셨지. 중궁의 말씀을 곧이곧대로 믿으신 모양이야. 세자에
대한 역정이 대단하셨어."

칠점선이 들어설 때부터 느낀 불길한 예감이 불행하게도 적중한 셈이
었다. 이번에 아마 거창한 바위덩이가 방원을 꼼짝달싹 못하게 찍어누를
것이라고 양언하던 김인귀의 예언 역시 헛소리가 아니었음을 아프게
느꼈다.

비록 왕좌에서 물러나긴 했지만 창업주 이성계의 마음의 움직임은
아직도 왕실 내에선 막강한 비중을 차지하고 있었다. 더욱이 효심이 지극
한 방원에겐 거의 절대적인 힘을 보유하고 있었다.

부왕의 노여움을 산다는 것은 방원에겐 다시없는 아픔이고 슬픔이며
불행이었다.

──내 탓이야. 모두 다.

설매는 다시 자신의 가슴에 매질을 한다. 사태가 이토록 꾀고 꾀어
헤어날 수 없는 파국을 초래한 것은, 자신의 섣부른 제보 때문이라고만
여겨지는 것이다.

"태상마마의 역정이 더 혹심해지시기 전에, 그 어른의 노여움을 풀어
드리는 손을 써야 할 것이 아니겠어."

설매의 심뇌(心惱)를 아는지 모르는지 칠점선은 그저 조바심만 내고
있었다.

"그러자면 한시 바삐 그 사실을 세자에게 알려야 할 텐데, 그 방도가 막막해서 이렇게 너를 찾아온 거야. 내가 직접 인수부엘 들어가자니 시끄러운 참새들이 또 짖어낼 것이 염려스럽고, 그렇다고 섣부른 사람을 시킬 수도 없어서 생각다 못해서 네게 수고를 끼치려는 거다."

무섭다.

방원을 에워싸고 소용돌이치는 정쟁의 와중에 발을 들여놓는 것이 이젠 정말 겁이 난다. 이 편에선 간절한 애정으로 하는 일이 결과적으로는 예기치 않은 방향으로 빗나가고 예상도 못한 재앙만 불러일으켜왔으니 말이다.

"어떨까, 무슨 길이 없을까. 설매가 직접 인수부엘 가지 않더라도 누구 믿을만한 사람을 통해서 기별을 할 수는 없을까."

칠점선은 매달리듯 말했다.

겁은 나지만, 운명의 장난이 두렵기는 하지만, 그렇다고 꽁무니만 뺄 성질의 사태는 아니었다.

——이번에야 설마.

마음을 고쳐 굳히며 심부름하는 아이를 불렀다. 송거신을 찾아가서 자기가 급히 만나잔다는 말을 전달하도록 일렀다.

방원에게 비밀히 자연스럽게, 그리고 확실하게 정보를 전달할 만한 연락원은 역시 송거신 뿐이었다.

심부름하는 아이가 달려나가자 칠점선도 총총히 물러갔다.

설매는 다시 약을 달이던 화로로 다가갔다. 약은 꼭 좋게 졸아 있었다. 그것을 짜 담은 약사발을 든 설매의 손끝은 떨렸다. 그 약을 마신다는 것은 모처럼 방원과 살뜰하게 맺어진 피의 연줄을 절단하는 것이나 다름이 없다. 미련이 없을 수 없다. 하지만 어금니를 깨물었다.

——그 분의 핏줄을 끊는 것이 아니야. 독한 벌레를 떨어버리는 것이야.

눈을 내리깔고 그 약을 한숨에 들이켰다. 빈 약사발에 더운 눈물이

방울방울 떨어졌다.

송거신의 연락을 받은 방원은 물론 경악했다. 화창한 날씨에 날벼락을 맞는다는 속담이 에누리없게 실감되는 놀라움이었다.

——그 형수씨가?

평소에는 있는지 없는지조차도 신경에 저촉되지 않는 여성이었다.

——그런 분이 우연히 마주친 내 눈길을 꼬투리잡아 아버님의 비위를 발칵 뒤집어놓고 내 발밑에 이렇듯 엄청난 구렁을 파다니.

여성의 무서움을 새삼 절감한다.

——그 때 그 내 눈길이 무서워서, 내 당료들의 반발이 두려워서, 그것만을 이유로 형님과 양위 문제를 의논하여 형님의 의사를 아버님께 그대로 말씀드린 데 지나지 않는 것일까.

속셈은 결코 그렇지는 않을 것 같다.

부왕 이성계의 격분을 도발해서 방원 자기를 궁지에 몰아넣으려는 치밀한 작전이 그 행동 속엔 숨겨져 있을 것이라고 방원은 짐작했다.

——하지만 이제 와서 형수씨를 섭섭히 여긴다고 무슨 소용이 있겠는가.

그런데 대단히 진노하고 있다는 부왕 이성계의 노여움을 어떻게 가라앉히느냐는 현실적인 처리 방안이 선결문제였다.

답답하기만 하다.

하륜을 불렀다. 방원의 얘기를 듣고난 하륜도 난감한 얼굴이었다.

"태상전하의 노여움을 풀어드리자면 저하께서 직접 만나뵙고 그 어른의 오해부터 풀어드려야 하겠습니다마는, 그렇게 하실 경우 자연히 간접적으로나마 중궁과 그리고 상감까지 헐뜯는 결과가 될 것이 아니겠습니까. 중궁의 말씀이 사실이 아니라는 점을 역설해야 할 것이 아니겠습니까. 다시 말씀드리자면 중궁께서 엉뚱한 모함을 하셨다는 결론을 내리는 것이나 다름이 없으니, 오히려 새로운 분쟁의 벌집을 쑤시는 꼴이 될 거올시다."

"나도 그 점을 생각해서 이렇게 답답해 하는 것이 아니겠소."

하륜은 한동안 골똘히 생각에 잠기다가 다시 입을 열었다.

"차라리 이렇게 하시는 편이 어떻겠습니까."

방원은 자기도 모르게 하륜의 무릎을 잡았다.

"그 문제엔 잠시 언급을 마시고 다른 방향에서 태상전하를 기쁘게 해드리는 거올시다. 그 기쁨이 크게 작용한다면 자연히 노여움도 가라앉혀 드리게 될 것이 아니겠습니까."

그리고는 소리를 죽이고 몇마디 속삭였다.

"고맙소, 호정 선생."

방원은 어린아이처럼 좋아했다. 그리고는 내실로 들어갔다.

그 날은 마침 혹심한 산고 끝에 얻은 어린것의 세이레〔三七日〕였다. 아기에게 처음으로 바지 저고리를 입히고 산실의 모든 금기(禁忌)가 철폐되는 날이며, 산부 역시 음식이나 행동에 아무런 구애를 받지 않는 해방의 날이기도 했다. 또 일가 친척들이 어린것의 수(壽)를 경축하는 선물을 가지고 모이는 축일이었다.

내실은 종친들과 처가집 아낙네들로 붐비고 있었다. 방원은 넌지시 민씨를 불러 별실로 들어갔다.

"그 동안 산고를 치르느라고 애 많이 쓴 정빈에게 내 긴히 부탁할 일이 있소이다."

이렇게 허두를 뗀 방원은, 주위에 신경을 곤두세우며 소리를 죽였다.

"세자빈이? 무엇 때문에 나를 보자는 거냐."

이성계는 그 무서운 두 눈을 부라렸다.

"내가 제 남편 놈에게 화를 내고 있다는 소식을 얻어듣고, 간사한 변명이라도 하고자 왔다는 거냐?"

"그렇지 않은 듯싶습니다."

칠점선이 조심조심 부인했다.

"오늘이 바로 새로 낳은 아기씨의 세이렛날이라, 태상마마께 배알시키고자 데리고 왔다는 것이어요."

"새로 낳은 어린 아기를?"

험악하던 이성계의 표정이 다소 누그러졌다. 아들에 대한 역정이 심하더라도 그 아들이 낳은 손자에게는 오히려 따뜻한 정이 기우는 것이 늙은 할아버지의 공통된 묘한 심곡이다.

"저런 철없는 것들이 있나. 세이레 밖에 안 되는 어린것에게 바깥바람을 쐬어?"

그 눈치를 낚아챈 칠점선이, 늙은 할아버지의 자애심을 재빠르게 긁어댔다.

"오늘 인수부엔 모든 종친들이 모여서 축수를 해 주는데, 유독 왕실의 존장이신 태상마마의 거동이 없으시어 그렇게 데리고 왔다는 것이어요."

"내가 지금 방원이놈 집에 가게 됐느냐?"

이성계는 씹어뱉듯 말하는 것이었지만, 그 말꼬리가 과히 모질지는 못했다.

"그러시면 어떻게 분부하시겠습니까. 그냥 돌아가도록 이르도록 할까요."

"어허, 참."

이성계는 떫게 웃었다. 떫은 웃음이나마 오랜만에 보이는 웃음이었다.

"방원이놈이 찾아왔다면 내 당장 날벼락이라도 쳐서 쫓아보낼 일이로되, 죄없는 손자 아이가 할애비를 보겠다고 왔다 하거늘 어찌 그냥 돌려보낼 수 있겠나. 어떻게 생긴 놈인지 얼굴이라도 봐야지."

"분부 그러하시다면 어디로 인도하도록 이를까요."

칠점선은 보이지 않는 웃음을 씹었다.

"어딘 어디야, 이리 들어오라고 해. 공연한 체통차린답시고 어린것에게 감기라도 들게 하면 어쩔라구."

오뉴월 한참 더위였다. 시립한 궁녀에게 연방 부채질을 시키면서도 이성계는 그런 소리를 했다. 그 뜻이 전갈되자, 곧 이어 민씨가 어린것을 안고 들어왔다.

"아가야, 태상마마 할아버님이시다. 절을 올려라."

어린것을 감싸고 있던 처네를 벗겨주려고 하자,

"그냥 두어. 감기 든다니까."

이성계는 소리치며 자기 쪽에서 그리로 달려갔다. 그리곤 처네를 젖히고 어린것의 얼굴을 들여다보았다.

"어머나, 어쩌면 이렇게 닮았을까요."

함께 들여다보던 칠점선이 수선을 떨었다. 누구의 눈에나 볼세출의 신무(神武) 회천의 영걸(英傑) 이성계와는 딴판으로 보잘것 없는 약골이었지만, 그래도 그 말이 그에겐 싫지 않은 것일까.

"어디가 그렇게 닮았누."

실눈이 되며 입이 헤벌려진다.

"모두 닮았습지요. 눈매랑 콧날이랑 태상마마께서 아기님이셨을 때는 바로 이렇지 않으셨는가 싶구먼요."

칠점선의 부채질에,

"그래? 참말로 그럴까?"

이성계는 어린것을 번쩍 안아들었다. 어린것을 안고 티없이 좋아하는 늙은 시아버지를 민씨는 이윽히 지켜보다가, 곁에 서 있는 칠점선을 돌아보며 혼잣소리를 흘렸다.

"그런 말씀 드리면 또 역정을 내실까 두렵구먼요."

"무슨 말씀이신데요?"

칠점선도 뭔가 느끼는 기색으로 마주 받았다.

"태상마마를 모시는 일이 너무 소홀하다는 얘기여요. 태상마마로 말씀하자면 이 나라의 국부(國父)이시며 왕실의 으뜸 가는 어른이 아니시겠어요? 마땅히 상감이나 세자보다도 더 존숭하여야 할 어른이신데, 이렇게 민가에서 거처하시게 할 뿐더러 모든 제도도 소홀하기 그지없으니 몹시 황공하다는 얘기여요."

칠점선을 상대로 하는 말 같았지만 이성계에게도 충분히 들릴만한 언성이었고, 또 얘기의 초점은 그에게 직접 관계되는 문제였다. 어린것을 안고 방안을 서성거리는 그의 옆얼굴에 관심의 빛이 드리우는 듯했다.

"마땅히 궁호(宮號)도 정해야 하고, 부(府)도 세워야 하고, 존호(尊號)도 올려야 할 것이라고 말하더군요."

"누가 그 따위 소리를 한다는 거냐?"

이성계가 마침내 입을 열었다.

"죄송합니다, 전하."

민씨는 즉시 방바닥에 꿇어엎드렸다.

"어리석은 며느리가 남편과 사사로이 주고받은 얘기를 부질없이 꺼냈다가 전하의 천총을 어지럽힌 듯싶사오니 황공무지이옵니다."

"그렇다면 방원이 한 소리라 그런 얘기냐?"

이성계는 꾸짖듯 되물었지만, 과히 험한 어세는 아니었다.

"황송합니다, 아버님."

민씨는 다시 머리를 조아리다가 살며시 고개를 들더니, 약간의 응석이 담긴 시선을 보냈다.

"어허험."

이성계는 헛기침을 터뜨리다가 혼잣말처럼 뇌까렸다.

"그야 전 왕조 공민왕의 모친 홍씨(洪氏)는 비록 부인의 몸이면서도 부를 세워 숭경부(崇敬府)라 일컬었을 뿐더러, 모든 제도가 구비되어 있었더니라. 그게 예로부터 전승하여온 법도라는 거지."

그의 구기에는 약간의 부러움까지 섞여 있었다.

"하지만."

그는 언성을 높이더니, 크게 돌이질을 했다.

"무인년(戊寅年) 그 해, 왕위를 내놓고 태상왕이 된 이후 부를 세우지 않고도 삼년이나 지내지 않았느냐. 복식(服飾)이나 선수(膳羞 : 음식) 또한 부족함을 느끼지 않거늘, 이제 와서 새삼스럽게 부를 세운다고 내게 유익할 것이 무엇이겠느냐."

그리고는 또 어허험 어허험, 헛기침을 연발하며, 어색한 시선을 천장 일각에 띄워보냈다. 그의 말의 액면과 속마음이 꼭 일치되어 있지는 않은 것 같은 눈치였다.

민씨는 은근히 칠점선을 돌아보았다. 칠점선도 마주 보며 눈웃음을 쳤다.

태상전을 물러나온 민씨는 어린것의 파리한 한쪽 뺨에 자기 볼을 비벼 대며 속삭였다.

"아가야. 너 오늘 큰 일 했다. 정말 큰 일을 했어."

6월 1일, 방원의 제정으로 상왕 이성계를 존봉(尊奉)하는 조치가 취하여졌다.

태상전을 궁(宮)으로 승격시켜 궁호도 덕수궁(德壽宮)이라고 정했고, 새로 부를 세워 승녕부(承寧府)라 했다. 승녕부를 삼사(三司 : 국가 재정을 맡아보는 기관) 다음 가는 위치에 두었으며, 재무장관 격이었던 판삼사사(判三司事) 우인열(禹仁烈)을 판사에 임명했다.

손흥종(孫興宗), 정용수(鄭龍壽)로 윤(尹)을 삼고, 소윤(少尹), 판관(判官), 승(丞), 주부(注簿) 등 실무자를 각각 2명씩 배치했다.

그 날도 우인열 등이 태상전에 예궐하여 사은숙배하자, 이성계의 노여움도 다소 풀렸다(太上王怒稍解)고, 그 날짜 실록은 전하고 있다.

방원은 한술 더 떴다.

그 날 16일 봉숭도감(封崇都監)을 설치하도록 주선했다. 이성계에게 존호를 올리는데 필요한 일을 담당하는 기관이었다. 그리고 그 기관의 책임자인 제조(提調)엔 이성계의 요청으로 우정승에 임명되었다가 다시 좌정승으로 승격한 성석린을 위시해서 민제, 하륜 등 쟁쟁한 대신을 앉혔다.

이제 쓸 수 있는 손은 다 쓴 셈이다. 그래서인지 부왕의 노여움도 어지간히 풀렸다는 기별을 받자, 방원은 그 공작의 마지막 마무리를 짓기로 마음을 굳혔다.

달이 바뀌어 7월 6일, 그 날은 상왕에게 정식으로 옥책(玉冊)과 금보(金寶)를 바치고 존호를 올리는 행사가 거행되는 날이었다.

물론 그 의전(儀典)엔 국왕 방과를 위시해서 문무백관들이 참석하여 거창한 의식이 베풀어질 것이었지만, 그에 앞서 방원은 단신 덕수궁을 찾아갔다. 비록 노여움이 많이 풀렸다고는 하지만, 자기를 맞아줄 부왕의 태도가 어떠할는지 몹시 불안스러웠다.

그러나 막상 궁문에 들어서서 자기가 온 뜻을 전갈했더니, 예상외로 순순히 불러들였다. 이성계의 표정도 사뭇 부드러운듯 보였다.

"어린 아이, 잘 크느냐?"

이런 말부터 물었다.

"모두들 나를 닮았다고 하더라마는, 내가 어릴 적과는 사뭇 딴판인 것 같아. 몹시 약해보이더군. 모처럼 늦게 얻은 아들이니 잘 거두어 기르도록 해라."

"고맙습니다, 아버님."

어린 손자를 염려해 주는 조부의 자애도 그러했지만, 자기에게 노여움을 보이지 않는 그 점이 몇갑절 더 고마왔다.

그래서 절로 오랜만에 느끼는 응석스런 마음도 있고 해서, 마음먹은 말을 쉽게 입밖에 낼 수 있었다.

"실은 아버님께 올릴 존호가 마음에 드실는지 어떨는지 염려스러워 소자 먼저 뵙고자 온 것입니다. 계운 신무 태상왕(啓運神武太上王), 이렇게 봉숭도감에선 정한 모양입니다만, 아버님 뜻엔 어떠하실는지요."

그리고 부왕의 얼굴을 쳐다본 방원은 숨을 들이켰다. 방금 보이던 부드러운 안색이 갑자기 굳어지는 것이다. 한번 감으면 태산 같은 위압을 느끼게 한다는 그 눈을 무겁게 내리깔고 있는 것이다.

하다가 겨우 입을 열었다.

"너희가 과연 이 아비를 위할 생각이 있다면, 그 따위 존호니 뭐니 그런 것보다 먼저 할 일이 있느니라."

방원은 자기도 모르게 자라모가지가 되었다. 방금 이성계가 던진 말, 그것은 마치 거대한 산사태가 터지기 전야의 무시무시한 진통처럼 들린 것이다.

태산은 계속 진동했다. 요란한 굉음이 아니었다. 지심(地心) 깊은 곳에서 기부림을 울리는 저음이었다.

"나에게 존호를 주겠다는 너희들의 성의 가상히 여기기는 한다마는, 먼저 해야 할 일을 제쳐놓고 딴 짓들만 하는 것 같으니 내 한마디 하겠다. 바로 조온(趙溫)이란 놈에 대한 너희들의 처사 말이다."

결국 진통의 목표는 방원이 가장 아파하는 급소였다.

"내 듣자 하니 그놈이 사병 해산에 반대하고 병기 수납을 거부했음에도 불구하고 , 그 죄를 엄히 다스리지 않고 겨우 파직하는 데 그쳤다면서? 무엇 때문에 그토록 그놈을 두둔하는 거냐?"

이성계는 잠깐 입을 다물고 방원의 반응을 기다리는 기색이었지만, 방원은 그저 숨이 막힐뿐 한마디 변명도 하지 못했다.

"어디 그 뿐이냐."

이성계가 다시 말을 이었다.

"조온이 그놈, 파직에 그친 것을 감지덕지하기는 고사하고, 주제 넘게도 불평불만을 늘어놓고 다닌다면서? 차라리 조영무처럼 유배라도 시켜달라고 대들었다면서? "

어느 새 그런 정보까지 이성계는 입수하고 있는 모양이었다.

"그게 귀찮아서, 아니 겁이 나서, 너와 너의 형은 조영무 그 자가 유배지에 도달하기도 전에 서북면도순문사에 겸하여 평양윤을 제수하지 않았더냐."

여기까지는 조용조용 진동만 하고 있었던 이성계의 음성이, 갑자기 높아졌다.

"도대체 조온이란 그놈이 어떤 놈이냐."

드디어 포효한 것이다.

"그 자는 본시 내 휘하에 있던 인간이 아니냐. 내가 발탁해서 지위가 재보(宰輔 : 재상)에까지 이르렀거늘, 내가 손위(遜位)한 이후에는 단 한번도 찾아온 일이 없었느니라."

이성계의 말머리는 약간 엉뚱한 데로 발전했다.

"인간의 탈을 쓰고 그보다 더한 배은망덕이 어디 있단 말이냐. 그리고 또 무인년(戊寅年) 가을, 갑사(甲士)들을 거느리고 궐내에 숙위하게 됨을 기화로, 외변(外變)이 일어났음을 듣자 그 군사를 거느리고 내응하지 않았더냐."

방석 일파와 싸우던 그 당시, 조온이 취한 태도를 두고 하는 말이었다. 그러니까 이성계의 포효는 결코 엉뚱한 방향으로 비약한 것이 아니었다. 그가 정작 하고 싶은 말은 바로 그 점이었을 것이며, 그가 조온을 미워하는 심사도 사병 문제보다는 그런 묵은 원혐에 기인하고 있음을 방원은 뒤늦게나마 깨달았다.

"간에 붙었다가 쓸개에 붙었다가 반복무쌍한 변절노(變節奴)치고도 그놈보다 더한 자는 없을 것이다. 그러하거늘 너희들이 그놈을 대하는 태도는 어떠하였느냐. 그저 너희에게 아부하는 것만 좋다고 대의를 생각하지 않는단 말이냐? 인신(人臣)된 자 두 가지 마음을 품었을 경우, 자고로 엄히 다스리고 용서치 않는 것이 법도가 아니었더냐."

일방적으로 진동하고 포효하고 몰아세운 이성계는, 할 말 다 하고나자 다시 무겁게 입을 다물어 버렸다.

괴롭다. 아버지의 감정, 그 노여움 충분히 이해할 수 있다.

지난 날엔 당신의 수족처럼 부리던 심복이 당신이 가장 사랑하던 방석 형제를 죽이는 일에 결정적인 작용을 했으니, 간을 꺼내서 씹어도 시원치 않을 배신자로 여겨질 것이다. 그 원혐을 가슴 깊이 괴롭게 묻어오다가 사병 해산에 반대한 행동에 접하자 더 참을 수 없어 폭발한 심정도 충분히 알 수 있다.

그런만큼 방원은 더욱 괴로운 것이다.

부왕 이성계에겐 이가 갈리는 배신자이겠지만, 방원 자기에겐 전혀 다른 존재가 아닌가. 꼬리를 치며 자기 품에 뛰어든 충견(忠犬), 방원 자신의 운명을 좌우할 결정적인 고비를 유리하게 전환시킨 일종의 은인이 아닌가.

그러나 언제까지나 망설이고만 있을 수는 없는 일이었다. 지금 이성계는 다시 태산의 침묵으로 돌아갔지만, 그것은 방원의 반응 여하에 따라서 보일 무서운 분화(噴火)의 기부림일는지도 모른다.

물론 꼬리치며 발끝에 감도는 충견을 발길로 찬다는 것은 가슴 쓰린 일이다. 하지만 태산이 무너지는 것과 비교할 수는 없는 일이라고 방원은 아프게 마음을 굳혔다.

"아버님의 말씀, 소자 충분히 알아듣겠습니다. 아버님 뜻에 합당하도록 즉각 손을 쓰겠습니다."

언약하고 그 자리를 물러나왔다.

그 날로 국왕 방과는 세자 방원과 문무백관을 거느리고 덕수궁에 거동하여 태상왕 이성계에게 옥책(玉冊)과 금보(金寶)를 바치고 존호를 올렸다.

원래 그런 의식은 초하룻날 거행해야 마땅한 것이었지만, 그 날은 마침 국왕 방과의 탄신일이었으므로 엿새를 연기한 것이다.

"유 건문 2년 세차 경진 칠월삭갑자, 월 육일 기사(維 建文二年歲次庚辰七月朔甲子, 越六日己巳), 국왕 신(臣) 방과는 제수재배(除授再拜)하고 삼가 옥책을 바치며 말씀 올리나이다."

이런 말로 시작된 책문(冊文)은 최고의 찬사로 가득차 있었다.

봉숭(封崇)의 의식이 끝나자, 상왕의 장수를 비는 술잔(獻酒)을 올렸다. 그 때 국왕 방과와 세자 방원 그리고 여러 대신들은, 일제히 일어서서 춤을 추며 한층 홍취를 돋구었다.

퇴위한 이후 3년 동안이나 소외된 뒷전에서 묻혀 살다시피 하다가 오늘 이렇게 극진한 숭례(崇禮)를 받고보니, 노웅(老雄) 이성계도 과히 싫지는 않은 모양이었다. 해가 저물도록 희색이 만면하여 술잔을 기울이다가 존호 제정에 수고한 인사들에게 상급까지 주었다. 즉 봉숭도감 제조 성석린, 민제, 하륜 세 사람에겐 각각 말 한 필과 비단 한 필씩을 하사하였으며, 봉숭(封崇)의 의례를 집전한 삼사좌사(三司左使) 이직(李稷), 참판삼군부사(參判三軍府事) 최유경(崔有慶), 첨서(簽書) 이문화(李文和), 전서(典書) 한상경(韓尙敬) 등에게는 각각 비단 한 필씩을 내주었던 것이다.

예상 이상으로 화기애애하게 의식이 끝난 데에 방원은 적이 마음이 놓였다. 그러나 막상 덕수궁을 물러나오려고 할 때였다. 숭녕부 책임자 격인 판사에 임명된 바 있는 우인열이 넌지시 귀띔을 한다.

"태상전하께서 동궁저하께 긴히 하실 말씀이 계시답니다."

모처럼 쓸어내린 가슴을 술렁이며 방원은 부왕의 거실로 들어갔다.

"내 너에게 한 마디 더 일러둘 말이 있다."

방 안에 들어서는 방원을 깊은 실눈으로 응시하며, 이성계는 이렇게 말을 꺼냈다.

"너의 휘하에 조영무란 자가 있지? 조온의 자부(姉夫)의 아들 말이다."

그 한 마디만으로 부왕이 무슨 얘기를 꺼내려는지 즉각 짐작이 갔지만, 잠자코 다음 말을 기다릴 수밖에 없었다.

"조영무로 말할 것 같으면 원래 미천한 출신이라, 여는 심히 궁휼히 여겨 혹 의관을 주기도 하고, 혹 관작을 제수하기도 하여, 마침내는 개국 공신에다가 벼슬이 경상(卿相)에 이르도록 하였느니라. 모두 다 내 덕이지. 그러하거늘 무인년 난동 때 과인이 앓아 누운 것을 기화로 지난 날

애호하여 준 은혜를 저버리고 너희 패거리들에게 내응한 배신자란 말이다. 그러니 그놈도 그냥 둘 수는 없어."

조온과 함께 조영무도 처벌하라는 얘기였지만, 이성계의 요구는 그에 그치지 않았다.

"그리고 또 이무(李茂)란 자가 있지? 그 자의 소행은 조온이나 조영무만큼 극악하다고는 할 수 없지만, 역시 고약한 간물이야. 그 자 역시 내 덕으로 원종공신(原從功臣)에 끼여든 자가 아니냐."

원종공신이란 개국공신을 도와 이성계의 잠저에서 일을 보거나 개국공신의 자제로서 공이 있는 자 천여 명에게 내린 칭호였다.

"그 뿐만 아니라 그 자는 원래 남은, 정도전 등과 가까이 지내며 너 방원의 패거리와 맞서던 놈이 아니냐. 그러하거늘 막상 난동이 벌어지자 두 패거리 사이를 왔다 갔다 하며 사세만 관망하다가 너희가 득승하게 된 것을 보고는 너희들에게 달라붙었으니, 얼마나 간사한 놈이냐. 그러니 그 자 역시 처단해야 해."

조영무와 함께 이무의 처벌까지 추가 요청한 것이다.

"너희가 진심으로 아비를 위한다면 말이다."

거듭 못을 박았다.

방원의 괴로움은 한층 더했지만, 이왕 조온의 처벌을 약속한 이상 나머지 두 사람만을 두둔할 수도 없는 일이었다.

무거운 걸음으로 덕수궁을 물러나와 수창궁으로 향했다. 형식적이나마 부왕의 의향을 국왕 방과에게 보고해야 했다.

"우리가 진심으로 아버님을 위한다면, 그들 세 사람을 처벌해야 한다구 그렇게 다짐하셨다구?"

방원의 보고를 받은 방과는 곱씹다가,

"나로서는 뭐라구 잘라 말할 수 없구먼."

예에 따라 흐릿하게 꽁무니를 빼는 것이었지만, 그가 곱씹은 말 속엔 부왕의 뜻을 거역할 수는 없지 않느냐는 저의가 충분히 엿보였다.

매를 들 바에야 신속히 드는 편이 최소한도로 부작용을 막는 방도라고 방원은 판단했다. 울면서 마속의 목을 베던 제갈량도 촌각을 지체하지 않았다.

"오늘 아버님께 올린 봉숭(封崇)의 뜻을 더욱 돈독히 하기 위해서도, 오늘 당장 아버님의 분부대로 그들 세 사람을 유배형에 처하는 것이 옳을까 합니다."

가슴 속으로는 눈물을 흘리면서도, 입으로는 모질게 방원은 잘라 말했다.

"그래도 괜찮을까? 세자가 몹시 난감해지지 않을까."

자못 염려해 주는 것 같은 소리를 흘리면서도, 국왕 방과의 입가에는 야릇한 웃음이 넘실거렸다.

결국 세 사람에겐 유배형이 내려졌다. 조온은 남쪽 완산부(完山府)로, 이무는 동쪽 강릉부(江陵府)로, 조영무는 서쪽 곡산부(谷山府)로 각각 귀양을 보냈다.

그렇게 자기 손으로 자기 수족을 끊는 아픔을 겪은 방원이 가장 두려워한 후유증은 물론 당료들의 반발이었다. 그러나 부작용은 뜻하지 않은 방향으로부터 터졌다.

바로 얼마 전에 사병 해산을 주장했고 그에 반발한 조영무 등의 처벌을 요청한 바 있으며, 그리고 또 사병 해산 반대자들의 협박장과 돌팔매까지 받았던 대사헌 권근이 주동이 되어, 이번에는 조영무 등 세 사람에게 준 벌이 온당치 않으니 그들을 소환해야 한다는 소를 올린 것이다.

태상께서 무고한 공신에게 죄를 주시니 온 나라가 경악하여 마지않는다고 역설했다.

그들 세 사람으로 말할 것 같으면 혁명 초기, 태상왕을 도와서 국권이 간웅(姦雄)들의 손에 돌아가지 않도록 진력한 바 있는데, 그것이 죄가 되느냐고 힐문했다.

망신순국(忘身殉國)함으로써 적서(嫡庶)의 명분을 바로잡고 난신을

소탕하여 반정(反正)함으로써 종묘사직을 안태케 하여, 주상전하와 동궁
저하의 건재를 도모하며 태상전하의 위업을 만세에 전승하도록 한 것이
과연 죄가 될 수 있느냐고 꼬집었다.

그와 같은 공신에게 죄를 주고보니 재조훈신(在朝勳臣)들과 문무백료
(文武百僚)들은 자기네들에게도 언제 위험이 닥치지나 않을까 전전긍긍
하고 있으니, 주상전하는 장차 누구와 더불어 나라를 다스리시겠느냐고
꼬아댔다. 그러므로 마땅히 그들 세 사람을 참소한 태상왕 좌우의 간신들
을 색출해서 그런 그릇된 처사가 태상왕의 참뜻이 아님을 만천하에 천명
해야 한다고 결론지었다.

방과는 쓰다 달다 아무 말도 없이 그 상소문을 묵살해 버렸다. 그러자
그 날로 거듭 상소문이 날아들었지만, 그것도 역시 묵살했다.

그 소식이 전해지자, 이성계는 진노했다.

"썩고 곪은 창녀만도 못한 비루한 언관들."

그는 방바닥에 가래침을 칵 뱉었다.

"언젠가는 그놈들에게 벌을 주라고 떠들어대던 그 주둥이로, 이번에는
그놈들을 두둔한다? 권근이란 그 자, 한 조각 협박장이 그토록 무서웠단
말인가? 아니면 방원이 그 녀석, 내 앞에선 죽는 시늉을 했으면서도 뒤로
돌아가선 음흉한 농간을 하고 다니는 걸까."

마침내 분노의 불똥은 방원에게로 날아갔다. 그러나 그의 분노를 더욱
돋우는 움직임이 계속 일어났다.

언관들의 진언이 먹혀들지 않자, 이번엔 정부의 수뇌인 좌정승 성석린
과 우정승 민제가 들고 일어난 것이다. 그들은 먼저 조영무 등을 소환하
여 들뜬 중심(衆心)을 안정시켜야 한다는 소를 올렸다가 역시 국왕이
묵살하자, 이번엔 문무 백료들의 연서(連書)를 받은 소를 올렸다.

"짐작컨대 전하께서는 태상왕의 분부를 거역할 수 없으시어 그러한
조치를 취하신 모양입니다만, 신들이 생각하는 효도란 마땅히 어버이의
실책을 바로잡는 길이며, 덮어놓고 순종만 하는 것이 아니올시다. 그러므

로 예로부터 어버이의 그릇된 분부를 듣지 않고 오히려 그것을 바로잡음
으로써 효도를 다한 사례가 허다합니다. 전하께서는 마땅히 지성으로써
태상왕의 그릇되심을 바로잡아 진정한 효도를 다하시기 바랍니다."

그 상소문을 읽고 난 방과는 역시 흐릿한 눈알만 꿈벅거리다가, 무슨
생각이 들었던지 도승지 정구(鄭矩)를 시켜서 덕수궁 태상왕에게로 그것
을 보냈다. 자기로서는 처결하기 어려우니 아버님께서 재결하여 주십사
는 말을 아울러 전하도록 했다.

"이젠 임금이 그 아비에게 바치는 효성까지 좌지우지하겠다는 수작들
이냐."

이성계는 발을 구르다가 맥없이 방바닥에 주저앉아 버렸다. 그리고
다음과 같은 비통한 소리를 흘렸다고 실록은 전하고 있다.

"나라사람이 모두 다 과인을 비난하니, 여가 어찌 이 곳에 거처할 수
있겠느냐. 내 장차 마음 내키는 곳으로 훌쩍 떠나련다(國人皆以寡人爲
非, 予豈敢居於此乎, 吾將任意所往),"

훗날 이성계가 함흥 등지로 유랑하여 이른바 함흥차사(咸興差使)의
일화까지 빚게 된 행동에 대해선 해석이 구구하지만, 실록이 전하는 직접
적인 충격과 동기는 바로 두어명 신료의 처벌 문제에 있었던 것이다.

조영무 등의 구제 운동은 그러나 그 정도로 그치지는 않았다. 성석린,
민제 등이 문무백관을 거느리고 직접 덕수궁으로 몰려든 것이다.

그 보고에 접한 이성계는 터질 것 같은 울화를 자제하려는 때문일까,
지그시 눈을 감고 한동안 말이 없었다. 하다가 숭녕부 판사 우인열(禹仁
烈)을 불러 지시했다.

"우선 좌정승 성석린과 우정승 민제 그리고 대사헌 권근만 들라고
일러라."

성석린과 권근 등이 지시대로 들어왔다.

성석린은 바로 요 얼마 전에 이성계가 강력히 천거한 덕으로 좌정승
자리에까지 올라앉은 경위도 있고 해서 그런지, 몹시 어색하고 민망한

기색이었다. 그 표정을 이윽히 쏘아보다가 그러나 언사는 점잖게 이성계
는 물었다.

"경등이 무슨 일로 이렇게 왔소?"

성석린은 잠깐 난처한 눈길을 권근에게 보내며 대답했다.

"전하께서 요즈음 불초한 한두 신하의 일로 성려(聖慮)를 심히 상하고
계시다고 하옵기에 신등이 뵙고자 예궐한 거올시다."

"그래?"

이성계의 응수는 역시 점잖았다.

"나 역시 기다리고 있었소. 경등을 만나서 내 심정을 털어놓고 싶었던
거요."

의외로 부드러운 언동에 세 대신은 어리둥절해진 것일까, 오히려 불안
한 눈길을 서로 주고받았다.

"좌정승 그리고 우정승, 경들로 말할 것 같으면 전 왕조 당시엔 나와
동렬(同列)에 처하였던 재상들이었소."

이성계가 고려조에 신사(臣事)하던 당시, 성석린은 정 2품 문화찬성사
까지 지냈으며, 민제는 정 3품 예조판서 벼슬을 한 사실을 두고 하는
말이었다.

"그리고 그밖의 재상들은 모두 다 내 휘하 사람들이었으니, 우리 집안
일에 대해선 모르는 바 없을 거요."

그는 도대체 무슨 얘기를 꺼내려는 것일까, 세 재상은 또 불안한 눈길
을 주고받았다.

"과인이 다행히 조종(租宗)의 덕을 입고 천명(天命)을 받은 바 있어서
조선왕조를 창시하기에 이르렀고, 또 즉위하여 7년 간이나 왕권을 누리다
가 그 자리를 아들에게 물려주었으니, 내 이제 무슨 한이 있겠소."

이성계는 끝끝내 그렇게 점잖은 소리만 늘어놓으려는 것일까. 그토록
격렬하던 분노도 이젠 다 사그라지고 만 것일까.

"무인년 변란이 있었을 당시만 해도 그렇소."

이성계는 마침내 그런 말을 꺼냈지만 그의 어조는 여전히 덤덤했다.

"유약한 두 아들이 피살 당했으니 내 가슴이 아팠던 것은 사실이오만, 그 역시 천명이 아니겠소. 세상 사람들은 혹 내가 애자(愛子)를 잃은 슬픔을 이기지 못하여 보위를 내놓고 사직의 안위를 돌보지 않는다느니, 그 때문에 정사공신(定社功臣)을 미워한다느니, 말이 많은 모양이오만, 과연 진심이 그러했는가 어떤가는 하늘이 환히 밝혀보고 계실 거요."

이성계는 잠깐 말을 끊고 세 사람을 차례로 둘러보았다.

성석린은 고개를 떨구고 움직이질 못했다. 민제는 그 시선을 피하기에만 바빴다. 권근은 떨떠름한 주름살을 잔뜩 새기고 아예 눈을 감아버렸다.

"내가 만일 무인정변에 원한을 품고 있었다면 어찌 주상에게 대위를 전했겠으며, 그 정변의 주동자 방원을 세자로 삼는 일에 찬동하였겠소. 아마 결코 왕권을 내놓지는 않았을 것이며, 그렇다고 방원이나 그의 무리들이 나를 죽이고 보위를 찬탈하였겠소? 모두 다 이 나라 사직의 만세지계를 심려한 때문이었던 거요."

그것은 세 재신을 앞에 놓고 점잖은 체통만 피워보려는 연기로는 보이지 않았다. 이 나라의 창업주다운 진정이 절절히 맺혀 있었다.

"조온이나 조영무나 이무나 그 자들을 벌하자는 것 역시 똑같은 뜻에서요. 국가를 위해서 해로운 소인이기에 제거하자는 거요."

그의 논지는 방원에게 하던 말과는 차원이 다르기도 했다.

"조온이란 자에 대해서 다시 따져봅시다. 그 자의 육신은 비록 그 어버이에게서 받았다고는 하지만, 그 자가 입어온 옷, 그 자가 먹어온 음식, 벼슬이 재상에 이르고 개국공신의 대열에 끼이게 된 영달, 모두 다 내 덕이 아니고 무엇이겠소. 조영무 역시 그렇고, 이무도 다를 것은 없소. 그러니 그들 세 사람은 비록 분골쇄신하여 나에게 보답해도 부족할 터이거늘, 무인정변 당시엔 나를 헌신짝처럼 저버리지 않았느냐 말이오."

방원에게 한 말과 비슷한 소리를 하는 것 같았지만 결론은 달랐다.

　"거듭 말하거니와, 그 자들이 나를 배신했다고 해서 사사로운 감정으로 벌을 주자는 건 아니오. 그 자들이 군신의 대의를 저버리고 오직 저희들의 영달과 이득만을 추구하기에 급급한 흉물들이기에 문제 삼자는 거요. 한번 남편을 갈아본 계집은 두번 세번 딴 남자에게 몸을 맡긴다는 얘기가 있지 않소. 나를 배반한 그 자들이 장차 주상을 배역(背逆)하지 않으리란 보장은 없는 것이며, 그리고 또 주상의 뒤를 이어 대위를 계승할 세자에게도 역시 배신하지 않으리라고 누가 장담하겠소. 하거늘, 그런 간물들을 신임하고 국가 요직을 맡기고 있으니 우리 조선왕조의 사직이 오래 갈 수 있겠소? 사람답지 못한 인간은 국가를 좀먹는 독충이니, 이 기회에 없애버리자는 충정뿐이오. 내 마음은 말이오."

　그리고는 문득 봄볕 같은 웃음을 활짝 피웠다.

　"내가 할 말 이제 다했으니, 우리 오랜만에 술이나 나눕시다."

　단단히 벼르며 항의차 몰려왔던 세 재신이었지만, 한 마디 말도 못하고 물러갔다고 실록은 전하고 있다.

34. 故友 吉再

"어허."

심골 마디마디가 녹아드는 한숨을 방원은 내뿜었다.

"불효 자식."

자기자신을 두고 하는 자책의 소리였다.

조온 등 세 사람의 처벌 문제를 에워싸고 야기된 소음을, 인수부에 앉아 있으면서도 방원은 낱낱이 듣고 있었다.

나라사람들이 모두 다 자기를 그르다고 비난한다면서 한탄하더라는 이성계의 아픔이, 자신의 아픔이 되어 방원을 괴롭혔다.

조선왕조의 창업주, 이 나라의 국부, 국왕과 세자의 친아버지, 그 분을 향해서 모두들 공격의 화살을 퍼부은 것이다. 사헌부와 형조에서, 좌정승과 우정승 그리고 문무백관 모두가 입을 모아 탄핵한 것이다.

무슨 어마어마한 과오가 있어서도 아니었다. 이성계의 말마따나 국가를 좀 먹는 두어 마리 독충을 제거하라는 교시를 내렸을 뿐이었다.

──얼마나 노여우실까. 그리고 얼마나 외로우실까, 그 소외감을 견디기 어렵기에 장차 마음내키는 곳으로 훌쩍 떠나버리겠다고 술회하신 게 아닌가.

마속의 목을 베는 아픔을 씹으면서도 서슴지 않고 자신의 수족을 끊어서 동으로 남으로 서로 떠워보낸 방원이었다. 그러나 이제 대소신료들이 일제히 들고 일어나서 부왕의 의사에 반대하는 혼란은, 방원으로서도 수습할 길이 없는 것이다.

　성석린 등 세 대신이 말 한 마디 못하고 덕수궁을 물러나오자, 문하부
(門下府)와 형조에선 다시 국왕 방과에게 자기들이 상소한대로 처결할
것을 강력히 요청했다. 그래도 국왕이 따르지 않자 낭사(郎舍)들, 즉
문하부의 간의대부(諫議大夫)로부터 정언(正言)에 이르는 간관들이
일제히 사표를 던졌다.

　언관의 책무를 다하지 못했으니 그럴 수밖에 없다는 것이다. 사헌부와
형조의 각급 관료들 역시 보조를 같이하였다.

　물론 방원을 에워싸고 있는 세력의 미움을 사지 않으려고 꼬리를 치는
무리들이 대부분이겠지만, 그것이 방원은 대견하기는 고사하고 역겹기만
했다.

　──사람은 없는가.

　언젠가처럼 청렬(淸洌)한 고사(高士)의 티없는 조언이 아쉬워진다.

　다른 당료들의 의견이란 것은 하나같이 당리(黨利)나 사리(私利)의
주판알을 튀기고 하는 소리들이니 문제 외지만, 가장 믿고 때로는 스승처
럼 경애하는 하륜 역시 이번 일에 대해서만은 순수한 직언을 들려줄 것
같지 않다.

　──그 사람 또한 당벌(黨閥)의 쇠사슬에 단단히 묶인 몸이니까.

　고매한 식견을 지니고 있으면서도 가장 자유스런 처지에 있고 가장
바른 말만 들려줄 사람은 없는가 하고 곰곰 꼽아보다가 방원은 무릎을
쳤다.

　──그렇구나. 내 야은(冶隱)을 미처 생각 못했구나.

　목은 이색(牧隱 李穡), 포은 정몽주(圃隱 鄭夢周)와 함께 고려의 삼은
(三隱)이라고 불리는 길재(吉再) 그 사람이 생각난 것이다.

　그는 지난날 방원이 태학관(太學舘)에서 글공부를 하던 당시, 한 마을
에 살면서 살뜰한 친교를 맺었던 고우(故友)이기도 했던 것이다. 벗이라
고는 하지만 방원보다 열네 살이나 맏이인 대선배였다.

　──그 사람을 부르자.

방원은 자리를 차고 일어서다가 고개를 꼬았다.

──가만 있자. 그 사람이 지금 어디서 어떻게 지내는지 알아야 부를 것이 아닌가.

길재는 우왕 9년, 그러니까 나이 서른한 살에 사마감시(司馬監試)에 합격하고, 3년 후인 우왕 12년에는 문과에 급제하여 성균관 학정(成均館 學正)에 임명되었다가 이듬해에 다시 성균관 박사(博士)가 되었다. 박사는 국가의 교육기관에서 학생들을 교육하는 교수직이었다. 그러나 그는 공직에서 뿐만 아니라 개인적으로도 양가의 사제들을 모아 후진 양성에 진력한 석학이었다.

그러다가 이성계가 위화도에서 회군하고 우왕을 몰아내던 그 해 정 7품 문하주서(門下主書)에 승진되었지만, 우왕의 아들 창왕 역시 폐위되고 공양왕이 등극하자 벼슬을 버리고 고향 선주(善州 : 지금의 선산)땅으로 낙향했던 것이다.

표면적인 이유는 노모를 봉양하기 위해서라고 했지만, 누구나 그의 낙향 이유를 그렇게 보진 않았다. 그가 섬기던 우왕 부자를 폐위한 이성계의 전단과 그 시대의 관(官)의 풍토를 못마땅히 여기고 관계를 등진 것이라고 했다.

그런 정도의 소식은 방원도 듣고 있었지만, 그 후 10년이란 세월이 흐르다 보니 고우의 근황에 대해선 아는 바가 없었던 것이다.

──누가 그 사람에 대해서 잘 알고 있을까.

궁리해 보다가 전가식(田可植)이란 사람이 생각났다.

──그 사람이 바로 야은과 동향이라고 했것다? 혹 소식을 알고 있을는지도 몰라.

그 때 정자(正字)란 벼슬을 하고 있던 전가식을 불러들였다.

"야은 선생의 소식이야 잘 알고 있습지요."

전가식은 서슴지 않고 말했다.

"그래? 어떻게 지낸다던가?"

청고(淸高)한 고우의 풍모를 새삼 회상하면서 방원은 조급히 물었다.

"예나 다름없이 후진 양성에 진력하고 계십니다마는, 특히 칭송이 자자한 것은 늙으신 자당께 바치는 효성이올시다."

효성이란 말에 방원은 절로 가슴이 짜릿해진다.

"천하가 우러러 흠모하는 대석학이시며, 이미 아들 딸, 손자 손녀를 많이 거느리시는 오십객 가까우신 그분이, 늙으신 자당을 위해선 아침 저녁으로 손수 금침을 깔아드리고 걷어드리고 하신다지 뭡니까."

전가식은 마치 자기 일이나 되는 것처럼 침이 마르게 칭찬을 늘어놓았다.

"선생의 부인이나 자녀들이 보기에 하도 민망해서 그런 수고는 자기네들이 대신 하겠다고 말하면, 선생께서는 준절히 거절하신다는 거올시다. 어머님께서 앞으로 사시면 얼마나 사시겠느냐, 몇해 후면 어머님을 위해서 이런 일을 하고 싶어도 할 수 없을 게 아니냐, 이렇게 말씀 하신다는 거올시다."

그 얘기가 방원에겐 아픈 채찍처럼 느껴졌다. 낙향한 불우한 한사(寒士)도 그렇듯 어버이를 봉양한다는데, 일국의 세자라는 자기자신의 꼴은 무엇인가. 봉양은 고사하고 아픔과 슬픔과 괴로움만 안겨드리고 있는 형편이 아닌가.

"가세는 그런대로 넉넉하다더냐?"

방원이 다시 묻자,

"누구보다도 청렴한 선생의 살림이 어찌 넉넉하겠습니까. 선생의 효성에 감동한 부인께서 몰래 의복을 팔아다가 늙으신 시어머니를 봉양하는 형편이라고 들었습니다."

전가식은 이런 얘기까지 들려주었다.

방원의 번민은 여러 갈래로 얽히고 설켜 있지만, 그 중에서 가장 굵고 중심이 되는 줄기를 끄집어낸다면 결국 부왕 이성계에 대한 효도 문제였다. 그러니만큼 효도를 몸으로 실천하고 있다는 길재를 만나보면 얻는 바 클 것이라고 여겨졌다.

그를 만나볼 마음을 더욱 굳혔다. 즉시 삼군부(三軍府)에 지시하여 길재를 불러 올리라고 했다.

그러나 얼마 후에 돌아온 보고는 실망적이었다. 그가 굳이 사양하고 움직이지 않는다는 것이다.

이미 고려왕조를 향한 단심(丹心)을 고수하기 위해서 세상을 등진 몸이니, 이제 와서 조선왕조의 세자가 부른다고 응할 수는 없다는 것이었다.

방원은 다시 선주 수령에게 통첩했다. 길재를 만나자는 것은 세자로서의 자격이 아니라 옛친구의 정으로 그러는 것이니, 구애말고 상경하라는 간곡한 뜻을 전하도록 했다.

그로부터 며칠 후 길재가 입경했다는 보고에 접했다. 방원의 우정 있는 말이 전달되자, 마침내 고집을 꺾고 역마(驛馬)를 타고 달려왔다는 것이다.

"어서 들라고 일러라."

마침 인수부에 와 있던 전가식을 불러서 조급히 지시했다. 얼마 후 전가식은 혼자 되돌아오더니 심히 난처한 얼굴을 하고 머뭇거렸다.

"어서 들도록 하라니까, 바로 이 방으로 말이다."

방원의 생각으로는 길재의 지금 형편이 일개 촌부(村夫)에 지나지 않기 때문에, 인수부 뜰 어느 구석에라도 대기시켜 놓은 것이 아닌가 싶었던 것이다.

"처음부터 그렇게 전했습니다만, 야은 선생 그 분, 인수부엔 한 걸음도 들여놓을 수 없다는 고집이올시다."

전가식이 겨우 이렇게 입을 열었다.

"무슨 얘기지?"

그 때까지도 방원은 그 곡절을 이해하지 못했다.

전가식은 또 머뭇거리다가,

"야은 선생 그 분이 한 말을 그대로 사뢰어도 좋을는지 모르겠습니다."

겁에 떠는 표정까지 지었다.

"무슨 말이든 개의치 않겠으니, 그대로 옮겨보도록 하라."

소탈한 웃음을 피우며 종용했다.

"거듭 말씀드립니다만 야은 선생이 한 말을 그대로 옮기는 거올시다."

전가식은 다시 다짐하고는 글방 애들이 난해한 글귀를 외듯이 더듬더듬 뇌까렸다.

"세자의 자격이 아니라 고우의 정의로 부르신다기에 수백리 먼 길을 한달음에 달려왔더니, 공연한 헛걸음을 했다면서 입맛만 다시고 있습니다."

"헛걸음이라?"

방원은 고개를 꼬았다.

"자기를 옛 친구로 여기신다면 마땅히 그러한 우애(友愛)로 맞아주셔야 할 일이지, 세자부에 높이 앉으시어 들라 말라 하시니 심히 불쾌하다는 얘기올시다."

"아차, 내가 또 실수를 했구나."

방원은 즉시 궁녀를 시켜, 오래 전에 입던 포의(布衣)를 가져오게 했다. 세자복을 벗어던지고 그 옷으로 갈아입은 다음, 총총히 밖으로 달려나갔다.

세자부 대문 밖엔 십년 전의 풍모 그대로의 길재가 괴나리봇짐을 깔고 앉아서 아득한 남녘 하늘을 응시하고 있었다.

"야은 학형(冶隱 學兄)."

방원은 그렇게 불렀다. 십년 전 그대로의 옛 벗을 대하자, 지극히 자연스럽게 나온 말이었다.

괴나리봇짐을 깔고 앉아있던 길재가 몸을 일으켰다. 아득한 남녘 하늘을 응시하던 눈길을 돌려 방원을 바라보았다.

처음에는 그저 덤덤히 보내던 그 눈에 차차 깊은 빛이 담겨졌다.

"내 잠깐 결례를 했소이다, 야은 형."

방원은 그에게로 다가가서 손을 잡았다.

"형과 작별한지도 어느덧 십년이란 세월이 흘렀소만, 그 동안 형과 나는 이승과 저승 같은 별개의 세계에서 살아왔다는 사실을 깜빡 잊었소이다그려."

길재는 말없이 여전히 깊은 시선만 보내고 있었다.

"야은 형으로 말할 것 같으면 우리 조선왕조를 외면하고 산골에 묻혀 살면서 전 왕조에 고충(孤忠)을 지켜온 고사(高士)인만큼, 나 방원이 비록 조선왕조의 세자 자리에 앉아 있는 처지라 하더라도 형에겐 세자도 아무 것도 아니라는 점을 미처 생각하지 못했소이다."

변명을 위한 문사가 아니었다.

"우리 사이에 아직도 남아있는 인연이 있다면, 십여년 전 글공부를 같이 하던 학우라는 사실 그것 뿐이라는 것을 겨우 깨달았소이다."

"그래서 육량관(六梁冠)과 칠장복(七章服) 대신 그런 포의까지 입으셨습니다그려."

길재가 겨우 입을 열었다. 육탕관과 칠장복은 왕세자가 착용하는 정식 관복이었다.

"나도 잠시나마 경과 같은 서생으로 돌아가고 싶었던 거요. 그리고 야은 형과 더불어 술잔이라도 나누고 싶은 거요. 괜찮겠소?"

길재는 착잡한 얼굴로 얼핏 대답을 하지 않았다.

"내가 잘 아는 기방이 있소이다. 요 몇달 전까지만 해도 내 집 드나들 듯하던 곳이니, 마음 편히 옛이야기를 나눌 수 있을 거요."

방원은 앞장서서 걸음을 옮겼다. 그의 좌우에는 한 사람의 시종도 따르지 않았다. 길재는 잠깐 고개를 꼬고 망설이는 듯했지만, 곧 이어 괴나리 봇짐을 집어들고 그 뒤를 따랐다.

그 때 설매는 기방을 닫아 걸고 몸져누워 있었다. 얼마 전 평원해가 지어보낸 약을 복용하자 그 약효는 당장 나타났다. 심한 복통과 함께 많은 피를 쏟았고, 그 피와 함께 석달된 태아를 유산했던 것이다.

임신 3개월이면 태아의 머리와 가슴과 사지가 제대로 구별될 뿐만 아니라, 손발이 돋아나고 내장도 생겨서 거의 사람의 형태가 갖추어진다 던가.

숱한 하혈(下血) 속에서 그것을 발견했을 때, 설매는 벼락이라도 맞은 것 같은 충격에 한순간 실신까지 했다. 태아가 그 동안 그토록 성장했으 리라곤 꿈에도 생각 못한 설매였다.

──나는 사람을 죽였다. 내 아이를, 그리고 그 분의 아이를.

가슴을 쥐어뜯으며 이런 말을 수없이 곱씹었다.

그 때부터 자리에 쓰러진 채 이 때까지 일어나지 못하고 있는 것이 다. 물론 영업 같은 것은 할 생각도 갖지 않았다.

──그 애는 나 혼자만의 아이가 아니다. 그 분이 씨를 뿌려주신 귀한 아이였어.

태아를 곱게 싸서 뒷산 양지 바른 곳에 묻게 했지만, 죄책감은 날이 갈수록 더하기만 했다. 그 날도 그런 죄책감에 시달리며 누워 있는데, 뜻하지 않은 전갈이 날아들었다.

"아씨, 오셨어요. 오셨다니까요."

심부름하는 계집아이가 달려 들어오면서 수선을 떠는 소리였다.

"얼마나 아씨가 그리우셨으면 글쎄 귀하신 동궁마마께서 후줄그레한 포의를 입으시고 꾀죄죄한 술친구 하나만 거느리고 찾아오셨겠어요."

방원이 길재를 데리고 나타난 것이다. 설매에겐 더할 수 없는 충격이었 다.

여느 때 같으면 무엇보다도 앞서야 할 반가움을 수반한 충격이겠지 만, 지금은 그것이 아니었다. 두려움이었다. 엄청나게 큰 죄를 저지르고 떠는 인간에게 그 죄책감의 대상이 나타난 것이다.

"안돼. 그 분을 모실 수는 없어."

신음하듯 외쳤다.

"왜 그러세요, 아씨. 귀하신 동궁마마께서 미복(微服) 차림까지 하시고 찾아주셨는데, 그게 무슨 말씀이어요."

계집아이는 남의 속도 모르고 의아스러워만 했다.

"아마 마마를 뵙게 되면 아씨의 병환도 씻은 듯이 낫게 될 거예요."

"안된다니까. 이 누추한 꼴을 어떻게 그 분에게 보여드리겠느냐. 지금 앓아 누워서 꼼짝도 못하겠으니, 죄송하지만 다음날 찾아주십사고 그렇게 여쭈어라."

그래도 계집아이는 머뭇거리다가,

"어서."

설매가 호되게 재촉하는 바람에 하는 수 없이 밖으로 나갔다.

"뭣이? 앓아 누워 있다구?"

계집아이의 전갈을 들은 방원은 티없이 놀라기만 했다.

"그토록 심하게 앓는 것도 모르고, 내 그 동안 무심하게 버려두었구나. 그렇다면 더욱 만나봐야지."

계집아이의·안내도 기다리지 않고 성큼 안으로 들어섰다. 그리곤 설매의 별실로 뛰어들었다.

"마마."

절규하면서 설매는 몸을 일으켰다가 그 앞에 부복했다. 울음을 터뜨렸다.

"과연 많이 상했구나."

측은하다는 눈으로 방원은 내려다보다가, 그저 울기만 하는 설매에게서 차차 심상치 않은 무엇을 느꼈다.

"괜찮아."

설매의 등어리를 투닥거렸다.

"내 모처럼 귀한 손님을 모셔왔다만 네가 군이 얼굴을 내밀고 싶지 않다면 그냥 누워 있어도 좋아. 심부름하는 아이를 시켜서 방이나 한간

치우도록 하고 술상이나 들여보내도록 해라."

그런 너그러운 말이 설매에게는 오히려 어떠한 꾸지람보다도 더 아픈 채찍이었다.

"마마, 저를 죽여주시어요."

울부짖었다.

"저는 마마께 용서 받지 못할 큰 죄를 졌습니다. 아무것도 묻지 마시고, 아무 말씀도 하지 마시고 한주먹에 저를 때려 죽이시어요."

"허허, 무슨 소리."

방원은 손을 들어 가로저었다.

"네가 뭔가 잘못 생각하고 있는 모양이다만, 내가 아무리 골육상잔의 참극을 두 차례나 겪었다고 해서 함부로 사람을 죽이는 흡혈귀로 알았더냐."

"그런 뜻이 아니어요, 마마."

설매가 무릎으로 기어서 매달리는 것을, 방원은 가볍게 피하며 뒷걸음질을 쳤다.

그런대로 계집아이가 치워준 조용한 방에 방원은 길재와 대좌했다.

"지난 날 태학(太學)에서 글을 읽다가 막히는 대목에 부딪치면 야은 형이 곧잘 풀어주시던 일이 생각나서요."

이런 식으로 방원은 이야기를 꺼냈다.

"그런 일이 있었던가요."

야은 선생 언행록습유(冶隱先生言行錄拾遺)에 수록된 그의 유상(遺像)을 보면, 얼굴의 윤곽은 조금 야윈 편이지만 남달리 크고 어질게 생긴 두 눈이 인상적이다.

그 눈에 포근한 정이 담겼다. 대하는 사람의 마음을 아무런 저항없이 받아들이는 그런 눈이기도 했다.

방원은 허물없는 친형에게라도 보내지는 응석 같은 심정까지 피어오르는 것을 느끼며 솔직이 털어놓았다.

두 차례에 걸친 왕자의 난을 치르고 난 경위. 그 일로 말미암아 번민하고 분노하고 외로워하는 부왕 이성계의 심정. 그 마음을 조금이라도 편하게 해드리려고 방원으로선 정성을 다해 보았지만, 그것이 오히려 엉뚱하게 빗나가기만 하는 답답함.

그리고 사병 해산 문제와 당료들의 반발. 더욱 격분한 이성계가 조온 등을 처벌하라고 호통을 친 사실. 당료들 뿐만 아니라 정부 대신들까지 부왕을 반대하고 들고 일어난 불상사. 그리고 국왕 방과의 속모를 태도 등등.

그런 모든 사실을 낱낱이 이야기한 다음, 한숨 섞인 소리를 흘렸다.

"나도 차라리 야은 형처럼 산골에나 파묻혀서 고사리라도 뜯어먹으며 소일을 했으면 한결 편할 것 같소이다."

"무슨 말씀."

잔잔한 호수 같던 야은의 두 눈이 얼른 빛을 발했다.

"시생이 향리에 파묻혀 산다고, 나 혼자만의 안일을 도모하려는 심사로 아셨습니까."

그는 무겁게 고개를 가로저었다.

"오히려 시생 자신에게 준엄한 채찍을 가하려는 마음에서였습니다."

한번 말문을 트자, 길재의 언변은 의외로 미끄럽고 또 뜨거웠다.

"전 왕조 고려가 부패의 극에 달하고 그래서 마침내는 신료들의 혁명을 초래하기에 이른 데엔, 비록 미미한 몸입니다마는 고려왕조에서 벼슬을 지낸 나 길재에게도 책임이 있다는 것을 통렬히 느낀 때문이올시다."

그의 어투엔 뼈아픈 참회라도 하는 것 같은 아픔이 맺혀 있었다.

"어째서 내가 섬기는 왕조가 그 같은 파국에 몰리지 않도록 진력하지 못했던가, 나 자신을 꾸짖었던 것입니다. 물론 나 혼자 바둥거려 보았자 썩어 넘어가는 사직(社稷)을 버틸만한 힘은 없었습니다만, 그렇다고 시생의 책임을 회피할 수는 없었던 것입니다. 위화도 회군이 있었고 최영 장군이 유배되고 상감[禑王]이 폐출되자 시생은 은사 양촌(陽村 : 권근) 선생께 여쭈어 보았습니다. 저는 어떻게 처신해야 옳겠느냐고 말씀입니다."

방원의 귀가 번쩍 띄었다. 그것은 곧 방원도 듣고 싶은 문제와 통하는 얘기였다.

"스승님께선 말씀하셨습니다. 고려왕조의 사직이 이토록 썩고 기울게 된 요인은 여러가지겠지만, 무엇보다도 큰 병폐는 군신(君臣)의 명분과 왕조의 정윤(正閏)을 바로잡지 못한 탓이라고 하시더군요."

고려 말의 왕실 질서의 문란을 지적한 말이었다.

왕권의 동요, 그것은 바로 고려왕조의 멸망을 재촉한 최대의 병근이었다. 왕권의 근간이 벌레먹기 시작한 것은 공민왕 때부터였다.

괴승 신돈의 득세와 그의 월권 행위로 추락된 국왕의 체통, 공민왕의 변태성욕으로 인한 궁중 풍기의 문란, 이른바 자제위(子弟衛)라고 일컫던 공민왕 측근의 미소년들의 반역으로 빚어진 국왕 살해 사건.

공민왕의 뒤를 이은 우왕의 혈통 문제, 즉 공민왕의 아들이 아니라 신돈의 아들이라는 끈질긴 의혹 때문에 왕통이 극도로 불신을 받았으며, 그것이 고려왕조의 사직을 뿌리째 흔들어 놓았고, 이성계 등 혁명 세력에게 절호의 명분을 부여하기도 했던 것이다.

"양촌 선생은 또 말씀하셨습니다. 앞으로 국정(國情)이 어떻게 돌아가던 이 나라의 국권을 튼튼히 하자면 장차 국운(國運)을 걸머질 청소년들에게 군신의 명분을 철저히 가르쳐야 한다고 하셨습니다. 그래야만 신돈과 같은 난신의 발호도 없게 될 것이며, 자제위와 같은 역신(逆臣)도 생겨나지 않을 것이라는 말씀이었습니다. 그러니 우리가 신봉하는 주자(朱子)의 가르침을 많은 제자들에게 넓고 깊게 전파해야 한다고 하셨습니다."

군신의 명분과 왕조의 정윤(正閏)을 바로잡아야 한다는 주장, 그것은 주자학, 즉 성리학(性理學)의 가르침이기도 했다.

"그 때 스승님께선 명나라로 사행(使行)하시기 직전이었습니다만,

그 사명을 마치시고 돌아오시면 향리에 내려가시어 후진을 훈도할 의향
이라고 하시면서 시생더러 먼저 고향에 내려가 교육사업에 종사하는
것이 국가 민족을 위해서 가장 옳은 길이라고 일러주셨던 거올시다."

그 후 권근은 명나라에서 가져온 예부자문(禮部咨文)이 화인이 되어,
귀양살이와 옥살이를 거듭하게 되었다.

예부자문의 내용을 요약하면 이렇다.

우왕과 그 아들 창왕(昌王)은 공민왕의 자손이 아니라 신돈의 자손이
니, 국왕 노릇을 한다는 것은 부당하다고 명나라 황제가 문책한 문서였
다. 권근이 그 글을 먼저 뜯어보고 조정에 직접 바치지 않았다는 죄목으
로 그와 같은 형을 받게 된 것이었다.

그러나 권근은 그와 같은 형고(刑苦) 속에서도, 많은 후생들의 교육과
값어치 있는 저작에 진력했던 것이다.

"하지만 양촌 선생은 결국 우리 왕조를 섬기게 되지 않았소."

방원은 되물었다.

태조 2년, 이성계의 간곡한 종용으로 새 왕조를 섬기기로 마음을 돌린
권근은, 예문춘추관학사(藝文春秋館學士)를 위시해서 대사성(大司成),
중추원사(中樞院使), 정당문학(正堂文學), 참찬문하부사(參贊門下府事)
등을 역임했으며, 바로 얼마 전에는 대사헌직에 있으면서 사병 해산을
주장하는 등 조선왕조의 요인으로 많은 활약을 하게 된 것이다.

"스승님께서도 여러 차례 글을 보내시어 새 왕조에 벼슬할 것을 종용
하셨습니다마는, 그 분부만은 따를 수 없었습니다. 양촌 선생께서는 국정
에 직접 참여하시고 국가에 이바지하실 만한 경륜과 능력을 충분히 갖추
고 계시니 그런 길을 택하실 수도 있으셨겠습니다마는, 시생은 다릅니
다. 향리에서 젊은 사람들을 가르치는 것이 시생의 재간의 한계라는 것을
잘 알고 있습니다. 그리고 앞에서도 말씀드린 것과 같이 군신의 명분,
왕조의 정윤을 바로잡는 사상을 후진들에게 깊이 박아주는 일도, 관계에
서 활약하는 일 못지 않게 중요하다고 느낀 때문입니다."

길재는 조용히 그러나 단호히 잘라 말했다.

"군신의 명분, 왕조의 정윤이라."

방원은 곱씹다가,

"바로 그거요. 내가 묻고 싶은 것도 바로 그 점이요."

길재를 향해 바싹 다가앉았다.

"세상 사람들은 어떻게 말하고 있는지 모르오만, 내가 몇 차례나 끔찍한 피바람 속을 헤쳐온 것도 우리 왕조의 정윤을 바로잡자는 생각 때문이었소. 아버님의 뜻을 어기면서까지 이복동생 방석 형제를 제거한 것도, 적서(嫡庶)의 분별을 명확히 해서 이 나라의 왕통을 올바른 궤도에 올려놓자는 충정에서였소. 아버님께서 보위를 내놓으시자 그 자리를 영안군 형님께 돌려드린 것도 장유(長幼)의 서열을 엄격히 해야 한다는 신념 때문이었소.

금상(今上)께 소생이 없으시어 세자 문제가 시끄럽게 되었소. 나는 생존하신 형님들 중에서 금상 다음 가는 익안군 형님께 왕세자 자리를 맡아주십사고 여러 차례나 종용했소만 익안군 형님은 군이 사양하셨고, 뿐만 아니라 회안군 형님이 무슨 곡해를 하셨던지 군사 행동까지 일으켰기 때문에 부득불 다시 한번 골육상잔의 비극을 치루었던 거요. 결국 세자의 보관(寶冠)은 나에게로 돌아왔소만, 나는 한시도 그것을 자랑스런 영관(榮冠)이라고 달가워한 적은 없었소. 괴롭고 아픈 가시관으로만 여겨왔던 거요."

쌓이고 쌓인 체증을 한꺼번에 쏟아놓은 것 같은 심곡으로, 방원은 고백했다.

"본의는 아니오만 사태가 이렇게 된 이상 앞으로 내가 할 일은 우리 왕조의 왕통을 바로잡고 견지하는 것 뿐이며, 아버님의 창업 이념을 올바르게 계승하고 주상이신 형님께 충성을 다하는 길밖에 없다고 마음을 굳혔소. 나의 손발을 끊는 거나 다름이 없는 사병 해산 문제를 형님과 아버님께서 제기하셨을 때, 즉각 찬동하고 적극 실천에 옮긴 것도 그 때문이었소. 조영무 등이 반발을 보이자 울면서 마속의 목을 베는 용단도 내렸고, 아버님께서 조온 등을 처벌하라고 분부하시자 역시 울면서 유배형에 처한 것도 그 때문이었소. 그러나 그것이 오히려 벌집을 쑤셔놓은 것처럼 어지러운 혼란을 야기시켰소이다그려. 이번엔 나의 당료들 뿐만 아니라 정부 대신들까지 일제히 들고 일어나서 아버님의 분부를 반대하고 있으니 어떻게 해야 좋을는지 모르겠소이다그려. 반대하는 대신들과 문무백관들을 모조리 처벌할 수도 없는 일이니 말이오."

"그래서 이것 저것 다 던져버리고 산골에라도 파묻혀 사시겠다 그 말씀이십니까?"

길재는 무겁게 반문했다.

"내가 가는 곳, 내가 움직이는 곳마다 분쟁과 피바람만이 회오리치니 차라리 나 하나 없어지면 나라 안이 조용해지지 않을까 그런 생각까지 드는구료."

"아니올시다."

길재는 힘주어 고개를 가로저었다.

"조금 전에도 말씀드렸습니다만, 시생의 입장과 저하의 입장은 다르십니다."

"뭐라구요."

방원은 놀라는 얼굴을 했다. 그의 말뜻이 의표를 찌른 때문이 아니었다. 그가 저하라고 불러 준 그 칭호가 의외였던 것이다. 그것은 바로 자기를 이 나라의 세자로 대접하는 말이 아닌가.

"정말 나를 그렇게 불러주는 거요, 야은 형."

"말씀 낮추십시오, 저하."

길재는 문득 자세를 바로잡더니, 그 자리에 머리를 조아리고 부복했다.

"제가 전 왕조에 고충(孤忠)을 지키고자 하는 것은 어디까지나 제 마음의 절개올시다. 그러나 지금 제가 몸 담고 있는 이 땅은 이미 고려왕조 치하의 영역이 아니라 조선왕조의 국토올시다. 아무리 새 왕조를 외면하고 산다 해도, 백이숙제(伯夷叔齊)처럼 고사리나 캐먹고 연명한다 하더라도, 그 고사리 역시 조선왕조 국토의 산물이올시다. 그리고 저는 고사리를 캐먹고 살아온 것도 아니올시다. 이 나라의 전답에서 난 곡식을 끓여먹고 살아왔습니다."

경상도 금오산(金烏山) 동남쪽 기슭에 야은 선생이 한때 온거했다는 유허(遺墟)가 있다.

아담한 흙담으로 둘러싸인 택지 한 모퉁이에 정자 한 채가 서 있는데, 사방에 회랑(回廊)이 둘러있고 그 한가운 데 한 간쯤 되는 온돌을 놓은 특이한 구조이다.

정호(亭號)는 채미정(採微亭), 문자 그대로 해석하자면 고비나물을 뜯어먹고 살던 정자라는 뜻이 되겠지만, 기록에 의하면 후세 사람이 길재의 청빈한 생활을 기리는 나머지 그런 정호를 지었다는 것이다.

"따라서 저는 좋건 싫건 조선왕조의 신민이올시다. 마땅히 저하께도 이 나라의 신민으로서의 예도를 다해야 온당한 태도였겠습니다만, 저하의 부르심을 받은 이후 줄곧 취한 무엄한 태도는, 저하를 곡해한 때문이올시다."

길재는 그 커다란 눈을 맑게 뜨고 잠깐 방원을 우러러보다가 말을 이었다.

"솔직이 말씀드리겠습니다. 저하야말로 누구보다도 이 나라 왕실의 정윤을 어지럽히는 분이라고 생각해왔던 거올시다. 두 차례에 걸친 왕자의 난도 저하가 지금 차지하고 계신 세자 자리를 쟁취하고, 나아가서는 이 나라의 대위까지 넘보려는 야욕에서 불러일으킨 피바람이었다고 해석하고 있었기 때문입니다. 그러나 저하의 고충을 듣고 보니, 저의 어리석음을 새삼 깨닫는 거올시다."

그리고는 다시 머리를 조아렸다.

"고맙소, 야은 형."

방원은 그의 손목을 다시 잡았다.

"내 진정을 그토록 알아주니 더욱 형의 가르침을 받고 싶구료. 난 어떻게 해야 하겠소."

"저하."

길재의 양미간에 가슴 아픈 그늘이 새겨졌다.

"혁명 이후 줄곧 가시밭길만 걸어오셨다는 저하께 이런 말씀 드리는 건 괴롭기 그지없습니다만, 끝끝내 참아주셔야 하겠습니다. 이제 세자부에 돌아가시면 다시 쓰셔야 할 그 육량관이 비록 가시관처럼 아프시더라도 눌러 써주십사 하는 것 이 나라 신민으로서의 저의 간청이올시다. 저 혼자만이 아니라 뜻있는 사람 누구나 그렇게 생각할 거올시다. 이 난국을 수습할 수 있는 분은 저하 한 분 뿐이라고 말씀입니다. 저하께서 원하시건 아니 원하시건 그 씨를 뿌리신 것은 바로 저하 자신이니까요."

"나 역시 그 책임을 통철히 느끼고 있기에 이렇게 바둥거리는 것이 아니겠소. 다만 현실적인 대책이 막막하구료."

"산골에만 파묻혀 살던 촌부가 무엇을 알겠습니까마는, 저나름대로 말씀드리자면 대세를 지나치게 거슬리지 않으시는 것이 온당하지 않을까 싶습니다."

길재가 그런 말을 꺼내는데, 문득 방문 밖에 인기척이 느껴진다.

"누구냐?"

방문을 열어보니 거기엔 뜻밖에도 설매가 술상을 바쳐들고 서 있었다.

어느 새 머리를 곱게 빗고 옷도 새로 갈아입었다. 아무리 아프고 괴로워도 방원 자기와 자기가 데리고 온 귀한 객을 그대로 버려둘 수 없어서, 손수 술상을 차려온 것일 게라고 그쯤 방원은 생각했다.

"마침 잘 됐구먼. 그러지 않아도 야은 형 좋은 말씀 많이 들려주시느라고 목이 컬컬하실 게다. 한 잔 따라 올려라."

설매는 뭔가 하고 싶은 말이 있는 눈치였지만, 먼저 방원에게 술 한잔을 따르고 다시 길재의 잔을 채웠다.

"말씀하시오, 야은 형. 설매는 나와 무관한 사이니까 무슨 얘기를 들어도 괜찮을 거요."

길재는 술 한잔을 단숨에 들이키더니, 수염 끝에 달린 술방울도 닦지 않고 말을 이었다.

"비록 탁한 물줄기라도 그 물줄기를 덮어놓고 막으려고만 하는 것이 상책은 아니라는 얘기올시다. 그렇게 하다간 오히려 그 물이 괴고 팽창해서 엄청난 홍수로 화할 수도 있습니다. 거세게 흐르는 시류(時流)는 차라리 잘 인도해서 바르고 맑게 흐르도록 하는 수밖에 없지 않겠습니까."

결국 성급한 해결책을 모색한다고 바둥거리다간 시끄러운 부작용만 더욱 더 초래하게 된다는 뜻이었다. 그리고 그것은 방원의 체험을 통해서도 여러 모로 짚이는 바 있는 타당한 충고였다.

"잘 알아듣겠소이다, 야은 형."

방원이 고개를 끄덕이며 술잔을 건네자, 술을 따르는 설매의 표정이 심각하게 일그러지더니 술주전자를 떨어뜨리고 울음을 터뜨렸다.

"역시 저는 죽일 년이어요."

흐느낌과 함께 울부짖었다.

"마마를 위한다는 핑계를 대면서 실은 제 속만 편해 보려고 귀한 아기님을 죽인 것이어요. 마마의 괴로움을 같이 괴로워하고 참고 견딜 생각이었다면 그런 짓은 못했을 것이어요."

그리고는 방원의 태아를 유산시킨 사연을 고백했다.

"그런 일이 있었던가."

방원은 침음했다.

"하지만 그것은 네 잘못이 아니다. 내 잘못이야. 너에게까지 그토록 괴로운 씨를 뿌려준 내 잘못을 책하면 책했지, 어찌 너를 나무랄 수 있겠느냐."

두 남녀의 미묘한 정경이 보기에 민망했던 것일까.

"저하, 저는 이만 물러갈까 합니다. 제가 드릴 수 있는 말은 다 드린 셈이니까요."

방원의 심경으로선 모처럼 만난 고우와 그렇게 촘촘히 헤어진다는 것이 몹시 섭섭했다. 그러나 붙잡는다고 주저앉을 길재는 아니었다.

"내 야은 형의 충고에 보답하는 무엇이 있어야 하겠는데."

그와 함께 방을 나서면서 혼잣소리를 흘렸다.

기록에 의하면 방원의 주선으로 봉상박사(奉常博士 또는 太常博士)라는 벼슬을 주었지만, 길재는 끝끝내 사양했다는 것이다.

"여자에게는 두 남편이 없고 신하에게는 두 임금이 없다고 합니다. 원컨대 향리에 내려가서 늙은 어미를 봉양할까 하오니, 신으로 하여금 두 왕조를 섬기지 않으려는 뜻을 이루게 하여 주십시요."

이와 같은 상서를 올렸다는 것이지만, 그것은 어디까지나 벼슬을 사양하기 위한 둔사(遁辭)였을지도 모른다.

35. 광야의 老雄

　길재의 충고도 있고 해서 가시관의 아픔을 다시 참고 견디겠다는 다짐을 하면서 인수부로 돌아가는 방원을, 그 가시관보다도 더한 비통함이 기다리고 있었다.

　"저하, 큰 일 났습니다."

　숭녕부판사(崇寧府判事) 우인열이 흙빛으로 질린 얼굴로 보고하는 말이었다.

　"태상전하께서 종적을 감추셨습니다."

　방원은 멍한 눈으로 우인열을 바라보았다. 놀라움이 즉각적인 어떤 충격을 주는 한도라면, 차라리 놀라움의 정도가 대단치 않을 경우일는지도 모른다. 그것이 극에 달하면 정신의 전부가 당장 마비된 것처럼 아무런 느낌조차 없게 되는 것일까.

　"뭐라구 했지?"

　한참만에 얼빠진 사람처럼 되물었다.

　"태상전하께서⋯⋯"

　우인열은 같은 말을 되풀이했다.

　무수한 불꽃 같은 것이 눈앞에서　난무하는가 싶더니, 방원은 그만 정신을 잃고 말았다.

　얼마나 그런 실신 상태가 계속되었을까, 겨우 정신을 차리고 보니 침실에 뉘여져 있었다. 머리맡에는 부인 민씨가 앉아 있었고, 방 한구석에는 그 흉보를 전해 준 우인열이 불안스럽게 서 있었다.

방원은 잠깐 눈을 떴다가 지그시 내려감았다.

부왕 이성계가 행방을 감춘 예는 물론 이번이 처음은 아니었다. 지난 날에도 몇 차례 전례가 없는 것은 아니지만, 그 때는 놀라면서도 오래지 않아 돌아와 줄 것이라는 자신감 같은 것이 있었다. 그러나 이번의 실종 은 영원히 돌아오지 않을 길을, 절망의 길을 떠난 것으로만 여겨지는 것이었다.

지난 날엔 방석 형제를 잃은 슬픔이나 방원에 대한 단순한 노여움 때문에 자취를 감췄었다. 그러나 이번은 다르다. 문무 대신들과 만조 백관들이 그에게 반기를 들었고, 그래서 어디론가 마음내키는대로 훌쩍 떠나버리고 싶다고 가슴 아픈 술회까지 하다가 마침내 그것을 실천에 옮긴 것이다.

다시 말하면 누구 한 사람 이성계 자기 편에는 서 있지 않다는 소외감 과 고독감을 이길 수 없어서 취한 행동일 것이다.

――아버님.

황량한 광야를 괴나리봇짐 하나 없이 휘어진 지팡이에 겨우 의지하고 휘청휘청 더듬어가는 부왕의 뒷모습이 보이는 것 같기만 하다.

방원의 눈꼬리에 더운 눈물이 맺혔다.

"과히 심려 마시어요, 저하." ·

그 눈물을 옷고름으로 닦아주며 민씨부인이 위안의 말을 건넸다. 그 말에 힘을 얻었던지 방구석에 비켜 서 있던 우인열이 떠들어댔다.

"죽일 놈은 이염(李恬)이란 놈과 이덕시(李德時)란 놈이올시다. 그놈 들이 요즈음 뻔질나게 덕수궁엘 드나들고 태상께 무엇인가 쏙닥거리는 것 같더니, 마침내 이같은 불상사가 일어났지 뭡니까."

"이염이, 그 자가 또……."

방원은 어금니를 깨물었다.

이염으로 말할 것 같으면 과거에도 숱한 말썽을 일으켜온 장본인이었 다. 고려 공민왕 시절에 지밀직사사(知密直司事) 벼슬을 하고 있을 때

밀직사와 중방(重房) 사이에 알력이 있게 되자, 술에 취한 김에 입빠른 소리를 떠들어댔다. 왕에게 중방의 처벌을 강요한 것이다. 그 죄로 사형 선고를 받았지만 전부터 이성계와 친밀한 관계를 맺어왔기 때문에, 그의 진력으로 겨우 목숨을 건지고 합포(合浦)로 장배(杖配)된 일이 있었다.

말썽꾼 이염이 야기시킨 마찰은 또 있다.

조선왕조가 개국되자 이성계의 꾐을 받아 온 그는 삼사우복야(三司右僕射)에 기용되었다가, 정당문학(政堂文學)을 거쳐 개국원종공신(開國原從功臣)의 대열에 끼여 들었다.

그러나 앞에서도 언급한 일이 있지만, 명나라에 사신으로 갔다가 또 말썽을 일으켰다. 명 천자의 노여움을 산 그는 일국의 사절 된 몸으로서 창피 막심한 욕을 당했던 것이다. 뿐만 아니라 양국의 국교가 단절되는 실책까지 빚어냈고, 그 죄로 파면을 당한 적도 있었다. 남달리 사려가 부족하고 경솔한 소리를 곧잘 지껄여대는 성격 때문이었다.

그래도 관운(官運)은 좋았다. 그 이듬해 다시 기용되어 신도궁궐조성 도감(新都宮闕造成都監)의 판사가 되었고 다시 예문춘추관 대학사로 영전이 되자, 우쭐스런 나머지 말을 탄 채로 궁궐에 들어갔다가 또 파면을 당했다. 제1차 왕자의 난 때엔 정도전 일파에게 몰려 실각한 일도 있다.

이덕시(李德時)는 전에 판사(判事)를 지낸 위인이라는 점 이외엔, 자세한 내력은 전하여지지 않고 있다.

"짐작컨대 그 자들이 있는 소리 없는 소리 지껄여댄 때문에 태상전하의 노여움을 돋우어서 이런 불상사가 일어났음에 틀림이 없을 것인즉, 그 자들을 잡아다가 문초하면 전하의 행방도 알아낼 수 있을 것 같습니다."

우인열은 이런 의견을 제시했다.

잠시 후 하륜을 위시한 당료들이 소식을 듣고 몰려들었다. 그들의 의견 도 우인열과 같았다.

분한 마음으로는 이염, 이덕시 두 사람을 당장 구금하여 혹독한 매질이
라도 가하고 싶었지만, 방원은 참았다. 무엇보다도 시급한 일은 자기자신
의 분풀이가 아니라, 부왕 이성계의 행방을 수소문하는 일이었다.

사람을 보내서 그들 두 사람을 우선 인수부로 초치했다. 이염은 들어서
자 빼대대한 눈꼬리를 말아올리고 얄팍한 입술을 잔뜩 깨물고 있었다.
자신의 잘못을 추호도 깨닫지 못하는 오히려 반항적인 자세였다. 이덕시
는 겁에 질린 눈으로 흘금흘금 방원의 눈치만 살피고 있었다.

"태상전하께서 어디론가 거동하셨다고 하거니와, 혹 짐작되는 바라도
없을까 해서 이렇게 족로(足勞)를 끼친 거요."

방원은 되도록 좋은 말로 물었다.

"글쎄올시다."

이염은 혓바닥을 내밀어 얄팍한 웃입술을 연방 핥았다.

"듣자 하니, 이 학사(李學士)는 요즘 태상전하를 자주 뵈었다면서?"

방원은 조심조심 캐고 물었다.

"그러니까 제가 쓸데없는 말을 지껄였기 때문에 태상전하께서 행방을
감추시게 됐다 그런 말씀입니까?"

제 발이 저렸던지 이염은 앞질러 나풀거렸다.

"꼭 그렇다는 것은 아니오만."

"그야 태상전하를 배알할 적마다 몇 마디 말씀이야 올렸습지요. 하지
만 제가 한 말은 단 한 마디도 잘못된 말은 아니라고 자부합네다."

입을 열면 좀처럼 다물 줄 모르는 성벽 때문일까, 이염의 혀끝은 제풀
에 열을 올리며 돌아갔다.

"천하에 이런 법이 있을 수 있겠습니까 하고 역설했습지요. 이 나라의
창업주, 이 나라의 국부께서 이런 대접을 받으실 수 있겠느냐고 비분강개
했습지요."

이염의 혀끝은 더욱 더 열을 올렸다.

"우리 조선왕조는 누구의 것이며, 그 왕조에 버슬하는 무리들은 과연

누구의 덕으로 오늘의 복록(福祿)을 누리게 됐느냐고 외쳤습지요. 집없이 떠돌아다니던 야견(野犬)들을, 혹은 개백정에게 잡혀서 모가지가 졸리게 된 강아지들을 인자하신 손으로 거두어 키우셨거늘, 바로 그 주구(走狗)들이 태산 같은 성은에 보답하기는커녕 고마우신 성주(聖主)를 향하여 짖어대고 심지어는 그 분의 발꿈치까지 물어뜯으려고 대들다니, 그런 고약한 배은망덕이 어디 있겠느냐고 욕을 퍼부어 댔습지요."

이염은 제풀에 흥분해서 충혈된 눈을 방원을 향해서 쏘아붙였다.

"어떻습니까, 저하. 제가 없는 말을 했습니까. 저하께서 만일 저에게 잘못이 있다고 여기신다면 처분대로 하십시오. 제 목을 끊어버리시건 능지처참을 하시건 속 편하실대로 하시지요,"

항상 구설수를 일으키며 다니는 말썽꾸러기답게 과격한 언사였지만, 그 논지에 반박할 구석은 없었다.

"옳은 말이오, 이 학사."

방원은 침통하게 받아 말했다. 그것은 이염의 흥분을 무마하고자 하는 얼레발이 아니었다. 그의 진심이기도 했다.

"옳은 말이기는 하오만, 내가 묻고자 하는 바는 그런 얘기보다도 아버님께서 종적을 감추시게 된 동기라든지 혹 그 행방에 대해서 아는 바가 없는가 그 점인 거요."

방원은 다시 물었다.

"거기 대해서도 말씀드린 바 있소이다."

이염은 어디까지나 도전적이었다.

"태상대왕께서 말씀하십디다. 나라사람들이 모두 다 당신을 그르다고 떠들어대니 야속하고 또 부끄러워서 개경땅에 머물러 살 수 없다고 탄식하시더군요. 그래서 제가 여쭈었습네다. 전하께서 그르신 것이 아니라 떠들어대는 그 자들이야말로 간교하고 간악하고 치사한 무리들이라구요. 전하께선 예나 이제나 백학(白鶴)처럼 청고(淸高)하시지만, 떠들어대는 그 자들은 까마귀처럼 더러운 때가 묻은 족속들이라구요."

이염이 내뱉는 한마디 한마디가 방원에겐 표독한 바늘처럼 쓰리기만
했다.

"까마귀 우글거리는 곳에 백학이 섞여 계시다는 것은 오히려 오욕일
뿐입니다. 그들 까마귀떼를 모조리 쫓아내실 수 없을 바에야, 차라리
전하께오서 청정(淸淨)한 산하라도 찾아 떠나시는 편이 가당한 처사이실
거라고 찬동했습지요. 제 말이 틀렸습니까."

이염은 마치 대들기라도 할 것처럼 다가앉았다.

"어허."

방원의 입에서 절로 아픈 탄식이 터져 나왔다. 그래도 묻지 않을 수
없었다.

"가신다면 어디로 가시겠다고 그런 말씀이라도 혹 흘리시지는 않으셨
소?"

"그건 모릅네다. 저는 하고 싶은 말 다 여쭙고나자, 비통하신 천안
(天顔)을 더 우러러뵙기 민망해서 훌쩍 물러나왔을 뿐이외다."

이염은 고개를 외로 꼬았다. 표독한 그의 빈대 눈꼬리에도 눈물 같은
것이 맺히는 듯했다.

"이 판사는?"

방원은 하는 수 없이 이덕시에게로 눈을 돌렸다.

"글쎄올시다요."

그는 여전히 겁에 질린 눈알을 멀뚱거리다가,

"어디 한적한 절간이라도 찾아서 쉬고 싶으시다고 그런 말씀을 하신
적은 있습니다."

겨우 이런 말을 했다.

임진강(臨津江) 남쪽 강 건너 황량한 광야에서 늙은 이성계는 방황하
고 있었다.

종자 한 사람도 거느리지 않은 홀몸, 겨우 그가 타고 있는 애마 유린청

(遊麟靑)이 유일한 길동무였다. 여장도 지나칠만큼 홀가분했다. 전통에 꽂은 몇대의 대초명적(大哨鳴鏑), 그리고 애용하는 철궁(鐵弓) 한 자루 뿐이었다. 한 길이 넘는 우억새를 헤치며 가는 그의 뒷모습은 참담하기만 했다.

주인도 늙었고 애마도 늙었다. 그 때 이성계의 나이 환갑 진갑 다 지낸 육십육세의 노령. 유린청은 그의 고향 함흥에서 태어난 이후 온갖 풍상을 같이 겪어온 애마로서, 마필로선 천수(天壽)를 다 하고도 남을 서른한 살.

음력으로 칠월도 하순이니 초가을의 하늘은 사뭇 드높아야 할 것이며 산들한 금풍(金風)이 정다워야 할 계절이었지만, 이 날 따라 날씨조차 괴이하게 험악했다.

하늘은 당장 내려앉을 것 같은 먹구름에 덮여 있었고, 물과 초목들은 폭풍 직전의 공포 속에서 전율하고 있었다.

"우리는 어디로 가야 하지, 청(靑)아?"

애마의 갈기를 어루만지며 노옹 이성계는 처량히 뇌까렸다.

그 날 이른 새벽, 노엽고 서글프고 답답한 심사를 달랠길 없어 단기(單騎)로 훌쩍 덕수궁을 빠져나온 그였지만, 그렇다고 마음에 정한 목적지가 있었던 것은 아니었다. 그저 막연히 남쪽을 지향하여 더듬어왔을 뿐이다.

노마(老馬) 유린청은 힘없는 걸음을 잠깐 멈추고 머리를 떨구었다.

"너도 이제 너무 늙었구나, 이놈아. 지난 날 같으면 비록 천군만마(千軍萬馬)에 에워싸여 활로가 막막한 궁지에 몰리더라도, 네놈은 멋지게 코를 불며 갈길을 찾아 치닫지 않았더냐."

유린청은 목을 길게 뽑고 마치 해소병 앓는 늙은이 같은 가래 섞인 소리를 흘렸다.

"기운을 내는 거다, 이놈아."

이성계는 애마의 엉덩이를 두드렸다.

"내 비록 태상궁을 떠나오기는 했다만, 어느 뉘놈에게 쫓기어 온 것은 아니야. 내 뜻대로, 내 마음 내키는대로 잠시 바람을 쐬고자 나왔을 뿐이다. 뉘놈이 뭐라고 떠들어대건, 뭐라고 찧고 까불어대건, 나 이성계는 예나 이제나 이 나라 조선왕조의 창업주이며, 이 나라 왕실의 존장이란 말이다."

일부러 언성을 높이며 호언해 보는 것이었지만, 그 소리는 황량한 광야에 메아리도 없이 스러질 뿐이었다.

"답답한 하늘, 답답한 들판."

이성계는 억지로 두 눈을 부라려본다.

"차라리 사나운 야수라도 없는가. 내 전통엔 아직도 대초명적이 울지 못해 하품을 하고 있느니라."

화살 한 대를 뽑아 든다. 철궁 시위에 재고 힘껏 당겨본다. 사위를 비예(脾睨)하여 본다.

그러자 겨우 이 노옹의 기다림에 호응해 보려는 것이 나타난 것일까, 괴상한 소리가 울려 퍼졌다.

"쿵, 우르르."

그것은 어느 맹장(猛將)이 낮잠이라도 실컷 자다가 기지개를 키며 발을 구르는 그런 소리와 같았다.

적어도 이성계의 귀엔 그렇게 들렸다.

"뉘놈이냐."

대설하면서 그는 대초명적을 고쳐잡았다.

"뉘놈이냐."

이성계는 다시 질타하며 사위를 쏘아보았지만, 이럴 때 코를 불며 용약해야 할 유린청은 그저 모가지만 길게 뽑고 겁을 먹은 기색이었다.

"썩 나타나지 못할까."

이성계는 거듭 호통을 쳤다.

"여를 이 나라의 창업주로 알고 있는 놈이라면 급히 나와서 국궁배례

할 것이며, 모르는 놈이라면 나 이성계가 어떻게 생겼는지 분명히 보아두라. 아니 여에게 구원(舊怨)이라도 품은 적당이라면, 떳떳이 이름을 대고 대결하여 봄도 좋으리라."

그러자 이번에는 그 소리가 변하여 일종의 노호와 같은 소리로 화하였다.

"방자한지고."

이성계는 철궁을 휘둘러댔다.

"이 나라 천지에서 감히 여에게 호통을 칠 수 있는 자, 어느 놈이란 말이냐."

그 괴이한 소리는 다시 조소와 같은 음향으로 바꾸어졌다.

평소의 이성계였더라면, 그리고 장소가 이런 광야가 아니었더라면 그도 그것이 폭풍 직전의 천둥소리쯤으로 판별했을는지 모른다. 그러나 극도의 소외감과 좌절감 그리고 소리 없는 무인(無人)의 황야가 갑자기 입을 열었으니, 이성계로 하여금 눈에 보이지 않는 괴물의 괴성으로 착각하게 하고 있는지도 모른다.

"너는 비웃느냐?"

이성계의 빈발이 곤두섰다.

"이제야 알겠다. 네놈은 최영이지, 아니면 정몽주냐. 그 자들의 망령(亡靈)이냐. 지금의 내 꼴을 보고 희소(嬉笑)를 피우는 거냐? 옛 친구를 죽이고 옛 임금을 몰아낸 앙갚음을 이제야 받게 됐다고 쾌재를 부르는 거냐."

이성계의 흥분은 광기에 가까운 착란까지 불러일으킨 것일까. 아니면 그의 심골 저변에 오래오래 깔리고 쌓인 일종의 죄의식이 자기도 모르게 분출하고 광란하는 것일까.

"네놈들은 또 이렇게 말하고 싶은 거지? 신가네 족속들을, 왕가네 붙이들을 바다 속 깊이 쳐넣어 몰살시킨 죄값을 이제야 받게 됐다고 손뼉을 치고 싶은 거지?"

이성계의 언성은 자꾸 높아갔지만, 그러나 어딘지 쿵하니 뚫린 것 같이 허허롭기만 했다.

"가당치도 않은 소리."

그는 도리질을 쳤다.

"나는 결코 옛 친구를 배신하진 않았으며, 옛 임금도 배역하진 않았느니라. 변명이 아니니라. 천지신명이 환히 굽어보고 있을 것이며, 엄연한 사실이 확연히 입증하고 있느니라. 내가 한 일이란 다름이 아니라 가련한 백성들을 뜯어먹고 갉아먹던 독벌레들을 제거하였을 뿐이니라. 썩어 문드러진 구가세족의 기둥을 베어내고 싱싱한 새 기둥을 세워서, 기울어 가는 사직을 바로잡았을 뿐이니라. 굳건히 받쳤을 뿐이니라. 구국의 혁명을 단행하였을 뿐이니라. 그것이 어째서 비난을 받아야 한단 말이냐."

조소 같은 천둥소리가 이번에는 한두 사람이 아니라 천명 만명이 일제히 웃어대는 것 같은 소리로 울려 퍼졌다.

"날더러 공연한 허장성세(虛張聲勢)를 피우지 말라는 거냐? 그토록 당당한 위업을 성취한 내가, 지금은 어째서 이렇게 헐헐 단기로 집없는 늙은 거렁뱅이처럼 허허벌판을 쏘다니느냐고 비꼬는 거지."

이성계의 안면이 잔뜩 일그러졌다. 그러나 그는 철궁을 잡은 손을 절레 절레 저었다.

"내가 이렇게 나돌아다니는 건 결코 내 아들놈들이 내 뜻을 거역하고 골육상잔의 피를 흘린 참극에 낙담을 한 때문은 아니야. 내가 기르던 강아지 같은 놈들이 나에게 이를 드러내고 짖는다고 해서 절망한 것도 아니야. 나는 아직도 이 나라의 엄연한 창업주이니라. 영원히 그러하리라. 내가 이룩한 조선왕조는 삼천리 이 땅에 엄연히 군림하고 있지 않느냐."

"그렇습니다, 대왕."

그 때 이성계의 위치에서 오륙십 보쯤 떨어진 풀숲 속에서 이렇게 마주받아 곱씹는 무장이 있었다. 이지란(李之蘭)이었다.

앞에서도 소개한 바가 있지만, 이지란은 공적으로나 개인적으로나 또는 가족 관계로나 이성계와 의형제 같은 사이였다. 그의 제2부인 강씨는 바로 강비(康妃)의 종녀였다. 그는 반평생을 이성계의 그림자를 자처했고, 그렇게 살아왔다.

상당한 공직을 갖게 된 연후에도 외지에 출타하여 어쩔 수 없는 경우를 제외하고는, 그는 남몰래 이성계의 신변을 경비하고 호위해 왔다. 이성계가 왕위를 내놓고 따로 거처를 정하게 되자, 이른 새벽마다 은근히 그 주변을 순시하는 것이 그의 일과처럼 되어 있었다.

오늘도 그렇게 순시를 하다가 이성계가 덕수궁을 탈출하는 것을 발견하자, 은밀히 그 뒤를 미행하여 왔던 것이다.

"누가 뭐라고 떠들어대건 세상이 어떻게 바뀌건, 형님은 영원히 이 나라의 대왕이올시다."

이지란이 이렇게 곱씹고 있는데, 갑자기 천둥소리가 일변하더니 뇌성벽력으로 진동했다. 번갯불이 어지럽게 황야를 누볐고 폭우까지 퍼부어 댔다.

"드디어 발악을 하느냐. 나 이성계와 대적해 보겠다는 거냐."

대초명적을 활시위에 재어 번개치는 허공을 향하여 쏘아댔다. 뇌성벽력은 더욱 극성을 떨었고, 폭풍우는 한층 심해졌다.

이성계가 혼자 광기어린 흥분에 뛰고 있는 것과는 반대로, 노마 유린청은 겁에 질린 사지를 잔뜩 움츠리고만 있다가 그 이상 더 견딜 수 없었던 것일까, 무릎을 꿇고 땅바닥에 엎드려 버렸다.

"기운을 내라니까, 청아."

이성계는 다시 애마의 엉덩판을 일격했다.

그러나 유린청은 땅바닥에 코를 박고 모가지를 꼬더니, 쿨룩쿨룩 괴로운 기침을 발했다.

"허허, 뭐라구."

이성계의 눈길이 측은하게 젖어들더니,

"그 따위 망령들이 두려운 것이 아니라, 쏟아지는 폭우가 네 몸엔 차갑다구?"

그는 웃옷을 벗어 애마의 목덜미에 걸쳐 주었다.

"알겠다. 네놈은 너무나 늙었으니까."

그는 말등에서 내려섰다.

"오냐, 잠시 비바람을 피하자꾸나. 내 최영이 놈도, 정몽주 놈도, 그밖의 어느 망령도 두려울 것은 없다만, 청아 네가 그토록 괴로워하니 잠시 이 자리를 피하자꾸나."

말고삐를 끌고 일으켰다. 그제서야 유린청은 비틀비틀 일어섰다.

"잠시만 참고 걸어라. 어디 네놈의 몸뚱이 하나쯤 가리어 줄 은신처야 없겠느냐."

이성계는 앞장서서 걸었고, 유린청은 휘청휘청 뒤따랐다.

얼마를 그렇게 헤매다가 이성계가 겨우 한 동굴을 발견했을 때엔 유린청은 기진맥진해 있었다. 아예 흙탕물이 흥건한 땅바닥에 쓰러져버렸다.

"이놈아, 응석일랑 작작 부려. 늙으면 어린애가 된다는 건 사람 뿐인줄 알았더니, 너희들 짐승까지 그러하냐."

이성계의 말꼬리엔 눈물까지 맺혀 있었다.

"오냐, 오냐. 평생을 나를 위해서 노고를 아끼지 않은 네놈, 내 이제 마지막으로 보답을 해 주마."

그는 애마의 앞발을 두 어깨에 걸머지고 몸을 일으키려 했다. 욕심 같아선 늙고 병든 말을 등에 업고 동굴까지 끌어들이려는 생각이었겠지만, 그러나 그는 한발짝도 옮기지 못하고 쓴 입맛을 다셨다.

"오호라, 어느덧 나도 늙었구나. 몇해 전까지만 해도 네놈 하나쯤 거뜬히 업고 산야를 치달릴 수 있었건만."

그렇게 탄식하는 주인이 미물의 마음에도 민망하였던 것일까, 유린청이 사력을 다하여 몸을 일으켰다. 한 걸음 옮기다간 무릎을 꿇고 또 한

걸음 옮기다간 무릎을 꿇고 하면서도 동굴을 향하여 전진했다.

"장하다, 청아. 내 먼저 들어가서 네놈의 잠자리를 보아둘 터이니, 기운을 잃지 말고 따라오도록 해라."

이성계는 앞질러 동굴로 다가섰다. 하다가 멈칫했다.

"허허, 이놈은 또 웬 놈인구."

그 동굴 입구 가까이 엄청나게 큰 호랑이 한 마리가 엎드려 있었던 것이다. 뒤따라오던 유린청도 겨우 그것을 발견한 것일까, 공포에 경직된 사지를 뻗고 오도가도 못하고 있었다.

"비켜라, 방자한 들짐승. 조선왕국의 창업주 계운신무태상왕(啓運神武太上王)의 행차이심을 모르느냐."

대호는 그냥 엎드린 채 한쪽 눈만 슬쩍 떠서 유들유들 건너다보다가 도로 지그시 감아버린다.

"이놈아, 네놈은 귓구멍이라도 먹었단 말이냐. 아니면 나 이성계의 대초명적 한 대를 맛보겠다는 요량이냐."

대호는 꿈쩍도 않았고, 들은 체도 하지 않았다.

"주제 넘은 시라소니."

이성계는 발을 굴렀다.

"끝끝내 맞서보자는 배짱이냐. 그렇다면 좋다. 어서 몸을 일으켜라. 아가리를 벌려라. 소리를 질러라. 여는 일찍이 움직이지 않는 짐승을 상대한 적이 없었느니라."

대호는 과연 아가리를 크게 벌렸다. 그러나 그 입으로 한번 늘어지게 하품을 하더니, 땅바닥에 코를 박고 아예 잠든 시늉을 했다.

"네놈까지 나를 비웃느냐."

이성계는 어금니를 갈았다.

"이제는 화살 한 대 제대로 쏠 줄 모르는 노물이라고 없수이 보느냐. 나의 대초명적을 어린애 장난감인양 깔보느냐."

그는 마침내 화살 한 대를 재어 힘껏 당겼다.

대초명적은 소리내며 날아갔다.

지난날엔 그 소리만 들어도 수만대군이 벌벌 떨며 쥐구멍을 찾았다는 대초명적이었지만, 지금 날아가며 발하는 소리는 어이없이 맥이 빠진 소리였다. 그러나 그런대로 화살은 잠 자는 시늉을 하고 있는 대호의 목줄띠를 향하여 육박하고 있었다.

신궁(神弓) 이성계가 격노하여 쏘아댄 필살의 화살이었다. 그것이 목줄띠에 명중만 했더라면, 제아무리 유들유들한 대호도 비명을 지르며 거꾸러졌을 게다.

그러나 결과는 달랐다.

대호는 그대로 엎드린 채, 땅바닥에 코를 박은 채 앞발을 슬쩍 들더니, 마치 귀찮은 하루살이라도 날려버리듯이 필살의 대초명적을 쳐서 떨어뜨린 것이다.

이성계의 두 눈이 더할 수 없이 크게 헤벌어졌다. 그는 제2의 화살을 잴 자세도 취하지 못하고, 멍하니 대호를 바라보고만 있었다. 참패의 절망에 넋을 잃은 것이다.

불세출의 명궁 이성계의 화살 앞에선 어떠한 강적도 단 한 대로 거꾸러져 갔다. 제2, 제3의 화살이 있을 수 없었다. 그런데 그 대호는 그것을 하루살이처럼 떨구어버린 것이다.

그리고 지금 이 순간의 참패는 이성계의 인생 전부의 참패이기도 했다. 왕좌(王座)를 상실하더라도, 아들들을 잃고 또 그들에게 배신을 당하더라도, 그의 신료들이 이를 드러내고 짖어대더라도, 이성계의 자존을 버티어온 유일한 지주가 있었다.

궁력(弓力)이었다. 몸은 늙어도 궁력은 늙지 않았다는 자부심이었다. 그러나 그것이 뿌리째 뽑혀버린 것이다.

대호는 그러한 이성계를 한눈만 뜨고 건너다보더니 서서히 몸을 일으켰다. 밉살스럽게 기지개를 한 번 켜더니, 어슬렁어슬렁 동굴 속으로 걸어 들어갔다.

그 때 이지란은 동굴 건너편 노송 가지에 몸을 숨기고 대호를 향하여 활을 겨누고 있었다. 이성계에게 어떤 위기가 들이닥칠 경우를 염려해서 지원책을 강구하고 있었던 것이다.

그러다가 대호가 동굴 속으로 사라지자, 활을 거두었다.

"대왕은 너무 늙으셨습니다. 저 유린청과 마찬가지로 말씀입니다."

가슴 아프게 뇌까리고 있는데, 갑자기 그 유린청이 외마디 소리를 질렀다. 그 소리에 놀란 이성계가 돌아다보니, 바로 그의 등 뒤까지 다가온 유린청이 거품을 뿜고 쓰러져 버렸다.

"청아."

그는 그 목을 끌어안았지만, 애마는 이미 싸늘하게 절명한 뒤였다. 마지막 지른 외마디 소리는 정든 주인에게 작별을 고하는 울부짖음이었을까.

"불쌍한 것. 주인이 변변칠 못해서 네놈이 마지막 쉴 자리 하나 마련해 주질 못했구나."

이성계의 눈에선 더운 눈물이 줄줄 흘렀다. 그는 아직도 쏟아지는 폭우 속을 헤매이며 돌을 주워다가 애마의 시체를 덮어주었다.

"얼마 동안만 참아라. 내 장차 자리를 잡거든, 든든한 관이라도 짜서 너를 고이 묻어 주리라."

기록에 의하면 훗날 이성계는 훌륭한 석관(石棺)을 만들어 그 속에 유린청을 넣고 묻어 주었다고 한다.

"청아, 너도 갔으니 나는 장차 어디로 가야 한단 말이냐."

이제 겨우 폭풍우는 멈추었다. 머리 위를 잔뜩 찍어누르던 먹구름도 흩어지기 시작했다. 그러나 이성계의 시야는 암담하기만 했다.

"대왕이 가실 곳은 한 곳 뿐입니다."

이지란이 마주 받아 말했다. 물론 이성계에겐 들리지 않는 혼잣소리였다.

"대왕은 아직도 이승에 몸을 담고 계십니다만, 대왕의 얼은 이미 저승에 계신 거나 매한가지올시다. 대왕이 섬겨 오신 불타의 품, 그 크나큰 품만이 대왕을 기다릴 거올시다."

이성계는 정처없이 걸음을 옮겼다.

그 뒷모습을 목송(目送)하며 이지란은 계속 뇌까렸다.

"대왕이 가실 곳은 신도 장차 가야 할 길입니다. 이 아우는 형님의 그림자가 아닙니까."

기록에 의하면 훗날 이지란 역시 속세를 버리고 불문(佛門)에 귀의하였다고 한다. 그 때 그는 벼슬을 사퇴하는 상소문에서 이렇게 말하였다.

"신이 성주(聖主)를 만나 사명(司命 : 장수)에 참예하여 남정북벌(南征北伐)하느라고 사람을 많이 죽였습니다. 철권(鐵券 : 공신의 훈공을 기록하여 그들에게 나누어 주던 책)의 은총, 비록 극진합니다만 지옥의 화(禍)가 두렵습니다. 머리를 깎고 중이 되어, 죽은 후에 받을 보복이나 면할까 합니다."

지향없이 황야를 누벼가던 이성계가 문득 걸음을 멈추었다. 귀에 익은 말 울음소리를 들은 것이다.

"저 소리는 틀림없는 추풍오(追風烏)의 울음소리."

그리로 달려갔다.

한 노송 줄기에 말 한 필이 매여 있었다. 머리끝에서 발끝까지 까마귀처럼 새까만 놈이었다. 이성계의 모습을 본 말은 앞발을 높이 들고 코를 불며 반가워했다.

"이놈아, 검둥아. 네가 웬일이냐."

그 말 추풍오도 이성계의 애마의 하나였다. 여진(女眞)땅 태생의 준마였는데, 언젠가 죽마지고우나 다름이 없는 이지란에게 물려 주었던 것이다.

이성계의 뒤를 미행하면서 이지란이 타고 온 것이었지만, 그리고 이성계의 승마 유린청이 비통하게 죽는 것을 보자 옛주인에게 돌려줄 생각으로 거기 매어둔 것이었지만, 이성계가 그런 사실을 알 리 없었다.

"네 임자 퉁두란은 어디 가고 너만 여기 있는 거냐."

고개를 꼬다가 소리 높여 이지란을 불러댔지만, 그는 물론 나타나지 않았다.

이성계는 잠시 두 눈을 내리깔았다.

"아직도 나라사람이 모두 다 여를 버린 것은 아니로구먼."

약간 밝아진 혼잣말을 흘리고는 추풍오를 잡아탔다.

그 무렵 이성계의 실종으로 개경 수창궁은 발끈 뒤집혀 있었다.

평소엔 좀처럼 자기 감정을 직선적으로 표현하는 일이 없었던 국왕 방과가 이번만은 노골적으로 심한 조바심을 보였다.

덕수궁을 드나들며 쓸데없는 소리를 지껄여댔다는 이염(李恬)을 춘주(春州 : 춘천)로 유배시켰으며, 이덕시(李德時)를 이천(利川)으로 귀양보냈다.

부왕 이성계의 실종에 가슴을 태우기로는 누구보다도 방원이 더했다. 그러나 그는 입밖에 내고 떠들어낼 입장이 아니었다. 부왕의 실종은 방원 자기를 추종하는 세력이 극성을 떤 소란이 무엇보다도 중요한 동기였던 만큼, 그저 가슴 아프고 죄송할 뿐이었다. 숨 한번 크게 쉴 수 없는 심정이었다.

그러나 뒤로는 쓸 수 있는 손을 다 썼다. 각 방면으로 사람을 풀어 행방을 수소문해 보았지만 알 길이 없었다.

"아버님께서 행방을 감추신 데엔 여러 가지 이유가 있겠지만, 무엇보다도 우리 형제가 아버님을 소홀히 모신 때문일 게야."

국왕 방과는 이런 소리를 하면서, 연경궁(延慶宮)을 태상전에 소속시키자는 의견을 제시했다.

국왕 방과의 그런 제안은 유치하고 어리석은 수작이라고 일소에 붙일 수도 있다. 거처가 빈약하다고 해서 삐끼거나 할 부왕 이성계는 아니다. 따라서 거처를 조금 확장한다고 해서 마음을 돌리고 돌아와 줄만큼 만만

치도 않을 것이다.

그러나 방원은 형의 말에서 액면 이외의 것을 아프게 느끼지 않을 수 없었다. 너희 패거리들이 아버님의 의사에 반대하고 아버님을 무시했기 때문에, 이런 불상사가 생간게 아니고 뭐냐고 하는 은근한 가시를 느끼지 않을 수 없었다.

"그것도 좋은 대책이겠습니다마는……."

방원은 일단 형의 제안을 받아들이면서 한 마디 덧붙였다.

"신의 요량으로는 아버님을 기쁘게 하여 드리는 방책이 달리 또 있을 것 같습니다."

"허어, 그래?"

방과는 두 눈을 크게 떴지만, 예에 따라 거기엔 흐릿한 연막이 서리어 있었다.

"신은 이런 생각을 가지고 있습니다. 오는 시월 열하룻날은 아버님의 탄신날이 아닙니까. 그 날은 어차피 대사령(大赦令)을 내리는 것이 통례로 되어 있으니만큼, 한걸음 더 나아가서 정도전, 남은 등 당여(黨與)들의 죄를 사하여 주는 것이 어떨까 싶습니다."

방원 자신으로서는 이가 갈리는 적당들이지만, 그들의 죄를 용서함으로써 부왕의 노여움이 다소라도 풀린다면 자신의 감정 같은 것은 기꺼이 죽여버리겠다는 충정이었다. 그리고 그것은 아직도 방석 형제의 죽음을 애통해 하고 있는 이성계의 마음의 응어리를 풀어 주는 무엇보다도 좋은 묘약이 될 것이었다.

"괜찮을까? 그 자들을 풀어주었다가 또 무슨 장난질이라도 치지 않을까."

방과는 흐릿한 꼬리를 끌면서도 반대는 하지 않았다.

날이 가고 달이 바뀌어도 이성계의 행방은 묘연했다. 방원은 거의 침식을 잊다시피 하며 애를 태우고 있는데, 뜻하지 않은 불상사가 또 발생하다.

10월 6일 이른 새벽이었다.

부왕을 생각하느라고 뜬눈으로 밤을 밝히다가 문득 잠이 드는가 했는데, 괴상한 소리에 잠이 깼다. 수창궁 북쪽으로 여겨지는 지점으로부터, 듣기만 해도 소름이 끼치는 여우의 울음소리가 들려온 것이다. 그 울음소리는 마치 무엇을 비웃는 것 같기도 했고, 혹은 저주하는 것 같기도 했다.

울음소리에 섞여 천둥소리까지 요란히 울려 퍼졌다.

누구보다도 길흉형조(吉凶形兆)와 같은 미신엔 신경을 쓰지 않는 방원이었지만, 오늘 따라 이상하게 가슴이 뒤숭숭하다.

──혹시 아버님께 어떤 변고라도 발생한 것이 아닐까.

이런 우려를 씹고 있는데, 민씨부인이 당황한 기색으로 들어섰다.

"상감께서 행방을 감추셨다는 기별이어요. 중궁께서 급히 사람을 보내시어 그런 전갈을 하시지 않겠어요."

웬만한 일에는 좀처럼 놀라지 않는 민씨부인의 얼굴이 긴장에 질려 있었다.

엄청난 불상사가 아닐 수 없었다. 태상왕 이성계의 실종도 큰 문제거리이긴 하지만, 그래도 이성계는 왕위에서 물러앉은 몸이다. 그러나 국왕 방과는 현재 이 나라를 통치하는 엄연한 국가의 원수인 것이다.

비록 실권은 빈약하다 하더라도 어엿한 나라님엔 틀림이 없었다. 그의 실종은 곧 하늘의 태양이 잠적한 것과 비길만한 큰 사건이었다.

그런만큼 오히려 섣불리 떠들어낼 수도 없는 문제였다. 그 사실이 널리 알려진다면 민심(民心)에 끼칠 영향이 막심할 것이었다. 그래서 믿을 수 있는 사람들만 풀어서 은밀히 행방을 찾다가, 그 날도 아무런 소득 없이 저물었다.

방원은 암담한 마음으로 바야흐로 짙어가는 어둠만 응시하고 있는데, 불쑥 국왕 방과가 인수부엘 나타났다. 얼핏 보기엔 알아보기 어려운 포의

(布衣)로 변장하고 있었다.

"어찌되신 일입니까?"

거의 원망에 가까운 소리로 방원은 힐문했다. 그러나 방과는 싱겁디 싱거운 웃음을 입가에 새기며 덤덤히 말했다.

"아버님의 행방이 하도 궁금해서 화장사(華藏寺)엘 가보았지. 그 절엔 요즘 석가삼존(釋迦三尊)과 오백나한(五百羅漢)을 신조(新造)했다고 하기에, 불심(佛心)이 돈독하신 아버님께서 혹 행차하시지 않았나 해서 말야. 하지만 아버님은 계시지 않더군."

그렇게 말하는 방과를 짙은 안개 속에 숨어서 꿈틀거리는 괴물이라도 보는 것 같은 기분으로 방원은 바라보았다.

—— 형님이 그런 당돌한 행동을 취하신 저의가 무엇일까.

그야 단순하게 생각하자면 부왕 이성계를 찾고 싶은 충심이 북받쳐서 취한 충격적인 행동이라고 풀이할 수도 있다. 그러나 그렇다면 최소한도 의 종자라도 거느리고 행차할 일이지, 단신 포의로 변장까지 하고 갈 것이 무엇인가. 지존한 국왕의 체통을 망각할만큼 무분별한 철부지도 아닐 바에는 말이다.

—— 형님 자신이 누구보다도 아버님을 염려한다는 것을 과시하기 위한 수선이 아니었을까.

치사하다. 그런 억측을 하는 자기 자신이 역겹고 부끄러웠지만, 방원은 억측을 좀처럼 지워버릴 수 없었다.

시월 열하룻날, 이성계의 탄일(誕日)을 맞이하였는데도 그의 행방은 여전히 알 길이 없었다.

동양에서 인주(人主)의 생일을 경축하게 된 시초는 당(唐)나라 중종 (中宗)때였 다던가. 그리고 현종(玄宗)때에 이르러 매년 그 날을 천추절 (千秋節)로 정하고 3일간 휴가를 주었다고 한다.

우리 나라에선 고려 성종(成宗) 원년에 국왕의 생일을 천춘절(千春 節)로 삼았다가 이듬해에 천추절로 개칭하고, 그 후부터 장령절(長齡

節), 응천절(應天節) 등 거의 대(代)마다 명칭이 변경되어 왔다고 한
다.

어쨌든 그 날엔 성대한 향연이 베풀어지고, 문무백관이 예궐하여 축수
재(祝壽齋)가 설행(設行)되는 것이 통례였다.

그러나 임자 없는 태상전 덕수궁(德壽宮)은 침통한 공기에 싸여 있었
다. 행여나 이 날 이른 새벽에라도 이성계가 불쑥 돌아오지 않을까 하는
막연한 기대를 안고, 국왕 방과를 위시하여 방원과 여러 종친들 그리고
대소 신료들이 모두 참집하였지만, 그 기대는 이루어지지 못한 채 한나절
이 되었다.

방원이 제안한 정도전의 잔당들에 대한 대사령도 선포되었지만, 메아
리 없는 공포(空砲)처럼 허전하기만 했다.

"이러고만 있을 수는 없다."

갑자기 방과가 자리를 차고 일어섰다.

"참으로 이러고만 있을 수는 없다."

방과는 거듭 외쳤다.

"가난한 백성들의 집안에서도 그 집 가장의 생일을 맞으면 온 가족이
모여서 가장의 장수를 축수하며 즐기는 터이거늘, 이 나라의 창업주,
이 나라의 국부, 국왕과 세자의 친아버님 되시는 분의 탄일을 맞이하고도
지금 이 꼴이 무엇인가."

그는 전에 없이 비분하고 강개하였다.

"즉시 채비를 하도록 일러라. 여가 거동할 채비 말이다."

도승지 박석명(朴錫命)을 향하여 지시했다.

"거동을 하시다니 어디로 말씀이십니까."

방과의 기세에 어리둥절하며 박석명이 방문했다.

"평주 온정(平州溫井)으로 가는 거야. 아버님께서 요양차 자주 행차하
시던 그 온정 말이다."

대소 신료들은 불안한 눈길을 주고받으며 수군거렸다. 하다가 몇몇

낭사(郎舍)들이 상소문을 작성하여 올렸다.

"하늘을 두려워하고 백성들을 아끼는 것이 인주(人主)의 대덕(大德) 이올시다. 흉황지시(凶荒之時)를 당하여 백성들을 긍휼히 여기지 아니한 다면 나라의 근본이 위태로워지는 법입니다. 지금 화곡(禾穀)이 부실 (不實)하여 백성들은 마음 놓고 생업을 영위하지 못하는 형편이오며, 또한 재괴(災怪)가 누차 발생한 것으로 미루어 하늘이 전하를 경계하는 것인 줄로 압니다. 만일 전하께서 행행하신다면 그 고장 백성들은 전하를 영송(迎送)하는 일로 인하여 모처럼의 추수(秋收)도 때를 놓칠 우려가 없지 않아 원망이 자자할 것인즉, 그와 같은 거동은 중지하심이 가할 줄로 압니다."

타당한 반대 이유였다. 그러나 방과는 불쾌한 얼굴로 그 충고를 일축했 다.

"여가 거창하게 사냥을 하겠다는 것도 아니거늘, 백성들에게 무슨 피해가 그리 크겠는가. 설혹 사냥을 하더라도 그렇다. 국왕된 자, 사철에 각각 한번씩 열병강무(閱兵講武)하여 장졸들을 조련(調練)하는 것이 마땅하다고 고전(古典)에도 기재되어 있는 바가 아닌가. 여는 일년에 단 한 번 출타하고자 할 뿐이니라. 그것도 아버님 태상전하의 행방을 찾기 위해서 말이다."

그리고 그는 방원을 돌아보며 물었다.

"세자는 어떻게 생각하나."

이성계의 행방을 찾는 일에 방과가 필요 이상 핏대를 올리는 태도에 회의를 품어온 방원이었다. 그렇다고 방원의 입장으로선 거기 반대할 수도 없는 노릇이었다.

"전하의 분부, 지극히 지당하신 줄로 압니다."

그러자 때마침 요란한 천둥번개와 함께 콩알만한 우박이 쏟아졌다. 대소 신료들은 또 불안스런 눈길을 주고받았다.

방원은 그런 하늘에 잠깐 심각한 시선을 던지다가,

"다만 신이 한 가지 앙청할 일이 있습니다."

이렇게 덧붙여 말했다.

"보시다시피 일기가 심히 불순합니다. 대가(大駕)가 거동하자면 여러 가지 어려운 점이 있을 줄로 압니다. 하온즉, 신이 먼저 출발하여 앞길을 정비한 연후 용가(龍駕)를 영접할 것이오니, 잠시 후에 행어(幸御)하심 이 좋을 성싶습니다."

방원으로선 형의 신변을 염려하는 충정에서 한 말이었고, 방과도 그 제안을 쾌히 받아들였다.

방원이 선발대로 떠나겠다고 주장한 데엔 두 가지 이유가 있었다.

하나는 그가 말한 것처럼 국왕이 행차할 통로에 어떤 장애물이 있을 경우 미리 제거하자는 것이었다. 며칠째 폭우가 퍼부었고 또 우박까지 쏟아지고 있으니 도로가 유실된 부분도 없지 않을 것이며, 산사태 같은 것으로 길이 막힌 지역도 있을 수 있을 것이다.

또 하나는 낭사들도 지적한 문제이지만, 국왕이 통과하게 되면 그 지방 관리들은 연변의 백성들에게 모든 작업을 중지시키고 공근히 영송(迎 送)하도록 강요하는 것이 상례였다. 한창 추수에 바쁜 계절이었다. 그런 민폐를 최소한도로 막도록 손을 쓰자는 것이었다. 방원은 황교(黃橋)벌 에서 국왕의 승여(乘輿)를 기다리기로 약속하고 길을 떠났다.

연도 백성들의 고생은 말이 아니었다. 우박과 찬비가 쏟아지는 속에서 제대로 영글지도 못한 벼를 베느라고 혈안이 되어 있었다.

방원은 가는 곳마다 지방 관리들을 불러서 앞으로 상감의 대가가 통과 할 경우라도, 바로 길옆 전답에서 일하는 백성들을 제외하고는 다른 농민 들은 계속 작업을 시키도록 엄중히 시달했다. 미리 염려한 것처럼 도로가 파손된 곳도 몇군데 있었다. 수행하던 군졸들을 시켜서 즉시 보수하도록 했다.

그러나 그와 같은 배려가 오히려 뜻하지 않은 곡해를 사게 되었고, 엄청난 불상사를 야기할 줄은 미처 몰랐다.

방원이 기다리고 있는 황교벌에 국왕 일행이 당도한 것은 그 날 해질 녘이었다. 방원의 영접을 받은 방과는 응당 아우의 노고부터 치하하여야 마땅할 터인데, 그는 불쾌한 안색으로 씹어뱉듯 뇌까렸다.

"역시 나에겐 임금 노릇을 할만한 덕이 없는 모양이야. 아무리 변변치 못하기로 한나라의 임금이 지나간다고 하는데 연도 백성들이 거들떠보지도 않고 낮질들만 하고 있으니, 오히려 내 낯이 뜨거워 쥐구멍이라도 찾고 싶더구먼."

민폐를 미연에 방지하려는 방원의 조치를 방과는 그렇게 곡해하고 있었다.

방원은 당황했다. 형의 그와 같은 오해를 도량이 좁은 옹졸한 소견으로만 돌릴 수는 없었다.

그러지 않아도 실권 없는 허위(虛位)를 자조하는 자격지심을 항상 씹고 있을 방과가 아닌가. 더구나 사전에 그와 같은 조치를 취하겠다는 말은 미처 하지 못했었다. 백성들이 자기를 무시한다고 섭섭히 여기는 것이 당연한 인정일 것이라고 방원은 이해했다.

"황공합니다, 전하."

그는 진심으로 머리를 조아렸다.

"언관들이 우려한 바도 있고 해서, 백성들의 농사일이 지장을 받지 않도록 신이 미리 엄하게 지시한 때문이올시다."

"허어 그래?"

방과는 그 불쾌하게 일그러진 얼굴에 또 흐릿한 연막을 피웠다.

"세자가 그렇게 손을 썼다면 내 어찌 나무라겠는가. 세자가 하는 일은 언제나 항상 옳은 일뿐인 걸."

그리고 목구멍에 걸리는 웃음을 컬럭컬럭 웃었다. 꺼림한 꼬리가 방원의 심골을 누볐지만, 그러나 다음 순간 그보다 더욱 엄청난 이변이 돌발했다.

갑자기 천둥소리와 함께 벼락치는 소리가 굉연히 작렬했다. 그 소리에 놀라면서 방원이 타고 왔다가 국왕 일행이 당도하자 길가에 매어두었던 승마가 고삐를 끊고 국왕의 승여를 향해서 돌진했다.

마침 수레 밖으로 고개를 내밀고 있던 방과는 대경실색했다. 다행히 수레를 호위하고 있던 군졸들의 손에 말은 제지되었지만, 방과는 새파랗게 질린 입술을 떨면서 방원과 말을 노려보고 있었다.

진창이 된 방원은 땅바닥에 꿇어엎드렸다. 사과의 말 한 마디 쉽게 나가지 않았다.

"세자나 세자의 당여들이 무력한 나를 업수히 여기는 일은 있을 수도 있겠지만, 세자가 타고 다니는 미물까지 나를 능멸하고 나에게 발길질을 하리라고는 꿈에도 생각 못했구먼."

그리고는 수레 안에 고개를 들이밀고 다시는 말이 없었다.

정말 어떻게 사과를 해야 좋을는지 방원은 몸둘 바를 몰랐다. 그는 계속 진창에 이마를 비벼대다가 겨우 고개를 들었다. 그리고는 호위군에게 잡혀 있는 말에게로 다가갔다.

말은 이제야 제 잘못을 깨달았는지 고개를 푹 떨구고 사지를 부들부들 떨고 있었다. 그 말은 응상백(凝霜白)이 죽고난 이후, 방원이 가장 아껴온 애마였다. 그러나 그는 장검을 뽑아들었다.

마치 자기 자신의 목을 끊어버리는 아픔을 아파하면서, 한칼에 애마의 목을 베어버렸다.

그래도 방과는 수레 밖에 얼굴을 비치지 않았다. 다시 길을 떠나 평주온정에 당도할 때까지 말 한 마디 건네지 않았다.

평주온정에도 이성계는 없었다.

그 날은 밤도 이슥하고 해서 평주에서 묵었지만, 날이 밝자 방과는 도승지 박석명에게 지시했다.

"해주(海州)로 가겠다. 아버님을 만나뵐 때까지는 해주가 아니라 이 나라 땅끝까지 찾아다녀야 한다."

그의 어투는 몹시 거칠었다.

"그리고 말을 대령하라. 지금쯤 아버님께서 어떠한 고초를 겪고 계신 지 모르겠거늘, 내 자식된 몸으로 수레에 올라앉아 거드럭거릴 수 있겠는 가."

그 말 한마디 한마디가 방원에겐 자기에게 가해지는 채찍처럼 느껴졌 다. 따라서 충고하는 말조차 입밖에 낼 수 없었다.

말로 바꾸어 탄 방과의 행동은 신경질적이었다. 수행자들을 뒤에 버려 두고 험준한 산길을 골라 치닫는가 하면, 하찮은 토끼 한 마리나 꿩 한 수만 얼씬거려도 화살을 쏘아대고 창을 던지곤 했다.

수행하던 예조정랑(禮曹正郎) 정정(鄭井)과 성균직강(成均直講) 김시 용(金時用)이 말고삐에 매달렸다.

당초 평주로 향하시려 하던 당시엔 사냥 같은 것은 아예 할 의향도 없다 하시었거늘, 위험한 장소도 가리지 않으시고 함부로 금수를 쏘아죽 이시니 웃사람으로서 어찌 그렇듯 아랫사람을 기망하실 수 있는가.

또 전하의 일신은 전하 한분의 것이 아니라 종사(宗社)와 신민(臣民) 들이 다같이 의탁하고 있는 귀하신 몸이거늘, 그렇듯 경솔한 행동을 취하 시다가 무슨 변이라도 당하시면 어찌시겠느냐고 극간했지만 방과는 코웃 음만 쳤다.

"변은 이미 당하지 않았는가. 수레 속에 가만히 앉아있어도 말발굽에 채어 죽을 팔자라면, 죽을 수밖에 없는 노릇이야. 그렇지, 세자?"

오랜만에 방원을 향해 입을 연다는 말이 그런 비꼬인 소리였다.

한편 이성계는 지향없이 각처를 떠돌아 다녔다.

방번이 살해되었다는 양화나루(楊花渡)도, 방석이 피살된 장소로 짐작 되는 지역도 두루 더듬어 보았다. 이름없는 암자를 찾아서 그들의 명복을 빌어보기도 했다. 혹은 분김에 죄없는 들짐승들을 쫓아다니기도 했다. 그러나 어디서도 마음을 붙이고 오래 있지 못했다.

오늘도 정처없이 산야를 헤매다가 날이 저물자, 그를 태운 추풍오(追

風烏)가 몹시 피로한 기색을 보였다.

"아차, 네놈에게 진종일 먹이도 주지 않았구나."

그는 말등에서 내려섰다.

"내 불찰로 청(유린청)을 죽이게 한 것과 같은 과오를 되풀이해서는 안되지."

사방을 두리번거리다가 고개를 끄덕였다. 저편 언덕 위에 한 산문(山門)이 보였다. 말고삐를 잡고 그 편을 향해 걸어갔다.

"신암사(神巖寺)라."

산문에 걸린 현판을 쳐다보고 있는데, 아랫마을에 심부름이라도 갔다가 돌아오는 길인지 한 동승(童僧)이 안으로 들어가려던 발걸음을 멈추고 수상한 눈으로 빤히 쏘아본다.

"얘야."

이성계는 손짓을 했다. 동승은 대답도 하지 않고 여전히 안찬 눈으로 지켜보고만 있다.

"내가 탄 말이 몹시 배고파하는 모양인데, 먹을 것 좀 줄 수 없겠느냐?"

"흥."

동승은 콧방귀를 뀌다가, 제풀에 주르르 흘러내린 누런 코를 두 손가락으로 핑 풀어 던지고는,

"여기가 뭐 주막인 줄 아나봐."

얄밉게 야죽거리며 그냥 들어가려고 했다. 물론 지금 자기 앞에 서 있는 사람이 이 나라의 창업주 이성계라는 것을 그 어린 중으로선 알 턱이 없었다.

그러나 이성계는 불끈했다.

"이놈."

절로 호통이 나갔다.

한번 소리치면 제아무리 사나운 야수들까지 꼬리를 말고 설설 긴다는

그의 고함이었다. 동승은 새파랗게 질려서 오돌오돌 떨고 있었고, 또 그 소리에 놀랐던지 산문 옆 벼랑 위에서 휘둥그래진 눈으로 내려다보는 두 사나이가 있었다. 그들은 이마를 마주대고 잠깐 수군거리다가 벼랑 너머로 급히 숨어버렸다.

"어서 가져오지 못할까."

이성계는 거듭 호통을 쳤지만 동승 녀석은 겁에 질린 눈을 깜빡깜빡 하다가 냅다 도망을 치기 시작했다. 그렇지 않아도 방랑길을 떠난 이후, 그의 자존에 숱한 상처를 입어온 이성계였다.

──어린 중놈까지 여를 업신여겨 보는 거냐.

다른 때 같으면 그냥 웃어넘길 그런 하찮은 일에까지 울화는 폭발했다.

"발칙한 애녀석."

활시위에 살을 당겼다.

물론 그 동승을 쏘아죽일 생각까지는 없었다. 다만 대초명적의 굉음이 라도 들려주어, 방자한 어린 중놈의 혼줄이라도 빼주겠다는 그 정도의 생각으로 화살을 날리려고 할 때였다.

"고정하시지요. 여기는 산문 앞이올시다."

점잖은 음성과 함께 그의 손목을 잡는 손이 있었다. 야윌대로 야윈 손이었다. 그러면서도 부드럽고 따스한 손길이었다.

그러나 거기서 어떻게 그런 힘이 샘솟는 것일까. 그 손에 잡힌 이성계 의 손목은 꼼짝도 할 수 없었다.

이성계의 손끝이 시위에서 떨어졌다. 동시에 절피에 잔뜩 재어져 있던 대초명적도 떨어졌다.

그 손아귀의 힘에 압도된 때문만이 아니었다. 보다 차원이 높은 무엇이 격앙했던 그의 분노를 사위게 한 것이다.

자신의 점잖지 못한 행동이 부끄러워지기도 했다.

"내 홧김에 큰 실수를 저지를뻔 했구먼."

하고 뇌까리다가,

"댁은 뉘시오."

비로소 고개를 돌렸다. 그러자 그 때까지 그의 손목을 잡고 있던 손의 임자가 황급히 땅바닥에 꿇어엎드렸다.

한 노승이었다. 학처럼 야윈 자그마한 몸매에 연배도 이성계보다 훨씬 노령인듯 보였다. 탁발이라도 나갔다가 돌아오는 길일까, 한쪽 손에는 바릿대를 들고 있었다.

"태상대왕을 몰라뵙고 빈도(貧道) 무엄한 짓을 저질렀습니다."

이성계의 얼굴과 마주치자, 노승은 한눈에 정체를 간파한 모양이었다. 이렇게 사과하는 것이었지만, 그렇다고 그의 어투에 비굴한 구석은 없었다.

"무슨 소리를 하는 거요. 나는 사냥을 하러 돌아다니다가 잠깐 말먹이를 얻을까 해서 들른 일개 무변에 지나지 않거늘, 스님은 어째서 그런 엄청난 말씀을 하시오."

이성계는 딴청을 부렸다. 물론 자신의 본색을 누구에게도 밝히고 싶지 않은 심정이었다.

"그렇게 말씀하시는 대왕의 심곡(心曲), 빈도 모르는 바는 아닙니다마는, 그렇다고 이 나라의 신민된 자로서 대왕을 가까이 모시면서 어찌 모른체 하겠습니까. 방금 그 사미 아이가 저지른 것과 같은 무엄한 소행을 또 어느 누가 범할는지 모를 일이 아니겠습니까."

그렇게까지 나오는 이상 끝끝내 자기 본색을 위장하려 드는 구질구질한 신경을 쾌걸 이성계는 가지고 있지 않았다. 쓰거운 입을 다물 수밖에 없었다.

"빈도는 이 절의 간사승(幹事僧)이올시다. 우선 안으로 듭시지요."

겨우 몸을 일으킨 노승은 앞장서서 길을 인도했다.

"별 도리 없구나, 검둥아. 어쨌든 네놈의 배는 채워야 할 테니까."

추풍오를 빗대서 변명 비슷한 소리를 흘리면서, 이성계는 그 뒤를 따랐다.

그러자 아까 그 벼랑 위로 두 사나이의 얼굴이 다시 빼끔히 나타났
다.

"너도 들었지? 아까부터 말이여, 그렇지 않은가 의심을 하였다마는,
그 늙은 무변이 상왕이 틀림없는 이상 우리에게도 이젠 살길이 틔었단
말이여."

두 사나이 중에서 나이가 지긋한 얼굴이 이렇게 노닥거리며 쿡쿡쿡
웃었다. 그는 바로 곽충보(郭忠輔)였고, 그보다 젊은 사나이는 그의 아들
곽승우(郭承祐)였다.

"무신 말씀을 하시는 거유, 아버님. 일전에 태상왕의 생신이라고 해서
겨우 죄가 풀린 우리에게 살길이 뭐 말라죽은 살길이라는 거유."

곽승우는 볼멘 소리로 투덜거리고는 가래침을 칵 뱉었다.

어떠한 액운의 손아귀에 잡혀도 요리 미끈 조리 미끈 미꾸라지처럼
잘도 빠져나가는 곽충보 부자는, 방간의 난을 치르고 난 후에도 다른
일당들과는 달리 무사한 나날을 보낼 수 있었다.

그렇게 되면 방자하고 횡포한 그 부자의 성격의 일면이 고개를 든다.
그것이 화근이 되었던지 뒤늦게나마 호된 서리를 맞았다.

지난 7월달이었다. 문하부에서는 소를 올려 곽충보 부자를 위시한
12명의 방간의 잔당을 탄핵한 것이다.

"곽충보 등 방간의 잔당은 성은을 입어 형벌을 모면하였으니 마땅히
두문불출하고 그 죄를 뉘우쳐 성덕에 만분의 일이라도 보답하여야 가할
것이거늘, 그러나 태연자자(泰然自恣), 혹은 붕당을 끌어들이고 혹은
조로(朝路)를 횡행하고, 혹은 칼을 차고 전통을 걸머지고 촌락을 휩쓸고
다니면서 행패가 자심할 뿐만 아니라, 주상전하와 정부에 대하여 원성을
퍼뜨리고 있는 형편입니다. 그러하오니 장차 어떠한 난동을 야기할는지
예측할 수 없은즉, 마땅히 원방(遠方)으로 쫓아버려야 하겠습니다."

그래서 그들 부자는 일단 귀양살이를 하게 되었던 것이다.

그러다가 석달이 지난 10월 11일, 이성계의 탄일에 공표된 특사령의 덕택으로 다시 자유의 몸이 되기는 했지만, 그들은 그들 나름대로 야릇한 마음에 산야를 누비며 수렵을 다니다가 여기서 우연히 이성계를 만난 것이다.

"아들들에게 임금자리를 빼앗기고 떠돌아다니는 저 늙은이가 어쨌다고, 우리의 살길이 생겼다는 거유?"

곽승우는 또 한번 가래침을 뱉었다.

"이 놈아, 네놈의 대갈통엔 돌덩이라도 처넣었단 말이여? 왜 그리 아둔한 소리만 혀는 거여."

곽충보는 흐물거렸다.

"내 말 똑똑히 들어보란 말이여. 지금 모두들 쉬쉬하고 있지만 말여, 요 얼마 전에 상왕 그 늙은이가 종적을 감춘 때문에, 대궐 안은 벌집 쑤셔놓은 꼬라지가 됐단 말이여. 오늘 들은 얘기지만 말여, 왕과 세자는 늙은 애비를 찾겠다고 평주온정인가 어디로 떠났다는 거여. 그러니 우리가 그 늙은이의 거처를 기별해 준다면 우리는 엄청난 공을 세우는 거여. 일등공신 부럽지 않은 상급을 받을 수 있는 거여. 그렇지, 이 돌대가리야."

곽충보는 손끝으로 아들의 뒤통수를 툭 튀겼다. 곽승우는 쇠파리 노리는 떡두꺼비 같은 눈망울로 멀뚱거리다가,

"듣고보니 그럴듯도 허구먼유."

그는 군침을 꿀꺽 삼켰다.

"그러믄 내가 당장 평주로 달려가서 임금에게 일러줘야 허겠네유."

"이 놈아, 병신 같은 소리 작작 지껄이고 말여, 애비 말이나 차근차근 듣는 거여."

곽충보는 또 편잔을 주고는 한번 큰 기침으로 거드름을 피운 다음,

"이럴 때엔 능글맞은 놈팽이들보다도 소갈머리 없는 여자들을 이용하는 거여. 지금 개경 대궐엔 왕비와 세자빈이 남아 있을 게 아니여."

"그러니까 왕비에게 기별을 하라, 그 말이유?"

"허허 참. 네놈을 상대로 애길 허자믄 복통이 터진단 말이여."

곽충보는 아들의 한쪽 귀를 잡아끌더니 뭐라고 수군거렸다.

간사승이라고 자칭한 그 노승은 이성계를 호젓하고 정갈한 한 암실(庵室)로 인도했다.

"바로 어제가 태상대왕의 탄신일로 빈도는 알고 있습니다만, 빈도가 뵙기엔 먼 길을 행차하신 걸로 여겨집니다그려. 어떤 곡절이라도 계셨는지 무관하시다면 들려주십시오."

자리를 정하고 나서 노승은 이렇게 물었다.

처음 만나는 순간부터 그 노승에게 야릇하게 끌리는 무엇을 이성계는 느꼈다. 속세를 떠나 높은 신앙의 경지에서 초연히 놀고 있는 고덕(高德)한 대승(大僧), 그런 어마어마한 것을 느낀 때문이 아니었다. 마치 허물없이 가슴을 풀어헤치고 응석이라도 부릴 수 있는 친형과 같은 친근감이라고나 할까.

그래서 듣기에 따라서는 주제넘은 용훼로 여겨질 수도 있는 그 물음이 불쾌하진 않았다.

"대사도 대강은 짐작하고 있을 것이오만, 자식놈들이 물고 뜯고 으르렁거리질 않나, 내 덕에 잔뼈가 굵어 영화를 누리는 신하놈들이 이젠 나를 향해 이빨을 드러내고 짖어대질 않나, 그런 저런 꼴이 보기 싫어서 내 처소를 뛰쳐나온 거요."

거침없이 가슴을 풀어헤쳤다.

"그러시다면 그 동안 그렇듯 방랑하신 결과 다소라도 심화가 풀리셨나요."

결코 비꼬는 말이 아닌 진지한 어투로 노승은 다시 물었다.

"그야 아들놈들에 대한 울화는 다소 사그라졌소만, 그 대신 또다른 설움을 맛보았소이다. 나도 이제 늙고 무력한 인간이 돼버렸구나 그런

설음이외다. 그 자격지심이 나로 하여금 아까 그 동승에게까지 점잖지
못한 망령을 부리게 한거요."

"대왕의 심곡, 빈도도 알만 합니다. 빈도 역시 늙은 몸이니까요. 아마
일찍이 불문에 귀의하지 않았더라면, 지금쯤 대왕처럼 걷잡을 수 없는
허탈 속에서 허덕이고 있을 거올시다."

노승은 측은한 눈으로 이성계를 건너다 보았다.

"나도 신심(信心)은 남만 못지 않다고 자처하오만, 그것만으로 번뇌가
소멸되거나 가라앉는 것은 아닙니다. 특히 살아남은 아들놈들이 속을
썩이면 썩일수록, 억울하고 불쌍하게 죽은 아들들의 일이 더욱 원통해지
는구료. 그 애들을 생각하면 온 간장 마디마디가 녹아드는 것만 같구료."

그런 말을 하는 이성계의 늙은 눈이 절로 젖어들었다.

"돌아가신 세자님과 왕자님을 염려하시는 대왕의 심려 충분히 짐작이
가기는 합니다마는, 그러나 사람이 이 세상을 떠났다고 해서 영영 소멸하
는 것은 아니올시다."

"허허, 대사도 그런 말씀을 하시오."

이성계는 허허롭게 웃었다.

"죽은 사람의 혼은 육신과 함께 멸하지 않고 다른 육신에 깃들어 무시
무종(無始無終), 돌고 돈다는 윤회설(輪廻說) 같은 말은 귀가 따갑게
들었소. 자신의 행위의 인업(因業)에 응하여 과보(果報)가 온다는 인과
응보(因果應報)도 모르는 바 아니오. 하지만 그 애들이 무슨 죄를 졌다고
그렇게 비통하게 죽어가야 했단 말이오. 그것이 신불의 자비란 말이오?"

이성계의 어투는 어떤 거대한 절벽이라도 향하여 도전하는 듯했다.

"방석이나 방번이나 물론 남달리 행실이 착하다고는 말하지 않겠소.
그렇다고 남에게 못할 짓을 저지른 적도 없는 것으로 나는 알고 있소."

이성계의 항변은 이내 힘을 잃고 푸념으로 바뀐다.

"그토록 비참한 과보(果報)를 받아야만 한다면, 그 인업(因業)은 차라
리 이 애비에게 있을 것이 아니겠소. 나는 사람도 많이 죽였고 못할 노릇

도 많이 해왔으니, 신불이 벌을 주시겠거든 나에게 내리셔야 마땅할 것이 아니겠소. 그런저런 생각을 하니 더욱 가슴이 쓰리구료."

"대왕, 죽음에 대해서 빈도는 제나름대로의 생각이 있습니다. 들어주시겠습니까."

노승의 안색에 문득 엄숙한 빛이 깃들었다.

"듣다 뿐이겠소. 다만 흔히 들어온 케케묵은 설법이 아니라면 말이오."

"이 세상엔 악한 짓 많이 하다가 비명횡사하는 인간이 있습니다. 그런 죽음에 대해서 사람들은 흔히 천벌이 내렸다고 말합니다. 그렇게 보는 것이 옳겠습지요. 하지만 아무 죄과도 없는 사람, 오히려 선하고 옳은 일을 해온 사람이 억울하고 원통하고 비통하게 죽는 예가 많습니다. 그럴 경우 사람들은 방금 대왕께서 말씀하신 것처럼 신불도 무심하다고 원망하게 됩니다. 그러나 부처는 대자대비하신 분입니다. 어찌 죄없는 사람에게 벌을 주시겠습니까."

"무슨 말씀이오, 대사. 마치 죽음이 벌이 아닌 것처럼 들리는구료. 이 세상 어떠한 고통보다도 만사람이 다 두려워하는 죽음을 말이오."

이성계는 다시 항변했지만,

"그렇습니다. 경우에 따라서는 벌이 아니라 은혜로운 자비일 수도 있습니다.

노승은 잘라 말했다.

"만일 세자님이나 왕자님이 지금까지 살아계셨더라면, 어떠한 형국이 벌어졌겠습니까. 강성하신 형님들과의 암투는 나날이 격화되었을 것이며, 마침내는 무인년 난리와는 비교할 수도 없는 엄청난 피바람이 불었을 거올시다. 몇 갑절 더 많은 무고한 생명이 죽어갔을 거올시다."

"그러니까 신불은 그 어린것들을 형들의 야망의 제물로 거두어갔다 그 말이오. 그렇다면 그것이 어떻게 벌이 안 되고 자비가 된다는 거요?"

"죽음이 인간의 마지막이라면 그런 의혹도 가지실 수 있으실 거올시다. 죽는 그 날 인간은 영영 소멸하는 것이 아니라 저 세상에 가서 새로 태어나는 거올시다. 세자님이나 왕자님의 경우라면 다시는 그 같은 피바람에 말려드는 일이 없는 화평하고 복된 삶을 향유하시게 되는 거올시다."

노승은 역설했지만 이성계의 귀엔 절실하게 들리지 않았다. 웬만한 승려들이면 흔히 입에 올리는 그저 그렇고 그런 안이한 내세관쯤으로밖에 여겨지지 않았기 때문이다.

그 표정을 노승은 이윽히 응시하다가 별안간 가슴 아래를 움켜잡더니 고개를 떨구었다. 갑자기 치민 어떤 통증을 정신력 하나로 버티어 보려고 애를 쓰는 그런 모습이었다. 학의 부리를 연상케 하는 그의 콧마루에 방울방울 비지땀이 맺혔다.

"왜 그러시오?"

이성계는 묻지 않을 수 없었다.

"아니올시다. 잠깐 시험을 당했을 뿐입지요."

노승은 억지로 미소를 새기더니, 수수께끼 같은 한 마디를 흘렸다.

"아마 빈도 같은 인간에게야말로 죽음이 차라리 크나큰 올가미가 될 거올시다."

노승의 수수께끼와 같은 그 한 마디를 그 때의 이성계는 물론 이해할 수 없었다.

"빈도는 저승이라는 곳을 결코 먼 나라라고 생각하지도 않으며, 낯선 이역땅이라고도 여기지 않습니다."

견딜 수 없는 고통과 싸우는 것 같은 어투였지만, 그래도 노승은 말을 이었다.

"바로 고개너머 이웃마을처럼 여기고 있습니다. 그리고 죽는다는 것은 그 고개너머 마을로 이사해 가서 사는 것이나 같다고 봅니다. 우리의 아들 딸이 죽게 되면 우리는 물론 슬퍼하고 섭섭해 합니다. 마찬가지로 그 아들 딸이 고개너머 다른 마을로 이사를 가거나 시집을 가게 되면 역시 슬프고 서운합니다. 그렇다고 그 아들 딸이 고개너머 마을에 가서 외롭고 고생스럽게 사는 것은 아닙니다. 고개너머 사람들은 새 사람이 이사 온다고 기꺼이 영접해 줄 것이며, 시집이라도 가는 경우라면 크게 잔치를 베풀고 흥겨워 할 것입니다. 그러니 어찌 자녀를 떠나보냈다고 해서 슬퍼할 수만 있겠습니까.”

그 비유는 이성계의 가슴에도 먹혀들었다. 사뭇 홀가분해지는 가슴을 느끼며 고개를 끄덕이는데, 요란한 천둥소리가 울려 퍼졌다. 그 소리에 겁을 먹었던지 밖에 매어두었던 추풍오가 비명과 같은 소리를 질렀다.

“아무래도 한 소나기 쏟아지겠습니다. 말이 비를 맞지 않게 하도록 일러두어야 하겠습니다.

노승은 가슴 아래를 움켜쥐고 암실 밖으로 나갔다. 그리고 잠시 후, 바로 암실 밖에서 벼락치는 소리가 작렬했다.

——혹시 추풍오가?

더럭 그런 염려가 들어 이성계는 밖으로 뛰쳐나갔다. 그러나 거기 벼락을 맞고 쓰러진 것은 추풍오가 아니라 노승이었다.

——역시 신불은 무심하구나. 그토록 고덕한 승려의 목숨을 이렇게 무참히 거두어 가다니…….

이성계가 이런 감회를 씹고 있는데, 아까 그 동승과 여러 승려들이 달려왔다. 그들은 몹시 놀란 얼굴이었지만, 그러나 거기 노승의 죽음을 슬퍼하는 기색은 없었다. 오히려 그 깜찍한 동승 녀석은 합창하고 잠깐 염불을 외더니, 눈물이 글썽해서 훌쩍거리면서도 당돌한 소리를 지껄여 댔다.

“대자대비하신 부처님, 고맙습니다. 이젠 대사님도 그런 고생 안 하시고 편하게 되셨어요.”

그 말이 아무래도 수상해서 이성계는 까닭을 물었다.

“대사님은 지독한 병환을 앓고 계셨어요. 피를 토하시고 며칠씩 잠도 못주무셨어요. 요새는 아무 것도 잡숫지 못하셨어요. 그래서 그렇게 야위

셨지만 괴로움을 참으시고 탁발을 다니셨지 뭐예요. 연세도 높은 분이니까 다시는 회복할 수 없을 것이라고 모두들 그러데요. 그래서 우린 너무 딱해서 부처님이 하루 속히 부르시기를 기다렸는데, 오늘 이렇게 모셔갔어요."

동승이 하는 말을 들으니, 아까 이야기 도중에 괴로워하던 이유도 짐작이 갔다.

'불타의 자비.'

이성계는 곱씹었다. 이제서야 노승의 설법을 실감있게 받아들일 수 있는 심정이었다.

곽승우는 개경을 향해 말을 몰고 있었다.

"우리 아버지, 인간은 조금 너저분허지만서두, 머리 쓰는 건 제법이여."

싱글벙글 하면서 혼자 히들거리고 있었다.

곽충보가 귀엣말로 속삭인 내용은 이러했다.

현재 국왕측과 세자측은 팽팽히 맞서서 대결하고 있다. 한쪽이 이 나라의 군주라는 지위와 명분을 차지하고 있는가 하면, 다른 한쪽은 실질적인 권력을 장악하고 있다. 그러니 장차 어느 편이 득세하고 어느 편이 실각할는지 지금으로선 예측하기 어렵다. 양다리를 걸칠 수밖에 없다. 우리 부자가 오늘날까지 숱한 파란을 겪으면서도 용케 살아남은 것은, 양다리를 걸칠 줄 아는 재간 때문이라고 곽충보는 너덜댔던 것이다.

따라서 이번에도 왕비와 세자빈에게 똑같이 이성계의 소재를 제보해 주라고 지시했던 것이다.

"그런디 말이여, 내 몸뚱이 하나밖에 없는디 어떻게 똑같은 시각에 왕비허고 세자빈에게 연통을 허지? 양쪽에 다 알려주긴 허되, 어느 편에 먼저 허고 어느 편을 나중으로 들리느냐 고것이 문제란 말여."

곽승우는 윙윙거리는 쇠파리들을 이리 쫓고 저리 쫓는 두꺼비 눈을 하다가 비시시 웃었다.

"아버지가 아무리 머리를 잘 쓴다고 허지만 때로는 나만 못한 데가 없지도 않은 거여. 고 문제는 내가 요량껏 한번 처리해 볼까? 아버지는 돌대가리라고 깔보지만 말이여."

그는 먼저 세자빈이 거처하는 인수부로 달려갔다.

"왕이 무거우냐, 세자가 무거우냐, 곰곰 저울질을 해볼 것 같으면 말여, 아무래도 세자 요것이 묵직할 것 같구먼."

이성계의 소재의 제보자가 나타났다는 기별에 민씨부인은 물론 반색을 했다. 즉시 곽승우를 인견했다.

신암사 산문으로 이성계가 들어가는 모습을 확실히 목격했다는 말을 곽승우가 전하자, 세자빈 민씨부인은 잠깐 불안한 그늘을 피웠다.

"그렇게 정처없이 떠돌아다니시는 분이니 언제 또 어디로 옮겨가실는지 모를 일이 아니겠소. 그대가 이렇게 예까지 달려와서 기별해 주는 그 동안에라도 말이오."

"고 문제는 염려 마십쇼, 마마."

곽승우는 수선스럽게 두 손을 내저었다.

"그러지 않아도 고런 문제 미리 다 계산에 넣고 말씀입니다. 저의 아비가 그 곳에 남아서 망을 보고 있습니다. 만일 태상전하께서 거처를 옮기실 경우에는 그 뒤를 미행했다가 새로 도착하시는 처소를 즉시 기별해 주기로 되어 있습니다요."

"그래?"

민씨부인은 겨우 마음이 놓이는 얼굴을 했다.

"그렇지만, 그 일에 대해서 아무에게나 함부로 지껄이지는 않았겠지?"

문득 그런 염려가 들어 못을 박았다.

"무슨 말씀이십니까요? 지는 신암사에서 곧바로 달려오는 길입니다요. 그 일을 입밖에 내기는 여기 인수부에서 처음입니다요."

강조하면서도 곽승우는 설익은 기침을 쿡쿡 흘렸다. 이제 곧 왕비에게도 그 정보를 제공해야 할 것이 마음에 켕기는 것일까.

"그보다도 마마, 이번 일이 잘 처리되거든 저희 부자 이름을 잊지 마셔야 합니다요. 애비의 성명은 곽가에 충자, 보자이구요, 저는 승우올시다."

군침을 삼키며 거듭거듭 다짐했다.

곽승우를 돌려보내고난 민씨부인은 절로 들뜨는 가슴을 억제하기 어려웠다. 참으로 희한한 정보를 입수한 것이다.

지금 남편 방원과 국왕 방과는 이성계의 행방을 찾느라고 치열한 경합을 전개하고 있는 참이라고 민씨부인은 그렇게 본다. 이러한 판국에 이성계의 거처를 누구보다도 자기가 먼저 알게 되었고, 따라서 이성계를 찾아서 환궁시킨다면 승리의 개가는 자기측에 들아올 것이었다.

촌각이라도 속히 남편에게 그 희소식을 알리고 싶다. 그리고 남편으로 하여금 부왕을 찾아가서 모셔오도록 하고 싶다. 그렇게 할 수 있다면 지금 한창 꼬이고 꼬인 이성계의 악감정의 매듭도 어지간히 풀리게 될 것이 아닌가.

그러나 민씨부인은 이내 마음의 도리질을 하지 않을 수 없었다.

지금 남편 방원은 국왕과 행동을 같이 하고 있을 것이었다. 남편에게 그 정보를 전달한다는 것은 동시에 국왕에게도 그 사실을 알리는 것이 된다. 설혹 비밀히 귀띔을 하더라도 방원이 행동을 취하자면 국왕측의 이목을 속일 수는 없다.

결국 일방적인 승리는 거둘 수 없는 것이다.

―― 어떻게 할까. 상감이나 중궁측에선 감쪽같이 모르게 태상왕을 모셔올 방도는 없을까.

남은 길은 하나 뿐이었다. 민씨부인 자신이 직접 나서는 것이다. 신암사로 달려가서 시아버지를 모셔 오는 것이다.

―― 그렇지, 언젠가 태상전을 찾아갔을 때 갓난아이를 보여드렸더니, 그 분의 노여움이 사뭇 누그러졌었지. 이번에도 어린아이가 거둔 것과 같은 효과를 거둘 수 있는 손만 쓴다면, 그 어른을 모셔올 수도 있을

거야.

민씨는 다시 생각에 잠기다가 세자궁의 장번내시(長番內侍)를 불러 자신이 행차할 준비를 지시했다.

즉시 세자궁 앞마당에는 민씨가 타고갈 연(輦)과 이성계를 태워올 가교(駕轎)가 준비되었다. 그러나 민씨부인은 거창한 행렬을 차리고 떠난 것이 아니었다.

그 가교와 연을 따로따로 궁문 밖으로 내보낸 다음, 민씨 자신은 궁녀 차림으로 변장을 하고 인수부를 빠져나갔다. 자기가 이성계를 맞이하러 떠난다는 정보가 왕비의 귀에 흘러 들어가는 것을 막기 위한 보안조치였다.

때마침 날이 저물어 어둠이 덮이게 된 것도 그와 같은 행동을 취하는 데 크게 도움이 되었다.

남대문을 나서서 연복사(演福寺) 어귀에 이르러서야 연을 타고 목적지로 향했다. 한밤중을 무릅쓰고 연부(輦夫)들을 독려하여 걸음을 재촉했다.

일행이 신암사에 당도한 것은 그 이튿날 먼동이 트기 전이었다. 민씨가 연에서 내려 산문에 들어서니, 미명의 정적을 헤치며 목탁 두드리는 소리가 울려왔다.

──태상왕께서 벌써 기침하시어 새벽 예불을 올리고 계시는게 아닐까.

급히 대웅전을 향하여 걸음을 재촉했다.

"나무대비관세음(南無大悲觀世音)."

목탁소리에 맞추어 여러 사람이 경을 외는 소리가 흘러나왔다.

"원아속도일체중(願我速渡一切衆)."

원컨대 나로 하여금 일체 중생을 속히 제도하게 하여 달라는 천수경(千手經)의 일절이었다. 그리고 그 송경(誦經) 소리 속에는 이성계의 독특한 음성도 섞여 있는 듯했다.

천수경은 원래 관세음보살이 설한 것으로서, 아홉 가지 이름이 있다던 가.

일찍이 관세음보살이 이 다라니(陀羅尼)를 듣고 환희심을 발하여 몸에 천 개의 손과 천 개의 눈이 구속하기를 발원하니, 그로 인하여 천 개의 손과 눈이 구비되어 신통이 자재하게 되었으므로 이 다라니의 이름을 천수경이라고 한다던가.

또 이 다라니의 이름만이라도 듣거나 외는 소리를 듣고 환희하는 중생은, 선악을 막론하고 지옥, 아귀, 축생의 세 가지 악한 무리들 속으로 들어가는 고역을 면하게 될 뿐만 아니라, 부처님의 종자를 심어서 장차 무량한 쾌락을 받게 된다고 한다.

그리고 이런 얘기도 있다. 어떤 사람이 천수경 한 권을 써서 유포하였다가 죽고보니, 천상에는 십만팔천 권속들이 한 곳에 태어나서 생사와 이별이 없는 즐거움을 누리고 있었다. 그 사람이 그 까닭을 물어보니, 바로 자기가 천수경 한 권을 써서 세상에 퍼뜨린 공덕 때문에 모든 권속들이 이와 같은 복을 누리게 되었다는 것이다.

──역시 그렇구나.

민씨부인은 은근한 회소를 씹었다.

태상왕 이성계가 이른 새벽부터 저렇게 천수경을 외고 있는 것은 아마 자기보다 먼저 간 애처 강비와 그리고 불쌍하게 죽은 방석 형제들을 천상에서나마 다시 만나게 되기를 기하는 비원에서일 것이다.

지금의 이성계에겐 그 이상 가는 소망은 없을는지도 모른다.

──그렇다면 그 소망을 기원하는 일에 내가 합력해서 도와 드린다면 얼마나 기뻐하실까. 내 남편에 대한 노여움도 사뭇 사그라지실 거야.

그것이었다. 민씨가 인수부를 떠날 때부터 은근히 별러온 작전이었다. 민씨부인은 발소리를 죽이고 법당 안으로 들어섰다.

"나무대비관세음(南無大悲觀世音)
    원아조득월고해(願我早得越苦海)."

원컨대 나로 하여금 일찍이 고해바다를 건너게 하여 달라는 경문을
따라 외며 민씨는 법당 안을 둘러보았다.

이성계는 불상을 향하여 앞자리에 앉아 있었다.

언제 바라보아도 거대한 암석 같던 그 뒷모습이, 오늘 따라 몹시 허약
하고 초라하게까지 보인다.

송경은 한동안 계속되었다.

"아약향도산(我若向刀山) 도산자최절(刀山自催折), 아약향화탕(我若
向火湯) 화탕자고갈(火湯自枯渴)"

내가 만일 칼로 된 도산지옥을 향하면 도산이 스스로 무너질 것이며,
불로 쇳물을 끓이는 화탕지옥으로 향하면 화탕이 스스로 말라 없어질
것이라는 법력(法力)을 한창 과시하는 대목에 이르렀을 때였다.

문득 이성계가 고개를 돌렸다.

그저 우연히 취해본 동작에 불과한 것인지, 혹은 민씨부인이 법당 안에
들어선 어떤 기색을 느낀 때문인지는 알 수 없지만, 어쨌든 두 사람의
눈이 정면으로 마주쳤다.

이성계의 안광이 한순간 놀라움에 굳어가는 듯 하다가, 그것이 어색한
쑥스러움으로 변한다. 민씨는 그 눈을 한동안 마주 보다가, 공손히 두
손을 모으고 경배했다.

그 자리에 참석한 여러 승려들의 눈에는 어떤 궁인이 예고없이 아침
예불에 참석했다가, 신심(信心)의 충격으로 불상을 향하여 배례를 하는
것쯤으로 비쳤을는지 모른다. 그러나 실상은 불상 가장 가까운 위치에
앉아 있는 시아버지 이성계를 향한 큰 절이었다.

절을 받은 이성계의 얼굴이 더욱 떨떠름하게 일그러졌다. 그는 두 눈을
껌벅껌벅하다가 고개를 바로 돌려 불상으로 향했다.

아침 예불이 끝나고 승려들의 인도를 받으며 이성계는 법당 밖으로
나가려다가, 문밖 한 모퉁이에 비켜 서 있는 민씨를 흘끗 보았다.

"나를 잡으러 왔느냐."

무뚝뚝하게 쏘아던졌지만, 그 눈길도 어투도 결코 노여움에만 차 있는
것은 아니었다. 민씨는 수줍은 미소와 함께 다소곳이 허리를 굽힌 다음,

"이 절에 아버님이 계시다는 기별을 받고 달려온 것만은 사실입니다
만, 목적은 그것만이 아니옵니다."

가슴 속으로 몇번이나 곱씹어 온 비장의 말을 조심조심 입밖에 냈다.

"실은 오래 전부터 별러온 일입니다. 이 기회에 대자대비하신 관세음
보살께 승하하신 시어머님과 불쌍하게 세상을 떠난 시동생들의 명복을
빌기 위해서 천배(千拜)를 올릴까 합니다."

그런 소리를 잘못 입끝에 올리다가 입술이라도 간지러워지면 어쩔까
하는 염려도 해보았지만, 워낙 절박한 판국에 몰린 때문인지 극히 자연
스럽게 그 말이 나갔다.

이성계의 눈이 더할 수 없이 크게 헤벌어졌다.

"네가 그 애들을 위해서?"

신음 같은 소리를 흘렸다.

방석 형제로 말할 것 같으면 민씨나 남편 방원의 입장에선 숙적 같은
존재였다. 비록 지금은 유명을 달리한 넋이라고는 하지만, 그들을 위해서
명복을 빌겠다는 민씨부인의 말이 이성계의 귀엔 곧이 들리지 않는 모양
이었다.

그러나 민씨는 곧 염주를 꺼내들고 불상 앞으로 다가갔다. 절 한 번을
하고는 연주 한 알을 돌리고, 또 한 번을 하고는 또 한 알을 돌리곤 했
다. 이성계는 넋 잃은 사람처럼 법당문 앞에 서서 멍하니 바라보고 있었
다.

백배, 이백배, 절을 거듭할수록 이성계의 표정엔 강렬한 감동이 짙어갔
다. 그 감동이 민씨에게도 양어깨를 통하여 스며들었다.

만일 그렇게 천배를 무사히 마칠 수 있었다면 민씨의 승리는 결정적인
것이 되었을는지 모른다. 감격한 이성계는 민씨의 종용에 따라 고분고분
환궁했을는지도 모른다.

그러나 예기치 않은 사태가 벌어졌다. 법당 밖이 떠들썩해지더니 코흘리개 동승아이가 달려오며 수선스럽게 소리를 질렀다.

"중궁마마 행차십니다요, 태상마마."

이성계는 또 어안이 벙벙한 얼굴이 되었지만, 그 소리가 민씨부인에겐 날벼락이나 다름이 없는 충격이었다. 한 동안 절하던 자세까지 굳어버린 채 움직이질 못했다.

깊이 생각할 것도 없다. 곽승우란 그 자, 자기에게 연통한 즉시로 왕비에게도 기별을 했을 것이다. 그래서 왕비도 역시 허겁지겁 달려왔을 것이 틀림없다.

왕비의 출연은 한창 신나게 울려 퍼지던 승전고에 찬물을 끼얹는 기습이었다. 모처럼 우세하게 진전하던 전황이 어이없이 역전될 가공할 위기일 수도 있다.

──하지만 나는 지지 않을 거야.

민씨는 어금니를 깨물었다. 그리고 왕비의 기습을 물리칠 유일한 작전은 그것 뿐이라고 다짐하면서 다시 절을 계속했다.

왕비 김씨는 시아버지 이성계에게 한 번 큰절을 하고 나더니, 적의의 불꽃이 타는 눈총을 민씨부인의 뒤꼭지를 향하여 쏘아보냈다.

하다가 불상 앞으로 다가가서 민씨와 나란히 섰다.

"나무대세지보살(南無大勢至菩薩)"

들어보라는 듯이 소리내어 외며 절을 하기 시작했다.

"이 절 받으시고 이 몸의 소원을 들어주소서."

민씨부인이 경배하는 모습을 목격하자, 이내 그 의도를 간파한 것일까. 그리고 자기도 결코 질 수는 없다고 다짐을 하면서 도전하는 것일까.

"순원헌경신덕황후〔강비〕마마. 전 왕세자 의안대군〔방석〕마마, 왕자 무안대군〔방번〕마마의 명복을 비나이다."

노골적으로 고인들의 칭호까지 열거하며 열을 올렸다.

"어느 곳이나 걸림없이 자재하게 관하시는 관자재보살(觀自在菩薩) 님, 무량한 지혜로 중생을 자재하게 구원하시는 보살님, 세 분 마마께 극락세계의 만복을 고루고루 베푸시옵소서."

수다를 떨면서 절을 계속했다.

그것은 시아버지 이성계를 향해서 흔들어대는 얼레발인 동시에, 경쟁 자 민씨를 초반부터 압도해 보자는 시위였다.

그러나 민씨로선 더욱 투지를 굳힐 수밖에 없었다.

왕비의 유치한 수다에 대해선 끝끝내 묵직한 침묵으로 대항하겠다는 방침을 세웠다. 삼백배까지는 그런대로 별다른 고통없이 치를 수 있었 다. 그러나 사백배에 접어들자, 차차 숨이 가빠지고 이마에선 줄줄이 땀이 흘러내린다.

민씨에 비해서 왕비 김씨는 이백배쯤 뒤늦게 시작한 때문일까?

"나보다 다나다라야아〔관세음보살의 본신〕, 나막암야〔如意輪菩薩〕, 바로기제 세바라야〔바리를 든 관세음보살의 본신〕."

아직도 신이 나게 외고 있었다.

오매매, 땀은 흐르다 못해 전신을 물주머니처럼 만들어 놓았고, 이제는 한번 절하고 몸을 일으킬 적마다 오금을 제대로 펼 수 없었다.

하는 수 없이 손을 짚고 몸을 일으켜야 하는데, 염주를 받들어 쥔 손바 닥으로 짚으면 불경스럽다. 손등으로 짚자니 손가락 마디마디가 아리고 저리다. 이젠 무릎도 까진 것일까, 바닥에 닿을 적마다 바늘 뭉치에 비벼 대는 것만 같다.

일찍이 겪어보지 못한 혹심한 육체적 고역이었다. 육백배, 칠백배, 그쯤 하니 왕비 김씨에게도 심한 피로와 고통이 엄습한 모양이었다. 외는 소리 가 자꾸 기어들기만 한다.

──마지막 고비다.

민씨는 쾌재를 부르며 이제 거의 마비되다시피한 전신에 채찍을 가했 다. 팔백배, 구백배, 마음만은 모질게 다잡아먹었지만, 몸이 좀처럼 말을 듣지 않는다.

드디어 눈 앞이 아물아물해지는 것을 느끼며, 민씨는 법당 바닥에 손을 짚은 채 움직일 수가 없었다.

——졌구나, 내가 졌어.

비통한 탄식을 씹고 있는데, 등 뒤에서 이성계의 음성이 날아왔다.

"그만들 두어라."

이성계는 제지하면서 두 며느리 곁으로 다가갔다.

"그만하면 흡족할 게다. 현비(顯妃 : 강비)도 방석도 방번도……"

하다가, 문득 소리를 죽이고 속삭이듯이 덧붙여 말했다.

"그리고 나도."

두 며느리의 속셈을 이성계도 이미 간파하고 있는 것일까.

"황공하옵니다, 태상대왕마마."

왕비 김씨가 재빠르게 받아 말하더니 선수를 썼다. 불상을 향해 절하던 자세를 이성계에게로 돌리고 합장 배례했다.

"변변치 못한 이 몸, 다른 재간은 없습니다마는, 태상대왕마마께 바치는 효성만은 누구에게도 뒤지지 않을 것이라고 자부하고 있습니다."

그리고는 아직도 법당 바닥에 손을 짚은 채로 있는 세자빈 민씨에게 싸늘한 웃음을 던지면서 말을 이었다.

"어디 이 몸 뿐이겠습니까. 주상의 심려는 열갑절, 백갑절 더하십니다. 일전엔 태상마마의 탄신에는 아버님을 모시지 못함을 비감하여 마지 않으시다가 평주 방면으로 다시 찾아나가신 연후, 아직도 환궁하지 않고 계십니다."

"주상이 몸소 나를 찾아다닌다구?"

이성계는 어지간히 갈등하는 구기였다.

——상감 뿐이겠습니까. 내 남편 세자는 그보다 앞질러 떠났습니다.

민씨는 외치고 싶었지만 그 말을 삼켰다. 이미 패배의 쓴잔을 꼼짝없이 들이킨 이상, 부질없이 발악함은 스스로 낯에 먹칠을 하는 추태일 뿐이기 때문이다.

"그리고 주상께서 떠나실 때 거듭거듭 다짐하셨습니다. 아버님을 찾아 모실 때까지는 며칠이 걸리건, 몇달이 걸리건 전국 방방곡곡을 샅샅이 돌아다니는 한이 있더라도 환궁하시지 않겠다고 비장한 뜻을 밝히셨습니다."

"그렇게까지."

이성계가 더운 한숨을 몰아쉬자, 그 허점에 왕비는 바싹 매달렸다.

"나라님이 대궐을 비우시게 되니 국가의 형편은 어찌 되겠습니까. 주상의 재가를 기다리는 국사는 산더미처럼 정체하여 있사오며, 대소 신료들은 할바를 몰라 갈팡질팡하고, 또 갖가지 유언비어가 꼬리에 꼬리를 이어 민심은 몹시 흉흉한 줄로 압니다."

"허허이."

이성계는 또 더운 한숨을 흘렸다.

"아무짝에도 소용없는 노골(老骨), 차라리 종적을 감추는 편이 나라를 위해서도 조용하고 좋을 것이라고 취한 행동이거늘, 이제 듣고보니 그렇지도 않는 모양이로구먼."

"아버님."

이젠 스스러운 칭호 같은 것은 집어치우고 왕비는 다그쳤다.

"아버님은 예나 이제나 이 나라의 임자이시며 만백성의 어버이십니다. 아버님이 계시지 않은 이 나라가 어찌 있을 수 있고 백성들이 있을 수 있으며, 또 국왕인들 있을 수 있겠습니까. 어떠한 꾸중이라도 달게 받겠으니 너그러우신 뜻으로 환궁하여 주십시오. 이 며느리가 이렇게 엎드려 빕니다, 아버님."

왕비는 정말 두 손을 마주 비벼대며 그 자리에 꿇어엎드렸다.

이성계는 한 동안 착잡한 눈길로 며느리를 내려다보다가, 소리없이 고개를 끄덕였다.

소설 태종 이방원

제4부 동천봉명(冬天鳳鳴)

초 판 1993년 05월 20일
재 판 2016년 12월 20일

지은이 방 기 환

발행처 문 지 사
발행인 홍 철 부

등록일자 1978년 8월 11일
출판등록 제 3 - 50호

주소 서울특별시 은평구 갈현로 312
전화 | 영업부 02)386-8451(代)
　　　편집부 02)386-8452
　　　팩 스 02)386-8453

정가 **15,000**원

※잘못된 책은 구입하신 서점에서 교환해 드립니다.